本书得到国家社会科学基金项目"20世纪中国文学语言建设研究"（11BZW117）资助

江苏师范大学哲学社会科学文库

中国现代文学语言的发生与流变

张卫中 著

中国社会科学出版社

图书在版编目（CIP）数据

中国现代文学语言的发生与流变/张卫中著. —北京：中国社会科学出版社，2016.5

（江苏师范大学哲学社会科学文库）

ISBN 978-7-5161-8013-6

Ⅰ.①中… Ⅱ.①张… Ⅲ.①文学语言—研究—中国—现代 Ⅳ.①I206.6

中国版本图书馆 CIP 数据核字（2016）第 074805 号

出 版 人	赵剑英
责任编辑	卢小生
责任校对	周晓东
责任印制	王　超

出　　版	中国社会科学出版社
社　　址	北京鼓楼西大街甲 158 号
邮　　编	100720
网　　址	http://www.csspw.cn
发 行 部	010-84083685
门 市 部	010-84029450
经　　销	新华书店及其他书店
印刷装订	北京君升印刷有限公司
版　　次	2016 年 5 月第 1 版
印　　次	2016 年 5 月第 1 次印刷
开　　本	710×1000　1/16
印　　张	16.5
插　　页	2
字　　数	274 千字
定　　价	60.00 元

凡购买中国社会科学出版社图书，如有质量问题请与本社营销中心联系调换
电话：010-84083683
版权所有　侵权必究

在创新语境中努力引领先锋学术
（总序）

任 平[*]

2013年江苏师范大学文库即将问世，校社科处的同志建议以原序为基础略做修改，我欣然同意。文库虽三年，但她作为江苏师大学术的创新之声，已名播于世。任何真正的创新学术都是时代精神的精华、文明的活的灵魂。大学是传承文明、创新思想、引领社会的文化先锋，江苏师大更肩负着培育大批"学高身正"的师德精英的重责，因此，植根于逾两千年悠久历史的两汉文化沃土，在全球化思想撞击、文明对话的语境中，与科学发展的创新时代同行，我们的人文学科应当是高端的，我们的学者应当是优秀的，我们的学术视阈应当是先锋的，我们的研究成果应当是创新的。作为这一切综合结果的文化表达，本书库每年择精品力作数种而成集出版，更应当具有独特的学术风格和高雅的学术品位，有用理论穿透时代、思想表达人生的大境界和大情怀。

我真诚地希望本书库能够成为江苏师大底蕴深厚、学养深沉的人文传统的学术象征。江苏师大是苏北大地上第一所本科大学，文理兼容，犹文见长。学校1956年创始于江苏无锡，1958年迁址徐州，1959年招收本科生，为苏北大地最高学府。60年代初，全国高校布局调整，敬爱的周恩来总理指示："徐州地区地域辽阔，要有大学。"学校不仅因此得以保留，而且以此为强大的精神动力得到迅速发展。在50多年办学历史上，学校人才辈出，群星灿烂，先后涌现出著名的汉语言学家廖序东教授，著名诗

---

[*] 任平，江苏师范大学校长。

人、中国现代文学研究专家吴奔星教授，戏剧家、中国古代文学史家王进珊教授，中国古代文学研究专家吴汝煜教授，教育家刘百川教授，心理学家张焕庭教授，历史学家臧云浦教授等一批国内外知名人文学者。50多年来，全校师生秉承先辈们创立的"崇德厚学、励志敏行"的校训，发扬"厚重笃实，艰苦创业"的校园精神，经过不懈努力，江苏师大成为省重点建设的高水平大学。2012年，经过教育部批准，学校更名并开启了江苏师范大学的新征程。作为全国首批硕士学位授予单位、全国首批有资格接收外国留学生的高校，目前有87个本科专业，覆盖十大学科门类。有26个一级学科硕士点和150多个二级学科硕士点，并具有教育、体育、对外汉语、翻译等5个专业学位授予权和以同等学力申请硕士学位授予权，以优异建设水平通过江苏省博士学位立项建设单位验收。学校拥有一期4个省优势学科和9个重点学科。语言研究所、淮海发展研究院、汉文化研究院等成为省人文社会科学重点研究基地；以文化创意为特色的省级大学科技园通过省级验收并积极申报国家大学科技园；包括国家社科基金重大、重点项目在内的一批国家级项目数量大幅度增长，获得教育部和江苏省哲学社会科学优秀成果一等奖多项。拥有院士、长江学者、千人计划、杰出青年基金获得者等一批高端人才。现有在校研究生近3000人，普通全日制本科生26000余人。学校与美国、英国、日本、韩国、澳大利亚、俄罗斯、白俄罗斯、乌兹别克斯坦等国的20余所高校建立了校际友好合作关系，以举办国际课程实验班和互认学分等方式开展中外合作办学，接收17个国家和地区的留学生来校学习。学校在美国、澳大利亚建立了两个孔子学院。半个世纪以来，学校已向社会输送了十万余名毕业生，一大批做出突出成就的江苏师范大学校友活跃在政治、经济、文化、科技、教育等各个领域。今日江苏师大呈现人文学科、社会学科交相辉映，基础研究、文化产业双向繁荣的良好格局。扎根于这一文化沃土，本着推出理论精品、塑造学术品牌的精神，文库将在多层次、多向度上集中表现和反映学校的人文精神与学术成就，展示师大学者风采。本书库的宗旨之一：既是我校学者研究成果自然表达的平台，更是读者理解我校学科和学术状况的一个重要窗口。

努力与时代同行、穿透时代问题、表征时代情感、成为时代精神的精华，是本书库选编的基本努力方向。大学不仅需要文化传承，更需要创新学术，用心灵感悟现实，用思想击中时代。任何思想都应当成为时代的思想，任何学术都应当寻找自己时代的出场语境。我们的时代是全球资本、科技、经济和文化激烈竞争的时代，是我国大力实施科学发展、创新发展、走向中国新现代化的时代，更是中华民族走向伟大复兴、推动更加公正、生态和安全的全球秩序建立和完善的时代。从以工业资本为主导走向以知识资本为主导，新旧全球化时代历史图景的大转换需要我们去深度描述和理论反思；在全球化背景下，中国遭遇时空倒错，前现代、现代和后现代共时出场，因而中国现代性命运既不同于欧美和本土"五四"时期的经典现代性，也不同于后现代，甚至不同于吉登斯、贝克和哈贝马斯所说的西方（反思）的新现代性，而是中国新现代性。在这一阶段，中国模式的新阶段新特征就不同于"华盛顿共识"、"欧洲共识"甚至"圣地亚哥共识"，而是以科学发展、创新发展、生态发展、和谐发展、和平发展为主要特征的新发展道路。深度阐释这一道路、这一模式的世界意义，需要整个世界学界共同努力，当然，需要本土大学的学者的加倍努力。中国正站在历史的大转折点上，向前追溯，五千年中国史、百余年近现代史、六十余年共和国史和三十余年改革开放史的无数经验教训需要再总结、再反思；深析社会，多元利益、差异社会、种种矛盾需要我们去科学把握；未来展望，有众多前景和蓝图需要我们有选择地绘就。历史、当代、未来将多维地展开我们的研究思绪、批判地反思各种问题，建设性地提出若干创新理论和方案，文库无疑应当成为当代人的文化智库、未来人的精神家园。

我也希望：文库在全球文明对话、思想撞击的开放语境中努力成为创新学术的平台。开放的中国不仅让物象的世界走进中国、物象的中国走向世界，而且也以"海纳百川、有容乃大"的宽阔胸襟让文化的世界走进中国，让中国精神走向世界。今天，在新全球化时代，在新科技革命和知识经济强力推动下，全球核心竞争领域已经逐步从物质生产力的角逐渐次转向文化力的比拼。民族的文化精神与核心价值从竞争的边缘走向中心。发现、培育和完善一个民族、一个国家、一个地区的优秀的思想观念、文化精神和价值体系，成为各个民族、国家和地区自立、自强、自为于世界民族之林的重要路径和精神保障。文化力是一种软实力，更是一种持久影响世界的力量或权力（power）。本书库弘扬的中国汉代精神与文化，就是培育、弘扬这种有深厚民族文化底蕴、对世界有巨大穿透力和影响力的本土文化。

新全球化具有"全球结构的本土化"（glaocalization）效应。就全球来看，发展模式、道路始终与一种精神文化内在关联。昨天的发展模式必然在今天展现出它的文化价值维度，而今天的文化价值体系必然成为明天的发展模式。因此，发展模式的博弈和比拼，说到底就必然包含着价值取向的对话和思想的撞击。20世纪90年代以来，世界上出现了三种发展模式，分别发生在拉美国家、俄罗斯与中国，具体的道路均不相同，结果也大不一样。以新自由主义为理论基础的"华盛顿共识"是新自由主义价值观支撑下的发展模式，它给拉美和俄罗斯的改革带来了严重后果，替代性发展价值观层出不穷。2008年爆发的全球金融危机更证明了这一模式的破产。1998年4月，在智利首都圣地亚哥举行的美洲国家首脑会议，明确提出了以"圣地亚哥共识"替代"华盛顿共识"的主张。但是，"拉美社会主义"至今依然还没有把南美洲从"拉美陷阱"中完全拔出。从欧洲社会民主主义价值理论出发的"欧洲价值观"，在强调经济增长的同时，倡导人权、环保、社会保障和公平分配；但是，这一价值并没有成为抵御全球金融危机的有效防火墙。改革开放以来，中国是世界上经济增长最快的国家。因此，约瑟夫·斯蒂格利茨指出，中国经济发展形成"中国模式"，堪称很好的经济学教材。[①] 美国高盛公司高级顾问、清华大学兼职教授乔舒亚·库珀·拉莫（Joshua Cooper Ramo）在2004年5月发表的论文中，把中国改革开放的经验概括为"北京共识"。通过这种发展模式，人们看到了中国崛起的力量源泉[②]。不管后金融危机时代作为"G2"之一的中国如何，人们不可否认"中国经验"实质上就是中国作为一个发展中国家在新全球化背景下实现现代化的一种战略选择，它必然包含着中华民族自主的社会主义核心价值——和合发展的共同体主义。而它的文化脉络和源泉，就是"中国精神"这一理想境界和精神价值，与努力创造自己风范的汉文化精神有着不解之缘。文库陆续推出的相关著作，将在认真挖掘中华民族文化精神、与世界各种文化对话中努力秉持一种影响全球的文化力，为中国文化走向世界增添一个窗口。

文库也是扶持青年学者成长的阶梯。出版专著是一个青年人文学者学术思想出场的主要方式之一，也是他学问人生的主要符码。学者与著作，

[①] 《香港商报》2003年9月18日。
[②] 《参考消息》2004年6月10日。

不仅是作者与作品、思想与文本的关系,而且是有机互动、相互造就的关系。学者不是天生的,都有一个学术思想成长的过程。而在成长过程中,都得到过来自许许多多资助出版作品机构的支持、鼓励、帮助甚至提携和推崇,"一举成名天下知"。大学培育自己的青年理论团队,打造学术创新平台,需要有这样一种文库。从我的学术人生经历可以体会:每个青年深铭于心、没齿难忘的,肯定是当年那些敢于提携后学、热荐新人,出版作为一个稚嫩学子无名小辈处女作的著作的出版社和文库;慧眼识才,资助出版奠定青年学者一生学术路向的成名作,以及具有前沿学术眼光、发表能够影响甚至引领学界学术发展的创新之作。我相信,文库应当热情地帮助那些读书种子破土发芽,细心地呵护他们茁壮成长,极力地推崇他们长成参天大树。文库不断发力助威,在他们的学问人生中,成为学术成长的人梯,学人贴心的圣坛,学者心中的精神家园。

是为序。

2011年2月28日原序
2013年11月5日修改

内容提要

中国现代文学语言在20世纪初经历了一场"脱胎换骨"的变化，呈现出一种新的面貌。从"五四"至今近一百年的时间（1917—2016），中国现代文学语言经历了发生、发展和走向相对成熟的完整过程。这个过程自成系统，显示了独特的规律。本书尝试将中国现代文学语言作为一个整体，探讨它的发生、发展与走向相对成熟的过程。中国现代文学走到今天是多种选择的结果，因而也显示了独特面貌。本书拟将时代变革与作家个人的探索结合起来，力求回答中国现代文学语言在这一百年间经历了什么样的变化，以及何以出现这种变化的问题。

关键词： 中国现代文学语言　时代环境　现代性转型　发生与流变

目 录

引言……………………………………………………………… 1

第一编　现代文学语言的发生与流变

第一章　"五四"作家语言的转型与现代文学语言的发生 …… 27
　　第一节　鲁迅等作家语言的转型 ……………………………… 28
　　第二节　郁达夫等作家的语言转型 …………………………… 32
　　第三节　叶圣陶等作家的语言转型 …………………………… 36

第二章　20世纪30年代中国作家的语言探索及意义 ………… 41
　　第一节　语言自身的建设 ……………………………………… 42
　　第二节　新文学的扩展与语言的跟进 ………………………… 49
　　第三节　大众语运动与新式白话的推广 ……………………… 54

第三章　20世纪40年代解放区文学语言的变革及意义 ……… 59
　　第一节　新的时代导向 ………………………………………… 59
　　第二节　作家生活与创作环境的改变 ………………………… 62
　　第三节　解放区本土作家的崛起 ……………………………… 66
　　第四节　变革的意义 …………………………………………… 69

第四章　中国现代文学的方言问题 ……………………………… 73
　　第一节　中国早期语言变革中的方言问题 …………………… 74
　　第二节　新文学的方言理论与策略 …………………………… 81

第三节 新文学作家的方言实践 …………………………… 88

第二编 新中国成立后30年文学语言的流变

第一章 当代"工农兵"作家语言论 …………………………… 97
第一节 早期教育与身份认同 …………………………… 98
第二节 语言政策的引领与导向 ………………………… 102
第三节 当代工农兵作家的语言形态 …………………… 106

第二章 "十七年"作家的语言探索与创新 ………………… 112
第一节 语言欧化方面的探求 …………………………… 112
第二节 语言诗化方面的探求 …………………………… 117
第三节 口语化方面的探求 ……………………………… 120

第三章 "文革"小说语言的特点 …………………………… 124
第一节 文学语言的政治化 ……………………………… 124
第二节 文学语言的模式化 ……………………………… 128
第三节 刻板与规范并存 ………………………………… 130

第四章 "十七年"小说的方言问题 ………………………… 133
第一节 新的语境与新的策略 …………………………… 134
第二节 方言使用的新特点 ……………………………… 138

第三编 新时期文学语言的流变

第一章 新时期中国小说语言流变论 ……………………… 145
第一节 艰难的起步 ……………………………………… 146
第二节 在借鉴中创新 …………………………………… 148

第三节　转型与提高……151

第二章　新时期作家的代际差异与语言差异……162
　　第一节　文学观的差异与语言差异……163
　　第二节　语言传统的传承与语言差异……168
　　第三节　文化背景与语言差异……176

第三章　新时期小说"新诗性"语言的建构……180
　　第一节　语言转型与诗性功能的重建……181
　　第二节　新时期文学现代汉语诗性的自觉……185
　　第三节　新时期作家对诗性语言的探讨……190

第四章　新世纪中国小说语言论……204
　　第一节　民间语言的使用……204
　　第二节　语言的诗化实验……207

结语……213

附录　关于赵树理语言研究的审美反思……224

参考文献……238

引　言

20世纪初汉语书面语经历了一个从文言到白话的变革。中国的白话文虽然已有两千多年的历史，但现代白话是在中国现代化进程中产生的，它大量吸收了现代口语、欧化语、文言和方言的成分，与古代白话已经有了相当大的差异；中国文学语言的现代转型虽然不能描述为一次"断裂"，但也的确经历了一个去旧迎新的过程，是在一个新的起点、平台上建构了一种新的、具有现代性特点的文学语言。"五四"以后，中国作家在改造语言方面面临的任务是繁重的，一方面，要纠正古代白话直白、散漫的特点，提升现代白话的诗性内涵，使现代白话既能满足自然科学、社会科学和现代教育的需要，也能满足文学包括诗歌的需要；另一方面，"五四"以后，中国从西方引进了现代小说、诗歌与散文，而这些艺术形式对文学语言都有新的要求，例如，现代小说的心理描写、环境描写都需要精密复杂的语言与之匹配；如何用现代白话完成复杂的叙事与描写也是摆在现代作家面前的新任务。就中国现代文学语言的发展历程来说，有这样几个问题值得深入讨论与辨析。

一　中国现代文学语言发展的整体特点

中国现代文学语言自"五四"诞生，至今已有近一百年的历史，因为在20世纪中国经历了从古代、近代到现代的转型，中国的政治、经济、社会形态、文学等都发生了巨大变化，文学语言也随之发生了相当大的变化。将中国现代文学语言放到整个汉语文学语言发展史上看，它明显表现出以下三个特点：

（一）阶段性

汉语在20世纪经历了深刻变化，在汉语数千年发展史中，这一百年是一个特殊的、带有很强独立性的阶段。19世纪末20世纪初汉语经历了一场深刻的现代性转型，这个转型在"五四"完成了一个关键性转变，即汉语书面语变文言为白话，同时也加快了欧化步伐，因而这一百年不是汉语在数千年发展中平平常常的一百年,而是经历了大变革、大建设的一百年。迄今为止,汉语曾经历过两次大规模变革:第一次是东汉末年佛教传入时,受梵语的影响,汉语经历了一次较大规模的变革。有的学者认为,古代白话就是"以东汉末年佛教的传入和汉译佛经的大量出现为契机而发展起来的。"① 第二次就是19世纪末20世纪初汉语受到西方语言影响,经历了一个更大规模的变革与改造。这次变革与东汉末年的不同,前一次变革很大程度上是汉语的一次自主变革,是它在接触了异质文化和语言后一次自动的借鉴与调整。而近现代汉语发生的变革则是在西方列强入侵、西方强势文化大规模来袭之后一种迫不得已的变革与转型,如果说中西方接触之初汉语的变革还是不自觉的,那么到了19世纪末,中国在强敌入侵一败再败之后,很多人就把语言变革当作中国社会变革的重要前提,即把语言变革视为避免亡国亡种的一项重要举措。与东汉末年梵语的影响相比,近现代汉语的变革是一场更广泛和深刻的变革。经过这场变革,汉语大量接受了来自西方的词汇和概念,让整个中国文化都接受了一场现代性洗礼,中国人对世界的认知和思维方式也随之发生了很大变化;汉语原有的诗性、具象性等特点受到抑制,而抽象性和逻辑性则大幅提高。

19世纪末20世纪初,汉语经历的变革是非常深入的,汉语在这场变革中经受了深刻的现代性改造,语言体系实现了从古代到现代的整体嬗变。经过这个转型,汉语特别是汉语书面语以一种新的面目出现在世人面前。从这个角度说,自"五四"以来中国文学语言的百年历史就是汉语发展史上一个颇为特殊的阶段,它虽然也表现了对传统汉语的继承,但是,更多的是一种改造与更新。相对于传统汉语,现代汉语书面语经过现代性改造已经成为一种包含现代性特点、具有独立自主性的新型语言,因而20世纪中国文学语言发展的百年历史可以视为汉语历史上一个特殊的相对独立的阶段。

(二)整体性

所谓整体性,是指现代文学语言具有一定的独立性和完整性,在某种意义上自成一个系统。如上所述,在时间上,中国文学语言在19世纪末

---

① 江蓝生:《著名中年语言学家自选集(江蓝生卷):古代白话略说》,安徽教育出版社2002年版,第247页。

20世纪初受到西语影响和改造,经历了一场深刻的现代性转型,因而与古典文学语言有了明显的区别。如有的研究者所说:"现代汉语不独融汇了相当成分的欧化语因子,而且其承载的思维方式、价值理念与旧白话完全不同,二者属于异质的话语形态……现代汉语之现代,在根本意义上在于其'现代性'——话语形态的现代性和概念体系的现代性。"① 在空间上,汉语与印欧语有着巨大的差异,正如语言学家申小龙所说:"根据现有的语言资料,汉语和印欧语在结构形态、组织方略和文化精神上分别处于人类语言连续系统的对立的两极。"② 在20世纪中国文学史上,虽然很多作家一直致力于学习西方语言,也在汉语中形成了一种特殊的欧化语体,但是,所谓欧化体只是汉语中体现了印欧语表意策略的一种语言,而非西语本身。无论一个作家如何希望模仿西文的思维方式和表达方式,他最终写出来的仍然仅是一种西化了的中文。周作人说过:"因为欧化这两个字容易引起误会,所以常有反对的论调,其实系统不同的言语,本来绝不能同化的,现在所谓欧化实际上不过是根据国语的性质,使语法组织趋于严密,意思益于明了而确切,适于实用。中国语没有语尾变化,有许多结构当然不能与曲折语系的欧文相同。"③

中国现代文学语言的整体性还体现在中国现代作家自成一体的承续关系上。在新文学史上,更多的作家还是在新文学前辈作家那里得到更多的借鉴,例如,鲁迅、废名、沈从文、孙犁、汪曾祺形成了中国诗性语言的一个传统,茅盾、巴金、丁玲等则形成了一个欧化的传统,而后辈作家则继承和发展了这样的传统。文学史上也有作家仅仅选择了外向的学习与借鉴,例如,新时期很多新生代作家声明不看中国书,仅仅学习西方现代派后现代派的观念、技巧和语言,但是,因为现代汉语内在的规定性,他们笔下的语言仍然必须尊重汉语基本的规律,成为欧化汉语的一种,他们的语言也更多地呈现出与此前欧化汉语相似的特点,并未超出这个传统。

(三) 发展性

所谓"发展性",是指"五四"以来中国现代文学语言呈现了一个不断发展、进步,从幼稚走向成熟的过程。最后,语言不同于文学,文学通

---

① 李寄:《鲁迅传统汉语翻译文体论》,上海译文出版社2008年版,第25页。
② 申小龙:《当代中国理论语言学的世纪变革》,《华东师范大学学报》1995年第4期。
③ 周作人:《国语改造的意见》,参见钟叔和编《周作人文类编》(9),湖南文艺出版社1998年版,第776页。

过积累可以不断走向成熟，而语言更多地依靠作家的天分、才情，因而很多人不认为语言可以有进步、成熟之说。有人认为，新文学之初，鲁迅的语言就精粹、深刻，是非常优秀的文学语言；而当代文学语言倒是松散、直白，并无明显进步。然而，这类评价很多都是随意的和印象式的，从语言研究角度来说，其实不能以一个作家的优秀说明一个时期文学语言整体的优秀，也不能以一部分人的低劣，说明一个时期语言整体的低劣。从现代文学语言发展的整体态势来说，"五四"之初，现代文学语言草创，很大程度上是杂合了旧白话、文言和欧化语，并未形成一个有机的整体，除少数作家外，多数人的白话文是简单的、幼稚的、粗糙的。林徽因在回顾"五四"时期文学语言时，曾提到这样一个印象："生涩幼稚和冗长散漫的作品，在新文艺早期毫无愧色地散见于各种印刷物中。"① 事实上，"五四"以后，经过几代作家的探索和实践，现代文学语言才克服了过分欧化、文白混杂和滥用方言的缺点，使现代文学语言成为一种有机统一的语言，同时，努力克服现代白话由于欧化导致的过分抽象与概括的弊端，努力挖掘现代汉语中的诗性潜能，这样，到了新时期，中国现代文学语言已经成为既统一又多样，既能精密、复杂地表现作家文思，同时又不失灵动、隐约的语言。现代文学语言的百年发展不是汉语史上随随便便的一百年，它在20世纪初经历了深刻转型，转型后又有一个新的开始，正是在这个意义上可以把它描述为一个"发展"的过程，一个由幼稚走向成熟的过程。

　　是否认识到近现代汉语变革的深刻性，认识到百年中国文学语言建设的阶段性、完整性和发展性的特点，对从事这个研究具有重要意义。

　　首先，正因为中国现代文学的发展在语言的长河中具有阶段性和完整性，我们才有理由将这一段选出，作为一个独立的对象加以研究。

　　其次，正因为它的历史是一个发展的、进步的过程，对这段历史才可以用发生、发展和成熟加以描述；从这个意义上才能理解"五四"作家如何鼎力开拓现代文学语言之路，其后的作家如何巩固前辈作家的成果，并且将中国现代文学语言建设推向到一个新的境界和高度；在确定了一个起点和相对独立的段落以后，可以观察这个过程中的每一点变动，判断它的停滞与倒退，也可以把它描述为一个不断发展、成熟的过程。

---

① 吴福辉：《二十世纪中国小说理论资料》第三卷，北京大学出版社1997年版，第13页。

最后，认识到中国现代语言发展的阶段性、完整性和发展性，我们可以对这个时期作家语言建设任务的艰难有一个更清楚的认识与了解，即它在很大程度上是一项"另起炉灶"、充满挑战性的工作：这个时期的作家一方面放弃了文言，另一方面旧式白话又不是"现成"的可以拿来就用的工具，他们必须综合已有的几种资源，"创造"一种在汉语中从未有过的新式白话，他们没有"现成"的范本可以模仿，于是当时的作家就成了新式语言的"创造者"，他们是在没有路的情况下，摸索着走出自己的路。鲁迅、郭沫若、冰心、郁达夫、周作人等很大程度上是创造了最初的中国现代文学语言。其后，在现代文学语言建设过程中，像书面语的欧化与口语化、对文言和方言的吸收，以及语言的大众化、民族化等都是汉语在历史上从来没有遇到过或者很少遇到的问题，其中每一个问题的解决，当时的作家都经历了大量探索，付出了艰辛的劳动。不了解这一点，就不能对中国现代作家的贡献有一个正确的认识。

二　中国现代文学语言研究回顾

20世纪中国文学的变革就是从语言开始的。"五四"以来，人们对文学语言建设一直都给予了较多的关注。早在1922年，胡适在《五十年来中国之文学》中就对"五四"新文学运动做了一个回顾，虽然这篇文章的主要内容是叙说古文的穷途末路，目的在于证明从文言到白话变革的合法性，但文章的第十节还是较完整地回顾了新文学变革的过程，讨论的也主要是语言变革。在这篇文章中，胡适着重提到"五四"白话文运动与晚清白话文运动的区别，他认为，二者的区别是：第一，"五四"白话文运动"没有'他们''我们'的区别。白话并不单是'开通民智'的工具，白话乃是创造中国文学的唯一工具。"第二，"这个运动老老实实地攻击古文的权威，认它做'死文字'"。他还对"国语的文学""文学的国语"做了进一步阐释。[①] 胡适是"五四"语言变革的发起者和倡导者，作为当事人，他的这个回顾具有很高的权威性，为后人深入研究这场在语言变革中具有关键意义的运动提供了一个角度和框架。鲁迅在读了文章的初稿后给予很高的评价。他说，这篇文章"警辟之至，大快人心！我很希望早日印成，因为这种历史的提示，胜于许多空理论"。[②]

[①] 姜义华主编：《胡适学术文集·新文学运动》，中华书局1993年版，第149—153页。

[②] 鲁迅：《鲁迅全集》第十一卷，人民文学出版社2005年版，第431页。

到20世纪30年代，文坛上出现了一批新文学史著作，包括王哲甫《中国新文学运动史》（1933）、伍启元《中国新文化运动概观》（1934）、王丰园《中国新文学运动述评》（1935）、吴文祺《新文学概要》（1936），这些文学史著作虽然主要都是着眼于"五四"文学变革以及对新文学作家作品的介绍，但是，其中还是比较多地涉及了语言问题，开始对新文学作家作品语言特点给予了初步介绍与评价。例如，王哲甫在《中国新文学运动史》中谈到鲁迅小说时指出："他在创作的体裁与语言方法上，从日本小说里得到一种暗示而创造了另一种风味的作品。""他看出老大国民的因循、自私、卑劣、蠢动、冥顽等弱点，他把这些弱点用冷讽的笔锋，老实不客气地呈现出来。"他认为，冰心的文字"句句都是发于真情的，而其特点则在韵味很美，换言之便是散文里充满了诗意。如用的虽然是外国小说的法式，作出来却是中国女红的风格。""庐隐的文笔稍微刻画，仍不失为美丽。""王统照的小说，描写的多半是青年的苦闷，而文字亦颇美丽，为一般青年所爱读。"①

现代30年在文学语言研究方面成绩比较大的还有《中国新文学大系》各集的"导言"。1935年，上海良友图书公司出版了由赵家璧主编的十卷本《中国新文学大系》，该书分别收集新文学第一个十年有代表性的理论、小说、诗歌、戏剧和散文作品，该书由蔡元培撰写总序，各集导言则由编选者撰写：胡适、郑振铎、茅盾、鲁迅、郑伯奇、朱自清、周作人、郁达夫、洪深等分别撰写了各集导言。这些作者大都是新文学运动的发起者或是各领域资深作家，他们对各领域文学发展的描述与评判具有很高的权威性。曹聚仁就认为，这每一篇导言"便是最好的那一部门的评介，假使把这几篇文字汇刊起来，也可说是现代中国新文学的最好综合史"。他说，郑振铎的《文学论争集导言》"是一篇极好的现代新文学小史……他所说的，都是很真实而且很公正的"。② 现代学者黄修己也指出："《大系》虽是一套作品选集，出版之时，又已有陈子展、王哲甫等的有关新文学运动的史著，但参加编选者是新文学史上最重要的几位作家，他们自身就是新文学的创造者，当然非常熟悉头十年的历史，又都是当时之硕儒，因此所撰各集导言，便成了很好的历史总结，对于新文学史的研

---

① 王哲甫：《中国新文学运动史》，上海书店出版社1933年版，第139—148页。
② 曹聚仁：《文坛五十年》（续集），香港新文化出版社1937年版，第172页。

究，有着特殊的价值。"① 而这些作者都比较关心现代语言问题，对相关领域语言问题做了较多的介绍与评价，提出了有价值的意见，在现代语言研究中具有较大价值。

在《中国新文学大系》各集导言中，对"五四"白话文运动研究比较深入的首先当推胡适的《建设理论集导言》。在这篇文章中，胡适一方面承续《五十年来中国之文学》的话题，进一步反思和说明语言变革的历史背景，即古文试图自新的失败和早期国语运动的失败。他指出，"五四"语言革命有两个看似不相关的背景："一幕是士大夫阶级努力想用古文来应付一个新时代的需要，一幕是士大夫之中的明白人想创造一种拼音文字来教育那'芸芸亿兆'的老百姓。"但"他们把整个社会分成两个阶级了：上等人认汉字，念八股，做古文；下等人认字母，读拼音文字的书报。"② 这两个运动当然会归于失败。在这篇文章中，胡适还回顾了白话文运动的过程，"指出了文学革命的两个中心理论的含义"，其中特别值得重视的是他对自己提出的白话文建设理论做了进一步的阐释与说明。在如何学习白话文方面，胡适早期给出的建议就是以明清白话小说为范本，将旧白话小说作为学习白话文的主要资源，然而后来他听取傅斯年的建议，同意学习白话文不仅要借鉴旧白话小说，同时也要借鉴欧化语和现代人的口语。在这篇文章中他说："旧小说的白话实在太简单了，在实际应用上，大家早已感觉有改变的必要了。初期的白话作家，有些是受过西洋语言文字训练的，他们的作风早已带有不少的'欧化'成分。……凡具有充分吸收西洋文学的法度和技巧的作家，他们的成绩往往特别好，他们的作风往往特别可爱。所以欧化白话文的趋势可以说是在白话文学的初期已开始了。"关于学习现代人口语，他指出："傅先生的另一个主张，——从说话里学作白话文，——在那个时期还不曾引起一般作家的注意。中国文人大都是不讲究说话的，况且有许多作家生在官话区域以外，说官话多不如他们写白话流利。所以这个主张言之甚易，而实行甚难。直到最近时期，才有一些作家能够忠实描摹活的语言的腔调神气，有时还得充分采纳各地的土话。……近年白话文学的倾向是一面大胆的欧化，一面又大胆的方言化，就使白话文更丰富了。"③

---

① 黄修己：《中国新文学史编撰史》第二版，北京大学出版社2007年版，第47页。
② 姜义华主编：《胡适学术文集·新文学运动》，中华书局1993年版，第239页。
③ 同上书，第251页。

周作人的《散文一集》"导言"主要是对"十年"散文发展的描述,但是,其中涉及一些现代文学语言的问题,他注意到,"五四"以后的散文适当融合欧化语、古文和方言的成分会有更好的表达效果。他说:"我也看见有些纯粹口语体的文章,在受过新式中学教育的学生手里写得很是细腻流丽,觉得有造成新文体的可能,使小说戏剧有一种新发展,但是在论文,——不,或者不如说小品文,不专说理叙事而以抒情分子为主的,有人称他为'絮语'过的那种散文上,我想必须有涩味与简单味,这才耐读,所以他的文辞还得变化一点。以口语为基本,再加上欧化语、古文、方言等分子,杂糅调和,适宜地或吝啬地安排起来,有知识与趣味的两重的统制,才可以造出有雅致的俗语文来。"①

除理论上的总结、反思外,在《中国新文学大系》导言中很多作者对作家作品的语言也做了评判,这些评判虽然是印象式的,但是,往往十分精当、准确,它能为后人研究这个时代语言的特点和重要作家作品的特点提供重要参考。

茅盾在《小说一集》"导言"中谈到入选的三个作品:《三天劳工底自述》、《乡心》和《偏枯》语言的特点,他指出:"这几篇,不但在题材上是新的东西,就是在技巧上也完全摆脱了章回体小说的影响,它们用活人的口语,用'再现'的手法,给我们看一页真切的活的人生图画。"《三天劳工底自述》对"旧式作场里学徒的黑暗""表现得很亲切,很生动。而且它的文字也不是'文中之白'(这又是那时的流行品),而是地道的'口语',它的对话是活人嘴巴里的话,很切合篇中'人物'的身份。"三篇之中,"《偏枯》在技巧上最为完美。他用了很细腻的手法描写一对贫农夫妇在卖儿卖女那一瞬间的悲痛的心理。他的文字也许稍嫌生涩些,然而并不艰晦;……"② 郁达夫在《散文二集》"导言"中谈到鲁迅时说:"鲁迅的文体简练得像一把匕首,能以寸铁杀人,一刀见血。重要之点,抓住了之后,只消三言两语就可以把主题道破——这是鲁迅作文的秘诀,……次要之点,或者也一样的重要,但不能使敌人致命之点,他是一概轻轻放过,由它去而不问的。与此相反,周作人的文体,又来得舒徐自在,信笔所至,初看似乎散漫支离,过于烦琐,但仔细一读,却觉得他

---

① 鲁迅等:《中国新文学大系导言集》,天津人民出版社2009年版,第121—122页。
② 同上书,第62—63页。

的漫谈，句句含有分量，一篇之中，少一句就不对，一句之中，易一字也不可，读完之后，还想翻转来从头再读的。当然，这是指他从前的散文而说，近几年来，一变而为苦涩苍老，炉火纯青，归入古雅遒劲的一途了。"他说："冰心女士散文的清丽，文字的典雅，思想的纯洁，在中国好算是独一无二的作家了。""朱自清虽则是一个诗人，可是他的散文，仍能满贮着那一种诗意，文学研究会的散文作家中，除冰心女士外，文字之美，要算他了。"①

新中国成立以后，中国文学由多元转向一元，文学更多被作为思想宣传的工具，语言被单一地要求大众化、民族化，关于语言问题的研究也趋于冷落。然而这个时期也并非没有人关心这个问题，特别是在新中国成立初期的一段时间，在有关新文学问题专论和文学史中人们还是比较多地谈到了语言问题，其中比较重要的有铁马的《论文学语言》、高名凯等的《鲁迅和现代汉语文学语言》等专著，王瑶的《中国新文学史稿》等。

铁马的《论文学语言》是新中国成立后有关文学语言研究的一部较重要的著作，这部书虽然主要探讨文学语言的性质、特点等，但是，该书还是用了四分之一的篇幅探讨了"五四"以后文学语言的转型与建设。这部书写于1948年，1949年初版，1950年做了重大修改，1951年再版，因而它一定程度上代表了新中国成立后主流意识形态观点。在时间节点上，这部书与"五四"语言运动拉开了一定距离，作者有了更多反思的空间，它的视野也涵盖了30年代的大众语讨论等；与30年代《中国新文学大系》"导言"作者相比，该书作者显然更多了一些时间上的优势。

《论文学语言》中与现代文学语言建设有关的主要是两部分："五四时期的文学语言问题"和"大革命以来文学语言问题"。关于"五四"语言变革，作者较详细地介绍了胡适的观点，包括刘半农、钱玄同、傅斯年对其理论的补充与修正，他对语言变革的主要成绩与不足也做了比较公正的评价。其中最有价值的是作者意识到，"五四"初期，胡适、陈独秀一味强调变革而忽视了文学语言的特点，而这种弊端在"五四"以后才逐步得到了纠正。铁马指出："到了五四后期，文学语言的问题又有了进展，初期对文学的看法，仍然是中国旧式的文章，所以语言问题在初期，只是要把文章写得新些，平易近人些，后来经过讨论，例如，刘半农他们

---

① 鲁迅等：《中国新文学大系导言集》，天津人民出版社2009年版，第138—142页。

介绍了西欧对于文学的定义，介绍了短篇小说等近代的文学，这才确定文学对于生活的反映，人物的创造，以及描写、情节、主题等类的方法，到这时候，白话才确立为描写生活，反映现实的情境，刻画人物，及现代文学的语言，而不只是文章的用语了。这也是五四时代一个很大的建树。同时，五四白话已经不单是'开启民智'的工具，而又是创造文学的工具，白话不是降格所作的恩赐，而是'全国人民都该赏识的一件好宝贝'。"此外，铁马还指出了"五四"后期，人们在文学语言建设上的一些特殊贡献，例如："刘半农与钱玄同还讨论了破坏旧韵与重造新韵的问题，在语言的范围内指出了音变以后旧韵的不合理，以及根据口语新韵为语言韵节的标准，从这个侧面出发，他们对于戏曲与诗文学语言之建立，起了极大的影响，颠覆了古韵书对于今日自然语言的限制，而把今日自然的语言，拉到了正面上来。"① 此前很多人未曾注意到"五四"时期胡适对文学语言特点的忽略，自然也不会注意后来的补充与修正，铁马对"五四"的语言建设在时间上做了区分，指出了胡适理论的不足，也充分肯定了其他先驱者在这个问题上的贡献。

关于"大革命以来文学语言问题"，铁马讨论了 30 年代初文学大众化中关于语言的论争、1934 年关于"大众语"的论争、40 年代关于民族形式的论争，以及 1947 年以后左翼作家在广州和香港发起的关于方言文学的论争。对这些语言讨论和论争作者均予以介绍并做了适当的评价。

在 30 年代初开始的文学大众化讨论中，语言问题曾是讨论的一个重要问题，瞿秋白、茅盾、阳翰生等左翼作家都参与了讨论，其中瞿秋白最集中讨论了"五四"以后的语言问题。瞿秋白的出发点明显带有强烈的意识形态色彩，其宗旨是通过大众化、通俗化，把现代文学语言变成无产阶级宣传教育大众的手段和工具，因而他激烈攻击"五四"白话文运动，认为这场变革与 1927 年的大革命运动一样是失败了，没有完成它的任务，他建议："中国还是需要再来一次文字革命。"② 铁马对瞿秋白的观点做了较详细的介绍。对瞿秋白的观点做评价时，说得比较委婉，认为瞿秋白的功绩在于："他非常鲜明地指出了五四文学语言改革运动的成绩和缺点，指出了文学语言与人民群众语言之间的关系。"③ 但是，后来在提到瞿秋

---

① 铁马：《论文学语言》，文化工作社 1951 年版，第 253 页。
② 文振庭编：《文艺大众化问题讨论资料》，上海文艺出版社 1987 年版，第 38 页。
③ 铁马：《论文学语言》，文化工作社 1951 年版，第 266 页。

白的方言理论时，他还是指出："瞿秋白的主张一般说来不应该着眼在阶级语言上，忽视了北方系统方言上升为普通话，所以有些架空。"①

回顾1934年"大众语"论争时，他讨论了两个问题，第一个是关于"大众语"和"白话"的关系。他认为，在这个论争中，有人割裂了大众语与现代白话的关系，借大众语否定现代白话。关于这个问题，铁马指出："白话虽然有些脱离人民群众的地方，要加以改造，它的基本词汇和文法仍然基本上可以反映口语的，改造工作是要使它更与语言紧密联系起来，发展和前进为一种更结合实际语言的文学语言，不是根本否定它。"②第二个是他讨论了普通话和方言土语的关系，在这个问题上，他批评了耳耶等人提出的"采用方言土语"的观点，他认为："所谓普通话应当是民族共同的语言"，但是它也应当"吸收各地方言中的精华。"③

铁马的《论文学语言》的写作与出版是在新中国成立前后，它的价值是一方面它的视野涵盖了现代30年几个重要的文学语言运动，同时又拉开了一定的距离，有了一个反思的空间。另外，新中国成立之初，文坛受"左"倾思潮影响尚小，作者的立场基本上是客观的，对问题的讨论具有较强的学术性，因而这部著作在现代文学语言研究中具有较重要的意义。

如果说铁马的《论文学语言》的成绩主要在于理论上的描述与回顾，那么王瑶的《中国新文学史稿》的成绩则在于对作家作品语言风格的研究，他讨论作家个人风格时常常注意到其语言特点，也常常能够做到要言不烦，几句话就概括出一个作家的语言特点。例如谈到老舍，他指出："作者对北京市民生活十分熟悉，他善于用明畅朴素的叙述笔调，幽默生动的北京口语，简洁有力地写出富于地方色彩的生活画面和有性格特征的人物形象，在写实手法的运用和语言的凝练上都取得了很大成功。""老舍的作品所用的语言全是地道的北京话，是运用方言最成功的作家。"④沈从文的"文字自成一种风格，句子简练，'的'字用得极少，有新鲜活泼之致。作品甚多而结构并不如张资平似的彼此雷同，运用文字的能力是

---

① 铁马：《论文学语言》，文化工作社1951年版，第284页。
② 同上书，第275页。
③ 同上书，第276页。
④ 王瑶：《中国新文学史稿》，上海文艺出版社1982年版，第271页。

很强的。"① 欧阳山"努力要写得经济，有些地方便过分迂曲和晦涩，失去了明快的风格，使人觉得有些难懂了。加以语法有点欧化，离口语过远，也是使读者感到生疏的原因。"② 沙汀"文笔经济而优美，写对话恰合人物的身份和故事的气氛，用的是活的四川农民的土话，叙述又含蓄概括，故事是凄凉的，情调也哀婉动人。"③ 谈到赵树理，他认为："在形式上，他运用了简练丰富的群众语言，创造了故事性和行动性很强的民族形式。这种单纯明朗的形式很适宜于反映群众的生活与斗争，也就是说在他的作品里，丰富的内容与新颖的形式是一致的。"④ 孙犁的"笔调是含蓄凝练的，常常于单纯的素绘中暗示出比较丰富的意义；语言单纯自然，也与中文的抒情气氛相协调。"⑤ 王瑶文学史的建构方式给后人树立了典范，"十七年"和新时期撰写的文学史著作也大都采取类似方式，在评价作家作品特点时也对其语言给予了特别关注。

　　进入新时期，随着对新文学研究的深入，文学语言问题也得到了更多注意，出现了一批相关的研究成果，主要有两个方向，首先是文学运动研究。晚清与"五四"的白话文运动、国语运动、30年代的大众语运动都得到较深入的研究。相关的专著有：夏晓虹、王风的《文学语言与文章体式：从晚清到五四》、高玉的《现代汉语与中国现代文学》、刘进才的《语言运动与中国现代文学》、邓伟的《分裂与建构：清末民初文学语言新变研究（1898—1917）》、吴晓峰的《国语运动与文学革命》、张向东的《语言变革与现代文学的发生》、张昭兵的《转与轮：语言论争与作家的现代汉语体验》、曹而云的《白话文体与现代性——以胡适的白话文理论为个案》等。其次是作家文学语言研究，这类研究有些是作家语言风格专论，如王建华的《老舍的语言艺术》、王金柱的《语言艺术大师巴金》、王永生等的《贾平凹语言世界》等。另外一些文学史著作也都涉及作家作品语言风格问题。例如杨义的《中国现代小说史》就特别关注作家的语言特点，对专节介绍的作家该书总是留出相当篇幅分析作家的语言特色。

---

① 同上书，第273页。
② 王瑶：《中国新文学史稿》，上海文艺出版社1982年版，第276页。
③ 同上书，第282页。
④ 同上书，第655页。
⑤ 同上书，第658页。

"五四"以来，中国文学语言研究已经取得了相当大的成绩，但是也存在许多明显的不足，主要有两个方面：首先，中国现代文学语言发生、发展与流变是一个整体过程：汉语文学语言在"五四"时期随着书面语的变革有了一个新的开始，其后它一直在建构属于自己的传统，这个过程至今仍在继续。而就现代文学语言的研究来说，如果说早期的研究者大都亲身经历过"五四"白话文运动，见证了新旧文学和新旧语言的交替，他们往往能站在历史的高度整体看待现代文学语言的发展，也往往在整体上谈论现代文学语言的建构和培育。但是新中国成立以后，特别是新时期以来，新的研究者距离"五四"已经相当遥远，他们未能见证那场变革，未曾感受当时的时代气氛，因而很难找到一种整体看待中国现代文学语言发展的感觉。其结果是，很多人的研究是分散的，单一从事文学语言运动研究或作家个人语言风格研究，未能注意不同时代作家的继承、承传的关系，未能注意中国现代文学语言发展整体发展与流变的关系。中国文学语言研究最终任务是归纳、总结文学语言的发展规律与特点，描述现代文学语言发生与流变的过程。从这个要求出发，单一的文学运动研究和作家个人语言风格研究都很难完成这个任务，必须从中国现代文学语言建构整体角度出发才能实现这个目标，而且离开了20世纪中国文学语言建构的整体视野，对文学语言各领域、分支的研究也不可能全面和深入。

　　其次，"五四"以来，学界对语言运动和作家个人语言特点一直给予较多的关注，而对某一个时期文学语言的整体特点则关注不够。事实上，作家个人语言风格的建构从来就不是随机的、偶然的，它总是受到各种时代因素的制约，虽然作家个人的天赋、才情、气质、审美趣味在其语言建构中发挥重要作用，但一个时代的政治、经济、文化环境也会对作家语言风格建构产生重要影响。仅从文学角度来讲，20世纪中国文坛上风起云涌，各种政治、文学潮流不断，来自西方的各种文学思潮也对中国作家不断产生影响，而这些影响几乎每隔十年就会有相当大的变化。在20世纪中国文学史上，鲁迅、郁达夫、老舍、沈从文、丁玲、张爱玲、赵树理、莫言、贾平凹等同样都是语言天赋很高的作家，但是他们出生在不同时代，其语言也表现出非常大的差异。

　　时代对作家个人语言风格建构的影响是多方面的，在政治方面，激烈的社会动荡不仅影响文学作品的主题、题材，也会影响作家的语言，抗战时期语言大众化、民族化的倡导就与时代背景有密切关系。在文化方面，一个社会的开放程度也会对作家的语言培育产生影响,"五四"时期和新时期有更多作家有机会学习西方作家的叙事方式和语言策略,他们的语言也会更多地受到西方文学的影响。在文学方面,文学主题、题材、叙事方式的变革都会对语言产生影响。解放区时期和新中国成立后30年,主导文坛的是工农兵文学,这种文学在主题、题材、人物塑造和叙事方式上都有严格要求,文学语言也只能走大众化、民族化、口语化之路,变化的空间比较有限。而在新时期,文学实现了多元化,文坛上不仅有传统的现实主义、浪漫主义,也有现代派和后现代派,在作家进入新的文学空间后,其语言也必须随之改变,在很多时候,文学变革能够拉动语言的变革,因而新时期的文学语言也呈现出新颖、丰富与多样的特点。事实上,江山代有才人出,我们很大程度上可以将作家看作"常量",而将时代环境视为"变量",正是因为时代环境对作家个人风格建构会产生重要影响,因而同一时代作家的语言才表现出较多的相似性;而时代环境的改变,则会导致作家语言的改变,同时也正是时代环境的"改善",导致了文学语言的不断走向成熟。

以往孤立的作家个人语言研究最重要的缺点是,这种研究很难做到对作家个人风格的精确认识;作家的特点是在与其他作家比较中显示出来的,因而作家个人语言的特点也必须放在时代层面上,在与同时代作家的比较中予以确定。另外,从中国现代文学语言研究角度来说,单纯的作家个人语言研究有着太多的随意性、偶然性,很难成为科学研究的对象;讨论20世纪中国作家个人风格,如果没有一个统一的尺度和标准,这种讨论就只能是印象式的。在这项研究中,正确的做法应当是首先将作家放在不同的时期、时代中,在与同时代作家的比较中确定其特点,同时以作家个人风格为基础归纳出一个时期、时代的整体风格特点,然后再将不同时期、时代文学语言的特点加以比较,观察它们之间的影响与继承、进步与退步、幼稚与成熟,只有从这个角度才能整体认识20世纪中国文学语言的特点。

三 百年中国文学语言建设中各阶段的任务

"五四"时期中国文学语言经历了一次深刻的现代性转型,其发生、发展和逐渐走向成熟都经历了特别复杂的过程。现代文学语言建设的复杂性主要体现在三个方面。首先,就语言自身的情况来说,现代白话虽然可以在旧白话中得到继承,但是旧白话毕竟是明清时期的语言,与现代白话有很大距离;"五四"第一代作家实际上是综合了几种语言资源,"创造"了一种新的现代汉语书面语。"五四"作家一方面要推倒文言,争取白话文的合法性,另一方面又要建构新式书面语,其任务是相当艰巨的。而后辈作家除了巩固白话文的合法性外,还要力图融合欧化语、文言和方言等各种成分,使现代文学语言成为一个有机的整体。其次,中国地域广大,人口众多,民国时期中国人口就已有四亿以上,而新式白话的发生最早只局限在很少一部分知识分子精英中间,因而自新式白话创立之初,中国作家就承担了将这种新式语言向全民普及的任务。在"五四"以后的很长时间中,普及的任务甚至压倒了提高的任务。30年代由左翼作家发起的"大众语运动"就是这种语言策略最集中的体现。另外,就文学语言自身建设来说,20世纪中国作家还有一个很重要的任务就是"再造"汉语的诗性传统。在世界各民族语言中,汉语一个很重要的特点是它拥有悠久的诗性传统,在中国古代很多文人同时具有诗人的身份,他们中的很多人终生都致力于语言的修饰与磨炼,这样经过数代文人的打磨和锤炼,汉语书面语已成为充满诗性的语言;正是以这种语言为基础,古代诗人打造了像唐诗、宋词、元曲这样诗歌的经典。而"五四"以后,汉语书面语变文言为白话,同时它大量吸收了欧化语和口语的成分,经过转换以后,汉语书面语在抽象性、逻辑性大幅度提高的同时,也在很大程度上丧失了它原来的具象、感性,语义紧凑、富有暗示性、象征性等特点,变成一种复杂、精密、逻辑线索清楚,但更直白、枯燥的"大白话",从诗性语言变成一种分析性的散文语言。因而"五四"以后,中国作家的一个重要任务就是克服现代白话直白、枯燥之弊,在现代汉语书面语基础上"再造"汉语的诗性传统。

中国现代文学语言建设面临的任务既艰巨又多样,不可能在短时间内一蹴而就地完成,因此,这个过程显示了一定的阶段性;通常是一个任务完成,才可能从事下一步的工作,就是说,中国现代文学语言建设整体上实施的一直是"分几步走的战略"。① 中国现代文学语言建设与文学分期相对应，大概有三个阶段，而每一个阶段的语言建设都包含了不同内容。

（一）现代文学30年

以"五四"为开端的现代文学30年，中国作家的任务首先是在旧白话基础上创造一种新型的、带有现代性特点的现代白话文，而这个过程是十分艰难的。实际上早在"五四"之前，一些作家在尝试引进西方现代短篇小说时，就在尝试创造具有现代特点的新式白话文。吴趼人的《大改革》（1906）《查功课》（1907）《黑籍冤魂》（1906），徐卓呆的《入场券》（1907）《买路钱》（1907）等大都是截取生活的断面，在一个确定的视点观照生活，摆脱了旧白话小说千篇一律的线性叙事，在结构上显示出新的面貌。这些小说的语言也摆脱了旧白话小说的套式，作家开始尝试用自己的语言朴素地、直白地述说身边发生的事情，去掉了当时常见的说书腔调，初步显示了新式白话特点。但因为是草创，再加上作家语言功力的不足，这几个小说的语言都显得过于简单、生硬，基本上都是简单句，只是主语、谓语加宾语，句式单调，缺少变化。这种语言根本不能容纳和反映丰富、曲折的文思，也根本不能胜任创造新文体、新小说的需要。后来，直到1918年，鲁迅创作了《狂人日记》《孔乙己》《药》等小说，现代白话文才在鲁迅笔下诞生。当然，鲁迅一出手就拿出较成熟的现代白话文，也并不意味着这个事情的简单，鲁迅能做到这一点，也是经过了长期准备。鲁迅在江南水师学堂学过英语，在矿路学堂学过德语，到日本在弘文学院他主要学习日语，但也比较专业地学了两年德语，在东京自修时他用德语转译了果戈里的《死魂灵》。长期翻译活动让他对西文的思维方式和言说方式有了深入了解。另外，1903年他翻译的《月界旅行》、《地底旅行》都是以白话为主，兼用文言，就是说他对旧白话也相当熟悉。而现代白话很大程度上就是用西文的思维方式对旧白话改造的结果，它是在旧白话的直白、晓畅之上加上了西文思维和语法的复杂与严密。正因为鲁

---

① 当然，这里所说的"分几步走"是就文学发展整体而言的，具体实施时则不会分得那样清楚，例如，现代文学语言的诗性建设当然不是到新时期才开始，其实"五四"以后不久，很多诗人意识到白话文的简陋，就开始致力于现代文的诗性建设。但是，从宏观上讲，文学语言建设还是有一个阶段性的：从"五四"到20世纪中期，新文学作家的主要精力还是要解决现代文学语言的基本问题，像有机吸收各种语言成分，使汉语书面语成为有机融合的语言，同时打破知识分子精英与大众的隔膜，让新式白话走向社会、走向大众，变成真正的全民语言。"五四"时期也有作家、诗人从事语言诗性建设，但他们的主要精力还是解决汉语书面语的基本问题。

迅在两个方面都有了充分准备，"五四"以后他才拿出了较成熟的现代白话文。除鲁迅外，冰心、郁达夫等这个时期也拿出了较成熟的现代白话文，他们共同为现代白话文的发展奠定了基础。

"五四"作家在改造旧白话的基础上"创造"了新式白话，这还只是走出了最初的一步。在其后现代文学语言的建设中，后继者遇到的一个很重要的难题就是前代作家在"创造"新式白话时，过多地依赖各种语言资源，包括欧化语、文言和方言成分；而后来者的一个重要任务就是有机融合各种语言成分，纠正早期文学语言过分欧化、文白混杂和过多使用方言的问题。在30年代主要由左翼作家发起的大众语运动中，瞿秋白对"五四"白话文运动就提出了激烈的批评，而在语言问题上，他最为反感，也是批评最多的就是新式白话的过分欧化以及文言化的问题。他认为当时很多白话都是"直译式"的，"这里所容的外国字眼和外国文法并没有消化，而是囫囵吞枣的。"① 他把这种语言称作"非驴非马的骡子话"。② 同时他认为，新式白话中掺杂了大量文言语法和词汇，没有与文言划清界限。在分析现代白话如何会"不人不鬼"的原因时，他指出现代白话的一个重要问题是使用"文言的腔调"。在新文学第二个十年，很多作家也都意识到现代文学语言的这个问题，并致力于纠正这些问题。

除此之外，现代文学30年，作家还肩负着推广、普及新式白话的任务。新式白话很大程度上是一种欧化汉语，主要体现了一种外来的思维方式，要掌握它就有一定条件：必须至少接受初等的现代教育。而当时中国教育落后，多数民众都不具备了解掌握现代白话的条件。同时"五四"知识分子更多倾心于创造与提高，忽略了推广与普及的任务，这样就更造成了民众对现代语言的隔膜与生疏。在30年代发起的大众语运动中，瞿秋白就将新式白话与大众的隔膜作为前者的一个主要罪状，正是从这一点出发，他认为："五四"白话文运动"也和一九二七年的革命一样，是失败了，是没有完成它的任务，是产生了一个非驴非马的新式白话。"他认为："和以前的文言一样，现在新式士大夫和平民小百姓之间仍旧'没有共同的言语'。革命党里的'学生先生'和欧化的绅商用的书面上的话是一种，而市侩小百姓用的书面上的话，是另外一种。这两种话的区别，简

---

① 文振庭编：《文艺大众化问题讨论资料》，上海文艺出版社1987年版，第39页。
② 瞿秋白：《学阀万岁》，《瞿秋白文集》文学卷（3），人民文学出版社1989年版，第177页。

直等于两个民族的言语之间的区别。"因此他认为,"中国还是需要再来一次文字革命"。① 20世纪前半叶,中国社会阶级矛盾、民族矛盾激化,当时在文坛上居于主导地位的左翼作家迫切需要用革命文学启迪和动员民众,这样,新派知识分子与大众在语言上的隔膜就变成了非常严重的问题,因而改造新式白话,并将其普及到大众中去就成了很多作家的重要任务。

在现代文学30年,中国作家综合几种语言资源初步完成了现代白话文的建构,在实践中取得了较多成绩,为白话文争取了合法的地位;也初步实现了几种语言成分的融合,使现代白话成为一个有机的整体;同时在大众化运动中,他们纠正了只重提高,忽视普及的倾向,致力于现代白话的推广与普及工作。总之,在这30年中国现代文学语言建设完成了最关键的一步,它也为以后的发展打下了良好基础。

(二) 新中国成立后30年

新中国成立后30年("十七年"和"文化大革命"),由于受到"左"倾思想的干扰,文学发展陷入停滞,文学语言建设也出现了停滞甚至倒退的情况。然而,这段时间处在20世纪文学语言发展的一个关键时段,它上承现代文学,下启新时期文学,所处位置相当重要。就语言建设来说,它有一定贡献,也造成了很多损害,优劣利弊不能一概而论。

就其贡献来说,新中国成立后30年(主要是"十七年"),多数作家秉承延安文学语言大众化理念,对推动现代文学语言的口语化、大众化和民族化,还是发挥了较大的作用。"十七年"文学很大程度上是延安时期"工农兵文学"的延续,主流意识形态强调文学为工农兵服务,作家在语言上自然也更追求大众化、口语化。在"十七年",作家最重视的就是学习人民群众的语言,他们认为那些能给作品带来浓厚的生活气息的语言就是最好的文学语言。马烽曾说:"学习群众语言的目的,就是要用群众自己的语言,写群众自己的事情。"② 西戎也认为:"一篇作品,人物刻画得成功与否,与语言的是否生动形象有很大关系。写农民就应该有农村的气息,说农民的语言;写工人,就得像工人,说工人的语言。"③ 李准后来总结自己多年学习群众语言的经验时说:"群众语言是极丰富的。我现在

---

① 文振庭编:《文艺大众化问题讨论资料》,上海文艺出版社1987年版,第38页。
② 高捷等编:《马烽、西戎研究资料》,山西人民出版社1985年版,第36页。
③ 同上书,第299页。

已经五十多岁了,现在还是小学生,在群众面前我这个小学生,到每个地方,蹲的时间稍长一些,我就要交一个相当能说的朋友。我发现他讲得特别生动,有些人不要稿子,在会上大家都要竖起耳朵听他的,我就要跟这个人交朋友,要跟他三天。"① 经过很多作家努力,"十七年"作家在推动语言的大众化、口语化方面做出了较大贡献。

当然,语言的大众化、口语化是一把"双刃剑",过分强调大众化、口语化会损害文学语言的诗性内涵,降低文学品位。事实上,口语化只是一个基本方向,大众口语如果使用得好,自然可以让语言简洁、灵动,富有生活气息,但是如果使用不好,则会使语言散漫、直白,缺少文学语言应有的深邃、凝练、含蓄等特点。单纯就大众化这个口号来说,它未必就是提升文学语言的灵丹妙药,相反它倒是隐含了许多偏执的政治、意识形态内涵。但是这个问题或许还可以换一个角度看,即考虑"五四"以来中国文学语言一直有过分欧化之弊,文言成分也没有得到有机融合,在当时情况下适当强调口语化,要求作家学习人民的语言,或许能够缩小书面语与口语的距离,同时实现各种语言成分的进一步融合。最后,虽然文学语言的大众化、口语化自30年代左翼作家就开始强调,延安时期又把它当作政治问题,要求作家身体力行,但是考虑到作家的语言习惯具有很大的惰性与延续性,新中国成立后语言欧化问题还是存在的,从这个意义上讲,新中国成立以后很多作家在大众化、口语化方面的探求也还有一定价值与意义。

20世纪90年代,中国台湾学者吕正惠在比较大陆与台湾文学语言特点时认为,两岸文学语言最大的差异就是,大陆文学语言是口语化的,而台湾文学语言则有过分书面化倾向,语言过分欧化的情况比较严重。他说:"现在台湾的白话文,如果借用郭沫若的话来说,到处充斥着'欧化体的新文言臭味',常常令人无法卒读,病根不可谓不大。我的一位朋友曾经在谈天时说,台湾所翻译的外国小说,最大的毛病不在于外文不好,而是在于:中文不佳。"② 他认为,大陆文学一直走口语化道路,更贴近生活中活的语言,这是一条更健康的发展道路。吕正惠指出,大陆文学语言之所以走口语化的道路,与左翼文学的倡导和新中国成立后大陆作家的

---

① 卜仲康编:《李准专集》,江苏人民出版社1982年版,第68—69页。
② 吕正惠:《战后台湾文学经验》,生活·读书·新知三联书店2010年版,第159页。

实践有密切关系。他说:"新文学革命的基本原则之一,是使用'活语言'。在后来的发展中,最能够发扬这一理想的,无疑要数左翼文学。左翼文学家至少在理论上都认为,最活泼的语言就是人民的语言。"吕正惠高度评价了赵树理在这个方面的贡献,他说:"在左翼文学的发展史上,在这方面作出突破性的贡献的是赵树理。""赵树理的小说读起来通篇'口语腔调',如闻其声,非常的生动活泼。"① 为了纠正台湾文学语言过分书面语化的倾向,他介绍台湾作家多读大陆的作品,而他推荐的作品主要就是那些具有大众化特点的作品。他说:"我觉得最佳入门书是四十年代以后,大陆那些优秀的、非常口语化的白话小说,即第四节所论到的、深受赵树理影响的那个小说传统。"②

事实上,"十七年"作家语言大众化、口语化的探索对新时期文学也产生了很大影响。以往很多人认为,新时期文学与新中国成立后30年文学之间存在一个断裂,前者仅仅是对现代30年文学的继承与发展,但这种看法是不符合实际的。一个国家不同时期的文学语言会有很强的继承性。事实上,很多新时期作家,包括像莫言、贾平凹、阎连科这些"50后"作家,他们在"文革"中都熟读"十七年"的经典,像《青春之歌》《林海雪原》《苦菜花》《野火春风斗古城》《烈火金刚》《金光大道》《艳阳天》等。后来在新时期,大陆与台湾文学语言之间之所以有侧重口语和书面语的差别,与大陆作家对"十七年"作家的学习、借鉴有很大的关系。

另外,新中国成立后开展的大规模的语言规范化运动和推广普通话运动,包括教育的普及,对现代文学语言建设也产生了相当大影响。1951年6月《人民日报》发表题为《正确地使用祖国的语言,为语言的纯洁和健康而斗争!》的社论,文章批评了当时报刊在语言使用上的混乱现象,要求民众学好祖国语言,与语言使用上存在的不良习惯作斗争。1955年10月在北京召开了"现代汉语规范问题学术会议",这个会确定了语言规范化的基本方针:"以北京语音为标准音、以北方话为基础方言、以典范的现代白话文著作为语法规范的普通话。"③ 这些方针的确定使汉语规范化有了一个明确方向和标准,为以后的语言规范化和普通话的推广奠

---

① 同上书,第152—153页。
② 吕正惠:《战后台湾文学经验》,生活·读书·新知三联书店2010年版,第162页。
③ 黄伯荣、廖序东主编:《现代汉语》,高等教育出版社1991年版,第4页。

定了坚实基础。

新中国成立后展开的语言规范化和推广普通话运动都是非文学事件，在文学语言建设方面一直没有得到充分关注，但事实上它们的意义还是相当大的。因为，语言规范化解决的正是"五四"时期语言转型遗留下来的问题，即现代文学语言过多保留了欧化语、文言和方言成分因而导致了语言的混杂。语言规范化就是要在新的历史条件下促使汉语书面语融合各种成分，实现语言成分的有机统一，而这个目标也正是"五四"以后现代作家长期追求的目标。其次，方言一直是一个严重困扰现代作家的问题，中国地域广大，方言众多，一个在方言区长大的作家，完全放弃方言，就很难真切表达自己的生存体验，但大量使用方言则会疏离其他方言区的读者，造成很大的阅读障碍，"五四"以来很多作家都处在这样一个悖论中。而这个问题的根本解决，就是推广普通话。从这个角度说，新中国成立后普通话推广对现代文学语言建设还是有着较大的意义。

另外，新中国成立后教育的普及使中国大众的文化水平有了较大提升，这一点也是现代作家梦寐以求的目标。在30年代的大众语运动中，很多左翼作家为了实现与大众的沟通，不惜把文艺降到不是文艺的地步，而实际上，这些作家是想用文学的手段解决本来不应当由文学解决的问题。也就是说，文学鉴赏本来对作家和读者都有一定要求：作家的语言固然不能太过艰深，读者也要有起码的文化水平，而读者的文化水平本应当由教育解决，而不是靠作家一味迁就读者。鲁迅当时就指出，"但读者也应该有相当的程度。首先是识字，其次是有普通的大体的知识，而思想和感情，也须大抵达到相当的水平线。否则，和文艺即不能发生关系。"[①]新中国成立后教育的普及就一定程度上解决了中国大众文化水平不高对文学的拖累。现代教育造就了大量的现代读者，而现代读者的存在是文学发展最基本的条件。

（三）新时期

新时期是"五四"以后第二个大开放、大变革时代，对中国文学语言建设来说，这个时期出现了许多利好因素，主要有三个方面。首先，思想解放带来了文学的振兴，特别是80年代中期对西方现代派、后现代派的引进，使中国文学有了一个大幅度提高，初步实现了与世界文学的接

---

① 文振庭编：《文艺大众化问题讨论资料》，上海文艺出版社1987年版，第17页。

轨。在文学史上，文学与语言一直有一个互动关系，文学的振兴会拉动语言的提升，而语言的提升则能够助推文学的振兴。其次，在新时期，受西方20世纪"语言论转向"影响，中国作家实现了一个语言的自觉，很多作家认识到，语言不仅是工具，更是本体；在阅读中，生活是不在场的，读者唯一能够看到的就是语言；同时语言是一个独立的符号系统，在文学创作中，语言具有很大的能动性，它能够创造完全虚拟的世界图景，因而与其说生活决定语言，不如说语言决定生活。最后，新时期与前两个阶段最大的不同是，从"五四"到20世纪70年代末，现代文学语言经历了半个多世纪的发展，文学语言建设中的一些基础性问题已经解决，在新时期，中国作家可以致力于更高目标的追求，解决现代文学语言面临的更高层次问题。

如果拿新时期与现代30年文学作一个比较，能看到一个十分有趣的情况：现代30年，中国作家要解决的往往是汉语书面语面临的共同问题，例如，语言转型以后由过多使用欧化语而导致的佶屈聱牙，过多使用文言而导致的文白混杂，过多使用方言而导致的交流障碍，以及语言转型后出现的新"言文分离"，现代白话与大众的隔膜等。而这些问题并非文学语言所独有，它是文学语言和实用语言共同面临的问题，也是汉语书面语实现转型后要解决的基本问题。而文学最急需解决的问题，像拉开文学语言与日常语言的距离，发掘现代汉语的诗性内涵等，都没有被放到最重要位置。"五四"后的几个语言运动要求解决的问题，像语言大众化、民族化、口语化等都不是文学语言自身的问题。

而在新时期，经过半个多世纪的磨合，汉语转型后的一些基础问题已经大致得到解决，汉语书面语已经实现了初步的有机融合，现代语文过多使用欧化语、文言和方言情况得到纠正；随着教育的普及、全民文化水平的提高，现代白话与大众的隔膜也减少到最低。在这样的背景下，中国作家终于可以腾出手来，解决文学语言自身的问题。这个时期语言建设一个最大的变化，是中国作家可以由此前解决汉语书面语共同面临的问题，转向解决文学语言自身的问题。在新时期，他们最重要的任务，是拉开文学语言与日常语言的距离，克服现代汉语过多具有抽象性、概括性的特点，努力增加语言的形象性、隐喻性、抒情性，提高汉语的诗性与文学性，建构属于文学语言自己的特质。

1976年至今，新时期文学已经有40年的历史，这个时期的作家虽然在语言上有不同价值取向，但多数作家还是注重语言的营造，特别致力于语言诗性内涵的挖掘，他们力求用诗性的、新奇的语言创造诗性的、新型的汉语文学。在诗性语言的打造方面，新时期作家主要有两条路径：首先，很多作家沿袭了现代文学的传统，更注重从对文言的学习、借鉴中获取语言的诗性内涵。在现代文学30年，鲁迅、周作人、废名、沈从文、萧红等在这方面都做了很多尝试与探索，而在新时期，早一些的汪曾祺、林斤澜、贾平凹、阿城，晚近的格非、蒋韵和阿袁等都继续了这种探索，他们或者使用文言的句式、词汇，或者模拟文言的语气、语调，通过对语言的锤炼，力求用最简略的文字表现最丰富的内容，最大限度利用汉语词汇多隐喻、象征、一词多义特点，创造"言有尽而意无穷"的效果。

其次，在新时期，作家挖掘汉语诗性内涵还有一条重要路径是，很多作家更多地立足于现代汉语，挖掘其中的诗性内涵。在新时期很多作家之所以做出这种选择，其原因在于，再造汉语诗性功能成了新时期作家最重要的任务，同时经过思考和探讨，他们意识到，文言与白话虽然是汉语书面语的不同分支，但它们毕竟是两种不同的语体，特别是现代白话经过欧化以后，与文言有了更大距离。因此，文言有文言的诗性，白话有白话的诗性，以往那种希望通过文白混杂让白话获得诗性的路径并无很大的拓展空间。另外，与文言相比，现代白话作为一种分析性语言，其诗性功能自然不如前者，但是现代白话仍然保留了汉语的基本特点，与世界其他语种相比，特别是与西语相比，现代白话还是一种充满了诗性内涵的语言，因而立足于现代汉语仍然能够创造一种充满诗性的文学语言。新时期文学中，现代汉语诗性的自觉首先出现在诗歌领域，其后，很多作家也实现了观念的自觉，包括莫言、余华、苏童、林白在内的一大批作家，不再"一步三回头"，通过对文言的盼顾与借鉴，获得诗性资源，而是完全立足于现代汉语，挖掘其中的诗性内涵，他们这种立足于现代汉语创造的诗性语言，不同于"五四"以来那种通过引述文言，用文白混杂的方式创造的诗性语言，可以称之为"新诗性"语言。事实上，汉语书面语在"五四"就实现了从文言到白话的转变，到今天文言距离普通人已经越来越遥远，新时期作家对文言越来越生疏，他们对文言的学习和借鉴也变得越来越困难。拿这两种再造汉语诗性传统的路径相比较，那种立足现代汉语再造汉语诗性传统的选择明显具有更广阔的前景，它也将是新世纪作家文学语言建设一个最重要的方向。

第一编

现代文学语言的发生与流变

第一章 "五四"作家语言的转型与现代文学语言的发生

中国现代文学语言的发生并不是一批作家一开始就用新的语言创造新的文学，而是很多久已使用文言的作家在"五四"以后转向现代白话的创作，这个事实决定了中国现代文学语言的发生并不是从无到有的诞生，而是一批作家在意识到文言的落后与不足以后，自觉地实现了从文言向现代白话的转型。这样中国现代文学语言的发生研究也就不是探讨现代白话文怎样从无到有的过程，而是探讨一批作家如何实现了从旧式语言向新式语言的转型，它实际上是一个"转型"研究。而"五四"前后正是中国社会大变动的时期，这个时期的作家因为生活经历、文学师承和受教育情况的不同，他们的语言背景往往有相当大的差异，他们其实是从"四面八方"汇聚到白话文的旗帜下。而新文学作家在转向白话文以后，也并非就是一个全新的开始，也并非完全割断旧有的风格与习惯，而是将旧有的风格与习惯带入白话文学的创作中。这样，一方面，就作家个人层面讲，所谓现代文学语言的发生就体现在新文学第一代作家如何努力克服与摆脱文言的制约，转到白话文的写作上来，他们必须用白话思维压制文言的思维，有一个语言上的搏力；另一方面，这些作家又不可能彻底洗白自己旧有的语言风格与习惯，相反旧的习惯必定在新创的白话文中留下清楚的印记，而这些旧有的印记很大程度上决定了这些作家在白话文写作中风格上的差异。

因为生活环境、文学师承和受教育情况的不同，新文学作家的语言转型显示了较大的差异，大致有这样三种情况：鲁迅等年龄较长的作家，受过完整的传统教育，文言影响的根深蒂固，他们放弃文言使用白话，更多的是顺应时代潮流，转向白话后，其语言中还是较多地保留了文言成分。郁达夫等较年轻一些的作家受西文影响更深，他们既是顺应时代潮流，也是西文的影响促使他们转向现代白话，他们的语言中较多地保留了欧化语的影响。叶圣陶等作家的语言转型则既受西文的影响，也比较多地受现代通俗文学语言的影响。

第一节 鲁迅等作家语言的转型

文学语言主要的不是口语而是书面语，它更多的是通过教育获得；其次，现代心理学认为，一个人语言的习得期主要是在童年和少年时代，可以延续到青年时代，一个人的语言习惯一旦成型往往就很难改变。而人的语言习得期与教育的几个阶段基本上是对应的，因此教育背景在一个作家个人语言建构中会发挥很重要的作用。

晚清民初是中国社会剧烈变动时期，从1905年甲午战争结束到1917年新文学运动发轫，短短20多年社会结构发生了重大改变，中国的教育也随之发生巨大变化。1905年科举制度的废除标志着沿袭数千年的封建教育体制的结束，一种新型的、从西方移植的体制也在这个时期基本建立起来。而"五四"作家受教育的时间与中国教育激烈变动期正好有一个对应，也就是说，"五四"一代作家，他们年龄差距虽然不是很大，但是因为教育体制的剧烈变动，不同年龄作家所受教育可能就有非常大的差异。年龄较长的作家，如鲁迅就接受了完整的传统教育，而年龄稍小的作家所接受的则是一种新旧混合的教育；这个差异对作家个人语言的建构产生了重要影响。

中国教育体制的变革在甲午之后经历了几年的酝酿期。戊戌变法时，光绪在《明定国是昭》中下令把各省、府、州、县之原有大小书院"一律改为兼习中学西学之学校"，设高等、中等、小学三级学堂[1]，但因慈禧的抵制而未能施行。庚子事变后，慈禧被迫施行新政，包括教育体制改革，在这样的背景下，张百熙1902年上《进呈学堂章程折》，1903年又有张之洞会同张百熙、荣庆重新拟定了《奏定学堂章程》，后一个章程1904年年初被清政府批准实施，历史上被称为"癸卯学制"。这个章程的实施"就基本上奠定了新式教育未来的基本格局"，其后，"从京城到省

---

[1] 郑登云编著：《中国近代教育史》，华东师范大学出版社1994年版，第156页。

城再到州县，相继建立了一体化的新式学堂"。① 经过这次转型，"西方文艺复兴以后形成了百科全书式的教学课程模式开始为中国正式接受。教学计划中设置的十二门课程，奠定了我国普通中学课程架构的基础，以后长期沿用，基本未变。"② 清末最后 10 年，中国出现了大规模兴办新式学堂的热潮。据统计，全国的学生数，1902 年为 6912 人；1903 年为 31428 人；1904 年为 99475 人；1905 年为 258876 人。从这个数字可以看出，1905 年比 1902 年增加了 36 倍多。③

当然，晚清民国中国教育体制的改革仍然是一个渐进过程，20 世纪最初几年，教育体制虽然有一个根本变更，但是教育内容很多却沿袭了旧传统。例如"癸卯学制"就突出体现了"中学为体，西学为用"的主旨，以孔孟哲学为主的封建内容的课程在初等、中等学堂仍然占一个很大的比例。但是即便如此，教育体制的变更对作家个人语言建构仍然产生了很大影响，原因主要有两个方面。

首先，教学内容出现了变更。在增列新的学科以后，传统经学、文学内容被削减和压缩，中国传统私塾教育主要是学习四书五经、古代的经典文籍，而新式教育从西方引进了许多新的内容。1904 年《奏定学堂章程》实施以后，当时初等小学堂必修课有 8 门：修身、读经讲经、中国文学、算术、历史、地理、格致、体操，有的学校视情况还可以增设图画与手工课。高等小学堂必修课 9 门，即在初等小学堂课程的基础上再将图画列为必修课。中学课程为 12 门，即修身、读经讲经、中国文学、外国语、历史、地理、算学、博物、物理及化学、法制及理财、图画、体操。就课时来说，中学课程中算学、外国文几乎占了全部课时的一半，读经在教学中所占比例则有了很大下降。

其次，教学方式也出现了变更，而这个变更也会对作家语言产生影响。新式学堂是借鉴西方教学模式采取班级授课，这种授课以讲解为主，重理解、领悟；而私塾教育则以背诵为主，所谓"读书百遍，其义自见"。从语言学习的角度讲，旧式教育中大量的、强制性背诵会让所背内容给人留下深刻印象，它会强烈影响学习者的语言构成，包括语感、语气、行文方式等，中国传统文人也主要通过这种方式掌握文言。而在新式

---

① 李宗刚：《新式教育与"五四"文学的发生》，齐鲁出版社 2006 年版，第 55 页。
② 吕达：《中国近代课程史论》，人民教育出版社 1994 年版，第 153 页。
③ 郑登云编著：《中国近代教育史》，华东师范大学出版社 1994 年版，第 157 页。

课堂中即便有"四书""五经"的内容，如果主要采用讲授的方式，对学生的影响也是比较有限的。

"五四"作家大都是在中国教育激烈变革时期接受教育，这一代人都经历了从旧式教育向新式教育的转换，但因转换的时间不同，有的作家充分接受了传统教育，有的作家对旧式教育是浅尝辄止，很快转向了新式教育。对"五四"文坛上最活跃的10位作家受教育情况的考察发现，他们接受旧式教育的时间随年龄递减，从最长的11年（鲁迅）到最短的两年（庐隐），1900年出生的冰心一开始接受的就是一种新旧混合的教育。

单个评价一个作家时，教育也许并不是一个重要因素，但是若把众多作家的教育经历放在一块比较就会发现，教育在构建一个作家个人风格时会发挥非常大的作用。以"五四"作家对文言的依赖程度来看，在整体上比较了这个时期作家的受教育经历以后能够看出，一个作家接受旧式教育的年限与其对文言的依赖程度有一个明显的正比例关系，即接受旧式教育的时间越长，对文言的依赖度也就越高。

20世纪20年代文坛曾有一场"做好白话文须读好古文"的讨论，朱光潜在《雨天的书》一文中就提出："想做好白话文，读若干上品的文言文或且是十分必要。现在白话文作者当推胡适之、吴稚晖、周作人、鲁迅诸先生，而这几位先生的白话文都有得力于古文的处所（他们自己也许不承认）"。[①] 在这里朱光潜是从做好白话文角度提到读古文的必要，但是隐含的意思是将古文修养看作做优秀白话文的必要条件，这里肯定的其实还是这几位作家的古文修养。而朱自清这里提到的四个人都是"五四"作家中年龄较长、受传统教育时间较长的。

旧式教育的特殊教学方式，即长时间、反复的朗读、背诵会极大地影响一个人的语言方式，长期接受这种教育的作家终生都不能摆脱文言影响。鲁迅曾明确说过："别人我不论，若是自己，则曾经看过许多旧书，是的确的，为了教书，至今还在看。因此耳濡目染，影响到所做的白话上，常不免流露出它的字句，体格来。但自己却正苦于背了这些古老的鬼魂，摆脱不开，时常感到一种使人气闷的沉重来。"[②] 汪晖认为鲁迅的语言体现

---

① 朱光潜：《雨天的书》，参见《一般》月刊（开明书店出版）1926年11月第一卷第三号。

② 《鲁迅全集》第一卷，人民文学出版社2005年版，第301页。

了"半文半白、亦文亦白、半中半西、亦中亦西的特点",体现了"混合的""过渡的"和"中间的"特点。① 胡适曾把熟读文言的人做白话比作小脚女人的放脚,他说,这种"放脚""无论如何不能恢复他的天然脚,只有添一点棉花,冒充大脚。我们学过文言文,没有办法写好白话文,我常常说,写好的白话文,一定要等我们的儿子们或孙子们了。"②

从现代文学语言发生的角度讲,"五四"作家中受传统教育时间较长的作家,如鲁迅、周作人、胡适等自然形成了一路,他们从文言转向白话,是在文言的道路上徘徊良久以后才集合在白话的旗帜下。

在这方面鲁迅是个很好的例子。鲁迅在 1918 年正式推出中国最早的"现代"白话小说之前,他在文言与白话之间其实早就做过探索并做出了选择,他的选择是文言而不是白话。鲁迅正式从事文学活动是 1903 年在日本从事翻译活动,当他翻译《月界旅行》和《地底旅行》时受到梁启超的影响,希望用文学形式普及科学知识,以达到科学救国的目的,因此在语言上他选择使用白话。但在使用时就感到了很多龃龉与不便,在《月界旅行·辨言》中他指出:"初拟译以俗语,稍逸读者之思索,然纯用俗语,复嫌冗繁,因参用文言,以省篇页。"③ 在这两部译书中有一个明显的趋势,即译本越往后使用文言越多;《月界旅行》后半部使用文言就明显增多;《地底旅行》中的文言成分又明显比《月界旅行》多。1906 年鲁迅从仙台到东京师从章太炎学习文字学,文字就更加古奥起来,《域外小说集》中鲁迅译的三篇作品用的都是相当古奥的文言。其后 1912 年创作的《怀旧》,一直到 1918 年他翻译的《察罗堵斯德罗绪言》使用的都是古奥的文言。一位研究者指出,鲁迅的《狂人日记》无论是思想与语言形式在新文学史上的发生都是"突然的",此前十几年文言在其写作中都"占有绝对统治的地位。""似乎鲁迅决定改用白话是瞬间的转变。"④

当然,一个作家的语言转型不仅有一个是否愿意,另外还有一个是否做好了准备、是否有能力实现转型的问题。新旧白话之间有很大差异,那

---

① 汪晖:《反抗绝望:——鲁迅及其文学世界》,河北教育出版社 2001 年版,第 161 页。
② 姜义华主编:《胡适学术文集·新文学运动》,中华书局 1993 年版,第 269 页。
③ 《鲁迅全集》第十卷,人民文学出版社 2005 年版,第 164 页。
④ 王风:《周氏兄弟早期著译与汉语现代书写语言》(上),《鲁迅研究月刊》2009 年第 12 期。

个时期的作家并非愿意顺应时代潮流就可以自动转向新式白话,其中要有一个学习和探索的过程。对"五四"这一代首创者来说,比较重要的就是学习和把握西文的思维方式和言说方式,用这种思维和言说方式改造旧白话,才能创造具有现代性特点的新式白话。而鲁迅在日本从事翻译活动对他的语言转型发挥了至关重要的作用。鲁迅早年在江南水师学堂和矿路学堂分别学过英语和德语,到日本后比较专业地学了两年德语,特别是在日本从事翻译活动时,他更多地受到西文思维方式的影响。比较一下鲁迅从早期的翻译《月界旅行》和《地底旅行》,到后来《域外小说集》的翻译,能够看出,其语言的欧化成分有一个明显递增的趋势。鲁迅《域外小说集》的翻译虽然使用的是文言,但这种文言已经包含了很多西文的词汇和句式,渗透了欧化语的那种严密性和逻辑性,它很大程度上是那种欧化了的文言,有点类似梁启超的"新文体"。从《月界旅行》、《地底旅行》到《域外小说集》,鲁迅语言转变的轨迹清晰可见,其语言有一个从前现代向现代性的转变,而这个转变为他日后向现代白话的转变做了比较充分的准备。

周作人也有类似情况,在早期翻译中,他在文言和白话之间的选择也是文言。直到1914年,他仍然主张小说要用文言,在《小说与社会》一文中他指出:"通俗小说缺限至多,未能尽其能事。往昔之作存之,足备研究。若在方来,当别辟道涂,以雅正为归,易俗语而为文言,勿复执着社会,使艺术之境萧然独立。斯则其文虽离社会,而其有益于人间甚多。"[①] 同样,在日本时期的翻译活动让他接受了西文的思维方式,从而为他"五四"以后从文言向白话的转型做好了充分准备。

概括地说,鲁迅、周作人、胡适等作家因为多年接受旧式教育,文言的影响根深蒂固;"五四"时期,主要是服从整个社会语言现代性的需要,同时也是多年学习、使用西文的原因,"五四"以后他们实现了在语言上"改换门庭",放弃文言,进入白话作家的队列。

---

① 周作人:《小说与社会》,参见陈子善、张铁荣编《周作人集外文》(上集),海南国际新闻出版中心1995年版。

第二节 郁达夫等作家的语言转型

"五四"时期,郁达夫等相对年轻一些的作家虽然也受过传统教育,但是因为时代不同,他们接受了更多新的东西。对他们来说,文言的影响已经不是那么根深蒂固,同时他们中的一些人或者早年就有留学经历,或者有在国内的外文专业学习的经历,西方语言对他们产生了更大、更深刻的影响。这种影响使他们在习惯了西文的思维方式和言说方式之后,更容易选择现代白话文作为表达方式。而这批作家转向新式白话虽然也是顺应时代潮流,但显得更自然,没有过多的勉强。实现了语言的转型后,他们语言中欧化成分也会比较重,成为其语言风格的主导因素,"五四"时期,郁达夫、王统照等就属于这种情况。

一个作家受西文影响是非常复杂的问题,其中,首先有一个受西文影响程度问题,例如是否专业地、深入地学习过西语等。因为语言具有很强的保守性或惰性,母语对人来说总是根深蒂固,一个作家的语言要真正有深刻的改变,仅仅间接地接受影响,或浅尝辄止地学习一些西文是远远不够的,必须长期深入学习西文之后,才可能将西文的思维方式、言语方式用到自己的母语中。其次还有作家在哪一个年龄段深入学习西语的问题,作家语言特点形成主要在童年和青少年时期,成年以后语言风格一旦形成,再接受西文的影响其语言发生改变的空间就不大了。

从这个角度说,有的作家如叶圣陶、庐隐等主要是在中学时代接触外文,或者在大学非外语专业学习过外语,这种学习不太可能深刻改变他们的语言。其次有的作家主要是成年以后有留学或长期从事翻译活动的经历,在这种情况下,其语言改变的空间也不是很大。例如许地山1923年赴美留学时已经31岁,也已经发表《命命鸟》等小说;他虽然有留学经历,但语言欧化程度并不高。

从这个角度讲,"五四"时期有些作家早年就有留学或在国内大学外文系学习的经历,较年轻的时候就深入学习过外语,西文对他们就会产生更深入的影响,西文的影响在其语言转型中会起到更重要的作用。郁达夫、冰心、王统照等就是非常典型的例子。

这几位作家在"五四"一代中年龄比较小,其中年龄最大的郁达夫也小鲁迅15岁，这样他们在接受教育时面临的已经是一个非常不同的环境。郁达夫只读了4年私塾就转入新式学堂，王统照虽然在私塾待得比较久，但是他的老师王肖南思想开通学问通达，很早就开始教以新学。王统照自述在家塾中"有一半的功夫用在商务印书馆出的中学用本《新体地理》、《历史教科书》，与三大厚本的《笔算数学》上。"① 而冰心刚开始读书使用的课本就是商务印书馆的《国文教科书》。

这几位作家也比较早地就接触了西文。郁达夫十三岁开始学习英语："十三问字子云居，初读琅嬛异域书。"（《自述诗》）王统照是16岁考入山东省立第一中学后开始学习外文；冰心则是1914年入北京教会学校贝满女中以后。其后，郁达夫留学国家虽然是日本，但是他的西文水准很高，郭沫若对他的评价是："达夫很聪明，他的英文、德文都很好。"② 冰心1923年赴美国留学；王统照虽然没有留学经历，但大学读的是英文专业，读书期间的大量时间都是"在公寓中攻读英文原版作品，从事小说、散文创作和外国文学作品的译介"。③ 这个学习过程也给他的外语打下了良好基础。

郁达夫等作家早年就是在一个比较新的环境中成长，接触新学和西文比较早，这样，与年龄较大的作家不同，对他们来说，西文与其说是"改造"了他们的语言，不如说"塑造"了他们的语言。他们学习外语时，其语言也正处在一个形成期，在当时那个汉语欧化的大背景下，他们语言建构过程自然会受到外语强烈的干预。

高玉在《现代汉语与中国现代文学》一书中表达过这样一个看法，即一个长期使用西文的人，其思维方式和语言习惯都会得到深刻改造。他以胡适为例做了一个说明，他说："在美国期间，胡适从根本上是用英语思想。接受了英语就接受了英语的世界观和思维方式，改变了话语方式就改变了思想方式，八年的英语思想可以说使胡适彻底地脱胎换骨。"④ 高玉甚至注意到胡适记日记使用的语言，即"日记越到后面，英文越多，特别是在重要的思想问题上，他都用英语表达。"他认为："这说明了英

---

① 冯光廉、刘增人编：《王统照研究资料》，知识产权出版社2010年版，第101页。
② 曾华鹏、范伯群：《郁达夫评传》，百花文艺出版社1983年版，第18—19页。
③ 刘增人：《王统照传》，北京十月文艺出版社2000年版，第73页。
④ 高玉：《现代汉语与中国现代文学》，中国社会科学出版社2003年版，第97页。

语对他现代思想形成的重要作用。"①

当然从"五四"作家语言转型的角度来讲，长期用西文思维能够解决的主要是语言的现代性问题，即让其思维方式和语言纳入西文的模式，然而并未解决文言与白话的问题；一个长期使用英语的人，照样可以选择文言从事写作。但这里需要指出的是，一个没有经过西文训练的人，他将文言"直接"转换成白话时，得到的还是一种旧白话；实际上，"五四"语言转型最关键的是语言和思维方式的欧化，它是语言转型的重点也是难点，这个问题解决了，一个作家从文言或旧白话转向现代白话就应当是一个比较容易和自然的过程。

这个问题可以通过郁达夫做进一步说明。郁达夫13岁就开始学习英语，后来在自述中他多次提到过学习英语的情况。最初接触英语就引起了他极大的兴趣，"他和同学们是以浓厚的兴趣和极大的好奇心来学习外语的。他们像背诵古文那样，曲着背，耸着肩，摇摆着身体，用了读古文辞类纂的腔调，来高声朗读英文词句。"② 1912年他选择美国长老会办的之江大学预科，也是"为了能更好地学习英文"③，后来因为不能容忍教会学校的束缚，他回家自学，但英文仍是他每天学习的重要内容。到日本后，先在神田的正则学校补习，随后考入东京第一高等学校预科，这一年就在功课非常紧张的情况下，他还是读了两本俄国杜儿葛纳夫（屠格涅夫）小说的英译本：《初恋》和《春潮》。1916年因与长兄曼陀发生龃龉，放弃长兄建议读的医科，由第三部改回第一部文科，其后他阅读了大量外国文学作品。"在高等学校里住了四年，共计所读的俄德英日法的小说，总有一千部内外。"④ 这种长期的、大量阅读对郁达夫的语言产生了深刻影响。

郁达夫1913年到日本，在读了许多小说之后1917年就开始了最初的创作尝试，有白话习作《金丝雀》《相思树》《两夜巢》，但是，前两篇已佚，《两夜巢》也只剩下几个片段。然而从《两夜巢》剩下的片段能够看出，这个时候郁达夫使用的已经是白话，而且是带有欧化特点的现代白话。从现在留下的文字中能够看出，小说写的是三个留日学生接待一个中

---

① 同上书，第233页。
② 曾华鹏、范伯群：《郁达夫评传》，百花文艺出版社1983年版，第6页。
③ 同上书，第13页。
④ 王自立、陈子善编：《郁达夫研究资料》，知识产权出版社2010年版，第166页。

国视察团的事情,与后来郁达夫的小说一样,小说中的"少年"带有作者自己的影子,作品着重写到的就是这个少年与一个日本下女梅浓之间的调情。小说中说不上有什么故事,主要是少年的心理活动和人物对话。其结构明显带有现代小说的特点,语言也是欧化的,单句中多从句、多附加成分,复句则有非常复杂的逻辑关系。例如:"那十八岁的下女,正坐在他们一团的面前,在那儿追思往事的时候,去那旅馆十五里的一间西洋茶馆里,也坐着一个二十四岁的,头发种种,戴着一副金丝眼镜的少年,在那儿出神。"(《郁达夫全集》第一卷)这个句子前半部分,乍看是几个分句,但实际都只是"坐着"的状语,这个句子严格说应当是一个结构复杂的单句。这种语言带有明显欧化特点。

郁达夫后来的作品也一直保持了这种特点,虽然他一直小心翼翼地避免过分违背汉语表达习惯。普实克在谈到郁达夫的《烟影》时指出:"这篇作品的基本结构都是长复合句,偶尔加些短句,文字非常和谐,辅以前面已说过的一些方法,如对话的压缩,感情强烈的直接语句的压缩等。"他认为"这种用异常复杂的句子把各种事实包容在一个叙述单元内,使文字凝练统一的努力,是来源于把个人经验文学化的倾向。……这篇小说也是力求超越中国旧文学的松散结构,代之以比较复杂形式的例证。在文体上,则是以复杂句代替早期的事实罗列和节奏化。"①

从个人语言建构角度讲,郁达夫代表了现代文学语言发生的非常重要的一个路向,他更多的是在西文的学习与使用中实现了思维方式与语言的现代性变革,也是西文最终"塑造"了他的语言形态,不管其原来使用的是文言还是旧白话,学习与使用西文都是其语言转型最关键的环节。有了这样一个基础,进入"五四"以后,他与具有类似经历的作家很自然地就转向了现代白话。

第三节 叶圣陶等作家的语言转型

"五四"时期还有一些作家在语言上较多师承了现代通俗小说,这种

---

① 中国社会科学院文学研究所国外中国学(文学)研究组编:《国外中国文学研究论丛》,中国文联出版公司1985年版,第833页。

师承为他们转向新式白话做了准备,转型以后,其语言也没有那种过分欧化或文言化的情况,显示了较浅易通俗的特点。在这类作家中,叶圣陶的情况就比较典型。

叶圣陶在"五四"一代作家中的教育经历比较特殊,他没有读大学的经历,也没有出洋留学,早年接受过传统教育,后来在苏州公立第一学堂接受过5年新式教育。叶圣陶有良好的文言基础,1913年年底到1916年4月,他有两年半写作文言小说的经历。同时叶圣陶也比较多地受到西方文学和西文影响,他说:"我写小说,并没有师承,十几岁的时候就喜欢自己瞎摸。如果不读英文,不接触那些用英文写的文学作品,我决不会写什么小说。"① "华盛顿·欧文的文趣很打动我。我曾经这样想过,若用这种文趣写文字,那多么好呢!这以前,我也看过些旧小说,如《水浒》《三国演义》《红楼梦》,都曾经看过好几遍;但只是对于故事发生兴趣而已,并不觉得写作方面有什么好处。"② 他反复强调"作小说的兴趣可说由中学时代读华盛顿·欧文的《见闻录》引起。"③ 他说自己早期作文言小说是"有意模仿华盛顿·欧文的笔趣"。④ 但是对叶圣陶影响更深的还是现代通俗小说。如果将叶圣陶的语言放到"五四"作家整体层面上,与以鲁迅、郁达夫所代表的语言传统相比较,再结合其比较特殊的教育背景看,他的语言更多还是受现代通俗小说语言传统的影响。

曾华鹏曾经对叶圣陶"五四"前发表的文言小说有一个整体上的评价与定位,认为这些小说"所呈现的思想艺术特色与'鸳鸯蝴蝶派——《礼拜六》派'的流派特征是很相似的。"因此这些小说"并不是所谓鸳蝴派'逆流'的对立面,而是这个流派中格调较高的作品。"谈到叶圣陶小说的艺术渊源,他认为,"叶圣陶开始写小说时,他所接受的艺术影响是多方面的,既有传统小说艺术的继承,有当时鸳蝴派以及苏曼殊等人创作的借鉴,也有外国文学作品的示范,"认为他的小说"呈现出从传统小说向现代小说发展的某些过渡性特征。"他指出:就作品来说,"如果将叶圣陶文言小说所呈现的特点与民国初叶'鸳蝴派——《礼拜六》派'的小说进行

---

① 商金林:《叶圣陶传论》,安徽教育出版社1995年版,第42页。
② 同上。
③ 同上书,第43页。
④ 同上。

比较，我们就可以看到，这二者的基本特征是很相似的。"①

"五四"时期新文学先驱者为了凸显自己"新"的特点，急于寻找一个与自己的不同的、代表旧传统的"他者"，于是找到了现代通俗文学，其后有一个不断将其妖魔化的过程。而很多研究者认为叶圣陶是"五四"新文学的重要作家，很大程度出于爱戴他的考虑，力图把他从鸳蝴派的影响中超脱出来，撇清他与后者的关系。而事实上，现代通俗文学是中国现代文学的两个分支，雅、俗文学并非水火不相容，而是互相渗透与影响。如严家炎所说：鸳鸯蝴蝶派同样接受了"西方进步文学和中国新文学的影响"。② 而叶圣陶接受鸳鸯蝴蝶派影响也应当是不争的事实。

从个人语言建构角度可以进一步讨论叶圣陶在语言上接受鸳鸯蝴蝶派影响的问题。叶圣陶是一个非常勤奋的人，他很早就有成为作家的志向，因此一直自觉提高自己的文学与语言素养，在中学时代就养成了抄录作品的习惯。"对于那些优美的诗文，则'讽诵'不已，读不厌读，甚至起早贪黑，废寝忘食地翻译或抄录下来，熟读玩味。"③ 中学时代受其心仪的作家作品，除了华盛顿·欧文、古德斯密和拜伦的诗文外，他对苏曼殊的小说也产生了浓厚兴趣，"他甚至把苏曼殊的《断鸿零雁记》全文抄录，以利讽诵。"④ 这件事他后来在日记中有明确的记载："归饭后抄《太平洋报》中小说《断鸿零雁记》，系曼殊大师所著。曼殊邃中西文，并通梵书，著作甚富，近世大文学家也。以此记散见每日报纸，玩索殊费事，故萃抄一册。自午至夜仅抄三章。"⑤ 就一个作家的作品下很大功夫抄录，反复阅读、讽咏，这对叶圣陶语言的影响肯定非常大。

叶圣陶对"民初"文坛非常关注，订了六七种杂志，但是他认为《小说月报》最"可观"，也一直是该杂志最忠实的读者。《小说月报》可以以1920年茅盾接手主编分为前后两期，在前期即1910—1920年之间它是鸳鸯蝴蝶派的主要阵地；而叶圣陶一直是这个时期《小说月报》最热心的读者。在1913年7月9日的日记中他写道："坊间陈新出《小说月

---

① 曾华鹏：《重评叶圣陶的文言小说》，《扬州大学学报》（人文社会科学版）2002年第4期。
② 曾华鹏：《重评叶圣陶的文言小说》，《扬州大学学报》（人文社会科学版）2002年第4期。
③ 商金林：《叶圣陶传论》，安徽教育出版社1995年版，第49页。
④ 曹惠民：《论叶圣陶文学风格的成因》，《中国现代文学研究丛刊》1984年第4期。
⑤ 商金林：《叶圣陶传论》，安徽教育出版社1995年版，第145—146页。

报》，即购归就灯前读之。此物魔力独大，能使人不肯掩卷暂停以读他种之书。"[1] 1913年7月27日的日记中说："前年所购之《小说月报》，其中所载诸篇今已渐渐忘之。午后择其隽雅者重读，乃亦不至终篇不忍释手。"[2] 1914年4月，《小说月报》改版后，叶圣陶对其更是喜爱有加，他在日记中写道："课毕至书肆，购《小说月报》五卷第一号归，观之益叹精美无伦。……采择最谨严，而门类尤众，如'笔记'、'画概'、'棋谱'之类，亦兼收并蓄，非独小说已也。小说报近世已如星罗，碧天弥望皆是。然北辰独烂，当推《小说月报》，余弗足数焉。"[3] 在《小说月报》众多作者中，他还特别喜欢鸳鸯蝴蝶派中以擅长写掌故著称的许指严。

还需要特别指出的是，《小说月报》自1913年起就开始刊载白话小说，所载白话小说的比例逐年增多，至1918年，其刊载的白话小说已经占了近一半，而这个时期也正是叶圣陶从文言向白话转型的时期。综观这个时期叶圣陶的阅读经历，《小说月报》应当是其学习、接受白话文的主要来源之一。

讨论叶圣陶语言的渊源最终还要回到其语言本身，即在文本中比较其语言的特点。叶圣陶的语言与"五四"时期有过留学经历或长期翻译实践作家的语言还是有着较明显的区别，一方面，正像其他现代通俗作家的语言一样，他的语言有一定欧化的成分，足以完成很多复杂的表述，例如表现人物繁复的心理活动，做静态的环境描写等，这是其语言与旧式白话的区别。另一方面，叶圣陶又较多地保留了汉语的习惯，其语言很少有那种偏执的欧化的句子，当然也就没有鲁迅所说的那种西文特有的"精悍的语气"。一位日本学者称赞他的文章是"地道的中文"，"很有中国香气、中国味道"，并认为这是其文章"屹立在中国文坛里的理由之一"。[4]杨义认为，叶圣陶小说语言体现了"'中正中见造诣'的艺术原则，纯净洗练，朴实自然，把一些普普通通的字眼运用得方圆恰切，尺寸精审，富有表现力和暗示力。"[5]

---

[1] 同上。
[2] 同上书，第147页。
[3] 商金林：《叶圣陶传论》，安徽教育出版社1995年版，第148页。
[4] ［日］竹内实：《辩解的辩解》，《读书》1983年第3期。
[5] 杨义：《中国现代小说史》（上），人民出版社1998年版，第355页。

曾华鹏认为，如果把叶圣陶的文言小说放在鸳鸯蝴蝶派杂志中作比较，就很难看出它们之间"有什么根本的区别"，事实上将叶圣陶早期的白话小说放在鸳鸯蝴蝶派白话小说中，也很难看出它们在语言上有什么根本的区别。也就是说，至少在早期，叶圣陶的语言更多地显示了与那些有留学经历、有长期翻译经历的"五四"作家的差异与距离，而显示了与现代通俗作家的类似与接近。

总之，从文学师承关系来看，叶圣陶明显继承了现代通俗小说，主要是鸳鸯蝴蝶派的语言传统。就语言转型来说，顺应时代要求只是一个大的前提，而就作家个人语言建构方面讲，现代通俗小说的影响则是他转向现代白话的一个重要路径。而这种语言背景的不同也使叶圣陶成为现代文学语言发生中，不同于鲁迅、郁达夫的比较特殊的一支。

从作家个人语言建构的角度来看，现代文学语言的发生并非像想象的那样，有一个整齐划一的"发生史"，实际上，"五四"作家每一个人都有自己进入现代白话独特的路向。"五四"作家的语言转型大致可以梳理出这样三种基本的方式。首先是以周氏兄弟为代表的一批年龄较长的作家，他们受过基本完整的传统教育，文言的影响根深蒂固，他们既因为在早期的翻译活动中接受了西文的思维方式、言说方式，同时更多的是顺应时代潮流，从文言转向白话。其次是以郁达夫、冰心、王统照为代表的作家，他们年龄相对较小，受文言的影响不是很深，后来出国留学或在国内读大学外文系则受到西文很深的影响，这个影响深刻地塑造了其语言。因此，他们既是顺应时代潮流，也是西文影响促使他们转向现代白话。另外还有以叶圣陶为代表的作家。叶圣陶没有受过高等教育，也无留学经历，他生活在号称鸳鸯蝴蝶派大本营的苏州，早期教育与周围环境使他的语言明显受鸳鸯蝴蝶派的影响；这位作家更多地承袭了现代通俗小说的语言传统，在此基础上实现了语言的现代转型。除以上三类作家外，有人转型的原因不是非常典型，可以是综合了几种原因完成了自己语言的转换。

第二章　20世纪30年代中国作家的语言探索及意义

20世纪30年代是中国现代文学语言发展史上一个关键时段，在现代文发展史上具有特别重要的意义，但其特殊意义至今仍未得到充分重视与阐释。以往现代文学语言研究中，人们更看重"五四"作家语言转型之难，而看轻了30年代作家"探索"与"建设"之功，多少忽视了30年代作家的"开创性"探索，即他们在提升现代文学语言素质，扩展其使用范围方面的贡献。中国幅员辽阔、人口众多，汉语又有着悠久历史，因而汉语的改造、汉语书面语的整体置换，对中国人来说是一个非常艰难的过程，它涉及社会的各个阶层、各个领域，绝非少数人在短时间内能够完成的。如果说"五四"时期，胡适、陈独秀等确定了现代白话的合法性，鲁迅、郭沫若、郁达夫、叶圣陶、冰心等以自己的创作奠定了现代白话文基础，完成了从文言到白话的转换；那么在30年代，一批后来者则踵步前人，进一步提高了新式白话的素质；在文学题材和体裁的扩容中，拓展了新式白话的疆域，进一步展现了它长于叙精密复杂之事，描写变化多样心理活动的长处；同时这个时期的作家还通过语言大众化，努力将新式白话普及到民间中。

30年代作家面临的任务主要有这样三个方面：首先，文学语言自身的建设。"五四"时期新式白话仅仅是草创，在"五四"作家手中这种语言还是初具雏形，30年代作家需要通过学习、借鉴欧化语，进一步提升汉语书面语的复杂性与精密性；通过学习、借鉴文言提升语言的文学性、美术性；同时学习借鉴方言和口语，克服由于语言欧化而导致的新言文分离的倾向。其次，"五四"时期新文学刚刚登上文坛，其体裁还限制在一个比较狭小的领域，除诗歌、散文这类篇幅比较短小的文体外，在小说领域，新文学的主要成绩在短篇小说，当时的长篇小说数量少，质量也不高，仅有的长篇小说在艺术上还比较稚嫩。而在30年代，长篇小说则成为一个主要文体，在这个过程中，作家除了艺术技巧上的探索外，还要有一个语言上的跟进，长篇小说需要大量的心理描写、环境描写，这些描写需要更复杂的语言形式。因而用新式白话从事这些工作，对于新文学作家来说既是新课题，也是比较困难的课题。最后，新式白话是一种西化了的书面语，它自诞生之日起与大众就有着相当大的隔膜，形成了新的言文分离，因而 30 年代作家还有一个语言大众化的任务，要致力于语言的通俗化，将新式白话普及到大众中间去。

第一节 语言自身的建设

"五四"时期新文学语言尚属草创，30 年代作家首要任务就是进一步提升现代文学语言的表现功能，他们的努力主要有三个方面。

一 进一步学习与借鉴翻译语体，提升现代文学语言表意的复杂与精密性，同时又克服其过分欧化之弊，实现语言成分的有机融合

"五四"时期作家的重要追求就是引入西文的思维方式、言说方式改造传统白话文，使之成为具有现代性特点的语言，因而学习、借鉴翻译语体，提高汉语书面语表意功能是那个时期作家最重要的工作。但是，"五四"毕竟仅仅是语言的转型期，很多作家在这方面的准备是不足的：有些作家较多地受到文言和旧白话的影响，语言存在简单、含糊之弊，未能克服旧白话小说的缺点。而另一些有留学经历，受西语影响较大的作家又存在过分欧化的问题。他们曾大量阅读、翻译过西方的文学作品，习惯了西文的思维和言说方式，会比较多地将西文的思维方式直接用于中国语文；然而新式白话虽然经过了欧化，但本质上还是一种中国语文，它毕竟不是西文本身，两种语言在结构上差别巨大。对于那些习惯了西文思维方式的人来说，更需要一个语言转换的过程，不能把西文的思维方式和言说方式直接用在汉语中。他们要把握一个度，尊重汉语自身的习惯，在这个基础上实现一种有机的融合。因而"五四"时期关于欧化还存在很多问题，需要后来的作家认真解决。

到 30 年代，白话文已经确定了合法地位，因为第一代作家的努力，文坛上已经有了一批较优秀的白话文作品，新文学第二代作家有了学习与借鉴的范本，他们不必再承担草创者的责任，也可以从容总结"五四"

作家在语言欧化方面的经验,扬长避短,进一步提高汉语的精密性与复杂性;同时又避免由于机械模仿而带来的生硬与晦涩。这个时期很多作家,包括巴金、茅盾、丁玲等在提高汉语的精密性、复杂性方面都做了相当深入的探讨。

这方面巴金是个很好的例子。巴金是新文学史上语言欧化程度较高的作家之一,谈到其原因时他说:"我读过很多欧美的小说和革命家的自传,我从它们那里学到一些遣词造句的方法,我十几岁的时候,没有机会学中文的修辞学,却念过大半年英文修辞学",所以"我开始写小说的时候,我的文章相当欧化,常常按照英文文法遣词造句……"① 作为新文学第二代作家,巴金能够很好总结"五四"作家在语言欧化方面的经验,扬利去弊,充分发挥欧化文复杂、严密的优点,同时又避免生硬地模仿西文。巴金是一个热情洋溢的作家,他的小说很少纯客观地描写生活和人物,感情上的爱与憎总是其叙事最重要的源泉和驱动,作者总是从自己的理解与感受出发,饱含感情地品评人物和事件,小说的叙事层层叠叠、波澜起伏,作者把每一个意思都要说清、说透,不愿留下一点空白。而巴金的这种叙事态度与他的语言选择正好实现了一个匹配。他充分利用、发挥了欧化文细腻、绵长的特点,用这种分析性语言,把每一个意思都掰开揉碎,尽可能清晰地展示在读者面前。一位研究者在谈到巴金语言的这个特点时指出:"一个意思他要反复说,反复表示,说一层怕读者不懂,或觉得自己没有表达清楚言犹未尽,就又说一层。""在他的小说里,无论是叙述人的语言,还是人物语言;无论是抒情,议论,还是叙事,状物,常常是分层次行文,或是由具体到概括,由小到大,由细到粗;或是由概括到具体,由大到小,由粗到细,都不是简单地、机械地重复,无为地重复,更不是无病呻吟,啰唆唠叨,而是有机地密切地相连,形成感情的起伏,表义的层次,语势的波澜……"② 巴金作品的文句长短结合,以短句居多,遇到文思过分繁密时,他就宁愿把一个意思拆开来放在几个短句中;这样既表达了复杂的意思,同时又不违背汉语的表达习惯,其小说中很少有那种佶屈聱牙,违背汉语表达习惯的长句子。

因为有着长期的语言准备,并经过大量的实验和探索,同时又有效地

---

① 陈思和、李辉:《巴金论稿》,人民文学出版社1986年版,第241页。
② 王金柱:《语言艺术大师巴金》,天津社会科学出版社1994年版,第199页。

借鉴了"五四"作家的经验，到了30年代，巴金这一代作家已经能够很好地使用欧化语文，把欧化语文的优点更充分地发挥出来。一位研究者评价巴金小说语言特点时指出："他巧妙地扬长避短，充分利用和发挥了欧化句式艺术表达上的优势，使他那强烈的思想感情得到淋漓尽致的奔泻。那些由联合结构或同位结构充任的主语、谓语、宾语，和进而形成的一气呵成的排比，或发展而成的庞大的复句，那些多层定语、状语都倾注着他炽热的心血，因而都发挥着极为理想的认识作用和艺术审美作用，使他的小说潜蕴着巨大的吸引力和强烈的艺术感染力。"①

陈思和在谈到巴金小说语言特点时曾对"五四"和30年代语言欧化问题专门做过比较，他指出："五四早期的拓荒者们，有的从几千年的传统重负下挣扎出来，虽创造了新的文学样式，但犹如放了足的小脚女人，旧迹难免；也有的饥不择食地从西方搬来大量的样板，生吞活剥，中西文并列互渗，虽开一代新风，却难免生涩。……当新文学进入二十年的后期，出现了茅盾、老舍、巴金、丁玲、沈从文，以及稍后的曹禺、张天翼等人，无论从形式上，还是语言上，都既摆脱了传统的阴影，又避免了照搬西方的生硬做法。他们有文学前辈的经验可借鉴，又有丰富的生活环境作为营养，使新文学在他们的笔下蓬勃地发展起来，形成了三十年代的'黄金时代'"。②

二 学习、借鉴口语，缩小书面语与口语距离

"五四"时期胡适、陈独秀发起白话文运动最重要的理由就是克服文言的言文分离之弊；白话文更接近口语，也可以更多地容纳口语，因而在实现了书面语转型后，学习口语就成了建设新式白话最重要的路径之一。傅斯年在《怎样做白话文》一文中提到的建设白话文的两条策略第一条就是"乞灵我们的说话"，即"乞灵"现代人的口语，"留心自己的说话，留心听别人的说话"。③然而，"五四"时期白话文草创，作家对口语的特点还没有一个清楚认识，口语化虽然得到重视，但是在实践上并没有得到很好落实。当时的问题主要有两个方面，首先，胡适当年倡导白话文时曾一再要求作家从《三国》《水浒》中学习白话，然而，现代人的语言与古人的语言还是有相当大的距离，"五四"距离《三国》《水浒》的产生虽

---

① 王金柱：《语言艺术大师巴金》，天津社会科学出版社1994年版，第207页。
② 同上书，第240页。
③ 欧阳哲生主编：《傅斯年全集》，湖南教育出版社2003年版，第127页。

然只有几百年时间,但是经过几百年的变迁,两个时代的语言已经有了相当大的不同。因为时代的隔膜,旧白话其实也是已"死"的语言,而不是真正的"活"语言。瞿秋白在讨论现代文应该"用什么话来写"问题时,就特别提到不能用"明朝话"和"清朝话"来写,他认为这些"话","并不能完全代表当时人口头上的话",这些话更不是"现代中国人的话"。① 其次,"五四"时期的口语化还有另外一个问题是,有的作家混淆了口语与书面语的概念,不是从书面语出发,学习、吸收口语,而是将口语平移进书面语,这样就导致了过分的口语化。事实上,如鲁迅所说:"语文和口语不能完全相同;讲话的时候,可以夹很多'这个这个''那个那个'之类,其实并无意义,到写作时,为了时间,纸张的经济,意思的分明,就要分别删去的,所以文章一定应比口语简洁,然而明了,有些不同,并非文章的坏处。"②

到了 30 年代,很多作家在反思了前人的不足以后,对口语化的功能、特点,以及应当如何口语化都有了更深入的认识,很大程度上克服了对口语化认识的误区,在实践上做得也更成熟。这个时期,作家口语化的探讨还多了一个任务,就是纠正"五四"以来,汉语书面语过分欧化之弊。事实上,"五四"以后,欧化与口语化一直是现代文建设的重要双翼,同时现代文建设也一直在这两个资源中寻求平衡;欧化解决的是汉语不够复杂、精密的问题,口语化解决的则是言文分离的问题,两个路向并行,正好能创造一种平衡。30 年代在学习口语,促使书面语进一步接近口语,以及通过语言口语化克服新式白话的过分欧化方面,很多作家都做了有益的实验和探讨,其中老舍最具有代表性。

老舍是新文学作家中语言意识较强的一个,在中西语言的比较中,他明确意识到,汉语书面语要准确表达现代中国人的思想情感就必须大量吸收西文的合理成分,但是他同时也意识到,汉语与西语是两种差异极大的语言,生硬机械地模仿西文,生搬硬套地借鉴势必导致汉语在表意上的混乱。因此,他的语言策略是在改造中借鉴西文,就是既学习、借鉴西文同时又要求这种带有西文特点的语言符合汉语的表达习惯。而他融合西文的路径主要就是尽量将欧式语言与汉语口语结合起来,借用口语词汇、句式、

---

① 文振庭编:《文艺大众化问题讨论资料》,上海文艺出版社 1987 年版,第 40 页。
② 鲁迅:《答曹聚仁先生信》,《鲁迅全集》第六卷,人民文学出版社 2005 年版,第 79 页。

语气、语调和语用习惯，克服欧式语言的过分繁复、绵长、佶屈聱牙之弊。

老舍的语言策略主要有两个方面。

首先，将欧西文思纳入口语化句式与表达方式中。口语的特点是句式短小，讲究简洁、灵动，而这个特点正好适宜于改造欧化语的句式偏长、附加成分过多、在造句方式上"叠床架屋"的习惯。老舍在谈到自己的经验时指出："按照我的经验，我总是先把一句话的意思想全，要是按照这点意思去造句呢，我也许需要一句很长很长的话，于是，我就用口语的句法重新去想，看看用口头上的话能不能说出那点意思，和口头上的话怎样说出那点意思。用这个方法造句，写出来的一篇东西虽不能完全是口语，可是颇能接近口语了。"① 关于使用语言的方法老舍给出的建议是："不管原文的句子有多么长，我们应当设法在适当的地方把它断开切开，分为较短的句子，既不损失原意，且合中国语法。即使非照原样译为长句不可，我们也该力避堆砌；堆砌就必不可避免地造成生硬别扭。"② 他说："我自己写文章，总希望七八个字一句，或十个字一句，不要太长的句子。每写一句时，我都想好了，这一句到底说明什么，表现什么样感情，我希望每句话都站得住。当我写一个较长的句子，我就想法子把它分成几段，断开了就好念了，别人也容易懂。"③ "我会把一长句拆开来说，还教它好听，明白，生动。"④

其次，老舍还从"声音修辞"的角度考虑语言"听"的效果。他认为，文学作品不仅要能"看"，还要能"读"，要"听"起来也具有美感效果。因此他一直致力于让语言符合"听"的规律。他说："我写文章，不仅要考虑每一个字的意义，还要考虑到每个字的声音。不仅写文章是这样，写报告也是这样。我总希望我的报告可以一字不改地来念，大家都能听得明白。虽然我的报告作得不好，但是念起来好听，句子现成。比方我的报告中，上句末一个字用了一个仄声字，如'他去了'，下句我就要用个平声字。如'你也去吗？'让句子念起来叮当地响。"⑤ 他使用语言的策略是："不多推敲一句里的字眼，而注意一段一节的气势与声音，和一段

---

① 老舍：《老舍全集》第十七卷，人民文学出版社1999年版，第130页。
② 同上书，第389页。
③ 老舍：《老舍全集》第十六卷，人民文学出版社1999年版，第351页。
④ 同上书，第726页。
⑤ 同上书，第354页。

一节所要表现的意思是否由句子的排列而正确显明。""写完一大段,我读一遍,给自己或别人听。修改,差不多都在音节与意思上,不专为一半个字费心血。"① 通过借鉴口语的修辞策略,大量借鉴口语成分,老舍有效地纠正了现代白话过分欧化之弊,实现了汉语与欧化语较好的结合。

三 学习、借鉴文言文,提高语言的文学性

"五四"白话文运动有一个很大问题,即胡适当年以改进文学名义发动的白话运动很大程度牺牲了文学对语言的特殊要求。胡适变文言为白话有两个明确的目标,其一是提高汉语的严密性与逻辑性,改变汉语书面语过分简约、笼统的特点,使其能够精密、细致、严谨地表达意思;其二是改变传统汉语书面语晦涩、婉曲的特点,使其具有明白、晓畅,易于学习、易于把握的特点。而汉语的这个改变明显有益于自然科学、社会科学,有益于文化的推广和教育的普及,而文学对语言的要求恰恰是婉约、朦胧、多有暗示、象征等。胡适当年要求诗歌"有什么话,说什么话;话怎么说,就怎么说"恰恰是背离了文学的规律。②

"五四"以后很多人站在文学立场对胡适的理论进行了反思,对其语言策略提出批评,也开始纠正由胡适理论误识在语言实践上带来的偏颇;而纠正的方式就是一定程度上借鉴、吸收文言的语用经验,将文学语言与日常语言区分开来,在现代白话的基础上打造一种既具有现代性,同时又体现文学自身特点的语言。而在这个方面,30年代作家也做了大量的实验与探索。

就教育背景来说,新文学第二代作家接受教育正逢中国教育大变革的时代,他们大都接受了一些文言教育,然后又转向新式教育,因而他们不像鲁迅、周作人、胡适等受文言影响那样深。他们既对文言有较多了解,又不像前辈作家被文言缠绕住;他们能站在现代白话的立场从文言中获得借鉴,而又不是陷入文言不能自拔。这样他们才能真正以现代白话文为主体,吸收文言的有益成分。这个时期很多作家都较重视从文言中获得借鉴,以增加现代文学语言的文学性与诗性内涵。在这个方面比较有代表性的是废名。

在30年代社会写实小说居于主流的情况下,废名自觉继承中国古典

---

① 吴怀斌、曾广灿编:《老舍研究资料》,北京十月文艺出版社1985年版,第654页。
② 姜义华主编:《胡适学术集·新文学运动》,中华书局1993年版,第41页。

文学传统，走的是一条抒情写意的路。他不像一般社会写实小说注重主题的深刻、人物的典型化、时代背景的真实、广阔，而更多是在生活中寻求带有诗情画意的人物、场景与生活片段，语言也不求严密、精确，而是缥缈、奇幻，能指与所指有一定距离。从这样的追求出发，废名自然较多地倚重文言，在文言中汲取养分。废名借鉴、吸取文言成分包括了这样三种方式。

首先，借鉴文言的修辞策略，注重语言的经济、简略，寻求耐人咀嚼的审美效果，他总是精心选择和锤炼语言。废名说过："我分明地受了中国诗词的影响，我写小说同唐人写绝句一样，绝句二十个字，或二十八个字，成功一首诗，我的一篇小说，篇幅当然长得多，实是用写绝句的方法写的，不肯浪费语言。"① 废名小说中充满了这种经过精心选择提炼、具有诗性的语言，例如"王老大一门栓把月光都栓出去了"，"阿毛睁大了的眼睛叫月亮装满了"（《桃园》）显然都是经过精心选择、锤炼过的语言。其次，为了追求语言的简略、灵动，废名有时也化用一些文言的句子。例如"那时我以多愁多病之身，病则有之，愁则是说得好玩的。"（《莫须有先生传》），"文公庙供奉的是韩文公。韩文公青袍纸扇，白面书生，同吕祖庙的吕洞宾大仙是一副模样。"（《枣》）这两个句子中都有明显的文言句式。最后，废名还直接把古诗词插入小说中。例如"老太婆简直有点生气，皱起眉来，这一低眉，她把她的莫须有先生端端正正地相了一相，慈母手中线，游子身上衣……"（《莫须有先生传》）"这个气候之下飞来一只雁，——分明是'惊塞雁起城乌'的那只雁！因为他面壁而似问：'画屏金鹧鸪难道也一跃？'"（《桥》）

20世纪上半叶，中国社会内忧外患不断，社会激烈动荡，但30年代前期还是一个相对平静的时期，这个时期的作家接过初生的白话文，在实践中不断锤炼，主要是致力于进一步吸收欧化语、文言和方言口语中的有益成分，提升汉语的表现功能，同时避免过分欧化、克服文白混杂和过多使用方言等问题，努力实现各种成分的有机融合。经过众多作家努力，现代白话文的素质得到了明显提高。吴福辉在总结30年代文学语言发展的成绩时指出："白话小说发展到三十年代，初期新小说如外国直译文，构造曲折，使中国文字拖长、句法繁复的毛病得到了克服。叙述话语以简为

---

① 废名：《废名小说选·序》，人民文学出版社1957年版，第2页。

美，短而含义丰厚的风格，已成为正统的'话术'。周作人的意见与林徽因所说的'五四'早期作品'生涩幼稚和冗长散漫'，现在已是'连贯'、'经济'，基本上相通。"①

第二节　新文学的扩展与语言的跟进

　　20世纪30年代作家不仅要进一步提升文学语言自身的素质，随着新文学题材和体裁不断地拓展，他们还有一个让新式白话跟上文学发展步伐的问题，即随着新文学的题材与体裁的扩展，将新式白话推行到新文学新辟的各个方向与领域。在这个过程中，每一步都需要作家进行大量的探索与实验。例如，随着文学视野的扩展，大量的心理描写、环境描写进入小说，而用新式白话精确刻画人物心理活动和做精细多样的环境描写，这对所有新文学作家都还是新课题。"五四"小说中虽然也有心理描写、环境描写，但是用今天的眼光看，它们仍然较单调和简略，与30年代作家丰富、多样、畅达、淋漓的描写相比还是有非常大的距离。

　　关于新文学早期的不足，茅盾曾有一个较客观的估价。他在《新文学大系》"导言"中回忆新文学第一个十年创作的情况时指出："那时候，（民国十年春）《小说月报》每月收到的创作小说投稿，——想在'新文学'的小说部门'尝试'的青年们的作品，至多不过十来篇，而且大多数很幼稚，不能发表。""那时候，除《小说月报》以外，各杂志及各日报副刊上发表的创作小说，似乎也不很多。……那年的一月到三月，发表了的创作短篇小说约计七十篇；其中有不少恐怕只能算是'散文'。""那时候发表了的创作小说有些比现在各刊物编辑部积存的废稿还要幼稚得多呢。"②

　　就创作来说，当时的问题主要有两个方面。首先是文学的题材较狭隘，未能广阔多样地反映各种生活。"五四"时期很多作家秉承的都是较抽象的启蒙主义、人道主义，并急于把这些思想普及到大众中去；从改造社会的立场出发，他们更多的不是观察社会，反映社会上存在的各种问

---

　　① 吴福辉编：《二十世纪中国小说理论资料》第三卷，北京大学出版社1997年版，第13页。
　　② 鲁迅等：《中国新文学大系导言集》，天津人民出版社2009年版，第52—53页。

题,而是要用来自西方的新思想、新文化教化大众,"启"大众之"蒙"。其次,除了鲁迅、叶圣陶等少数作家外,多数作家社会阅历有限,对知识分子圈子以外的生活缺少了解,因此当时多数作品说来说去都是"人生的目的与意义""美和爱的追寻",以及"恋爱自由""婚姻自主"等问题。

茅盾在《新文学大系》"导言"中引用郎损的《评四五六月创作》的一组统计数字说明这个问题,他根据民国十年四五六三个月发表的一百二十余篇小说,研究它们的题材与技术,得出的结论是,这些小说中"属于男女恋爱关系的,最多,共得七十余篇;农村生活的,只有八篇;城市劳动者生活的,更少了,只得三篇;家庭生活的,也不过九篇;学校生活的,五篇;一般社会生活的(小市民生活),约计二十篇。"而"写到一般社会生活的二十篇,实际上大多数还是把恋爱作为中心,而'描写家庭生活的九篇,实在仍是描写了男女关系'——恋爱,所以'竟可说描写男女恋爱的小说占了全数百分之九十八'了。"因而作者的结论是:"大多数创作家对于农村和城市劳动者的生活很疏远,对于一般的社会现象不注意,他们最感兴味还是恋爱,而且个人主义的享乐的倾向也很显然。"①

然而在30年代,这种情况就发生了很大变化,当时的时代主题从启蒙转向革命与救亡,左翼文学崛起;一方面很多知识分子作家走出书斋,更多地参加社会运动与阶级斗争;另一方面一批来自底层的作家走上文坛,将新的生活、新的素材带入文学中。一个明显的变化是反映农村生活的作品大量增加,以客观的态度书写农村生活成为这个时期小说,包括诗歌、戏剧的重要题材。据统计,30年代中期,鲁迅、茅盾主编的小说集《草鞋脚》和赵家璧等主编的《短篇佳作集》中农村题材小说都占1/3左右。林徽因就这种情况指出:"在这些作品中,在题材的选择上似乎有个很偏的倾向,那就是趋向农村或少受教育分子或劳动者的生活描写。""描写劳工社会,乡村色彩已成为一种风气,且在文艺界也已有了一点成绩。"② 总体来说,新文学从重宣传启蒙,到注重客观的观察、表现生活;作家从恪守知识分子小圈子,到走向社会、走进社会斗争,都使30年代

---

① 鲁迅等:《中国新文学大系导言集》,天津人民出版社2009年版,第58—59页。
② 林徽因:《大公报文艺丛刊小说选·题记》,《大公报文艺丛刊小说选》,大公报馆,1936年。

文学反映生活的面有了很大的扩展，相应的这个时期的文学题材也变得比较丰富、多样。

其次，"五四"时期文学的体裁也比较单调，当时的小说主要是短篇，长篇小说数量少，质量不高，像张资平的《冲击期化石》，王统照的《一叶》，老舍的《老张的哲学》、《赵子曰》等要么不太具有现代小说的形式，要么艺术技巧比较稚嫩。就小说的体式来说，"五四"时期虽然也出现了现代性格小说、抒情小说、心理小说、写意小说等，但是很多作家因为准备不足，作品在艺术上还是幼稚的。当时的作品"在艺术体式品类的分别上，还存在着比较模糊、杂乱的现象，如心理小说由于还没有完全摆脱情节化小说艺术模式的影响，其艺术品格便不如三四十年代的作品那么突出。写意小说，虽有个别作家的尝试，但没有真正形成一个具有广泛影响的小说体式。"[①]

到了30年代，这种情况发生了明显变化：首先是长篇小说大量增加，成为很多作家的首选。这个时期，一方面，作家成分有所改变，一些出身下层、有着丰富阅历的作家走上文坛；知识分子出身的作家则通过参与社会生活，增加了对社会的了解。另一方面，经过十多年的积累，许多作家的创作经验更加丰富，已经能够熟练驾驭长篇小说，因而这个时期出现了长篇小说创作的兴盛。据统计，这个时期出版的中篇小说有200多部，长篇小说则有近80部，"超过第一个十年总数的十倍"。[②] 这个时期不仅有长篇小说，还出现了一些大部头的"三部曲"，像李劼人的"大河系列"包含《死水微澜》《暴风雨前》和《大波》三部长篇，字数合计近150万字；巴金则有《爱情三部曲》和《激流三部曲》。

其次是小说的体式也变得更丰富多样。短篇小说有性格和情节小说、写实型心理小说、体验型心理小说和散文小说等，长篇小说则有人物命运型、故事情节型、生活全景型的长篇小说和散文化的长篇小说。当时小说体式的丰富多样，为作家广角镜式地反映生活开辟了广阔的空间，提供了多种可能。

当然，30年代文学无论是题材的扩展还是文学体裁和体式的多样都离不开语言的探索与创新，对当时的中国作家来说，现代白话是一种新型

[①] 季桂起：《中国小说体式的现代转型与流变》，山东大学出版社2003年版，第125页。
[②] 杨义：《中国现代小说史》（中），人民出版社1998年版，第35页。

书面语，因而文学疆域的每一点扩充都必须有相应的语言与之匹配。关于这个问题，当时就有人已经意识到并做了阐述。何穆森就认为，30年代作家在艺术上的所有探索都可以归结为"话术"的使用。他在《短篇小说的特质》一文中指出：现代短篇小说有两种倾向，即客观的"戏曲的"倾向和主观的倾向，然后指出："无论长篇短篇，小说的性质，从发生的方面和机能的方面看来，根本上'话术'是很重要的。所谓'话术'就是运用巧妙的言辞，以达成其高度形式的小说意识。"① 何穆森的意思很清楚，文学创作的很多问题都可以归结为语言的问题，或者说，文学题材、形式的提高都以语言的提高，即"话术"的提高为前提。

总之，30年代作家为了应对文学题材的扩大、体裁和体式的多样化不得不让新式白话有一个积极的跟进，以使新式白话走出原来的小圈子，并适宜于表现更复杂多样的生活。经过很多作家的实践与探索，这个时期的话文的表现功能有了很大的提高，主要表现在两个方面。

首先，它能够表现更广阔、丰富和复杂的生活。普实克在《论茅盾与郁达夫》一文中认为，茅盾小说的主要特点是"时事性"、"客观性"与描写生活的"宏伟广阔"；而他之所以能做到这一点，很大程度上得力于其组织复杂语言的高超技巧。普实克引用苏联语言学家维诺格拉多夫评价托尔斯泰小说语言的一段话，认为这段话"也完全适用于茅盾。"维诺格拉多夫说："作家的语言时时变换着色彩，似乎是由书中各个人物的思想、见解、表现所照亮，语意丰富多彩，在保持文体和句法同一的同时，使那意思开阔得异常深刻和复杂。"② 普实克认为，茅盾小说的重要特点是能够对生活做复杂、细致的描写，他指出："对中国旧文学和欧洲文学理论的深入研究，使茅盾看出了旧文学最大的弱点是客观地描写现实的能力未能发展，因此，他特别注意给经验以绝对客观的表现。"他说从作品中能够看出，茅盾的兴趣首先在于描写"某种特定的环境，某种特定的典型现象，而不在个人的遭遇或故事，他是在描写，而不是叙述。"③ 为了说明新文学与旧文学的不同，普实克将晚清谴责小说与茅盾小说做了比较，他说："在刘鹗的《老残游记》中，我们已经发现一些精致复杂的描

---

① 何穆森：《短篇小说的特质》，载1933年12月10日《新中华》第1卷第23期。
② 中国社会科学院文学研究所国外中国学（文学）研究组编：《国外中国文学研究论丛》，中国文联出版公司1985年版，第295页。
③ 同上书，第298页。

写，发现作者正在寻求对形形色色的新的现实的表现方法。这无疑已是中国文学走向现代现实主义，走向分析，并再现多方面的现实的道路上的一块里程碑。"而"茅盾的作品则代表了刘鹗的努力的进一步完成或超越。茅盾对他的欧洲先行者如托尔斯泰等的描写艺术，也完全掌握并有所推进。这也是中国文学前进的节奏惊人的一个例证。"① 茅盾是新文学作家中语言欧化程度比较高的作家之一，其实正是因为他更多地借鉴了翻译语体，才能实现对社会环境与社会关系客观、真实的描写。

其次，经过30年代作家的探索，现代白话也能够更深入地表现和反映人物变幻莫测的心理活动。在这个方面，茅盾、巴金、丁玲等都有比较突出的成绩，其中丁玲是一个很好的例子。"五四"时期，鲁迅、郁达夫等在用复杂文句表现人物复杂心理方面已经做了大量尝试，但人的心理活动是一个比社会生活更复杂、多变化的领域，不同年龄、性别、气质、阶层，以及在不同环境下的人物其心理活动都有很大不同，因此，人的心理活动是一个比人的外在环境更广阔的空间，有许多领域有待新文学作家探索。

丁玲在中国新文学史上的特殊就在于她是较早尝试主要通过心理描写将现代女性复杂多变的内心世界向文学敞开的作家。女性心理世界是一个相当独特的领域，因为社会角色认同的差异，女性对日常生活、爱情与婚恋生活都有更多的关注，同时女性情感细腻，多起伏变化，这些特点使女性心理活动构成了一个特殊的"她世界"。

女性心理情感世界的纷纭复杂要求表现这种心理情感的语言也要具有复杂繁密的特点。丁玲心理描写的特殊就在于她借鉴了翻译语体的表意策略，通过反复多变的语言成功地表现了现代女性的心理活动。《一九三零年春上海》（之二）写摩登女郎玛丽放不下与年轻的革命者望微的爱情，从北平赶到上海，但是当天晚上望微就外出开会，将玛丽一个人丢在家里，其后小说有一大段关于玛丽的心理描写。这一段中既有对玛丽心理活动细腻的描写，也有大段的心理分析。在这个段落中，玛丽跳跃性地回忆了她与望微交往的过程，既表现出她对望微的深爱，又表现了对他的不满；她不愿意放弃他们的爱情，但是又不能接受贤妻良母的角色，一想到

---

① 中国社会科学院文学研究所国外中国学（文学）研究组编：《国外中国文学研究论丛》，中国文联出版公司1985年版，第293页。

成为母亲,整天相夫教子她就有本能的反感;她希望能留在望微身边,但是又受不了望微以革命事业为重的态度,同时也眷恋在北平的那种一群男性崇拜者围着她众星捧月的生活。小说用数千字的篇幅把恋爱中女性的那种既渴望得到爱情,又患得患失的心态表现得绘声绘色、淋漓尽致。

丁玲的这个描写明显是借鉴、学习了翻译语体,即一个意思从各个角度说、反复说,其中有大量欧化的句式,例如多个定语修饰一个中心语:"他给予她的,像不是爱情,却是无止的对于生活的新的希望";多个状语修饰一个中心语:"正在这时,她想望他的时候,他便正像传奇中的多情之士,英雄般地追到北平来了。"小说中当然更多的是多重组合的复杂句,单句之间的关系包含了并列、承接、转折、假设、让步、因果等。

现代白话随着文学题材、体裁的扩展而实现外延的扩充,当然不是一种平面的延伸,它实际上是现代白话在新的挑战面前,将自己优点的进一步展现;当文学要面向广阔生活,要表现人物复杂多样的心理世界的时候,现代白话正好施展了它长于状物、言情,表现精密思想的优点。

第三节 大众语运动与新式白话的推广

在20世纪30年代,现代白话文不仅有一个在文学领域的扩展,即以自身的提高,满足新文学在题材与体裁扩展中的需要,它同时在现实层面还有一个实现自身推广与普及的任务,即改变"五四"时期只有少数知识分子精英使用的状况,由"小众"语言,变成真正的"大众"语言。而在这个过程中,30年代开展的大众语运动起到了较为重要的作用。

大众语运动是30年代开展的有关语言的大讨论,也是继"五四"白话文运动以后第二个规模较大的语言运动,当时很多左翼作家都参与了这个讨论,在文坛上产生了较大反响,这个运动对当时和其后很多作家的语言观念和实践都产生了重要影响。在今天看来,大众语运动带有鲜明的意识形态色彩,瞿秋白在回答为什么要倡导大众语、为什么要倡导"俗话本位的文字革命"时就明确指出:"没有这个条件,普洛大众文艺就没有自己的言语,没有和群众共同的言语。"[①] 换言之,没有语言的大众化就

[①] 文振庭编:《文艺大众化问题讨论资料》,上海文艺出版社1987年版,第51页。

不能创造合格的普洛文学。在大众语运动中，瞿秋白曾对"五四"白话文运动和新式白话提出了严厉批评，其原因很大程度上就是他把"五四"白话文运动视为一场资产阶级领导的语言运动。但是瞿秋白对"五四"白话文运动和新式白话的批评也并非完全出自意识形态偏见，并非完全没有道理。其合理之处在于，"五四"时期诞生的新式白话的确有过分欧化之弊，这种语言的使用也仅仅限于一个很小的圈子里，与大众，包括无产者大众有很深的隔膜。按照瞿秋白的说法就是"现在新式士大夫和平民小百姓之间仍旧'没有共同的言语'。革命党里的'学生先生'和欧化的绅商用的书面上的话是一种，而市侩小百姓用的书面上的话，是另外一种。这两种话的区别，简直等于两个民族的言语之间的区别。"①

至于如何解决新式白话与大众隔膜问题，左翼作家之间因为意识形态的差异致使他们的意见也有比较大的差异。瞿秋白等人的意见包含了"破"和"立"两部分，在"破"的方面就是基本否定"五四"白话文运动，认为它是一场资产阶级领导的语言运动，因而他提出"中国还是需要再来一次文字革命，像俄国洛孟洛莎夫到普希金时代的那种文字革命。"② 在"立"的方面，瞿秋白的意思比较含糊，他开始寄希望于在大都市无产者中间产生的那种"普通话"，即"无产阶级，在'五方杂处'的大城市和工厂里，正在天天创造的普通话。"③ 但是，这种"普通话"受到茅盾质疑后，他又转而倾向于在无产者大众口语基础上建构起来的"方言文学"，希望这种语言经过磨合，在将来成为一种"普通话"。当然在意识到方言文学的缺陷以后，他也比较模糊地说过"我是主张用现代中国话来写一切东西，而尤其要用最浅近的现代话来写大众文艺，来创造新的中国的普通话。"④ 但是在这个表述里，瞿秋白并没有说明这个"最浅近的现代话"是不是就是指比较浅近的新式白话。

在 30 年代大众语论争中，还有一种意见来自鲁迅、茅盾等作家，鲁迅和茅盾一定程度上坚持了启蒙主义立场，他们没有单纯从政治出发将"五四"白话文运动说成是资产阶级性质的语言革命，而是更稳妥地分析了问题的症结并提出了解决问题的办法。鲁迅就认为，新式白话与大众的

---

① 文振庭编：《文艺大众化问题讨论资料》，上海文艺出版社 1987 年版，第 38 页。
② 同上书，第 38 页。
③ 同上书，第 40 页。
④ 同上书，第 122 页。

隔膜，作家的孤芳自赏固然是一个问题，但大众受教育程度低也是很重要的原因。在《文艺的大众化》一文中，鲁迅批评了少数作家孤芳自赏的态度，认为所谓"作品愈高，知音愈少"最后只能写出"谁也不懂的东西"，但是，他随后也指出，文学鉴赏其实有两方面的要求，作家的语言文字固然要通俗易懂，但读者也要有基本的文化水平："首先是识字，其次是有普通的大体的知识，而思想和情感，也须大抵达到相当的水平线。否则，和文艺即不能发生关系。"在读者不具备起码文化水准的情况下，如果一味"俯就"，"就很容易流为迎合大众，媚悦大众。"而"迎合与媚悦，是不会于大众有益的。"①鲁迅认为，这个问题的根本解决还要靠大众教育水平的普遍提升，而这种提升需要靠政治之力，单靠作家的俯就不能解决根本问题。他说："多作或一程度的大众化的文艺，也固然是现今的急务。若是大规模的设施，就必须政治之力的帮助，一条腿是走不成路的，许多动听的话，不过文人的聊以自慰罢了。"②而就作家来说，他们的正确态度是不放弃现代白话对精密化的追求，但是又尽可能让语言变得通俗。鲁迅认为，汉语书面语最终的出路是拉丁化，而当时所能办到的，很重要的一点是"竭力将白话做得浅豁，使能懂的人增多……"③"做更浅显的白话文，采用较普通的方言，姑且算是向大众语去的作品，至于思想，那不消说，该是'进步'的。"④鲁迅多次要求："将活人的唇舌作为源泉，使文章更加接近语言，更加有生气。"⑤他指出："说是白话文应该'明白如话'，已经要算唱厌了的老调了，但其实，现在的许多白话文却连'明白如话'也没有做到。倘要明白，我以为第一是在作者先把似识非识的字放弃，从活人的嘴上，采取有生命的词汇，搬到纸上来；也就是学学孩子，只说些自己的确能懂的话。"⑥在这次讨论中，茅盾也表达了相似看法。茅盾在否定了瞿秋白所谓在大城市和工厂里正在出现的"普通话"以后，认为："在目前，我以为到底还不能不用通行的'白

---

① 文振庭编：《文艺大众化问题讨论资料》，上海文艺出版社1987年版，第17页。
② 同上书，第18页。
③ 鲁迅：《答曹聚仁先生信》，《鲁迅全集》第六卷，人民文学出版社2005年版，第79页。
④ 同上书，第84页。
⑤ 鲁迅：《写在〈坟〉后面》，《鲁迅全集》第一卷，人民文学出版社2005年版，第302页。
⑥ 鲁迅：《人生识字胡涂始》，《鲁迅全集》第六卷，人民文学出版社2005年版，第306—307页。

话'——宋阳先生所谓'新文言'。现在通行的'白话',尚不至于像宋阳所说的那样罪孽深重无可救药;而也不是完全读不出来听不懂,……只要从事创作的人多下功夫修炼,肃清欧化的句法,日本化的句法,以及一些抽象的不常见于口头的名词,还有文言里的形容词和动词等,或者还不至于读出来听不懂。"①

当然,左翼作家在如何评价"五四"白话文运动,以及如何消除新式白话与大众隔膜所采取的方式上虽然有不同,但是他们在推动语言大众化的态度上却是相似的:要求作家走近大众,用通俗易懂的语言实现与大众沟通与交流。30年代大众语运动解决的一个很重要的问题是,经过这场讨论,左翼作家出现了立场的转变。"五四"时期,很多作家坚持启蒙者的立场,认为来自西方的启蒙文化是一种先进的、带有现代性特点的文化,他们有义务、有责任用这种文化教化大众。因为有这种文化的自信,他们就很少站在民众的角度、考虑民众是否愿意接受和能不能接受这种文化。即便到了30年代初,有的人还是从这种"教化大众"的立场看待自己与民众的关系:"你要去教导大众,老实不客气的是教导大众,教导他怎样去履行未来社会的主人的使命。你是先生,你是导师,这个责任你要认清。"② 正是从这个态度出发,当时许多作家在语言态度上也是高高在上,只考虑自己表达的畅快,不考虑受众的需要和能力,这样自然会导致隔膜。而经过大众语讨论之后,特别是抗战爆发以后,文学走向大众被作为一个十分迫切的问题提出来,于是很多作家不得不认真考虑语言接受的问题。在有了这样一个立场的转变以后,许多作家悉心学习大众的语言,包括民众的口语和民间文学的语言,努力去除语言中的欧化句法和生僻的词汇,以实现语言的口语化和民族化。

这样看来,30年代中国作家将新式白话推向大众,就不单是一个"推行"和"发送"的过程,新式白话其实首先经历了一场深刻的自我改造,即去除语言中过多的欧化成分和文言成分,自觉向口语和民间语言靠拢,同时充分考虑民众的接受能力和兴趣,尽量将新式白话变成民众能够接受和喜闻乐见的语言。经过这个转变以后,新式白话有了一个自然地走入民间的过程。姚雪垠在谈到"抗战文学的语言问题"时曾生动地描述

---

① 文振庭编:《文艺大众化问题讨论资料》,上海文艺出版社1987年版,第118页。
② 郭沫若:《新兴大众文艺的认识》,《大众文艺》1930年第2卷第3期。

了这个过程。他指出:"由于抗战新中国成立的现实需要,在全国各地,特别是在几个游击区里,政治工作与文化工作配合着获得了大的开展,这事情大大地促成了知识分子的进步语言与民众的朴素语言的交流作用。就是,知识分子经常使用的语汇被民众吸收去,而民众的又被知识分子所吸收。另外,民众从知识分子学习了较为严密的语法,而知识分子又从民众的语法上领会了那种单纯和朴素之美。"①

在20世纪中国语言发展史上,大众语运动还是一个相当重要的运动。虽然这个运动带有强烈的意识形态色彩,但是这场运动给新文学作家提供了一个反思机会,使他们对"五四"以来的语言实践有了一个新的认识,客观上也扭转了中国现代文学语言过分欧化之弊;在知识分子精英和大众之间开辟了一个通道,让新式白话在经过自我改造以后,有一个全方位的扩展,成为真正意义上、为全民所接受的汉语书面语;而不是像在"五四"时期仅仅是一小部分人使用的语言。当然,30年代在大众语讨论以后,作家在大众化的方向上只是迈出了重要一步,但是距离这个问题的解决还有较大距离,这个问题在解放区文学中将被作为更重要的问题提出来,也会得到更多的重视。

---

① 钱理群编:《二十世纪中国小说理论资料》第四卷,北京大学出版社1997年版,第233页。

第三章　20世纪40年代解放区文学语言的变革及意义

在20世纪中国文学语言发展史上，解放区文学也是一个关键环节，其重要性在于，它进一步纠正了文学语言过分欧化倾向，也一定程度改变了"五四"以后现代文学语言中一直存在的言文分离的情况。

历史在其发展中常常会有出人意料的情况：在20世纪40年代，当时解放区领导人的本意是想通过改变语言使文学更好地为政治服务，但让人始料不及的是这种政治介入很大程度扭转了许多作家过分依赖书面语的情况，使中国文学开始大量吸收民众的口语，实现了书面语与口语的结合。在当下的解放区文学语言研究中，如果仅仅就事论事地讨论这个时期文学语言的变革，能够看到的或许只是它对文化普及和革命文学建构的意义，而如果将其放到20世纪中国文学语言变革的层面来观照，能够看到，解放区文学其实是中国现代文学建设非常关键的转折点，正是通过这种强制性对语言大众化的要求，使中国文学语言突破了总是在书面语中打转的局面，实现了与口语的对接，给中国文学语言灌注了生机与活力。

这个时期文学语言的变革当然不是谁一声令下，作家马上就有一个漂亮的转身，事实上语言转变是一个相当困难和复杂的过程，它是多种因素综合作用的结果。主要有这样三个因素影响了解放区时期语言的转变：新的时代导向；作家生活与创作环境的改变；解放区本土作家的崛起。本章拟对这个过程加以描述，并在此基础上进一步探讨这个变革的意义。

第一节　新的时代导向

新文学作家很早就把语言大众化提上了议事日程，左翼文学在1930年、1931年和1934年分别三次讨论过这个问题，40年代初又有过一次关于"民族形式"的讨论。在这些讨论中，对现代白话文的改造是左翼作家关注的中心问题，很多人对"五四"以后出现的言文分离，以及知识者和大众的隔膜都给予了高度的关注。然而，30年代左翼作家关于语言口语化、大众化的讨论虽然对问题有了较清楚的认识，也有人在着手解决这个问题，但多数作家还是没有真正认识到大众化的重要意义，也未真正参与到这个过程中。原因在于，文学语言的形成有自己特殊规律，并非想变就变；作家语言受多种因素影响，语言的培育期也主要是在童年和青少年时代，一种语言风格一旦形成，就具有相当的稳定性，没有外部因素的强力介入，通常很难有较大改变。

但是，40年代在解放区，特别是毛泽东《在延安文艺座谈会上的讲话》（以下简称《讲话》）发表以后，这种情况有了很大的不同，特殊的战争环境与新型工农兵文学的诞生使时代环境发生了很大变化，文学语言的口语化、民族化不仅作为一个问题被重新提出来，而且由于政治的介入，这种语言策略也一定程度上得到了实施。就时代导向来说，40年代的延安文学与30年代左翼时期的差异主要有两个方面。

一 40年代在延安和各解放区，语言改造被提高到政治、党性原则上认识，语言问题变成了政治问题，作家有一个不得不为之的背景

延安文学对语言问题的重视表现在两个方面：首先，改变文风由最高领袖提出来，具有绝对权威性。其次，毛泽东高度重视语言问题，在各种文章、文件中反复提到，一定程度把语言的大众化作为建构新型工农兵文学的关键问题。早在1942年2月，毛泽东在《反对党八股》中就高调指出了当时解放区存在的语言问题，这个《讲话》列举党八股的八条罪状中有五条都是针对语言的。在《讲话》中，毛泽东批评有些人的语言"颠来倒去，总是那几个名词，一套'学生腔'，没有一点生动活泼的语言，"他说："我们是革命党，是为群众办事的，如果也不学群众的语言，那就办不好。现在我们有许多做宣传工作的同志，也不学语言。他们的宣传，乏味得很；他们的文章，就没有多少人欢喜看。"[①] 他明确指出："洋八股必须废止，空洞抽象的调头必须少唱，教条主义必须休息，而代之以新鲜活泼的、为中国老百姓所喜闻乐见的中国作风和中国气派。"[②]

[①] 《毛泽东选集》第三卷，人民出版社1991年版，第837页。
[②] 同上书，第844页。

同年5月，毛泽东在延安文艺座谈会上针对文艺问题再一次提到文学与语言的大众化问题。这个《讲话》有两个特点：首先是高度关注语言问题。毛泽东在"引言"中就指出，文艺工作的对象既然是工农兵，作家的首要任务就是熟悉他们，而要熟悉这些人首先就要熟悉他们的语言。但是，此前存在的问题是，很多文艺工作者不熟悉工农兵的语言，存在"人不熟"和"语言不懂"的问题。他说："许多文艺工作者由于自己脱离群众、生活空虚，当然也就不熟悉人民的语言，因此他们的作品不但显得语言无味，而且里面常常夹着一些生造出来的和人民的语言相对立的不三不四的词句。"[1] 其次是《讲话》也不再将语言问题仅仅视为语言策略与方法问题，而是把它提高到政治立场与世界观的高度。毛泽东认为，一个作家的语言是由其读者决定的，也就有一个"为什么人"的问题，如果服务对象是工农兵，那么语言一定应当是工农兵的语言。而一个作家"为什么人"的问题则是直接由其政治立场与世界观决定的。毛泽东在《讲话》中明确指出："为什么人的问题，是一个根本的问题，原则的问题。"[2] "我们是站在无产阶级的和人民大众的立场。对于共产党员来说，也就是要站在党的立场，站在党性和党的政策的立场。在这个问题上，我们的文艺工作者中是否还有认识不正确或者认识不明确的呢？我看是有的。许多同志常常失掉了自己的正确的立场。"[3] 在这里，毛泽东明确把作家使用何种语言看作政治立场问题和是否遵守党性与党的原则问题。

二 政治的高调介入和干预使作家的语言改造成为必须完成的政治任务，政治的强力规约一定程度上改变了中国文学语言的发展方向

30年代"左联"就提出口语化、大众化的口号，但是"左联"只是左翼作家松散的联盟，它提出的口号与要求对作家不具有严格约束力，再加上转变语言是一件非常困难的任务，因此，很多作家所谓语言口语化和大众化就仅仅停留在口头上，光说不练，并未落实到实践中。但是，40年代解放区的时代语境就有非常大的不同，这个时期一方面文学创作被作为与武装斗争同样重要的一翼，作家、艺术家被认为是"团结自己、战胜敌人必不可少的一支军队"，文学创作被政治化。另外，作家是否学习群众语言、实现语言的口语化、大众化，被认为是政治立场和对待革命的

---

[1] 《毛泽东选集》第三卷，人民出版社1991年版，第850—851页。
[2] 同上书，第857页。
[3] 同上书，第848页。

态度问题,因此,是否实现语言转变就不是作家是否愿意的问题,而是必须完成的任务。在《讲话》中,所谓文风不正与唯心主义、宗派主义等都一并被视为小资习气,是随后展开整风的主要对象,在这样的背景下,学习大众语、使用大众语就成了一个具有很强约束力的指令,而正是由于政治权力的规约,解放区作家才真正开始了语言大众化的实践。

在一个全民动员投入民族战争的年代,最高领袖的思想总是最集中代表了时代导向,能够对文学产生最大的影响。毛泽东的《讲话》对很多解放区作家都产生了深刻影响,很多人都把1942年作为自己改变语言的转折点。周立波说自己在创作上曾"走过一段弯路","有这么几年,我经常接触书本,终于有些迷信它们了。向中外古今的名家们进行学习,原是应该的,但如果一味迷信,对于创作就会有害。那几年里,我的作品非常少,就是迷信有害的明证。"他说:"一九四二是中国文学的值得纪念的一年,因为那一年,毛泽东同志发表了他的《在延安文艺座谈会上的讲话》。自从这个文件发表后,中国文学进到了一个崭新的阶段,许多读者从这文献里获得了珍贵的启示,受到了重大的教益,我是这些作者中间的一个。"① 欧阳山在晚年还提道:"对于一个革命的文艺工作者来说,没有亲身经历和感受过延安文艺座谈会是一种人生的遗憾,不一样呀,实在是太不一样了:是一种脱胎换骨、两世为人的感觉,是一种告别幼稚的过去,走向有意义的将来的感觉,是一种抛弃小资产阶级的清高矜持更加亲近人民的感觉。"②

第二节 作家生活与创作环境的改变

新的时代导向使作家走大众化道路有了动力,但是还需要一定外部环境,而整风以后,解放区也为作家提供了这样的环境,主要有这样两个方面。

首先,《讲话》要求知识分子与工农兵大众相结合,要求作家深入生活,到工农兵中间去,这项政策使作家的生活环境发生了较大改变。当

---

① 《周立波文集》第5卷,上海文艺出版社1985年版,第668页。
② 田海蓝:《欧阳山评传》,中国文史出版社2008年版,第232页。

然，对来自国统区的作家来说，他们从大城市来到解放区，生活环境已经发生了变化。但是整风之前，许多作家人在延安，但生活仍与工农大众有很大隔膜。周立波曾说："整风之前，我到了延安，在鲁艺教课。这所艺术学院的院址是在离城十里的桥儿沟，那里是乡下。教员的宿舍，出窑洞不远，就是农民的场院。我们和农民，可以说是比邻而居，喝的是同一井里的泉水，住的是同一格式的窑洞，但我们都'老死不相往来'。""整整四年之久，我没有到农民的窑洞里去过一回。"即便去延安乡下，也是"像客人似的待了五十天，就匆匆回到了小资产阶级知识分子的圈子里。"①

延安整风以后这种情况发生了变化。欧阳山说："大家在会议结束之后都纷纷到全国各个解放区的工农兵的生活里面去，锻炼自己，改造自己。同时深入新的生活，准备新的创作。我也是其中一个。"欧阳山主动提出到基层工作。他和妻子到延安县南区合作社工作一年，他当秘书和会计，其妻当文书和夜校教员。"我们在那里和农民一起生活，觉得非常愉快。"② 根据一年多的生活经验，他后来以解放区合作社的发展为线索写出了《高干大》。丁玲和周立波则是在解放战争期间深入到河北和东北农村，后来分别写出了《太阳照在桑干河上》和《暴风骤雨》。

生活环境的改变使这个时期的作家长期生活在工农群众中，通过耳濡目染学习大众的语言。整风之前很多作家生活在知识分子的小圈子里，即便"下去"，也是采访式地"体验生活"，而整风之后，他们是作为群众的一员生活在群众中，是在生活与实际工作中真正与其"打成一片"，长期在农民的"话海"中耳濡目染，自然可以更多地熟悉农民的语言。欧阳山在一次采访中，回答《高干大》中为什么大量使用了陕北方言的问题时明确指出，这与他长期生活在农民中间有关。他说："你一方面真正到群众生活中，群众的语言你就熟悉了，和群众说一样的话。他说什么话，你也跟着说什么话。这样经过自己实际使用它，慢慢地就能掌握它了。"③

很多作家以前接触的人是知识分子、干部、市民等，深入农村以后经常接触的主要是农民，这样他们不仅熟悉了农民的性格，也熟悉了农民语

---

① 《周立波文集》第5卷，上海文艺出版社1985年版，第489页。
② 欧阳代娜编著：《欧阳山访谈录》，中国文史出版社2008年版，第312页。
③ 同上书，第116页。

言，为他们以后用农民语言写农民做好了准备。欧阳山说："这时候我发现了，我投身进去的这种社会生活是一种全新的社会生活。我所接触的人民群众是一种全新的人民群众。这里面大量的是新型的农民、士兵和农民干部，跟我以前所接触的工人、店员、小商贩、流氓、城市贫民等，有很大的不同。"① 像《高干大》中的高生亮、任常有、程浩明、高栓儿、任桂花等，要么是农民出身的干部，要么就是农民。小说中人物的语言通常都是农民的口语，比较多地使用了陕北方言。例如小说第二十章，神汉郝四儿装神弄鬼大闹豹子沟，吓得很多农民不得不移居别处，变工队长董成贵的母亲求高干大打鬼，她是这样说的："我的好高干大，你是咱们的救命恩人，你做做好心，行行善吧！成贵今年种的庄稼又多，又长得美，尔个眼巴巴地全撂啦！咱们不走，光景过不下去。要走，没个走处！东西一满在地里，走出去还是个饿死！"小说中人物比较多地使用了这类方言土语。作者的叙述语言也尽量通俗易懂，力求做到人物语言与叙述语言的配合与协调。

其次，延安整风以后，解放区的创作环境也发生了很大变化，首先就有一个读者对象的变化。毛泽东《讲话》中非常重要的一点是确定了文艺的工农兵方向，而在当时，工农大众文化程度普遍偏低，解放区作家要让他们读得懂，就必须使用他们读得懂的语言，作家在语言上必须改弦易辙，放弃以往的"学生腔"，纠正过分欧化的习惯，同时通过学习群众的语言，包括方言土语找到与群众沟通的渠道。《讲话》发表后，很多作家在这个方面都做了不懈的努力。

欧阳山对自己语言改造的过程曾经有过一个很详细的描述。他说自己早期曾大量阅读欧洲和日本的文学作品，受了他们的影响，因而"运用的文学语言是一种欧化的文学语言。"虽然在30年代的大众语讨论中这个问题曾引起他的重视，但是，因为"缺乏必要的政治条件，所以这个问题没有得到解决"。他说："我自己的文学风格仍然也按照自己的爱好保持着那种欧化的语言，欧化的结构，欧化的描写手法。"② 延安整风以后，他意识到"使用什么语言是由对象决定的。给什么人看，就用什么语言。"③ 既然文学创作要为工农大众服务，自然就必须使用他们的语言。

---

① 欧阳代娜编著：《欧阳山访谈录》，中国文史出版社2008年版，第116页。
② 欧阳山：《欧阳山文集》第10卷，花城出版社1988年版，第4092页。
③ 同上书，第4075页。

"很显然,由于他们的文化水平不能一下子提得很高,所以我的文学创作跟他们的阅读爱好就存在很大的距离。这样我就不得不面临着一种选择:是保持我原来的风格,使他们无法接受我的作品呢?还是改变我自己的风格使我的作品尽量做到使他们喜闻乐见呢?结果我选择了后者。虽然文学语言和风格的改变是麻烦的并且痛苦的,也并非轻而易举的,但是为了把自己的作品送到读者的手里,我决心这样做了。"①

毛泽东的《讲话》发表以后,解放区作家的生活环境和创作环境都发生了很大变化,这个变化使解放区文学的语言也发生了很大改变。一个最明显的变化是很多来自国统区的作家极力改变自己的"学生腔",克服语言过分欧化之弊,克服对书面语的过分依赖,开始大量吸收农民的方言土语,力求创造具有中国作风、中国气派的语言。谢觉哉注意到:"文化人下乡,吸收了许多方言,不止句子变了,文章的组织也有些新鲜样。"②张庚提道:"我们的秧歌都是用陕北话写的,也用陕北话演,我们在语言上的确比从前那种清汤寡水的普通话活泼生动得多了。"③谈到欧阳山语言上的转变时,丁玲说:"从几个执笔较久的作家来看,以欧阳山的那么欧化难懂的《战果》而进到他的那么生动、引人入胜的《高干大》,不谈它的内容已经切实得多,其所经过的途程是不短而且是不易的,它的政治性及其思想性已经不是那么简单平常,仅其形式与语言,也不知道精美多少;所有熟悉他的读者都会看出这种很大的进展来。"谈到刘白羽,她说:"当刘白羽投身到东北战场三年之后,由于他生活的深入和写作的努力,他的作品不同于他抗战前的作品,就是较之他在抗日战争中的那些作品,都大为改观,过去的那些冗长的、意义含混的语句,几乎全部肃清,而那些兵士、政治委员都不是徒有一些概念的形容,而是栩栩如生。这些作品正在以多样的形式,描绘多样的生活,努力寻找人民的、生动的、有思想的语言,去掉流水账的、不文不白的、别扭的、陈腐的语言,我以为即使成绩还不够大,仅仅这一点,也应令人来学习这一进步的经验。"④

---

① 欧阳山:《欧阳山文集》第10卷,花城出版社1988年版,第4095页。
② 谢觉哉:《谢觉哉日记》(上),陕西人民出版社1984年版,第372页。
③ 张庚:《"鲁艺"工作团对于秧歌的一些经验》,《解放日报》1944年5月15日。
④ 《丁玲论创作》,上海文艺出版社1985年版,第239页。

第三节　解放区本土作家的崛起

　　探讨解放区文学语言的变革还有一个需要考虑的重要因素是解放区本土作家的崛起，即解放区本土作家的崛起在这个时期文学语言变革中发挥的作用。所谓解放区"本土"作家，指从空间地域上说在解放区"土生土长"的作家；如果说"外来"作家到解放区都有一个空间、地域上的迁移，即从上海、重庆等到延安或其他解放区，那么"本土"作家则基本上是在被称为解放区的地区（山西、河北、陕西等）出生、读书和参加革命工作。一般认为，解放区本土作家主要包括赵树理、孙犁、柳青、马烽、西戎、胡正、束为等。与解放区"外来"作家不同，"本土"作家在学习使用民间语言方面有着某种"天然"优势。这个优势主要有两个方面。

　　首先是他们更熟悉农民的语言，在实现语言的大众化、口语化方面有得天独厚的条件。这些作家出身农村，大都长期在农村生活，因为长期的耳濡目染，对农民的语言比较熟悉。丁玲曾对包括自己在内的"外来"作家与"本土"作家做过一个比较，她说："这批作家的一个突出的优点，就是他们比较熟悉劳动人民"。[①]"他们有生活基础，他们不像我们，我们是为了体验生活而下去待一年，待半年。他们就是从那里面出来的。"[②]"所以他们的作品显得生活底子雄厚，文章也比较口语化，把'五四'以来一些欧化的半文半白的文体改为生动活泼的语言，使我们感到新鲜亲切。"[③] 赵树理谈到自己语言风格时明确说过："我的语言是被我的出身所决定的。我生在农村，中农家庭，父亲是给'八音会'里拉弦的。那里'八音会'的领导人是个老贫农，五个儿子都没有娶过媳妇，都能打能唱，乐器就在他们家，每年冬季的夜里和农忙的雨天，我们就常到他家里凑热闹。在不打不唱的时候，就没头没尾的漫谈。往往是俏皮话连成串，随时引起哄堂大笑，这便是我初级的语言学校。"[④] 他在介绍自己语

[①] 《丁玲论创作》，上海文艺出版社1985年版，第503页。
[②] 同上书，第384页。
[③] 同上书，第503页。
[④] 赵树理：《回忆历史认识自己》，参见《赵树理文集》第4卷，中国工人出版社1980年版，第1834页。

言学习经验时指出，应该向劳动人民学习语言："见的人多就听的话多。广大群众就是话海，其中有很多的天才和专业家（即以说话为业务的人），他们每天每时都说着能为我们所欣赏的话。我们只要每天在这些人群中生活，那些好话和那些好的说话风度、气魄就会填满我们的记忆。"①

其次是这部分作家对语言的大众化、口语化有着某种自觉意识。与解放区"外来"作家大都具有"小资"背景不同，"本土"作家大都出身农民家庭，要么从农民的立场出发，早年就对新式白话与大众的隔膜有比较清醒的认识；要么因为年龄偏小，在学习创作时就已经置身于大众化的语境中，因而很早就对新式白话中过分欧化的弊端保持警惕。例如赵树理一直有一个农民或农村知识分子的身份认同，他对农民与欧化语言的隔膜有着很深的感受，他甚至认为"五四"以后中国有两套文艺，"一套为知识分子所享受，另一套为人民大众所享受。"②"他们的语言也各有各的圈子，知识分子在一起说话是一套，劳动人民在一起说话又是一套。"③ 他不否定新文学的进步意义，但是对它的高高在上却充满了失望。他说："新文艺是有进步思想领导的，是生气勃勃的，但可惜也与人民大众无缘。"④ 因此，赵树理虽然对民间的大众语和欧式白话都很熟悉，但他在青年时代就立志要为农民写作，他毅然选择了民间的大众语言。

解放区本土作家中，像马烽、西戎等是在革命队伍中成长起来的作家，他们的语言观也有鲜明的大众化的特点。马烽曾批评有些新文学作品"看起来，好像是写给外国人看的，甚至比翻译作品还要难懂。普通读者拿到这样的作品，首先碰到的难关是文字艰涩难懂，句子太长，有的一句话竟有四五十个字，一口气都念不下来。"⑤ 他明确提出："了解群众语言，学习群众语言，这是一个文艺工作者，特别是一个大众化文艺工作者起码的条件。"⑥

在解放区文学语言变革中，本土作家语言探索的意义主要有两个方面。

---

① 赵树理：《赵树理全集》第4卷，北岳文艺出版社2000年版，第441页。
② 同上书，第277页。
③ 同上书，第388页。
④ 同上书，第354页。
⑤ 《马烽文集》第8卷，大众文艺出版社2000年版，第168页。
⑥ 同上书，第157页。

首先，他们的创作是解放区文学中最有亮色的部分。这部分作家比较好地吸收了民间语言，将其嫁接到现代白话中，实现了口语与书面语的结合。解放区本土作家的作品因为其语言的通俗易懂、符合农民的欣赏习惯，一开始就受到农民群众的欢迎。1943年赵树理的《小二黑结婚》发表以后，很快就在农民中获得了反响，仅在太行一个区就发行了三四万册，而且农民自发地将其改编成小戏等各种艺术形式，在解放区广泛传播。《讲话》发表后，赵树理的作品则受到文艺界的广泛好评。郭沫若说自己完全被其"新颖、健康、朴素的内容与手法"陶醉了。[①] 他说《李有才板话》"最成功的是语言。不仅每一个人物的口白恰如其分，便是全体的叙述文都是平明简洁的口头话，脱尽了五四以来欧化体的新文言臭味。然而文法却是谨严的，不像旧式的通俗文字，不成章节，而且不容易断句。"[②] 冯牧提到《李有才板话》的三个特点，即"它的语言是极其单纯朴素的，它尽量地采用了民间语言"；"它在可能范围内，尽量地避免了欧化语言和西洋小说形式的采用，但它也尽量保留了一些已为我们所习用的现代语法"；它也"尽量接受了一部分中国旧小说的特点，但是，它也摒弃了旧小说中的一切陈腐滥调，而保留了它的简洁和朴素。""这些特点，使它保有了一种平易、口语化、适于朗诵的特色。"[③]

其次，解放区本土作家在语言上的探索也提供了一种标杆，给语言大众化和口语化提供了示范。很多外来作家将赵树理等人的语言作为大众化、口语化的范例，在这方面，他们的探索起到了某种引领作用。丁玲明确说过："当我第一次读《李有才板话》的时候，它的形式的新颖，是非常使我喜悦过的"。[④] 后来在《太阳照在桑干河上》创作中，她努力避免使用欧化的句式，尽量较多地使用农民的语言，使用符合农民言说习惯的短句子，努力改变自己过去的文风。当然这种改变对一个语言习惯已经形成的作家也并非易事。丁玲说：改变文风"实在不容易"，因为"写惯了颠颠倒倒，无头无脑的小说的人忽然要从头述起，写惯了'有着两个儿子和一个女儿的寡妇'，却忽然只要他写成：'有一个寡妇，她有两个儿

---

① 黄修己：《赵树理研究资料》，知识产权出版社2010年版，第154页。
② 同上书，第167页。
③ 同上书，第153页。
④ 《丁玲论创作》，上海文艺出版社1985年版，第239页。

子，和一个女儿'却不是件容易的事呵！"① 这段话中，所谓"从头述起"明显是赵树理小说叙事的特点，而"有一个寡妇，她有两个儿子，和一个女儿"则是赵树理小说言说的特点。从这段话中可以看出，很多解放区外来作家既通过深入农民群众学习大众语言，同时也以本土作家的作品为范本改造自己的语言。

本土作家作为"标杆"的作用还在于他们的创作给大众化语言提供了一种"尺度"，批评家以本土作家作为标准，在对比中看出知识分子作家在语言上的缺陷与不足。李大章的《介绍〈李有才板话〉》是解放区文坛最早对这个小说进行推荐、评价的文章。在这篇文章中，作者在肯定了作品"语言的浅白、口语化，或接近口语等"的特点后，对一些来自国统区作家的语言态度提出批评。他说："少数人口里喊大众化，实际不肯大众化；或者自己不会通俗化，不但不以自己是脱离群众、脱离现实，反而以多数人愈看不懂，听不懂为荣；或者口里也赞成通俗化，而自己又不亲自下手，始终把通俗化看成'左道旁门'，仿佛只有他们的洋八股欧化才是'正统'。"② 周扬在《论赵树理的创作》中提到有些作品中的人物"衣服是工农兵，面貌却是小资产阶级"；写人物对话是口语，但一到叙述与描写必是"用所谓美丽的词藻深刻的句子"；以及在作品中装饰性地使用方言、土语和歇后语等③，这些问题，显然，也是在与"本土"作家比较中提出来的。事实上，一些知识分子作家自己也正是在与本土作家的比较中看出差距，从而实现对语言的改造。

第四节 变革的意义

"五四"语言变革遗留的一个重要问题是语言的过分欧化，因而导致了一种新的言文分离。其原因在于，汉语的欧化主要是在书面语层面，而汉语口语特别是大众的口语却仍然保持了传统。语言学家王力曾指出，近现代以来汉语的欧化有两个特点："第一，它往往只在文章上出现，还不大看见它在口语里出现，所以多数的欧化的语法只是文法上的欧化，不是

---

① 黄修己：《赵树理研究资料》，知识产权出版社 2010 年版，第 314 页。
② 同上书，第 148 页。
③ 同上书，第 161—163 页。

语法上的欧化；第二，只有知识社会的人用惯了它，一般民众并没有习惯"。① 这样就出现了汉语书面语与口语的明显脱节。一个民族的书面语本来应当是对口语的提炼与升华，只是较精练的口语而已，但是在"五四"之后，书面语和口语则是分裂的，因此这个时期的书面语就变成了只能"写"而不能"说"的语言；变成了一种只有少数知识者能够理解而与大众基本无缘的语言。

如果说汉语书面语与口语脱节问题在自然科学与社会科学中还不是非常严重，但在文学中它成了一个突出的问题。因为文学与生活的联系非常密切，一个作家不可能仅仅用理性的、逻辑的语言刻画生活、塑造人物；同时文学的对象是大众，一个作家如果仅仅使用欧化的书面语表现生活，他就可能因为语言的障碍而拒绝多数读者，使作品的受众仅仅局限在一个非常狭小的圈子里。

如上所述，现代白话文中书面语与口语脱节问题在30年代就引起了高度关注，但是真正着手解决这个问题主要是40年代在解放区文学中实现的，因此，在很大意义上，解放区文学是20世纪中国文学语言建设一个非常关键的转折点。解放区文学其语言探索的意义主要有两个方面。

一 通过对大众化、口语化的倡导，真正扭转了现代文学语言过分欧化的弊端

在延安整风中，毛泽东将文风问题提高到党性与党的原则的高度予以认识，工农大众被确定为革命文学服务的主要对象。另外，解放区作家被要求深入生活，与工农群众打成一片。这些因素都促使作家的语言必须有一个根本改变。在这样特殊的历史语境中，解放区作家已经不是自己想不想改变语言的问题，而是他们的语言必须做出改变。因此，这个时期的解放区作家改变了30年代那种"光说不练"的情况，开始认真纠正此前语言中存在的一些问题，诸如语言空洞、苍白、艰涩、过分欧化、严重脱离口语等。

对来自国统区的作家来说，纠正欧化是他们改造语言的主要内容。经过延安整风，很多作家开始从大众化角度认识过分欧化的弊端，对其危害也有了更深刻理解。丁玲在回顾自己的创作时指出："我是受'五四'的影响而从事创作的。因此，我开始写的作品是很欧化的，有很多欧化的句子。……那时我们写文章多半都是从中间起，什么'电灯点得很堂皇，

---

① 王力：《中国现代语法》，商务印书馆1985年版，第334页。

会议正在开始'之类,弄上这么一个片断,来表示一个思想。……三十年代我就发现自己的文章特别啰唆。"① 经过延安整风以后,她对这个问题有了更深刻的认识,后来在《太阳照在桑干河上》的创作中,她很大程度上纠正了这个错误。欧阳山说:"一千九百四十六年,我在延安写《高干大》的时候,正碰到一个改造风格和改造语言的问题。就是说,我要从以前的欧化风格和欧化语言,努力变成民族风格和民族语言,也就是中国作风和中国气派。"②

二 探索了文学语言中吸收方言的可能,开启了在现代白话文中大量吸收方言口语之路,为以后进一步探索提供了示范

解放区作家的语言变革并非凭空实现的,他们的大众化其实是大量吸收了方言以后实现的。当然,吸收方言,也并非照搬方言的词汇,它除了有选择地使用一些方言词汇外,包括吸收方言的语气、语调。"五四"以后在中国逐渐定于一尊的"普通话"并不能简单地等同于任何一种方言,它虽然以北京话为基础,但与北京话还是有一定差异的。因而中国早期的普通话普遍存在词汇贫乏、句式相对简单、表意方式不够丰富等问题,而这些对文学创作就是非常大的问题。欧阳山曾指出:"我们的普通话(民族共同语),正处在形成过程中,还是不够丰富的。用来说明一般的问题还可以,讲到复杂的问题,讲到跟生活联系比较密切的事物,就显得不够用了。"③ "用这种语言来创作呢,好像大家都能看得懂,这是它的优点;但是并不生动,不具体,不深刻,有很多地方不确切,比较模糊,这是它的缺点。"④

因为普通话自身存在的这些缺陷,自"五四"开始就有一些作家致力于以普通话为基础引进吸收方言的实验与探索,但这种探索还是零散的,并未形成规模。事实上,直到40年代,解放区作家在将新文学推向大众的时候,方言土语问题才得到了充分的重视,有更多的作家以更认真的态度参与了这个探索与实验,也取得了不菲的成绩。

台湾学者吕正惠在讨论普通话与方言的关系时,认为吸收方言是汉语普通话变成一种"活的语言"最重要的途径;他认为,在中国新文学史上最重视引进、吸收方言的是左翼文学,"而在左翼文学史上,在这方面

---

① 《丁玲论创作》,上海文艺出版社1985年版,第573页。
② 同上书,第4108页。
③ 同上书,第4075页。
④ 欧阳代娜编著:《欧阳山访谈录》,中国文史出版社2008年版,第82页。

作出突破性贡献的是赵树理。"① 他认为，赵树理作品中虽然没有很多明显的方言词汇，但是更多地使用方言的"腔调"与"语气"，他认为这是"化用"方言最高级形式。吕正惠举《李有才板话》为例指出："赵树理的小说读起来通篇的'口语腔调'，如闻其声，非常的生动活泼。"② 在讨论赵树理这种语言实验的文学史意义时，他指出："当赵树理的语言风格的影响扩大开来以后，就产生了一种意想不到的贡献：让各地的方言'腔调'和普通话结合起来，在不同地区的小说家作品里，产生了各具特质的普通话。把这些不同的普通话并列在一起，我们就看到五彩缤纷的、多元化的、众音齐鸣的普通话'整体'。这样的普通话，整个看起来，是多么的丰富而多变化啊！"③ 因此，吕正惠在向台湾作家推荐语言范本的时候，首先就提到赵树理和受赵树理传统影响的作家的作品。他说学习白话文"最佳入门书是四十年代以后，大陆那些优秀的、非常口语化的白话小说，"即"深受赵树理影响的那个小说传统。"而他认为"五四"时期和30年代的小说"文白兼杂，新文艺腔或欧化新文言体的情况相当普遍"，因而对这些作品他还是持保留态度。④

当然，从20世纪中国文学语言建设的角度说，解放区文学这一段有成绩也有明显的缺陷。其成绩在于，解放区文学某种意义上可以视为20世纪中国文学语言建设的一个转折点，如果说汉语在"五四"时期确立了白话文的合法地位，同时通过大规模欧化使汉语书面语变得更加严谨、缜密，那么解放区文学则纠正了现代白话文过分欧化的倾向，同时通过引入、吸收方言使本来较空洞的"普通话"变得更加充实、丰满和具有活力；它还通过语言的大众化，拉近了书面语与口语的距离，一定程度上改变了言文分离的状况。而其不足在于，解放区文学的领导人非常狭隘地把文学艺术等同于政治斗争的工具，在语言策略上单一地选择了大众化、民族化的道路，排斥了文学语言的多元发展，文学语言整体上走的是一条向低端发展的路线；他们在拒绝了文学与语言发展的多种选择以后，也将中国现代文学语言发展引向了一条相当狭隘的道路。

---

① 吕正惠：《战后台湾文学经验》，生活·读书·新知三联书店2010年版，第152页。
② 同上书，第153页。
③ 同上。
④ 同上书，第162页。

第四章　中国现代文学的方言问题

19世纪末20世纪初西方思想界出现了一个"语言论转向",这个"转向"最重要的成果就是认识到,对人来说语言不仅仅是工具或手段,它在很大程度上就是"世界"本身。人创造了语言,也生活在语言中,语言是人"在世"存在的方式。语言不是简单"指称"某个对象,对象其实就在语言中显现。如伊格尔顿所说:"从索绪尔和维特根斯坦直到当代文学理论,20世纪的'语言学革命'的特征即在于承认,意义不仅是某种以语言'表达'或'反映'的东西,意义其实是被语言创造出来的。我们并不是先有意义或经验,然后再着手为之穿上语词;我们能够拥有意义和经验仅仅是因为我们拥有一种语言以容纳经验。……想象一种语言就是想象一种完整的社会生活。"① 从这个意义上说,语言在人的认知与思维过程中扮演了极重要的角色。

按照现代语言学的观点,方言是人的第一母语,因为中国的普通话是一种"超方言",任何方言,包括北京话与"真正"的普通话之间都有一定的距离。中国的方言形形色色,它们与普通话的距离有近有远,但是鉴于语言在人生活中的突出重要性,其中任何差异都足以对人的思维与认知产生重要影响。如果说对于普通人,方言与普通话的差异还可以忽略,而对于作家来说,他们想象一种语言就是想象一种生活,原始母语中积存了他们对生活的全部认识。方言的词汇、语法句法,包括语气、语调都包含了特殊的文化记忆,文学所需要的那种对生活认识很大程度就包含在方言特殊的表达中,因此,文学语言是一种最不能普通"化"的语言。在20世纪很多中国作家都面临一种两难选择,即一方面因为中国方言众多,他们要实现超方言交流,成为真正的"中国作家",就必须使用普通话;

---

① [英]伊格尔顿:《二十世纪西方文学理论》,伍晓明译,陕西师范大学出版社1986年版,第76—77页。

另一方面他们又必须小心翼翼地守护自己的方言记忆，避免让自己对生活独特的认识在使用普通话时被"格式化"，这种语言的取舍成了很多作家最大的难题。

在20世纪汉语的变革与建设中，方言一直扮演重要角色。在早期的文字改革运动中，方言主要是作为一个"难题"：中国方言众多，彼此差异很大，当时任何一个够资格的语言变革策略都必须能够很好地处理方言问题，白话文正是具有"超方言"特点，因而在众多改革方案中胜出。其后在现代文学语言建构中，如何吸收方言又成为新文学先驱者面对的重要问题。

"五四"以后，建立统一民族国家是压倒一切的任务，"国语统一"成为建构现代文学语言的主要方略，方言一定程度被边缘化。在现代文学建构中，普通话的"辉煌"遮蔽了方言的身影，但是方言并未真正退隐。在国语地位被确立以后，方言虽然被剥夺了合法性，但它是作家的第一母语，因而成为建设现代文学语言的重要资源。汉字是一种表意文字，与表音文字不同，它对方言方音有非常大的包容度，一个作家的声音与文字之间可以有非常大的距离，因此在统一的"文"的背后能够听到各种不同一的"声音"，在乍看"整齐划一"的"国文"背后有着各种方言的众声喧哗；方言用"声音"参与了现代文学语言的建构。方言在名义上被取消了合法性，但却从"后门"大量涌入现代文学语言中，成为现代文学语言的生命之源。现代文学语言的多姿多彩正是得益于方言。"五四"以后，中国文学语言对方言的吸收，解决了它在刚刚实现脱胎换骨之后苍白和贫血的弊端，使其在短时间内就取得了较出色的成绩。从这个意义上说，方言是建构现代文学语言重要的资源。

鉴于方言在现代文学语言建设中的重要性，同时在以往研究中它也是一个被忽略的问题，本章拟集中探讨中国现代文学中的方言问题。主要包括中国早期语言变革中的方言问题、新文学的方言理论与策略、新文学作家的方言实践。

第一节　中国早期语言变革中的方言问题

在中国近现代史上曾有过两次较大的语言变革运动，即"国语运动"

和"五四"白话文运动,① 而在这两次运动中,方言都是改革者高度关注的问题,正是在这两次语言运动中,人们探讨了处置方言的多种可能,最终确定了选择白话文为书面语,走国语统一道路,而拒绝了由早期国语运动提出的先将方言拼音化,再走国语统一的道路;实际上拒绝了方言的合法化。

"国语运动"作为中国最早的语言变革运动,其源起首先是受到西方表音文字的启发。早在 17 世纪初,西方传教士来华传教,为了传教的需要他们依据西文创造了最早的汉语拼音文字。1605 年(明万历三十三年),意大利传教士利玛窦出版了《西字奇迹》,这是中国第一个用拉丁字母拼写汉字的读音方案,1625 年法国传教士金尼阁又对这个方案加以扩充,编成罗马字注音的汉字字汇,起名为《西儒耳目资》。1840 年鸦片战争以后,更多西方传教士来华,为了传教,他们有的将《圣经》译成各地方言口语,有的就直接用罗马字拼音,后者被称为"教会罗马字"。陈望道指出,近代以来,西方传教士用字母拼写口语的方式启发了中国知识分子,"就此引起了汉字可用字母注音或拼音的感想,逐渐演进,形成二百年后制造推行注音字母的潮流。"②

到 19 世纪末,列强威逼,中国知识分子真正感到了亡国亡种的危险。很多人意识到,中国近代国势衰弱与语言文字有很大关系,汉字难写难认,学习掌握有很大困难,导致文盲众多,科学、技术与各种知识都无法普及,而要改变这种状况首先就要有一个文字变革。中国拼音文字的先驱者卢赣章就指出:"窃谓国之富强,基于格致;格致之兴,基于男女老幼皆好学识理;其所以能好学识理者,基于切音为字,则字母与切法习完,凡字无师自读;基于字话一律,则读于口即达于心;又基于字画简易,则易于习认,亦即易于着笔;省费十余载之光阴,将此光阴专攻于算学、格致、化学以及种种之实学,何患不富强哉!"③ 正是基于这种考虑,卢赣章在 1892 年创建了出自中国人之手的第一个拼音文字方案"切音新字"。其后有一批主要是拼写南方方言的拼音方案出现,包括蔡锡勇的"传音快字"(1896)、沈学的"天下公字"(1896)、力捷三的"闽腔快字"(1896)和王炳耀的"拼音字谱"(1897)。另外,还有王照模仿日本假名

---

① 晚清白话文运动无论规模或影响都比这两个运动要小得多。
② 倪海曙:《中国拼音文字运动史简编》,上海时代书报出版社 1948 年版,第 9 页。
③ 同上书,第 33 页。

创制的"官话字母",劳乃宣在"官话字母"基础上加进南方方言因素创制的拼音方案等。

以字母拼读各地民众的口语有效克服了汉字难写难认的痼疾,实现了"言文一致",但是这种文字改革的方略也有一个很大的弊端,即与"国语统一"的抵牾。当时,中国尚无统一的"普通话",以上各种拼音方案拼读的也是各地方言,如果将这些方案付诸实施,每个方言区各有各的文字,势必导致汉语书面语的分裂,这个问题成为当时人们担心的最大问题。这里也触及了国人在选择文字时的一个基本的困境:汉字作为表意文字,虽然有着难写难认的缺点,但是正因为它与口语的距离,至少保持了书面语的统一,数千年来中国人正是靠着汉字的这个特点得以实现基本的交流与沟通。拼音文字固然有各种优点,但在当时如果真正实施汉字拼音化就等于默认了中国语言的差异,无形中使其合法化,它事实上也会加剧、扩大国人在方言上的差异。这在当时急于建构现代民族国家的知识分子看来,无论如何都是不能接受的。

最早一批热衷创制拼音方案的人也很早就意识到"言文一致"与"国语统一"的矛盾,有人曾提出分两步走的策略,第一步是先做到文字简易,第二步再谋求国语统一。如劳乃宣所说:"夫文字简易与语言统一,皆为今日中国当务之急。然欲文字简易,不能遽求语言之统一;欲语言统一,则必先求文字之简易。……故必各处之人教以各处土音,然后易学易记。……迨土音简易之字既识之后,再进而学官音,其易有倍徒于常者。"[①] 但是就语言策略的设计来说,这个方案中有太多不确定的因素。中国地域广大,人口众多,一旦真正实施了汉字拼音化,各地之人各拼各的方音,最终能否再实现语言的统一就成了一个很大的未知数。事实上,"五四"以后,在讨论汉字拼音化问题时,很多人仍建议先拼读各地方言,再谋求国语统一,但是始终没有成为主流意见。

"庚子事变"之后,随着国语运动的展开,人们越来越认识到"国语统一"是一个比"言文一致"更重要的任务,一味放任发展拼音文字可能破坏中国几千年来"书同文"的传统,于是国语运动有了一个逆转,即将变革的重心从"言文一致"转向"国语统一"。"国语统一"作为语

---

① 黎锦熙:《国语运动史纲》,参见《民国丛书》第二编52卷,上海书店1949年影印版,第16页。

言策略最早由吴汝纶提出。1902年，吴汝纶赴日本考察教育，其间日本著名国语运动推行者伊泽修二提醒他："欲养成国民爱国心，须有以统一之。统一为何？语言是也。语言之不一，公同不便，团体之多碍，种种为害，不可悉数。察贵国今日之时势，统一语言尤其亟亟者。"他以德国与奥匈帝国为例，指出一国语言统一即"强盛"，不统一则"紊乱"。① 与伊泽谈话四天之后，吴汝纶即写信给主持学务的管学大臣张百熙，指出："中国书文渊懿，幼童不能通晓，不似外国言文一致。"他说："近天津有省笔字书，自编修严范孙家传出……妇孺学之兼旬，即能自拼字画，彼此通书。此音尽是京城声口，尤可使天下语音一律。今教育名家，率谓一国之民，不可使语音参差不通，此为国民团体最要之义。"②

由于国语统一的呼声渐高，晚清政府也采取了相应方略，1904年颁布的《新定学务纲要》即指出："各国言语，全国皆归一致。故同国之人，其情易洽，实由小学堂及字样拼音始。中国民间各操土音，致一省之人彼此不能通语，办事动多扞格。兹拟以官音统一天下之语言，故自师范以及高等小学堂均于中国文一科内附入官话一门。"③ 1909年，学部再次以中国方言众多，"声气不易相通，感情无由联络"为名，决定进一步推行国语。④

20世纪初在国语运动策略发生逆转后，其工作重心也发生了较大转变，最重要的变化就是语言改革者由过去热衷于创制各种拼音方案转向制定全国统一的"国音"，为统一国语做准备。另外很多人也放弃了在短时间里让中国文字拼音化的乐观打算，在语言策略上退而求其次，从原来以拼音代替文字改变为以拼音标注文字，就是说，拼音被剥夺了作为"字"的资格，仅仅成为附属于文字的"音标"。

1913年民国政府教育部召开"读音统一会"，会议目标是确定国语标准音，但是这种"国音"并非以某地的方言为基准，而是采取让各地代表投票的方式，一人一票选定一种"混合音"。会议用这种方式审定了六千五百多个汉字的标准音，拟定了一套包括三十九个字母的"注音字母"。

---

① 吴汝纶：《东游丛录·贵族议员伊泽修二氏谈片》，《吴汝纶全集》第3册，第797页。
② 吴汝纶：《与张尚书书》（壬寅九月十一日），《吴汝纶全集》第3册，第435—436页。
③ 《新定学务纲要》，《东方杂志》第1年第4期，1904年6月，第84页。
④ 《教育普及自划一语言始》（佚名），《直隶教育杂志》己酉第14期，1909年9月28日，第87页。

这种"国音"以京音为主兼顾南北，吸收了江浙话中的浊声母、尖团音、入声等，实际上是一套不曾有人使用的"人造语音"。1918年，教育部公布了这个"国音"，以及标注此种"国音"的注音字母。

但是这套注音方案公布不久，就发生了"京（音）国（音）"之争。当时南京高等师范英文科主任张士一在《国语统一问题》一文中批评了用杂合的方式统一国音的主张，他提出应该选取一个地区人群的口语为标准，推广至全国，他认为最适合作为"国语"标准的，就是"受过中等教育的北京本地人的口语。"① 后来，许多人参与了这场讨论。经过五年的讨论，最后，以北京话作为基准的观点得到大多数人的认同，达成共识，在1926年召开的"全国国语运动大会"上得到确认。这个会议的《宣言》指出："（国语）这种公共的语言并不是人造的，乃是自然语言中的一种；……还得采用现代社会的一种方言，就是北平的方言……北平的方言就是用以统一全国的标准国语。"②

20世纪语言变革中，国语运动本来应当取得更大成绩；切音运动开始之初，许多改革者也曾对这场改革寄予厚望，因为在当时看来，中国文字的主要问题就是言文分离，而他们正是要用拼音的方式改变这种状况。按照乐观的想法，中国文字实现拼音化，这个问题就解决了，费力不多，但功莫大焉。然而，在实践中却遭遇方言的阻击。因为中国方言众多，汉语书面语一直承担着跨方言交流的任务，中国要在短时间内完全采取拼音文字，同时又保证语言的统一，几乎是不可想象的；特别是在近现代中国人急于建立现代民族国家的关口，让各种方言都拥有自己的拼音文字，这几乎是不可能的。如当时许多人已经指出的，维护一个国家的统一，语言发挥了重要作用，而在中国各种方言彼此差异很大的情况下，语言的统一几乎全靠书面语维持，因此，任何一种新的书面语都必须具有超方言的功能，而开始被寄予厚望的拼音文字恰恰不具有这样的特点。其实早在晚清关于拼音化的讨论中就已经有人"把包括官话字母在内的切音字皆视为

---

① 张士一：《国语统一问题》，参见朱麟公编《国语问题讨论集》第六编，中华书局1921年版。

② 黎锦熙：《国语运动史纲》，参见《民国丛书》第二编52卷，上海书店1949年影印版，第24页。

统一国语的障碍。"① 时任四川总督的赵尔巽就曾指出：中国"幸而为文字统一之国。若因语言不同，而用拼音以另成一种文字，则既足为汉文之障碍，而所谓官话者又不足以通行，其流弊可知矣。"②

正是由于这个原因，"国语运动"在演变中呈现了不断走下坡路的过程：切音运动开始之初，改革者自信满满地推出和实施了各种拼音方案，也取得了较大的成绩，例如王照的"官话字母"因获袁世凯的支持，曾被列入师范和小学的课程，"于是'官话字母'传遍十三省。"③ 但是庚子之后，国语运动的重心在从"言文一致"转向"国语统一"，其势头很快就削减大半，其意义也被大大地削弱了：因为在"言文一致"的追求中，"国语运动"的目标是创制一种新的文字，而后来的"国语统一"则仅仅是为统一"国音"做一些准备，如果说前者是一个事关民族历史走向的大事，那么后者就只是一个辅助性的技术工作，其意义根本就不可同日而语。国语运动转向之后，早期改革者兴致勃勃创制的拼音文字被剥夺了作为"字"的资格，仅仅成为注音字母。

中国近现代史上另一次语言变革运动，即"五四"白话文运动则要幸运得多，它与国语运动的命运似乎正好形成了对比：国语运动参加的人数众多，历史绵长，在推行过程中曾获得晚清、民国政府的大力支持。由官方出面数次举办大型会议，很多名人介入其中，但是最终取得的成果并不显著。而"五四"白话文运动似乎只是胡适、陈独秀登高一呼，很快就响应者云集，也很快就成为中国书面语改革的主要方向；汉语书面语在较短的时间里就实现了从文言到白话的转变，从根本上改变了汉语书面语的走向。

"五四"白话文运动之所以能够"轻易"地在竞争中胜出，取得语言变革的"头功"，最重要原因是它在语言变革上选择了一条"妥协"的路径。在语言变革的原则上，白话文运动的态度是保守的，它不是尝试"文字"的改换，而是着力于"语体"改革，它绕过文字改革这个"难啃的骨头"，通过变文言为白话，解决当时汉语面临的急迫问题，这种方略部分革除了汉语书面语的缺点，却保留了其优点，收取了事半功倍的效果。

---

① 王东杰：《"声入心通"：清末切音字运动和"国语统一"思潮的纠结》，《近代史研究》2010 年第 5 期。

② 同上。

③ 倪海曙：《中国拼音文字运动史简编》，上海时代书报出版社 1948 年版，第 13 页。

"五四"白话文运动的变革方略体现了历史的合理性,这个合理性表现在"颠覆"与"建设"两个方面。就"颠覆"而言,此前的文言文集中体现了传统书面语的缺点:模糊、颠顸,缺少逻辑与严谨,不能表达现代人复杂的情思;晦涩、难懂,不利于现代教育的普及。而实现了从文言到白话的转型以后,至少部分解决了书面语与现代生活的抵触。就"建设"而言,白话文又保留了传统书面语的优点,其中最重要的方面在于,作为表意文字它能克服中国方言众多之弊,在方言之上给国人架构一条交流与沟通的途径。再进一步说,近代以来,中国人为了建立统一的现代民族国家,最重要的任务是实现语言的统一,而白话文恰恰能够给中国的语言统一提供一个可靠的手段。汪晖曾指出:"在没有普遍语音的前提下,只有通过书面语的统一达到'国语'的目标。'国语'概念的提出和使用表明,'五四'白话文运动的基本方面不是召唤用真正的口语(即方言)来进行文学创作,而是以白话文为基础、利用部分口语的资源形成统一的现代书面语。"[①] 近年来,已经有越来越多的学者认识到,中国早期的语言运动,包括国语运动与白话文运动,虽然打出的旗号是"言文一致",但是因为中国方言众多,彼此差异很大,特别是20世纪初军阀混战,统一的民族国家尚无建立,因此,通过"语音"的统一实现语言的统一几乎是不可能的。无论综合各种方言形成"国音",还是以北京话作为基本"国音",要实现语音统一都异常困难。事实上,实现语音的统一不能"以文就言",只能走"以言就文"的路子,而就这个策略来说,"白话文"就是实现语言统一、建构真正国语最好的手段。正如有的论者所说:"虽然'言文一致'从清末以来一直被反复提出和追求,然而当我们的现代民族共同语建立的时候,我们却发现,不止书面语依然维系着'文'的传统,甚至口头语都被'文'重构。""国语口头语最终的形成,其实还是建立在书面语的基础上。"[②]

　　以往人们谈到"国语运动"与"五四"白话文运动关系比较注意它们的"合流"与"合作",其实两者之间更多的还是一种竞争。早期的"国语运动"执着地走拼音化道路,但是碰上了方言这块"暗礁",因为

[①] 汪晖:《地方形式、方言土语与抗日战争时期"民族形式"的论争》,生活·读书·新知三联书店2004年版,第1514页。

[②] 袁先欣:《国语中的"言"与"文"》,《首都师范大学学报》(社会科学版)2010年第6期。

设计策略的偏差，它早期蓬勃兴盛，后期则黯然收场。而白话文的倡导者选择的是一条妥协与中庸的路径，一定程度是绕过了方言的"暗礁"，既克服了传统书面语的弊端，又保留了跨方言交流的优点，因而在竞争中赢得了头彩。

第二节　新文学的方言理论与策略

"五四"白话文运动是中国现代史上一个相当重要的事件，其意义至今仍未得到充分阐释。就语言史的角度说，现代白话文在战胜文言以后，一方面在书面语方面做出了选择，另一方面，也为自近代以来争论不休的语言与文字的变革，至少暂时画上了一个终止符。晚清以降，当时的语言改革者曾提出过各种变革方案：从整体废除汉语汉字，改用世界语或其他语言（以吴稚晖为代表的"新世纪派"），到保留汉语，废除汉字，改用拼音文字（早期的国语运动），再到仅仅做语体改革，废文言兴白话（白话文运动）；而白话文的胜出标志着历史已经明确选择了一条妥协与中庸的变革线路。

"五四"可以说是中国语言改革的一个转折点，即从原来的探索、论争，转向发展与建设。现代白话文的合法性得到确定以后，中国现代语言的基本格局也得以确定，其中最重要的方面是，它确定了国语统一基本的线路图。以往在国语运动中，争论最激烈的是如何处理方言的问题，而在确定了白话文的合法性以后，如何处理方言的思路也逐渐趋于明晰。这里有一个以往被忽略的问题是，其实确定了白话文也意味着连带地确定了这样几种策略，首先，国语统一以后会更多地走"以文统言"的道路，这个问题以上已经指出。其次，白话文其实一直对应于北方方言，它是在北方方言基础上发展起来的，历史上重要的白话文著作，都是以北方方言作为基础。汉字虽然不是表音文字，但是它与北方话仍然有一个大致对应的关系，而南方方言，特别是闽、粤、客家话在白话中很难找到对应的文字。因此，确定了白话文的合法性，其实也"连带"地确定了北方官话的合法性。南方方言在白话文中找不到对应的文字，它势必有一个被边缘化的过程。

在如何处理方言问题上，使用何种文字一直是一个关键问题。简单地说，中国南方方言要获得某种意义上的合法性，只有走拼音一途。国语运动中最早创立拼音文字的主要是南方知识分子，"五四"以后，很多人在为南方方言呼吁的时候，一旦深入讨论就遇到与汉字的矛盾，或者说，遇到南方方言有音无字的问题。胡适在谈到南方方言文学时指出："方言的文学有两个大困难。第一是有许多字向来不曾写定，单有口音，没有文字。第二是懂得的人太少。"① 于是他提出的根本的解决方案仍然是汉语书面语的拼音化。

"五四"时期确立了建设"国语"的基本方略，这个方略内容是，国语的"文"是现代白话文，"话"是北方官话，各地方言则成了被改造的对象，国语建设的最高目标就是以白话文与北方方言为基础建设统一的民族语言，这也正是后来"普通话"建设的主要内容。

但是，"五四"时期在确定了以白话文统一"国语"的方略以后，也并非意味着方言的最终"出局"。因为，事实上，从"国语运动"到"白话文运动"，讨论的都是汉语书面语的"整体"建设②，而在"五四"新文学运动中，讨论的话题有所不同，它讨论的是中国现代"文学"语言的建设。非常明显，"整体的"汉语书面语与"文学的"书面语是两个相当不同的概念，因为文学对语言的要求与自然科学、社会科学，包括日常生活对语言的要求有很大不同。如果说，对自然科学、社会科学和日常生活来说，它们可以置方言于不顾，方言在很大程度上只是累赘，但对于文学却有许多不合适之处。因为如上所述，方言是一个作家的母语，它涵纳了其对世界最原始与真切的记忆，剥夺了方言某种意义上等于剥夺了他们作为作家的资格。因此，"五四"以后，应当如何看待方言、如何使用方言，成了新文学作家、批评家讨论的一个新问题，也成了讨论最多的问题之一。

"五四"以后，鉴于方言在文学上的突出重要性，很多作家一再强调方言的重要性，认为方言是现代文建设的重要资源。这个时期新文学作家与批评家整体上仍然认同早期语言改革者的一些基本思路，即尊重以"国语"统一方言的理论架构，但是他们也从文学的特殊性出发，极力为

---

① 胡适：《海上花列传序》，《胡适文存》第三集，黄山书社1996年版，第365页。
② "五四"白话文运动貌似讨论文学语言的变革，其实是以文学为试验田，最终的目的是打造一个能适宜中国社会转型的新型国语，胡适所提"文学的国语，国语的文学"，其最终指向其实仍然是"文学的国语"。

方言争得一席之地，在某些特殊的情况下甚至倡导方言文学，挑战国语理论。

新文学作家、批评家方言理论中首要的一点是强调文学的特殊性，从文学语言的特殊性出发，充分肯定方言在文学语言中的价值。他们提出在现代文学语言建设中方言不可或缺的理由主要有两个方面。

首先，现代白话是一种新兴书面语，既不同于文言，也不同于旧白话，存在词汇贫乏问题，必须以方言做补充。特别是对于文学语言来说，吸收方言是提高语言质量的重要途径。周作人说过："我觉得中国语文体的缺点在于语汇太贫弱，而文法之不密还在其次，这个救济的方法当然有采用古文及外来语这两件事，但采用方言也是同样重要的事情。"[①] 夏丏尊指出："白话文最大的缺点，就是语汇的贫乏。古文有古文的语汇，方言有方言的语汇，白话文既非古文，又不像方言，只是一种蓝青官话。从来古文中所有的词类，大半被删去了，各地方言中特有的词类也完全被淘汰了，结果，所留存的只是彼此通用的若干词类。"[②] 因此，他要求文学创作应当允许使用方言土语。欧阳山则直接把"普通话"说成是"很有限制、词汇也不多、也不够用的通用语言，用这种语言来创作呢，好像大家都能看得懂，这是它的优点；但是并不生动，不具体，不深刻，有很多地方不确切，比较模糊，这是它的缺点。"[③]

其次，很多人认为，作家对生活的记忆都保存在方言中，非方言作家无以真切、生动地刻画生活。胡适一向认为白话文最大的优点是它贴近大众的口语，而在他心目中，最生动的口语其实就是方言。他说："方言的文学所以可贵，正因为方言最能表现人的神理。通俗的白话固然远胜于古文，但终不如方言能表现说话人的神情口气。古文里的人是死人；通俗官话里的人物是做作不自然的活人；方言土语里的人物是自然流露的活人。"[④] 在《海上花列传序》中，他引述了小说中人物一段话，然后指出："这种轻松痛快的口齿，无论翻成哪一种方言，都不能不失掉原来的神气。这真是方言文学独有的长处。"[⑤] 作为"五四"白话文运动的倡导者，

[①] 周作人：《歌谣与方言调查》，《歌谣》周刊，1923年11月4日，第31号。
[②] 文振庭编：《文艺大众化问题讨论资料》，上海文艺出版社1987年版，第223页。
[③] 欧阳代娜编著：《欧阳山访谈录》，中国文史出版社2008年版，第82页。
[④] 胡适：《海上花列传序》，《胡适文存》第三集，黄山书社1996年版，第365页。
[⑤] 同上书，第365页。

胡适甚至有意颠覆"国语"的神圣,指出"国语不过是最优胜的一种方言;今日的国语文学多少年前都不过是方言的文学。……国语的文学从方言的文学里出来,仍需要向方言里去寻他的新材料,新血液,新生命。"①

在这个问题上说得最清楚的是语言学家王力。他用"提倡国语,拥护方言"概括自己的态度。他认为,语言有真善美三个方面:"一个非国语区域的人用国语写作,至多只能做到一个善字,然而那种作品一定不够真,不够美。反过来说,方言文学虽然不够善,但是容易做到真和美。""如果撇开了功利主义不谈,单从艺术的价值而论,凡不用'母舌'写下来的文学都可以说不够善的。"就方言在文学中的价值,王力指出"当你想及一句最富于表现力的话的时候,这句话往往就是最富于地方色彩的,你若把它译为普通的一句国语,你就是把最浓的一种味道冲淡了。"他说:"人们把通行最广而地方色彩最少的四不像的话叫做'普通话',这种普通话拿来做随身行李也许是最便利的,但若拿来表现在文艺上,却是最笨拙的;因为活泼的语言的精华都被剥夺尽了,剩下来的只是它的糟粕了。普通的语言的作用在乎达意,但是文学的语言应该更进一步,它应该是能使作者和读者的心灵交感。糟粕的语言是缺乏这种交感的妙用的。"② 另外,刘半农、俞平伯、钟敬文等都对这个问题做了很深入的阐述。

"五四"时期,作家对方言的倡导比较温和,基本是作为对现代白话文的补充,而进入 30 年代,随着左翼文学的崛起,就有一些作家开始从建构无产阶级大众文学角度更激烈地主张发展方言文学。在三四十年代有过几次比较集中的方言讨论,其一是 30 年代前期的三次大众化讨论;其二是 40 年代在广州和香港开展的"华南方言文学"讨论。

新文学第二个十年,左翼作家崛起,随之提出了大众文学口号,并在 1930 年、1931 年和 1934 年进行了三次关于大众化的讨论,其中语言大众化是这个讨论的中心议题。左翼作家从服务对象改变的角度出发,提出文学大众化最大的障碍是语言,认为"五四"以后建构的现代白话完全脱离大众,是一种新文言,因而提出要颠覆现代白话,建设新的大众语文学。其后围绕着什么是大众语以及如何建构大众语等问题左翼作家进行了较深入讨论。

---

① 胡适:《海上花列传序》,《胡适文存》第三集,黄山书社 1996 年版,第 363 页。
② 王了一:《漫谈方言文学》,《观察》1948 年第 5 卷第 11 期。

在 30 年代的大众语讨论中,瞿秋白作为大众语的倡导者着力较多,围绕如何建构大众语还与茅盾等进行过激烈论战,在如何建构大众语问题上他的观点也比较具有代表性。他在《普洛大众文艺的现实问题》、《再论大众文艺答止敬》等几篇文章中,从大众文学的性质出发首先对"五四"以后的语言状况提出了激烈的批评。他认为,"五四"文学革命是"资产阶级民权"革命,产生的是一种"非驴非马的新式白话",是"东文词语词汇和英文句法分析的练习簿",普洛大众根本无法接受,因此他建议"中国还是需要再来一次文字革命",建设真正的"大众语"。关于建构大众语的策略,瞿秋白首先将已有的几种书面语全都否定了。他认为,文言是"周朝话",旧白话是"明朝话",现代白话是"非驴非马的骡子话",这些书面语全都不能为普洛大众所接受,无产阶级文学只能使用由自己创造的"大众语"。至于什么是"大众语",瞿秋白一直没有给出确切解释,只说大众语应当是"现在人的普通话",随后指出,"有特别必要的时候,这要用现在人的土话来写(方言文学)"。可能是他意识到"现在人的普通话"过于含糊,随后做了一个解释,他说:"无产阶级,在'五方杂处'的大城市和工厂里,正在天天创造普通话,这必然是各地方土话的互相让步,所谓'官话'的软化。"[①]"无产阶级在五方杂处的大都市里面,在现代化的工厂里面,它的言语事实上已经在产生一种中国的普通话。"[②] 在这里,瞿秋白似乎从阶级论出发,提出了一种建设无产阶级"普通话"的新的语言策略。

瞿秋白关于建构大众语的设想很快受到质疑,就在瞿文发表不久,茅盾在《问题中的大众文艺》一文中指出,他通过对上海工人的调查,发现上海工人中根本就没有瞿秋白所说的"普通话",来自各地的上海工人要么仅仅在上海土白中添加几个方言词汇,要么在自己的方言中加上几个上海土白的词汇,他说"五方杂处的大都市如上海的新兴阶级的普通话是一种上海白做骨子的'南方话'。……宋阳先生所描写得活灵活现的'真正的现代中国话'何尝真正存在。新兴阶级中并无全国范围的'中国话'!"[③]

瞿秋白后来在为自己的观点辩解时,转而强调自己所说的只是一种正

---

① 文振庭编:《文艺大众化问题讨论资料》,上海文艺出版社 1987 年版,第 33—40 页。
② 同上书,第 58 页。
③ 同上书,第 115—116 页。

在形成的普通话:"一种普通话已经在产生着,但是还没有完全形成。"①瞿秋白关于大众语的构想其实一直在方言与普通话之间游离,因为普洛大众真正的口语是方言,但是,承认方言的合法性又不利于大众在全国范围内的交流与沟通,因此他设想在大城市、大工厂中有一种无产阶级的"普通话",但是如茅盾所说,这种普通话事实上根本就不存在。瞿秋白在自己的观点受到质疑以后,他更多地寄希望于方言和走汉字拼音化的道路,他将中国的普通话说成是"上海话,广东话,福建话",并认为,"用汉文写着仍旧是一种'糊弄局儿'","将来一定要采用罗马字母而废除汉字,变成新的中国文,上海文,广东文"。"至于方言文学用的文字,那就只有用罗马字母拼音之后才能够彻底解决。我们在这一方面也是要努力去做的。"②

在这次关于大众语论争中,还有人更直接挑战"国语"的秩序,倡导方言文学。在第三次大众语论争中,有人反对"确认普通性最大的北平话做现代语的基准",提出:"我们现在的确需要方言文学,要北平话的正如要吴语的广东福建话的一样。"认为:"'确认'某一种方言为大众语的基准在事实上是做不到的。"③ 有人提出:"大众语应该就是'现代中国普通话',这个见解是对的。但是这种普通话现在还只是种胚胎,它的具体的面貌尚未形成。中国最大多数文盲大众,至今还用着个别的土话。所以我们当前的急务,就是首先要给最大多数的各地文盲大众一种简明容易的个别的'土话文字'(以土话为标准的书写文字)。"④

20世纪40年代也主要是左翼作家开展过两次有关方言的讨论。即40年代初关于"方言剧"的讨论和1947—1949年在广州与香港开展的关于"华南方言文学"的讨论。其中第二次讨论规模较大,历时三年,参加者众多,但基本内容还是沿袭了此前大众语讨论中的话题,即从文学大众化命题中寻求倡导方言文学的合理性,认为倡导方言文学是文学大众化的题中应有之义。如茅盾所说:"因为'方言'问题不但应当看作是'大众化'的一面,而且必须在大众化的命题下去处理方言问题,这才可以防止单纯地提倡方言文学所可能引起的倒退性与落后性。""在这里,问题

---

① 文振庭编:《文艺大众化问题讨论资料》,上海文艺出版社1987年版,第121页。
② 同上书,第132—134页。
③ 同上书,第251页。
④ 同上书,第271页。

的本质，实在是大众化。大众化从没有人反对，而对方言文学则竟有人怀疑，这岂不是知有二五而不知一十么?"① 而与 30 年代几次大众语讨论有所不同的是，在这次讨论中，也有论者在尝试从"学理"层面阐释方言文学的"合法性"。例如，茅盾在《再谈"方言文学"》中就曾一再辨析了"白话文学"与"国语"这两个概念。他认为，"白话"这个概念等同于"口语"，而北方话、南方话同样是大众的口语，因而用两种语言写的作品都是"白话文学"，"如果把北方语的称为'白话文学'，而把其他的地方语的称为'方言文学'，那就是说不通的。"他认为，北方语的文学应当与南方语文学同称"白话文学"，而前者也并非"国语文学"。他认为，将北方语称为新文学正宗，"在理论上既未必圆通，在思想上是根源于'大一统'的观念，和政治上所谓'法统'乃至武力统一的主张实在是一鼻孔出气。"从这个角度出发，他提出："'五四'当时，一方面主张'吾手写吾口'，另一方面却又叫吴语区以及福建广东的人们去写北方之口，实在是一种矛盾。"② 这场新中国成立前开展的最后一次有关方言的讨论没有产生明显结果，因为方言文学无法克服与国语统一之间根本的矛盾与抵牾，这个运动中提出的许多设想与建议，新中国成立后也并没有被采纳与使用。

中国现代文学 30 年，多数作家、批评家整体还是尊重已经建立起来的"国语"，承认国语的权威，仅仅在国语体系的构架下争取方言的发展空间。三四十年代部分左翼作家从特殊意识形态出发提出对国语的挑战，也不能说没有道理，但是，这种挑战某种意义上可能只是进一步证明了国语权威的不可挑战。事实上，无论 30 年代的大众语运动，还是 40 年代的"华南方言文学"讨论，它们提出的问题，包括解决问题的方法基本没有超出晚清、民国时期国语改革者的思路；遇到的问题相似，最后提出的解放办法也基本雷同。例如，为解大众不识字的燃眉之急，倡导方言或方言文字，但最终还是会遭遇"国语统一"这个大限。中国近现代语言改革始终绕不开的一个问题是方言与国语统一的矛盾，这是一个标准的两难问题：确立一种国语，会牺牲很多方言区民众的利益；而承认各种方言的合法性，则会造成各个方言区民众交流的障碍，使一国之民有不能交流与对

---

① 茅盾：《杂谈方言文学》，《群众》1948 年第 2 卷第 3 期，第 13—14 页。
② 《茅盾文艺杂论》下集，上海文艺出版社 1981 年版，第 1213—1214 页。

话之弊。这一对矛盾不解决,中国的方言问题也永远不能解决,仅仅在策略上打转,其实只能是顾此失彼,照顾这头就损害了另一头。而确立北方方言为基础方言,通过建构国语实现中国语言的统一或许是各种不能求全之策中最好的策略。

30年代中期,在大众语讨论如火如荼展开之时,国语运动资深学者黎锦熙就以过来人的口吻说:"'大众语'这个名词,恕我浅陋得很,简直不知道它和'国语'或'白话'有甚么异同!"[①] 在谈到大众语运动中有人主张大众语就是方言,建设大众语应当先发展方言,再致力国语统一的观点时,黎锦熙说"殊不知这个定义又是三十年前国语统一运动大家劳乃宣先生所下的'统一的大众语'和'方言大众语',其间又怕甚么矛盾冲突呢?……劳先生当年提倡'简字',他把简字运动分成两个阶段:第一步是'方言统四',第二步才是'国语统一'。"[②] 在这里,黎锦熙的意思非常明确,他认为20世纪中期关于大众语的讨论表面热闹、喧嚣,但其实只是重复世纪初"国语运动"已经讨论过的话题,而且不如早期的讨论深入与专业。

第三节 新文学作家的方言实践

新文学作家除了有一个在理论上如何对待方言的问题,更重要的还有在实践中如何使用方言的问题,这是两个相当不同的问题。作家在方言实践中或许不需要考虑"国语统一"这样的大问题,但是跨方言区交流,让全国读者能够读得懂他的作品却是他们必须考虑的。因此,在创作实践中,新文学作家仍然处在普通话与方言的夹缝中,要在两者之间寻求平衡:一方面必须借助普通话让自己成为真正的"中国"作家,另一方面又要小心翼翼呵护来自母语的经验。现代文学30年,绝大多数作家都是在两者之间寻求平衡,就是既尊重普通话的权威,同时又在普通话的框架下,植入方言的内容,这种语言表层遵循普通话的规范,而内里面却有着方言的活跃。

---

① 黎锦熙:《国语运动史纲》,参见《民国丛书》第二编52卷,上海书店1949年影印版,第7页。

② 同上书,第15—16页。

"五四"时期，白话文在确立了正统地位以后，它既将方言挡在了合法的语言之外，但同时又给方言留下了广阔的发展空间，而其根本原因是源自汉字作为表意文字的特点。汉字作为表意文字无法直接反映"声音"，其缺点是文字与声音的分离，掌握文字有更多的困难；而其优点则在于，正因为文字与声音之间有比较大的距离，因此它有很大的包容度。表意文字对方言的包容主要有两个方面。

　　首先，表意文字对作家的声音语言有很大的包容度，它容许作家口语与文字之间有较大距离：作家口语南腔北调但写出来的文字可以是基本统一的书面语。很多现代作家虽然口头语言终生都是南腔北调，但这并不妨碍他们写出优美的白话文。鲁迅曾自嘲："据说，我极喜欢演说，但讲话的时候是口吃的，至于用语，则是南腔北调。前两点我很惊奇，后一点可是十分佩服了。真的，我不会说绵软的苏白，不会打响亮的京腔，不入调，不入流，实在是南腔北调。而且近几年来，这缺点还有开拓到文学上的趋势。"① 沈从文离开家乡到北京近 60 年，依然是一口地道的老湘西话，他说："我北京话不会说，我前后到了北京大约六十年，快六十年了，可是到现在为止，北京人听不懂我说的话，可能是长沙的同志，都还不大听得懂。还是老湘西话，这是根本上弱点。"② 不少作家"讲话"交际都有困难，但是可以写出非常漂亮的文字。

　　其次，在表意文字的构架中，口语与文字之间较大的距离也为作家有限度地使用方言提供了较大空间，作家可以有限度地将方言用于书面语，给现代汉语书面语增添生机与活力。作家在塑造人物、刻画场景时使用方言可以创造浓郁的地方色彩和生活气息。欧阳山在拿现代白话与方言做了比较后指出："中国的新文学语言还不够丰富，很多事情表现得不够准确，也不够有趣味、生动活泼。但是另外一方面，我们的地方语言，群众的民间用语则是非常生动、活泼、非常有趣，有幽默感。我们会讲民间用语的人，一讲方言时就感觉到了。"③ 吴组缃曾一口气列举了方言的五个优点："它能以千变万化的语气，表达出千变万化的感情。""它能用一两个简单的字眼儿，极丰富极精当地表达一种可意会而无法明言的意思。""它表达情意多用具体的描写，不作概念的叙述。""善于取譬"，以及

---

① 《鲁迅全集》第四卷，人民文学出版社 2005 年版，第 427 页。
② 王亚蓉编：《沈从文晚年口述》，陕西师范大学出版社 2003 年版，第 82 页。
③ 欧阳代娜编著：《欧阳山访谈录》，中国文史出版社 2008 年版，第 78 页。

"掺用韵语，使句法活泼声色"。①

方言对现代文学语言是一个重要补充，同时中国的表意文字又给方言留出足够的空间，因而在很多现代文学作品中都有方言的活跃。中国现代文学中有一个非常奇特的情况是，在看似统一的书面语中总是回响着不同的"声音"，很多作品都有两种声音：叙事人使用现代白话，人物则是满口方言土语。在有些作品中，甚至有文字与声音分离的情况：文字是现代白话，而声音则是南腔北调；因为表意文字对声音的包容，有些作家实现了某种嫁接，将方言嫁接到现代白话中。因此，表面上千篇一律的"白话文"其实打满了各种方言的印记。

中国现代作家在语言中凸显方言的"声音"不外乎两个途径，即有限度地使用方言的词汇和方言的语法，包括方言中的一些惯用语和习惯说法。其中比较重要的首先是词汇。

词汇是声音的载体，一个作家独特的声音主要还是在词汇上表现出来的。汉语的方言毕竟都是汉语不同分支，其差异主要在于语音，而语法、词汇上的差别并不特别大。从语言学角度说，方言词汇有广义和狭义两类，"广义的方言词汇指方言里所有的词语，包括那些和普通话只有语音差异的词。狭义的方言词汇单指方言中那些和普通话用字不同，或构词法不同，或意义、用法不同的词语。"② 如果仅就北方诸方言来说，其词汇与普通话的关系主要有这样三种：方言的词汇与普通话相同但读音不同；词汇与普通话有差异，但构词成分有相同之处，多数读者看了能够认识；还有一类是方言与普通话差别巨大，普通读者无法辨识。在以上三种情况中，过于生僻的方言词当然应当避免，而前两类方言词，特别是第二类方言词，如果使用得当往往能够收到非常好的修辞效果。因为它们与普通话词汇既相似又有差异，一般读者既能辨识，又有些陌生，而其与普通话的那点差异恰恰能够很好地提示文字背后"声音"，让某种语气、语调在书面语中凸显出来。在新文学史上很多作家都善于使用这类词汇凸显方言的特点。

李劼人《死水微澜》中的蔡大嫂做姑娘时憧憬大户人家的生活，在家里自己缠脚，同时十分憧憬省会成都，但是又去不得，因此脾气火暴。

---

① 钱理群编：《二十世纪中国小说理论资料》，北京大学出版社 1997 年版，第 136—137 页。

② 崔荣昌：《四川方言与巴蜀文化》，四川大学出版社 1996 年版，第 230 页。

母亲心疼她，劝她缠脚不要太过，她的回答是"妈也是呀！你管得我的！为啥子乡下人的脚，就不该缠小？我偏要缠，偏要缠，偏要缠！痛死了是我嘛！"在这个句子中，"管得"不同于普通话的"管得了"，"为啥子"不同于"为什么"，照这个句子读，读出来的肯定是四川话，即便非四川读者也能体会其中抑扬语气与语调。这种特殊语气与语调马上就体现了人物特殊的地域身份，也造成一种陌生化效果，是方言修辞最重要的功能与效果。类似的方言词在李劼人的小说中被大量使用，例如：幺姑、幺女、幺妹、龙门阵、活路、细事、颈子、脚杆、脚爪、脑壳、抄手、龟儿子等。类似的词语在各种方言中都有很多。例如陕西方言中的牛不老（牛犊）、娃娃（小孩）、大（父亲）、羊羔子（小羊）、羊肚子手巾（白毛巾）、妹子（妹妹）、后生（小伙子）、井畔（井边）、山药蛋（土豆）、黑里（黑夜）、鸡子（公鸡）、婆姨（妻子）等。甚至吴方言中的一些词汇因为经常出现在文学作品中，也变得为读者了解与接受。像揩、晓得、作声、歌子、噱头、白相、晨光、娘姨、打烊、把戏、尴尬、弄堂、瘪三、拆烂污、触霉头、吃得消、亭子间、写字间、水门汀、煞有介事等。

在方言中，一些语气词在提示声音时有重要作用。与普通话相比，很多方言中的语气词总是特别丰富。普通话在一个疑问语气词"呢"，在四川话中就有"哇""啊""嗦""哈""嘛""嘎"等多个词，而且在四川方言中，语气词使用得也特别频繁，有时一句话用几个语气词。郭沫若早期诗歌创作就曾大量使用语气词，《女神》中的《立在地球边上放号》7行诗中有四行以"哟"结尾；《太阳礼赞》14行，有10行有"哟"，郭沫若因此受到诟病，但是有熟悉四川方言的人为其辩护，认为像"哟"、"呀"这样的语气词在四川方言中就是使用得比较多，按照方言的习惯，这种用法并不奇怪。

就构词成分来说，南方方言常用"子"和"头"，这种语汇也能提示方言声音的存在。湘方言中就有后生子、老倌子、赖皮子、细妹子、小人子、娘老子、嘴巴皮子、脚杆子、阳雀子、黄蜂子、豆壳子、茅屋子、烘笼子、眸子、辣子、铺子、曲子、担子、星子、粮子、眼睛眶子、乡下汉子、宋家堡子等。

其次是使用方言的语法，包括一些惯用语和习惯说法；使用方言特殊的语法和惯用语也是凸显方言"声音"的重要途径。当然，与词汇相比，语法在语言中最为保守，因而方言与普通话在语法方面的差异是最小的。

事实上，方言与普通话之间与其说是语法、句法方面的差异，不如说是说话的方式与习惯的不同。"五四"以后，其实许多方言的"说法"已经被普通话吸收了，不再具有方言的特点。例如，"要末……要末……"，本来是上海话的一种表达法，现在普通话中已经相当常见。当年陈望道曾经专门谈到这种选择句式的优点，认为普通话应当吸收这种句式。他说"上海方言底'要末……要末……'，依我愚见，就觉更无何种通用句式可代。我们试将通行文言'不自由毋宁死'一句话，译作'要么自由，要么死'，便可明白。'不自由毋宁死'至少有下列两点不如'要么自由，要么死'：第一，后者较为有力；第二，后者较为简便；……倘或绝对厌恶方言，便享不到这种便利了。"① 但是方言中也有许多句式未被普通话吸收，能够很明显地显示方言的"声音"。例如，丁玲小说中，把东西"交把它"、把话"学把他听""你要骇哪个？""我晓得""莫说"等，就鲜明体现了湖南方言的特点。

方言中还有一些"固定的说法"，它们在民间口语中形成，长期流传，已经有一种类似成语的功能。鲁迅曾专门谈过这种语言，他说："方言土语里，很有些意味深长的话，我们那里叫'炼话'，用起来是很有意思的，恰如文言的用典，听者也觉得趣味津津。"② 这种语言既有地方色彩，也能体现方言的声音特点。例如，湖南方言中有："坐着泡屎却不知臭"、"枕头边上有一箩谷，死了还怕没人哭"、"前世踩了他的尾巴"、"蛆婆子拱磨不起"、"随便放什么屁，都像麻辣子鸡样塞在人家口里，又厉害，又讨人欢喜"。四川方言中有："没有生过娃娃当然会说生娃娃得舒服""冬瓜做不得甑子""瘦狗也要炼它三斤油""要想畜生钱，得跟畜生眠""你难道一锄头就想挖一个金娃娃"。吴祖缃在盛赞方言的丰富时也曾举了一些皖南方言中的例子，像"急得卵子上了颈""气得颈子比水桶还粗""喜得嘴巴都抿不起来""吓得心肝跳到喉咙里""哭得牵棉拉丝的""长气叹得屋都动""骑马碰不见亲家公，骑驴碰见了亲家公""山高压不住太阳，高官压不住家乡"等。

在20世纪汉语的变革中，方言一直扮演了重要角色，在早期的国语运动与白话文运动中，方言主要是作为一个"问题"，因为中国方言众

---

① 《陈望道语文论集》，上海教育出版社1980年版，第147页。
② 《鲁迅全集》第六卷，人民文学出版社2005年版，第100页。

多，彼此差异很大，当时任何一个够资格的语言文字变革的方案都必须能够很好地处理方言问题，结果早期倡导拼音化的国语运动未能在"言文一致"与"国语统一"之间找到合适的路径，因此黯然落败。而依托表意文字、具有跨方言交际的白话文却异军突起，胡适、陈独秀登高一呼，应者云集，他们轻易夺得了中国语言大变革的头功。而在"五四"以后，方言虽然被剥夺了合法性，成为被改造甚至被清除的对象，但是至少在文学领域，方言是作家的第一母语，方言中储存了他们对生活的原始体验，因而方言又成了建设现代文学语言最重要的资源。特别因为汉字是表意文字，对南腔北调的声音有最大的包容度，因而它为吸纳方言提供了最大的空间；现代文学语言中其实一直有方言的众声喧哗。"五四"以后，中国文学语言对方言的吸收，解决了它在刚刚实现脱胎换骨之后苍白、贫血的毛病，方言给现代文学语言输入了健康的血液，使其克服了简陋、枯干之弊，在短时间内就取得了比较出色的成就。在现代文学语言建设中，方言的作用功不可没。

第二编

新中国成立后30年文学语言的流变

第一章　当代"工农兵"作家语言论

在"十七年"文坛上居于主流的是一批在延安时期和新中国成立后成长起来的作家，他们大都出生在中西部农村、接受现代教育时间不长、有长期革命队伍中工作的经历，一般被称为工农兵作家。他们大致相似的经历和成长背景使这些作家的语言显示了较大的同质性，也显示了鲜明的时代特点。

"工农兵作家"是一个附属于"工农兵文学"的概念，而后者是20世纪中国文学的一种特殊形态。工农兵文学也并非新中国成立后出现，它从抗战时期起步，经历了"诞生期"（1937—1942年）"发展期"（1942—1949年）"开拓期"（1949—1966年）和"萧条期"（1966—1976年），被称为"一个具有完整形态的文学运动"。[1] 工农兵文学在一个特殊背景中产生（中国文学从启蒙转向革命与救亡），它对文学的性质、功能等方面有特殊的设定，在主题与题材、人物塑造、叙事方式等方面有特殊的要求，因而其语言也与启蒙文学有比较大的不同，经过多年的倡导和实践，工农兵文学逐渐形成了一套自成体系的话语方式和语言系统，它有一套惯用的词汇（大量使用工农兵的语言、方言土语），特有的句式（句式短小、灵动，具有口语化、通俗化的特点，与"学生腔"和过分书面化倾向"小资"语言相对）以及一套特殊的修辞方式（有一套特殊的象征和隐喻的方式，像红太阳象征领袖、暴风骤雨象征革命、豺狼虎豹象征反对派等）。有研究者认为，工农兵文学与"五四"启蒙文学一个非常大的不同是"文学语言发生了巨大的变革。"即"'五四'以来流行的欧化语言、'学生腔'，在创作中逐渐被新鲜活泼、富有表现力的群众语言所取代"。[2] 新中国成立后，在新的时代环境中，工农兵作家的语

---

[1] 刘增杰：《一个具有完整形态的文学运动——中国工农兵文学运动史纲》，《中国现代文学研究丛刊》1987年第3期。

[2] 同上。

言又与延安时期显示了一定的差异。

典型的工农兵作家主要是在解放区土生土长的一批,如赵树理、柳青、孙犁、马烽、西戎等,以及新中国成立后成长起来的一代,如杜鹏程、梁斌、吴强、陈登科、王汶石、峻青、王愿坚、李准、杨沫、茹志鹃等。① 这些作家大都出身于工农,又自觉地认同工农兵文学的创作原则。丁玲曾将"五四"以来的作家分为五代,其中,第三代就统指解放区本土作家和新中国成立后崛起的作家,她认为,这一代作家的特点就是出身农村和来自革命队伍,认为"第三代作家大多是在抗日战争和解放战争时期,随着八路军、新四军鏖战出来的'红小鬼'"。②

本章拟探讨三个问题:工农兵作家的早期教育与身份认同对其语言的影响;新的时代环境与政策导向对他们的影响;以及其作品语言的主要特点。

第一节　早期教育与身份认同

以赵树理为代表的解放区作家和新中国成立后崛起的一批作家在文学史上是一个较特殊的群体,他们虽然年龄上有一定差距,但是其出身、经历等却有很多相似之处。他们大都出生于中西部农村(以晋冀鲁豫等北方省份为多),深受农民文化的影响;受教育程度偏低,不少人只有小学文化程度,或者仅仅受过短暂的非正规教育。③ 另外,他们大都早年参加革命,在革命队伍中成长起来;参加革命后从事宣传、文化工作,很多人有从事新闻、编辑工作的经历。

在这个群体中,赵树理的经历比较有代表性。赵树理早年接受正规教育时间相对偏少,他虽然6岁启蒙,但所接受的主要是一种家庭教育,担

---

① 新中国成立后崛起的一批作家,只是成名在新中国成立以后,其中有些作家的年龄、参加革命工作时间和开始文学创作并不一定晚于解放区本土作家,只是在新中国成立前没有成名。例如梁斌生于1914年,1934年就在北平左联刊物《伶仃》上发表反映"高蠡暴动"的小说《夜之交流》。王汶石生于1921年,1942年就创作了秧歌剧《抓壮丁》、《边境上》等作品。

② 《丁玲论创作》,上海文艺出版社1985年版,第503页。

③ 这批作家受教育程度整体偏低,情况也比较复杂:吴强受教育程度稍高,他是河南大学肄业;柳青、孙犁、王汶石、杨沫等接受过正规中学教育;赵树理、梁斌师范学校肄业;其他作家有的只有高小学历,或者仅仅接受过几年非正规教育。

任教师的是他的祖父和父亲，内容也主要是一些传播封建迷信的文字材料和文本。祖父向他传授的是"三圣教道会经"，父亲向他传授的是《白中经》《玉匣记》《增删卜易》《麻衣神相》《阴阳宅》之类。后来其祖父转而给他讲授"四书"的内容，但是不久祖父去世，他的学业也因此中断。赵树理接受正式教育只有五六年时间，即1916年11岁在私塾就读一年，1920年夏到1923年，有两年多的时间在槛山高等小学读书，然后就是1925—1928年，有两年半的时间他在长治的山西第四师范学校就读。这个群体中其他年龄较长的作家也有类似情况。吴强虽曾在河南大学读书两年，但此前他的读书断断续续：小学毕业考上江苏省立第八师范学校，但一年以后因参加学潮被辞退；回家当了一年多学徒，再考上江苏省淮阴中学，高中未毕业又被辞退；其后当过小学教师，1936年到河南大学读书，最后仍然是肄业。这个群体中年龄较小的作家大都出生在20世纪20年代，他们小学毕业就碰上抗战爆发，也失去了继续接受教育的机会。例如马烽、西戎都出生在1922年，高小毕业时，日军就打到了山西，他们也因此失去了继续读书的机会。这个作家群中比较极端的例子是陈登科。陈登科早年只读过两年"寒学"，1941年参加新四军后也仅仅认识了几百个汉字，1943年他投给《盐阜大众报》的一篇通信稿70多个字中就有13个错字，21个别字。[①] 后来主要通过自学掌握了写作方法。

在20世纪文学史上与其他时代作家相比，当代工农兵作家受教育程度普遍偏低是一个不争的事实。马烽曾坦言："在参加革命队伍之前，我小学还没有毕业，文化程度很低，连一封信都写不大通顺。"[②]"初开始写作的时候，文学方面的知识就很浅薄的，一些基本概念还弄不清楚，文学作品读得也很少。在艰苦的战争环境里，一方面是没有很多时间读书；另一方面也没有书可读。"[③] 早在新中国成立前，一位论者就指出："不能否认，边区的文艺工作者，是由一群艺术水平很低的知识分子（严格地说，其知识也是很低的，大多数是高小学生），在抗日战争中锻炼了自己，在乡下和群众一块斗争、工作、生活，和农民群众交了朋友并从他们那里得到了滋养，又懂得了从群众中来到群众中去的工作方法以后，才逐渐产生

---

① 王永久主编：《传奇作家陈登科》，东南大学出版社1991年版，第9页。
② 高捷等编：《马烽、西戎研究资料》，山西人民出版社1985年版，第47页。
③ 同上书，第73页。

了他们的艺术作品。"①

　　教育对作家语言的培育是一个十分重要的方面，它除了能给作家提供丰厚的文化知识，还可以提供充分的语言训练。文学语言主要是书面语，而书面语的学习和训练通常都是在教育中得到的；正规的、长时间的教育能给作家提供丰厚的人文知识，使其拥有开阔的历史、文化视野，同时通过长时间的语言训练能够让作家积累丰富的词汇，掌握驾驭语言的技巧，了解语言的修辞规律，培养良好的语感，使其能够胜任复杂的语言表达任务。教育不能把所有的人培养成作家，但是它可以挖掘一个人的潜能，让具有作家潜能的人成为作家。反之，缺少足够的教育则可能让一个人人文视野狭窄，同时其语言能力也很难得到充分发掘。虽然所有知识都可以通过自学获得，但自学是一条更艰难的路，一个人必须做出更多的努力，付出更大的代价才能达到与接受正规教育相似的结果。

　　当然，一个作家语言的培育也并非只能在课堂上进行，社会也是学习语言的大课堂，特别是就学习大众语言和民间语言来说，社会可能是一个更好的课堂。当代工农兵作家大多出身于农村，如果说他们正规的语言训练有所欠缺，那么对民间语言、大众语言的学习则是他们的长项。很多工农兵作家都有在农村长期生活的经历，他们大都从民间戏曲、小说和大众的口语中吸收了充分的营养，这也是很多工农兵作家擅长语言的大众化、口语化的主要原因。

　　赵树理受家庭环境影响，一直酷爱上党地区的民间戏曲，在农村时他是"八音会"的积极参与者。王春后来说："他通晓农民的艺术"，"他参加农民的'八音会'，锣鼓笙笛没一样弄不响；……他听了说书就能自己说，看了把戏就能自己耍。他能一个人打动鼓、钹、锣、镲四样乐器，而且舌头打梆子，口带胡琴还不误唱。"② 赵树理对民间戏曲的兴趣保持终生，史纪言说："他的正业不是搞戏的，但对戏的兴趣有时要超过小说。"③ 同时赵树理童年、少年时代主要生活在农民中间，他对农民的语言也有浓厚的兴趣，这样耳濡目染，使他对农民的语言非常熟悉，这种经历也强烈地影响了他的语言风格。

　　赵树理在回答应该从哪里学语言的问题时指出："应该从广大的劳动

---

① 高捷等编：《马烽、西戎研究资料》，山西人民出版社1985年版，第104页。
② 王春：《赵树理是怎样成为作家的?》，《人民日报》1949年1月16日。
③ 史纪言：《赵树理同志生平纪略》，《汾水》1980年第1期。

人民群众中学。见的人多就听的话多。广大群众就是话海，其中有很多的天才和专业家（即以说话为业务的人），他们每天每时都说着能为我们所欣赏的话。我们只要每天在这些人群中生活，那些好话就和那些好的说话风度、气魄就会填满我们的记忆。"① 正是因为长期生活在农民的"话海"中，赵树理掌握了活的民间语言，这种语言也是赵树理文学语言的精髓所在。

梁斌也有类似经历，他虽然只读到高小，但是民间艺术给了他重要影响。与赵树理相似，梁斌对民间戏曲也非常痴迷，他认为民间艺术给了他最早的艺术启蒙。梁斌说："我的童年时代是个戏迷，只要能看到的就去看。童年看戏，对我以后文章风格的民族化和乡土气息是有关的。"②

另外，当代工农兵作家大都有长期在革命队伍中工作的经历，且主要从事新闻、宣传工作，这样在身份认同上，他们大都首先认为自己是党的宣传工作者，首要的任务是宣传党的方针政策。从延安时期到新中国成立以后，党的宣传工作的对象主要是工农大众，工农兵作家在从事宣传工作时必须熟悉工农大众的语言，否则宣传工作就无法展开；而长期从事宣传工作一定程度上塑造了他们的语言，很多工农兵作家都曾表示他们的语言与其说是在书本上学到的，不如说是在长期的新闻、宣传工作中学到的。

赵树理1937年参加抗日工作，早期主要写传单、快板之类；1938—1939年改编了传统剧目《韩玉娘》和《邺宫图》，这是他戏剧创作成就较大的阶段。1939—1942年主要从事报纸编辑工作，主编过《黄河日报》的副刊《山地》《人民报》和专门发往敌占区的小报《中国人》的副刊《大家看》。戴光中指出："在他的一生中，编辑报刊的年代（1939—1942）是一个决定性的时期：新闻工作的作用，是党的宣传者、鼓动者和组织者的作用，它具有强烈的政治性和明确的针对性，要传播真理，传播事实，要解决人民生活中的实际问题。这种特点就成了赵树理艺术生命的血液，不可抗拒地左右着他的文学创作。"③ 赵树理自己也说过："我的所谓'问题小说'，是从编小报副刊时形成的，却是在写这几个剧本时巩固下来的。"④

---

① 赵树理：《赵树理全集》第4卷，北岳文艺出版社2000年版，第441页。
② 唐文斌、周海波：《梁斌评传》，百花文艺出版社1992年版，第24页。
③ 戴光中：《赵树理传》，北京十月文艺出版社1987年版，第151—152页。
④ 同上书，第152页。

赵树理从最初对农民身份的认同到抗日工作中对党的宣传工作者身份的认同，最终确定了他的价值观和创作导向，而这种态度则决定了赵树理一切从大众出发，一切从有利于党的宣传工作出发的语言选择。在写作中时时将工农大众作为默认的接受对象，这一点极大地影响了赵树理的语言形态。他后来写作的定位就是为农民服务，发誓要为百分之九十的农民大众写作。他力图将能"写"的语言变成能"说"的语言，将能"看"的语言变成能"听"的语言，这种追求都与他"农民"作家的立场和党的宣传工作者的身份认同有关。他曾说："我每逢写作的时候，总不会忘记我的作品写给农民读者的。"① 为此，他确立了一条坚定不移的艺术法则——照顾群众欣赏习惯。他曾对贝尔登说："从我为农民写作以来，——我就开始用农民的语言写作。我用词是有一定的标准的。我写一行字，就念给我父母听，他们是农民，没有读过什么书。他们要是听不懂，我就修改。我还常去书店走走，了解买我的书的都是些什么样的人，这样我就能知道我是否有很多的读者。——这样，从前只有少数知识分子看我的作品，现在连穷人都普遍能看到了。"② 战争时期，很多工农兵作家都有与赵树理类似的经历，孙犁、柳青、马烽、西戎、吴强、陈登科、王汶石、峻青等参加革命后或主要从事文化宣传工作，或有部分时间从事这项工作，这种工作经历对他们的语言形态产生明显影响。

在当代工农兵作家中，除少数较年轻作家外，他们中大多数人的语言习惯在新中国成立前已经培育完成，他们后来活跃在新中国文坛上，但语言风格在新中国成立前就基本确定下来了。而在诸多影响作家语言风格的因素中，早期教育和对党宣传工作者身份的认同对他们的语言培育发挥了最关键的作用。

第二节　语言政策的引领与导向

工农兵文学是在 20 世纪中国的阶级斗争和民族斗争中涌现出来的，它在很大程度上是进行阶级斗争、民族斗争的工具和手段，其主题、题

---

① 戴光中：《赵树理传》，北京十月文艺出版社 1987 年版，第 223 页。
② 赵树理：《赵树理全集》第 5 卷，北岳文艺出版社 2000 年版，第 176 页。

材、创作方法，包括语言一直都受到严格的管控。对工农兵作家来说，他们更多的是按照指定的方式写作，个人选择的空间比较小，因而新中国成立后的文学政策、语言政策对他们就有非常重要的影响。

新中国成立后，对作家语言策略影响最大的当然是毛泽东的有关论述，毛泽东在延安整风前后有一系列关于语言的论述，而这些论述成了规范工农兵文学语言最重要的文献。在毛泽东的文艺政策中，一个最核心的出发点是文艺为工农兵服务。由此出发，他要求作家克服语言上的教条主义和党八股，要求作家的语言要具有中国作风和中国气派，做到让老百姓喜闻乐见。1938年毛泽东在《中国共产党在民族战争中的地位》一文中就指出："洋八股必须废止，空洞抽象的调头必须少唱，教条主义必须休息，而代之以新鲜活泼的、为中国老百姓所喜闻乐见的中国作风和中国气派。"①《反对党八股》中他列举了党八股的四条罪状，其中第四条就是："语言无味，像个瘪三。"他说："如果一篇文章，一个演说，颠来倒去，总是那几个名词，一套'学生腔'，没有一点生动活泼的语言，这岂不是语言无味，面目可憎，像个瘪三吗？"②同年，在《讲话》中，他从为工农兵服务的角度提出，要接近工农兵首先就要熟悉他们的语言，他提出了一个"语言不懂"的问题，然后指出："许多文艺工作者由于自己脱离群众、生活空虚，当然也就不熟悉人民的语言，因此他们的作品不但显得语言无味，而且里面常常夹着一些生造出来的和人民的语言相对立的不三不四的词句。许多同志爱说'大众化'，但什么叫大众化呢？就是我们的文艺工作者的思想感情和工农兵大众的思想感情打成一片。而要打成一片，就应当认真学习群众的语言。"③

另外，40年代末在解放区展开的关于赵树理创作的讨论对新中国成立后语言政策也产生了较大影响。在这次讨论中，赵树理被文艺界领导确定为"中国文学的方向"；讨论的几个主要参加者，像周扬、郭沫若、陈荒煤、冯牧等基本都谈到了赵树理创作的语言问题，其中以周扬的评价最具权威性。周扬认为，赵树理小说的语言具有两个特点，首先，"他在他

---

① 毛泽东：《中国共产党在民族战争中的地位》，参见《毛泽东选集》第三卷，人民出版社1991年版，第844页。

② 毛泽东：《反对党八股》，《毛泽东选集》第三卷，人民出版社1991年版，第837页。

③ 毛泽东：《在延安文艺座谈会上的讲话》，《毛泽东选集》第三卷，人民出版社1991年版，第850—851页。

的作品中那么熟练地丰富地运用了群众的语言，显示了他的口语化的卓越的能力；不但在人物对话上，而且在一般叙述的描写上，都是口语化的。"其次，"他在表现方法上，特别是语言形式上吸取了中国旧小说的许多长处。但是他所创造出来的决不是旧形式，而是真正的新形式，民族新形式。"① 在此之前，冯牧也发表过类似的意见，与周扬不同的是，冯牧评价赵树理的作品时多了一条，即"它在可能范围内，尽量地避免了欧化语言和西洋小说形式的采用，但它也尽量保留了一些已为我们所习用的现代语法。"② 拿周扬等对赵树理语言的评价与毛泽东为工农兵文艺制定的语言规范做一个比较能够看出，二者具有内在的一致性；周扬等只是发挥了毛泽东的文艺思想和语言观点，核心仍然是摒除洋腔洋调、尽量使用人民群众喜闻乐见、具有中国作风、中国气派的语言。

新中国成立后，在文学语言研究方面，讨论作家语言风格的较多，但理论层面研究比较少，就后一个领域来说，铁马的研究相对比较深入。铁马的专著《论文学语言》在新中国成立前夕写成，但是新中国成立后做了重大修改，修改后于1951年出版。该书对文学语言的各个方面都做了论述，但基本都是对毛泽东语言思想的发挥。与延安时期确定的语言规范稍有不同的是他引入了斯大林的语言观点，他从斯大林语言的全民性观念出发，认为那些为有闲阶级欣赏的"文雅的语言"、"沙龙的语言"不能为全民接受，"这些雅语，是那些脱离人民并且仇视人民的贵族和资产阶级上层分子'创造'出来的阶级习惯语，根据斯大林的看法，我们不能把它看作语言。"③ 他认为："所谓'文学语言'，它的基础就是全部的人民群众的日常语言，它本身不过是经过加工锤炼的群众语言。"④

延安时期和新中国成立后确定的语言规范虽然没有很强的理论性，也并没有引起论争，但是，它对新中国作家特别是工农兵作家的语言观却产生了深入的影响，很多人都自觉接受了这个规范，长期奉行不辍。当代工农兵作家在创作谈中还是经常谈到语言问题，发表的看法大都是对已有语言规则的复述与发挥。

首先，很多人对洋腔洋调充满反感，也保持着充分的警惕。马烽说：

---

① 黄修己编：《赵树理研究资料》，知识产权出版社2009年版，第163页。
② 同上。
③ 铁马：《论文学语言》，文化工作社1951年版，第11页。
④ 同上书，第10页。

"我们在刊物报纸上，常常可以找到这样的文艺作品：内容是描写中国当前的现实生活，作品中出现的人物是中国人，但看起来，好像是写给外国人看的，甚至比翻译作品还要难懂。普通读者拿到这样的作品，首先碰到的难关是文字艰涩难懂，句子太长，有一句话竟有四五十个字，憋上一口气都念不下来。再加上弯来绕去的倒装句，重重叠叠的形容词，简直能把人的脑袋搅昏。"他认为，出现这种情况"主要原因是他们从小所受的就是资产阶级教育，语言文字，以至所谓写作技巧，都是从书本上，更多是翻译作品中学来的，久而久之，成了一种习惯，一提笔，那些词汇就来了。"① 梁斌说，自己创作《红旗谱》时，"语言也是不能不想到的，几十年的积累，也就够用了，我下决心不用翻译语言、新闻语言……要写得通俗化；不识字的人，听得懂，识字的人看得懂。"② 曲波说自己写《林海雪原》时"力求在结构、语言、人物的表现手法以及情与景的结合上都能接近民族风格"。③

其次，这些作家把学习人民群众语言作为提高语言水平的主要途径。马烽说："学习群众语言，了解群众语言，这是一个文艺工作者，特别是一个大众化工作者起码的条件。学习群众语言的目的，就是要用群众自己的语言，写群众自己的事情。"④ 西戎说："一篇作品，人物刻画的成功与否，与语言的是否生动形象有很大关系。写农民就应该有农村的气息，说农民的语言；写工人，就得像工人，说工人的语言。"⑤ 李准后来总结自己多年学习群众语言的经验时说："群众语言是极丰富的。我现在已经五十多岁了，现在还是小学生，在群众面前我这个小学生，到每个地方，蹲的时间稍长一些，我就要交一个相当能说的朋友。我发现他讲得特别生动，有些人不要稿子，在会上大家都要竖起耳朵听他的，我就要跟这个人交朋友，要跟他三天。"⑥

新中国成立后工农兵作家奉行的语言策略是从战争时期继承下来的一种策略，因为其服务对象是工农兵，这种语言策略注重普及而非提高，走

---

① 高捷等编：《马烽、西戎研究资料》，山西人民出版社 1985 年版，第 78 页。
② 梁斌：《一个小说家的自述》，中国青年出版社 1991 年版，第 487 页。
③ 曲波：《关于〈林海雪原〉》，载《林海雪原》，人民文学出版社 1977 年版。
④ 高捷等编：《马烽、西戎研究资料》，山西人民出版社 1985 年版，第 36 页。
⑤ 同上书，第 299 页。
⑥ 卜仲康编：《李准专集》，江苏人民出版社 1982 年版，第 68—69 页。

的是一条向低端发展的道路；注重大众化、口语化虽然对纠正过分欧化有帮助，但过分强调大众化也明显比较狭隘，限制了文学语言向高端的发展。

第三节 当代工农兵作家的语言形态

受各种时代因素的影响，当代工农兵作家整体上沿袭了解放区文学语言策略，口语化和民族化是这个时期语言的时代特点。与解放区时期相比，新中国成立后工农兵作家的语言有一些变化，主要有以下两个方面。

一 当代工农兵作家更好地处理了口语与书面语的关系，多数作家的语言更趋成熟

文学语言不是一般的书面语，它有自己特殊的要求和规律，作家使用文学语言一般都有一个学习和探索的过程，在探索中逐渐走向成熟。而在20世纪三四十年代，当时的工农兵作家，除了赵树理年龄稍长，创作《小二黑结婚》等作品前已经有一定的创作积累，多数作家都是刚刚起步，他们语言的稚嫩和简单就在所难免。他们虽然熟悉农民的语言，但农民语言仅仅是一种资源，要将农民的口语转换成文学中生动、形象的叙事语言和人物语言其实是一个很具挑战性的过程。其中有一个从口语向书面语的转换，从生活语言向艺术语言的转换。例如马烽、西戎都只有小学文化程度（马烽还是小学肄业），写作《吕梁英雄传》两个人都只有23岁，他们更多的是凭借革命热情承担了小说的写作工作。《吕梁英雄传》的语言有两个明显不足：首先是简单、粗略，缺少书面语，特别是优秀文学语言的那种细腻与精密。因而小说主要是情节的概述，小说中的人物也是概念化的扁形人物，缺少血肉丰满的圆形人物。茅盾在评价这部小说时，虽然夸赞了小说对白"纯用方言"，是"值得称道的一个优点"，但也明确指出这部小说在语言上的不足，因为语言的"粗疏"，它"未能恰如其分地刻画人物的音容笑貌"。他说："大概作者是顾到当地广大读者的水准，故文字力求简易通俗，但简易通俗是一事，而刻画细腻是又一事，两者并不相仿而实相成，为了前者而牺牲后者，未免是得不偿失了。同样的原因，作者对于每一场面的氛围的描写亦嫌不够。"[①] 另外，小说语言有明

---

① 高捷等编：《马烽、西戎研究资料》，山西人民出版社1985年版，第121—122页。

显旧白话小说的特点，有说书人的腔调和语气，特别是那种概述式的语言，与旧小说很相似。例如，作者在介绍雷石柱时用的就是这样的语言："原来雷石柱是康家寨的自卫队分队长，今年二十三岁。虽是穷苦家出身，却生得眉清目秀，十分英俊，为人精明强悍，勇敢果断。家中很穷，从小跟父亲在这桦林山上，打山猪、赶獐子，七八年工夫，练下一身好本事：跑路像飞的一样快，爬山过岭如走平路。"语言的粗略自然导致作品整体的粗略，马烽在回顾《吕梁英雄传》创作经过时就坦言这部小说的不足："一些人物写得没血没肉；性格不突出；没有心理变化；故事发展不够自然；没过程；甚至有些前后矛盾的地方。"[①]

新中国成立以后，工农兵作家普遍有一个艺术上提高的过程，马烽是中央文学讲习所第一批学员，这个时期他较系统地学习了中外文学史和文艺理论，其创作也有明显变化。像《结婚》使用横切面结构、《饲养员赵大叔》使用第一人称叙述方法、《韩梅梅》使用书信体等。这个时期他的小说语言也有比较明显的变化，变得比较缜密、细致，作者能够将口语很好地吸收到书面语中，具有口语的明白、晓畅、生动和形象，但又克服了口语的简单。小说不再仅仅是概述，而是有粗有细，有动态描写也有静态的刻画，文学语言明显趋于成熟。马烽的《我的第一个上级》是一个短篇，作者在有限的篇幅中，只集中刻画了几个在塑造老田这个人物中具有关键作用的场面：我骑自行车撞到老田，老田的疲沓、慵懒；但得知山洪暴发后，老田换了一个人似的精神抖擞，他在办公室的指挥若定，特别是对海门村堵缺口的场面，作者做了非常精细的描写。小说使用的是第一人称叙事，作者虽然未能直接刻画老田的心理活动，但是在紧急关头，他的行为举止还是给他的心理活动做了很好的注释。小说刻画了一个性格特点十分鲜明、饱满的人物。

从解放区时期到新中国成立，不仅是像马烽这类作家有一个成熟过程，即便是40年代就成绩突出的赵树理，他的语言在新中国成立后同样显示了变化和成熟。一位研究者指出："赵树理是40年代最著名的农民作家，但是，他的文学语言也是在50年代才走向真正成熟的。我们一般习惯从整体上来谈赵树理的文学创作，其实，无论是从文学观念还是从文学特点，40年代的赵树理和50年代的赵树理都有所不同。虽然他40年

---

① 高捷等编：《马烽、西戎研究资料》，山西人民出版社1985年版，第45页。

代的《小二黑结婚》等作品影响很大,但艺术性还并不很成熟,存在着结构比较散漫,语言的评书色彩太重,含蓄和优美比较缺乏等缺陷。到50年代后,他的小说才逐步脱离评书体的影响,结构上更靠近现代小说,文学语言的运用也更多样化。"①

二 当代工农兵作家更好地处理了语言的民族化与欧化关系,使文学语言趋于成熟

延安时期很多工农兵作家因为知识视野的狭隘和受到意识形态的影响,对语言欧化有过分的警惕,他们以阶级论划界,将欧化语视为与大众对立的东西,而事实上,过分的欧化固然不好,但有限度的欧化却是提高汉语表现力绝对必要的条件,"五四"时期,众多启蒙作家学习、借鉴欧化语,就是为了解决传统汉语过分简略、概括、缺乏逻辑、表意模糊的问题。汉语的欧化是其实现文学语言现代性转型的一个重要环节。

新中国成立以后,虽然对欧化语的排斥并未消除,但是时代环境的改变让作家认识发生了变化。有两个因素产生了较大影响。首先,新中国成立以后,和平发展的环境代替了战争环境,中国共产党的宣传工作不再需要那种急功近利的方式,转而需要用更具思想深度的作品塑造国人的意识形态。新生政权领导的民众也从根据地的农民扩大到包含工人、城市市民、知识分子等的全国大众,在这个转变中,文学也要适应读者群和读者趣味的变化,不能老写王小二放牛式的作品。其次,新中国成立以后文学规范也发生了一定的变化,官方要求的是那种又"大"又"深"的作品,因而文学语言单纯的民族化就不再能满足新形势的要求,欧化成为必要的补充。延安时期为了能充分地调动群众、组织群众,毛泽东建立了一套以文艺为工农兵服务和知识分子通过改造世界观以贴近群众为主要内容的文艺政策,然而新中国成立以后,随着中国与前社会主义阵营联系的增强,特别是为了适应新中国成立以后新的形势,文艺需要一套更具理论性和更具普遍指导意义的理论形态。于是新中国成立后一段时间,由苏联文艺界提出的"社会主义现实主义"理论被引入中国并产生了相当大的影响。1953年习仲勋在一篇文章中就明确指出:"在文学艺术工作上学习苏联,学习社会主义现实主义的创作方法是坚定不移的,是不可动摇的。"② 除

---

① 贺仲明:《从本土化角度看"十七年"乡村题材小说语言的意义》,《首都师范大学学报》(社会科学版)2008年第3期。

② 习仲勋:《对电影工作的意见》,《电影创作通讯》1953年第1期。

了社会主义现实主义概念外,苏联的一套理论术语,像典型、典型化、典型性等都被介绍、引入。这些理论概念的引入,不仅仅是一些概念术语的更迭,它其实是一种文学规范的变换。非常明显,像社会主义现实主义这种理论体系对作家的创作提出了更高的要求,新中国作家被要求不仅要"从现实的革命发展中真实地、历史具体地去描写现实,同时,艺术描写的真实性和历史具体性必须与用社会主义从思想上改造和教育劳动人民的任务结合起来。"① 这样,革命文艺就不能像延安时期仅仅从问题出发,让文艺围绕党的政策转,着眼于解决现实中急需解决的问题,像动员参军、减租减息、普及婚姻法等;它要求作家历史、具体地描写现实,同时要求能从思想上有效教育群众。另外,像典型化、典型性都对创作提出了更高的要求,作家不能仅仅动态地勾勒某个故事,蜻蜓点水地提到某个人物,文学必须有一定的静态描写,深入刻画人物的行为和心理,同时认真刻画典型环境,以便给典型人物提供典型的生活场景。要完成这样的任务,作家仅仅使用民族化、大众化的语言是不能胜任的,他们必须一定程度地借鉴欧化语的复杂与精密,用复杂、精密的语言完成复杂与精密的描写。

在当代工农兵作家中柳青是一个较好处理语言民族化与欧化关系的作家,柳青的《创业史》就不是那种用概述的语言写故事的小说,这部小说在结构方式与叙事方式上都与西方现实主义小说和"五四"以来的社会剖析小说有更多类似的地方。《创业史》的第一部中几乎没有大起大落的故事,作者就是围绕几个场景、几个关键性情节,通过刻画人物表现新中国成立初期农村出现的新的两极分化,以及农民在政府领导下组织兴办互助组、合作社的过程。小说集中描写了富裕中农郭世富盖房上梁的场景;政府组织的活跃借贷;梁生宝带互助组成员进山割竹子扎扫把,组织生产自救;梁生宝到郭县买稻种;梁生宝互助组水稻获得丰收等。在这个过程中,作者较详细地刻画了梁生宝、梁三老汉、郭振山、郭世富和姚士杰等几个人物,小说中有大量心理描写和场景描写。新中国成立之初的蛤蟆滩是新中国农村缩影,在环境上具有典型性,小说中的梁生宝、梁三老汉、郭振山等也是具有典型性的人物,作者更多的是按照马克思主义典

---

① 波斯彼洛夫:《文学原理》,王忠琪、徐京安、张秉真译,生活·读书·新知三联书店1985年版,第432页。

化的理论建构了小说基本的框架。

《创业史》一个较突出的特点是小说中有大量心理描写，作者正是通过心理描写更准确地显示了人物的性格特点。柳青也意识到大量使用心理描写对习惯了看故事的中国读者会造成阅读的障碍，他说："这种手法虽然'对于艺术作品就愈加好些'，对于一般水平较低的读者，却不大容易一下子就明白作品的全部思想内容。这就使作品的表现手法和群众化有了相当的距离。要使作品既深刻生动，又明白易懂，缩短表现手法和群众之间的距离，就是我们艺术技巧方面一个较大的问题。"[1] 为了解决这个问题，柳青有意取消引号，把人物内心独白融入叙述语言中，力图既发挥它在刻画人物性格方面的功能，同时又尽量缩短它与中国读者欣赏习惯之间的距离。

与表现手段相匹配，《创业史》的语言成功地实现了大众口语与欧化语的有机融合。小说中人物语言多农民口语，作者甚至比较多地使用了关中地区的方言，像老汉、受苦人、财东、娃们、晌午、黑间、踢蹬、谈叙谈叙等，但是叙述语言则是带有欧化成分的书面语与口语的结合。小说中有很多长句子，单句往往有很多附加成分，作者通过层层限制，力求把意思更准确地表现出来。例如："在梁生宝钻终南山的那几年，在严寒的冬天，在汤河边上的烂浆稻地结冰的那些日子里，梁三老汉和老婆、闺女、童养媳妇，四个人盖一块破被儿。"这个句子看似很长，其实是个单句，单句中有三个较长的状语，主语是个同位语，谓语和宾语倒比较简单。在这个句子中，作者通过对时间、地点的限制，准确地表现了梁三老汉一家的贫困和相濡以沫的亲情。《创业史》中还有一些逻辑关系复杂的长句子。例如："为了少拉些账债，这家人狠住心一年没吃盐、没点灯……秋天，在拆掉三间房的地方，在榆树东边靠老草棚屋的一角，稻草垛堆得比草棚屋还高；但是可惜得很，他们从黄堡村买了席片，却没有扎装稻谷的席囤子。"这段话是讲述梁三老汉盼望发家时的一段生活，整个复句是一个转折句，但是，分句之间包含了更复杂的意思，这种句子带有典型的欧化书面语特点。

在新中国成立以后，很多工农兵作家都有一个有限度地学习、借鉴西方现实主义文学，实现"土""洋"结合的追求。像赵树理在延安时期把默

---

[1] 孔范今、徐文斗：《柳青创作论》，陕西人民出版社1983年版，第391页。

认读者只定位为农村中识字的农民,这一点限制了他艺术水准的提高,新中国成立后他对此前坚持的创作原则曾有过回顾,这个回顾中就不乏反思的味道。他说:"我过去所写的小说如《小二黑结婚》《李有才板话》《李家庄的变迁》等里面,不仅没有单独的心理描写,连单独的一段描写都没有。这也是为了照顾农民读者。因为农民读者不习惯单独的描写文字,你要是写几页风景,他们怕你要写什么地理书呢!"[1] 而在新中国成立后的创作中,"赵树理的小说明显地改变了这些习惯,《登记》、《三里湾》等作品就不同程度地运用了人物心理描写,语言也更注重文学性。"[2]

当然,这里谈到新中国成立后工农兵作家在语言上的提高,也并不意味着新中国的创作环境就优于延安时期,实际上是两个时期各有利弊。延安时期虽然处在一个战时环境中,当时的很多文艺政策都是急功近利的,因而出现了很多配合政策的问题小说。但是,新生政权忙于战争,对文艺的管控并不是非常严格,当时很多作品虽然稚嫩,作家也只能从特定角度观照生活,但还是能看到他们的真实感情,多数作品还是比较真实地反映了生活。而新中国成立以后,虽然迎来了和平环境,但是官方过多地要求把文艺当作政治斗争的工具,政治管控越来越严格。许多作家不能按照自己的目击耳闻、所感所想表现生活,只能按官方指定的方式描写生活,很多人不得不在生活中凭空虚构阶级斗争、路线斗争;因为作家感受与写作的疏离,很多作品只有生活虚假的空壳,作品中没有作家实实在在的感受。到"十七年"后期,作家则被限制在仅仅能够"出技巧"的程度,写出的作品就更加虚假。在"十七年",许多作家在艺术技巧和语言形式上或许更成熟、老练,但是缺少真情实感,整体的艺术质量却是不升反降。例如孙犁评价赵树理新中国成立后的创作时,就指出,赵树理进城以后,"他被展览在这新解放的,急剧变化的,人物复杂的大城市里。""不管赵树理如何恬淡超脱,在这个经常遇到毁誉交于前,荣辱战于心的新的环境里,他有些不适应。就如同从山地和旷野移到城市的一些花树,它们当年开放的花朵,颜色就有些暗淡了下来。"[3]

---

[1] 《赵树理文集》(4),中国工人出版社1980年版,第1732页。
[2] 贺仲明:《从本土化角度看"十七年"乡村题材小说语言的意义》,《首都师范大学学报》(社会科学版)2008年第3期。
[3] 孙犁:《谈赵树理》,载《赵树理研究文集》(上),中国文联出版公司1998年版,第27页。

第二章 "十七年"作家的语言探索与创新

"十七年"文学在语言上一直都有较明确要求，例如大众化、民族化、口语化等，但是，语言与意识形态之间毕竟有一定距离，在文学的几个要素中，语言的意识形态色彩最淡；新中国成立后相当长一段时间，一个作家在主题、题材上选择不当很可能直接成为政治问题，而语言的选择一般只被认为有好坏之分，很少直接被认为是作者的政治立场问题。另外，这个时期的文学在主题、题材、人物塑造等方面都受到严格限制，语言创新成了作家寻求创新仅有的空间，很多作家都在对语言政策的"遵奉"与"超越"之间游走，寻求建构个人的语言风格。20世纪文学语言建设史上，"十七年"作家个人语言风格并不突出，其原因并非作家的怠惰，而是苛刻的政治要求限制了作家创新的空间。事实上，"十七年"作家在创造个人语言风格方面态度是积极的、认真的，很多人也做了非常大的努力和多方面的尝试。"十七年"作家在语言上的探求与超越主要有三个方面：通过欧化谋求语言的精密与复杂；通过诗化提升文学语言的诗性与文学性，以及在口语化方面的进一步探求。

第一节 语言欧化方面的探求

延安时期起步的工农兵文学在其服务对象被明确界定为工农大众之后，语言大众化就成了必然要求，而"五四"以后出现的欧化书面语因为其与大众的隔膜则被认为违背了这种要求。在30年代几次大众语论争中，语言欧化一直都是左翼作家抨击的主要目标，而延安时期，在需要全民动员的大背景下，文学语言欧化就更成为一种需要克服的弊病。1938年毛泽东在《中国共产党在民族战争中的地位》一文中就指出："洋八股必须废止，空洞抽象的调头必须少唱，教条主义必须休息，而代之以新鲜活泼的、为中国老百姓所喜闻乐见的中国作风和中国气派。"① 其后在《反对党八股》一文中他列举了党八股的四条罪状,其第四条就是:"语言无味,像个瘪三。"他说:"如果一篇文章,一个演说,颠来倒去,总是那几个名词,一套'学生腔',没有一点生动活泼的语言,这岂不是语言无味,面目可憎,像个瘪三吗?"② 在毛泽东制定的语言策略中,他虽然并未否定学习外国语言和古人语言,但是,在他看来,学习人民大众的语言显然是最重要的,而过多吸收外国语言和古人语言显然是有害的。在毛泽东的语言策略中,"学生腔"和洋腔洋调被认为是知识分子作家最大的问题。

新中国成立以后文学界也基本沿袭了延安时期的语言政策。1949年召开的第一次文代会上周扬指出:"解放区文艺作品的重要特色之一是它的语言做到了相当大众化的程度",提到赵树理他再一次重申了此前的观点,认为:"他的语言是真正从群众中来的,而又是经过加工提炼的,那么平易自然,没有一点矫揉造作的痕迹。"③ 周扬虽然没有提到欧化问题,但是其对大众化、民族化的肯定仍然带有明显倾向性。

新中国成立以后,批评家和作家都基本上奉行了延安时期毛泽东、周扬等从工农兵文学出发制定的语言策略,这在当时对作家作品文学语言的评论中和作家的创作谈中时常能够看到。王西彦就曾对新中国成立后周立波作品中的语言欧化提出批评,他指出:"我们许多作家,都是知识分子出身,读过不少外国作品,在语言句法上,带着不少欧化成分,腔调也是知识分子的;因此在采用方言土语时,就往往会夹夹杂杂的,显出不调和、不统一的痕迹。"④ 马烽也谈道:"我们在刊物报纸上,常常可以找到这样的文艺作品:内容是描写中国当前的现实生活,作品中出现的人物是中国人,但看起来,好像是写给外国人看的,甚至比翻译作品还要难懂。"⑤

当然,在"十七年"一元化的文学体制内,作家对文艺与语言政策主要是"遵奉"与"服从",但是也有一定的"突破"与"超越";在语

---

① 毛泽东:《中国共产党在民族战争中的地位》,参见《毛泽东选集》第三卷,人民出版社1991年版,第844页。
② 毛泽东:《反对党八股》,《毛泽东选集》第三卷,人民出版社1991年版,第837页。
③ 周扬:《新的人民的文艺》,《周扬文集》第一卷,人民文学出版社1985年版,第518页。
④ 胡光凡、李华盛:《周立波研究资料》,湖南人民出版社1983年版,第396页。
⑤ 高捷等编:《马烽、西戎研究资料》,山西人民出版社1985年版,第78页。

言欧化问题上,"十七年"作家同样也有一定开拓与探索的可能。其原因主要有这样几个方面。

首先,"十七年"所倡导的口语化、民族化都只反映了文学对语言单一方面的要求:文学过分追求口语化会导致其缺少缜密和严谨的素质;而过分的民族化则会使现代文学重蹈旧文学的老路,"五四"先驱者之所以强调用欧化语改造中国文学语言就是要解决旧文学过分简单、模糊和颠顸的弊病。换言之,在"十七年",包括此前延安时期作家之所以冒着受到批判的风险,坚持使用欧化的白话文,其原因并非是他们喜欢标新立异,实在是因为写作的需要。也就是说,到了20世纪,中国社会已经部分地实现了社会的现代性转型,而要反映现代人快速变化、复杂纠结的生活就必须使用现代的语言,即那种经过欧化的、更精密复杂的语言。使用古人那种概述式、程式化的语言根本不能有效地表现现代人的生活。这个问题正如鲁迅早就所说的:"欧化文法的侵入中国白话的大原因,并非因为好奇,乃是为了必要。"①

其次,"十七年"文学虽然是延安文学的延续,但是随着时代环境的改变,文学规范与要求也发生了较大变化。这个时期官方对文学要求有所提高,文学不再仅仅被作为政治动员简单的工具,而被要求成为教育人民的有效手段,被要求用典型化的手法塑造人物,反映理想中的生活图景,激励人民一心一意走社会主义道路。在延安时期被确定为"中国文学方向"的赵树理,新中国成立后其作品曾受到"不大""不深"的批评②,就是这个时期文学规范转变最好的说明。而这种官方要求的"既大""又深"的文学仅仅使用口语化、民族化的语言是不够的,它必须借鉴欧化语予以补充。

最后,延安文学读者主要是工农兵,而新中国成立以后,读者对象扩大到各个阶层,就读者群的变化来说,也需要语言质量的提升。

当然,在创作中通过欧化寻求语言表达的丰富、精密的主要是指那些工农兵作家,这些作家大都在不违背汉语表达习惯的前提下,努力将一定的欧化成分融入语言中,通过借鉴、吸收欧化语提高语言的表达功能。在这个方面,梁斌的探索比较有代表性。梁斌创作开始较早,他在1934年

---

① 《鲁迅全集》第五卷,人民文学出版社2005年版,第549—550页。
② 《赵树理文集》第四卷,中国工人出版社1980年版,第130页。

就发表过反映"高蠡暴动"的小说《夜之交流》，但是，他专业从事创作，并在文坛上产生影响还是在新中国成立以后。梁斌长期在革命队伍中工作，他对在延安时期形成的一套文学规范，包括文学为政治服务、文学的大众化、民族化等都有高度认同感，创作《红旗谱》时他也是高度自觉地践行了那一套创作方针。梁斌在《红旗谱》写作前就对这部书有很高的期待，"想在小说的气魄方面、语言方面，树立自己的风格。有人写过的题材尽可能不写，有人用过的语汇尽可能不用。"他的追求则是写出一部具有民族特点和民族气魄的小说。对语言问题他也是高度重视的，他说："为了要形成自己使用的一套语言，我做了长期的准备工作，我记录过书上的或群众的口头语言。"在叙述方式和语言方面梁斌预先也有明确的设计，他说："在创作中，我曾考虑过，怎样摸索一种形式，它比西洋小说的写法略粗一些，但比中国的一般小说要细一些；实践的结果，写成目前的形式。"①

在《红旗谱》创作中，梁斌的确非常注意语言的口语化和民族化，主要表现在两个方面。小说首先大量使用作者长期收集记录下来的，农民的习惯用语、歇后语等。作者后来检讨，大量使用这类语言"也容易形成另一个缺点，形成语言的堆砌"。即："如果只是收集、积累一些书本上的和群众语言，不深刻了解社会生活，不洞悉人民的精神面貌，也很难彻底解决语言问题。"② 其次，梁斌在小说中执意不用长句子，有时他甚至为了避免句子过长而将语意未尽本来应连为一体的句子强行截断成两个句子，例如："经过老夏同志的指导，总结了历年团员在考学斗争的经验。江涛又把嘉庆带到严萍家里，叫她拿出一身衣裳，把嘉庆的衣服换下来。"在这个句段中，第一个句子本来应当是"江涛又把嘉庆带到严萍家里"的状语，相当于"经过老夏同志的指导，总结了历年团员在考学斗争的经验之后"，而作者将后句的状语强行断开，独立作为一个句子，就显得非常勉强。可能是考虑到大众的鉴赏水准，《红旗谱》也尽量避免使复句的逻辑关系过于复杂，分句之间大多是顺承和并列关系，像让步、假设、转折、递进使用得比较少。

当然，如上所述，中国现代作家借鉴欧化语的词汇和语法并非出于好

---

① 洪子诚编：《二十世纪中国小说理论资料》第五卷，北京大学出版社1997年版，第328—332页。

② 同上书，第331页。

奇而是因为必须，梁斌《红旗谱》所写毕竟不是一场古代的农民造反或起义，而是中共领导的现代农民的无产阶级革命，小说中，人是现代人，事是现代事，其语言也不可避免地要带有比较多的欧化成分。《红旗谱》有一个比较明显的特点是，小说写到"过去时"（小说"卷一"写到朱老忠的父亲朱老巩大闹柳树林，阻止冯兰池带人砸钟就是正文开始之前30年发生的故事），其语言旧白话的味道就比较重，语言是概述式、粗线条的，带有写意式的夸张，与旧白话小说有很多相似；而小说写到"现在时"，欧化成分就相对较多。另外，在处理农民生活与知识分子的生活、人物语言与叙事语言、人物的行为描写与心理描写时，小说的语言都有所不同，一般地说是前者多用口语和民族化语言，而后者则多用欧化了现代白话，相对来说，这类语言比较复杂、精密、细腻，有着较强的逻辑性。例如，1929年冬，江涛奉命回乡策动反割头税斗争，他与父亲一番对话以后发现一旦动真格的，父亲马上就畏缩了，在这里有一段有关人物的心理描写：

  江涛看父亲情绪本来很高，可一听说马上就闹起来，又松劲了，心想，这可能就是贾老师说的，农民革命的不坚定性吧！又一想，这也没关系，要真有个带头的闹起来，他是能跟上来的，于是他决定去找忠大伯。

  这里的两个句子本来应当是一个比较长的并列复句，作者可能本着宜短不宜长的原则把它分成两句；即便如此，前一个句子中包含了转折关系，后一个句子中有一个假设，还有一层因果关系，逻辑关系还是比较复杂的。

  《红旗谱》卷三，写到1931年，日本在东北发动战争，其后写到保定"二师"教师严知孝，对他有这样一番介绍："严知孝平时就注意政治问题，每逢政治舞台上出现一个新的事变，就约集几个亲戚朋友到他家里喝茶饮酒，谈论一番，消遣政治上的苦闷。沈阳事变，日本帝国主义侵略中国，一经成为事实，民族矛盾超过阶级矛盾，作为第三派力量的人，民族思想就更加活跃起来。"这一段话也是两个复句，第一个复句用"平时"和"每逢"对时间做了精确界定，分句之间的关系是顺承；第二个复句中"一经成为事实"，是一个假设，其后的句子是这个假设成为现实以后的结果，这个句子的组合比较复杂。总体来说，梁斌虽然刻意避免那种欧化的句式，经常刻意截长句为短句，同时避免过分复杂的逻辑组合，但因为他写的是现代人和现代人的生活，他不可能不借鉴西文的思维方式和言说方式，小说语言其实有抹不掉的欧化特点。

"十七年"小说在欧化方面的探求，不仅在《创业史》《青春之歌》《红旗谱》《红日》《红岩》中可以看到，在赵树理、马烽、西戎这些一向以口语化、民族化著称的作家的作品中也可以大量看到。一位研究者在谈道"十七年"乡土小说语言多元化问题时曾指出："包括赵树理，他的小说一直以完全的'农民化'而著称，似乎可以看作是'土'的代表，但在'十七年'时期的作品中，赵树理小说艺术更显精致，语言也更艺术化。"这位论者引用一位作家对赵树理小说结构的评价："《登记》不是土小说，它的结构是很洋的"，随后指出："事实上，不只是结构，《登记》，以及之后的《三里湾》等作品的语言较之以前的《小二黑结婚》、《李有才板话》等也变得更为'洋气'，融合了更多的现代小说语言因素，既更合现代语言规范，也更为优美。"[①]

第二节　语言诗化方面的探求

所谓语言诗化是指作家努力克服日常语言抽象、概括之弊，努力恢复语言具象性、情感的、诗性的功能，使语言能歌善画、色彩斑斓、感情充沛，具有形象性、隐喻性和情感性，能够绘声绘色、声情并茂地塑造人物、描绘场景和作品的自然环境。诗化语言就是一种带有诗性特点、比较高级的文学语言。中国古典文学语言，包括诗词曲赋、优秀古典小说的语言就被认为是较典型的诗性语言，现代文学的诗性语言也较多是在向古典语言借鉴与学习中获得。

延安时期文学的功能被认为主要是动员和组织群众，其首要任务是普及而非提高，而需要较高文学素养方能理解与鉴赏的诗性语言自然不在倡导之列，当时的批评界虽然不反对借鉴优秀的古典遗产，但因为它与工农大众的隔膜，其实还是被冷落的。

---

① 贺仲明：《从本土化角度看"十七年"乡村题材小说语言的意义》，《首都师范大学学报》（社会科学版）2008年第3期。

新中国成立后有人从阶级论出发甚至将诗化语言归入资产阶级"雅语"的范畴，与工农兵语言对立起来。铁马在新中国成立初出版的《论文学语言》一书中就认为：诗化语言是一种"文雅的语言"、"沙龙的语言"，它"是有闲阶级的一种特别风雅的语言"。他说这类语言"旧一点的是'折枝'、'赋骊'……新一点的是解放前曾经有过的、什么'蓝色酒吧间'、'杜鹃的肺腑'……之类，他们以为只有这一类的语言美丽，毫不'粗野'，写起文章来一定得用这一套语言，才能算得上文学，结果学了一套滥调，并没有得到文学。"铁马认为："事实上，这些雅语，是那些脱离人民并且仇视人民的贵族和资产阶级上层分子'创造'出来的阶级习惯语，……我们当然不能用它作为文学语言的基础。所以文学语言也就不是什么'雅语'，什么特别风雅的语言，而是人民群众语言的提炼。"[①]

新中国成立后，随着文学规范和读者对象的改变，"十七年"作家也不能完全遵奉官方的语言政策，必须有一定的突破与超越，因而很多作家在尝试建立个人语言风格时，还是比较多地借鉴中国古典文学的语言经验，在语言诗化方面做了比较多的尝试与探索。在这方面，孙犁是一个很好的例子。

孙犁关于语言诗化的探索当然不是在新中国成立后才起步的，他其实在抗战时期就做过很多探讨，其抗战时期创作的《荷花淀》《芦花荡》等作品的语言就显示了鲜明的诗化特点，但是，新中国成立后他在这方面做了更多的思考与探求，诗化语言的风格更趋成熟。

新文学史上孙犁小说的语言显示了独特风格，有这样几个主要特点。

首先是简略。孙犁认为，作家使用语言应当有这样一个标准："人们生疏的东西，你应当给它一个准确的描写；人们熟悉的就应该给它一个新鲜的最能唤起印象的描写，而不必要的时候，可以避免。比如写白天的事，谁也不会忘掉天上有太阳。"[②] 孙犁在创作中一直坚持了这个原则。当然也是受到中国古典文学的影响，孙犁很少繁复地描写一个事态与对象，而是力求用几个鲜明的片段激发读者的想象，让读者在想象中建构完整的场面与事态。孙犁手中有一支神奇的笔，他能够三言两语就把一个场景、

[①] 铁马：《论文学语言》，文化工作社1951年版，第11页。
[②] 《孙犁全集》第三卷，人民文学出版社2004年版，第123页。

事件勾勒与描绘出来。《风云初记》第六十七节，春儿和变吉哥为躲避鬼子扫荡要到张教官家，进村前发现八路军一个小队被鬼子围困，一个战士逃出，一个鬼子在后面紧紧追赶；战士到了变吉哥他们跟前重伤倒地，围观的人拿到他的枪却没人会放，一个老头子喊了一声"我们这里的人，谁会射击呀？"这时春儿过来，拿过枪，一枪结束鬼子性命。小说的叙事是这样的："'我会'，春儿说着就从窑顶上滚下去了，她从战士身上摘下枪支，在烂砖堆后面卧倒。日本人并没有看到她。她瞄准的时间很长，最后枪声响了，老头子叫了一声好。"春儿打死了那个鬼子。这种语言简洁、形象、灵动，寥寥几个字就活脱表现了一个场景。

其次是语言形象、具体，色彩鲜明。如孙犁自己所要求的，他很少概括、抽象地写事件的进程、事物的形态，而总是描绘出其具体的样子。而所谓具体可感无非是写出对象的形态、色彩、声音等，它们诉诸人的视觉和听觉，能唤起读者鲜明的印象与感受。孙犁特别擅长还原事物的视觉形态。例如《风云初记》写春儿的家院，几个句子就把场景中的动物与植物写得活灵活现，给人很深的印象：

养在窗外葫芦架上的一只嫩绿的蝈蝈儿吸饱了露水，叫得正高兴；葫芦沉重地下垂，遍体生着像婴儿嫩皮上的绒毛，露水穿过绒毛滴落。架上面，一朵宽大的白花，挺着长长的箭，向着天空开放了。蝈蝈叫着，慢慢爬到那里去。

这段描写中蝈蝈"叫得正高兴"是声音，蝈蝈的"嫩绿"、"宽大的白花"是色彩，"葫芦沉重地下垂""露水穿过绒毛滴落"和"蝈蝈叫着，慢慢爬到那里去"是形态，整段描写中没有那种抽象概括的文字。

最后是语言的创新与陌生化。孙犁要求对"人们熟悉的就应该给它一个新鲜的最能唤起印象的描写"。这个观念就包含了语言创新与陌生化的要求。孙犁文学语言的一个鲜明特点是清新不凡，他总是寻求从新角度出发观照对象，用新方式、新词语表现对象。例如：

吴大印在瓜园里工作。他种的瓜，像叫着号令一样，一齐生长。它们先钻出土来，迎着阳光张开两片娇嫩的牙瓣儿，像初生的婴儿，闭着眼睛寻找母亲刚刚突起的乳头。然后突然在一个夜晚，展开了头一个叶子。接着，几个叶子，成长着，圆全着，绿团团地罩在发散热气的地面上。又在一个夜晚，瓜秧一同伸出蔓儿，向一个方向舒展，长短是一个尺寸。

在这段描写中，作者首先给生机盎然的西瓜秧一个特写镜头，表现了西瓜刚刚展开叶片时的微观形态；其次，作者将西瓜娇嫩的牙瓣比作初生的婴儿，瓜秧的姿态比作婴儿寻找母亲的乳头是很奇特的比喻；最后，后一个复句中描写西瓜秧的长势是"成长着，圆全着、绿团团地罩在发散热气的地面上"是一种非常新奇的写法，其中，"圆全着""绿团团地"似乎是作者新创的词语。

"十七年"中很多作家都尝试了语言诗化的探求，当然这种探求往往夹杂在多种语言风格的探讨追求中，未必如孙犁文学语言这样鲜明。例如周立波在语言上主要追求将方言土语与欧化语的结合，但是他的小说中也常见那种声色并茂，充满诗性的语言。例如：

雨落着。盛家吃过了早饭，但还没有看见一个人把孩子送来。盛妈坐在堂屋门边打鞋底。亭面糊靠在阶矶的一把竹椅上，抽旱烟袋。远远望去，塅里一片灰蒙蒙；远的山被雨雾遮掩，变得朦胧了，只有二三处白雾稀薄的地方，出了些微的青黛。近的山，在大雨里，显出青翠欲滴的可爱的清新。家家屋顶上，一缕一缕灰白的炊烟，在风里飘展，在雨里闪耀。

这段景物描写构图非常准确：远景模糊、近景清晰；远的山被雨雾遮掩，近的山在大雨里显出青翠欲滴，一缕缕白烟如在目前。小说中的色彩很有层次感：远景是"一片灰蒙蒙"，只有白雾稀薄的地方，方能见到些微的"青黛"；而近景则有树的"青翠欲滴"和一缕缕灰白的炊烟。这段描写清新、自然，整体上具有很强的诗情画意。

第三节 口语化方面的探求

"十七年"作家虽然大都可以归于"革命"作家的名下，但构成成分还是有所不同的。他们中既有真正出身工农的作家，如赵树理、马烽、西戎等，也有经过改造投身革命的知识分子作家，如丁玲、周立波、欧阳山等。就语言改造来说，如果说前者口语化、大众化本来就已不成为问题，他们要做的倒是需要吸收欧化和诗化的语言，增加语言的精密性、复杂性和美术性，而对后者来说，他们要做的几乎正好是一个反方向的运动，即尽量吸收人民大众的口语，克服过分欧化的习惯。事实上，丁玲、周立波、欧阳山等作家在延安时期就一直致力于纠正过分欧化之弊，但是一个作家语言欧化的习惯往往根深蒂固，即便到了"十七年"，他们仍然有一个通过学习口语矫正旧习惯的问题。在这个方面他们也做了很多的探讨与实验，周立波就是个很好的例子。

周立波早年读书时读过大量新文学作品，青少年时代除了在学校学习英语，还花了大量时间自学，从事创作之前就翻译过近百万字的外国文学作品。因此 1941 年开始小说创作时，他的语言有明显欧化倾向。而文学语言在很大程度上是不透明的，当周立波用欧式语言反映根据地生活时，根据地农民生活就明显带上了异国色彩与情调。在他第一个反映根据地生活的短篇小说《牛》中，无论是其中的牛，还是人物都更像从俄罗斯文学中走出来的，特别是其中的人物，无论说话、做派都带有鲜明异国色彩。一位研究者指出："我们并不怀疑作者本意是表现好边区农民的新生活，但显然语言上他还没有做好准备；……俄式或欧化的文句，倘用于表现大城市的中国现代知识分子或现代产业工人，虽亦不甚合体，然终有一二相通处，但用到黄土高原上，则反差太大、风马牛不相及。"[①]

延安整风以后，周立波对此前的创作进行了深入反省，也开始深入工农兵生活，认真学习工农大众的语言。在 1947 年创作的《暴风骤雨》中他就努力纠正语言过分欧化的倾向，在小说中大量使用东北的方言土语，其语言有了相当大的变化。然而一个作家的语言习惯一旦形成，改变起来是很困难的，小说中欧化的句子仍随处可见。或许是为了冲淡语言中浓重的欧化色彩，周立波采取的方略是比较多地使用东北方言。为了不造成阅读障碍，小说出版时不得不在文稿中添加了大量页下注。周立波是一个有很高语言天分的作家，他作为一个南方人，到东北深入生活仅半年的时间，就能粗通当地方言，不仅能够理解，而且能够用于创作中，这的确令

---

① 李洁非、杨劼：《直击语言——〈讲话〉前延安小说的语言风貌》，《西南民族大学学报》2006 年第 3 期。

人敬佩。但是周立波在《暴风骤雨》中大量使用方言或许有有意冲淡欧化色彩之嫌，他是刻意大量使用方言以拉开与洋腔洋调的距离，表示自己在思想与艺术上已经大众化；然而正是这种"刻意"使其语言显示些许不自然，小说中的洋腔洋调与土腔土调显然没有真正地融为一体。周立波自己也说："《暴风骤雨》是想用农民语言来写的，这在我是一种尝试，一个开始，毛病是多的。"①

到1957年周立波创作《山乡巨变》时这种情况就有了很大改变，他在这个小说中尝试了现代语文与方言土语的有效结合，探索了一条将方言土语融入现代语言的道路。周立波这个时期之所以能做到这一点，一方面是新中国成立以后他对以前创作进行了深入反思，吸取了《暴风骤雨》创作中的经验教训；另一方面是《山乡巨变》反映的是他家乡生活，湖南益阳方言就是他的"母语"，对这种语言他不是走马观花式的认识，他从小就置身其中，有深入的了解，使用起来能左右逢源，应对自如。《山乡巨变》在语言上一个突出的特点是他比较多地使用了方言土语，特别是在人物语言中。例如，《奔丧》一节写亭面糊的岳母去世，亭面糊的婆婆有这样一段哭诉：

妈妈，你醒转来吧，醒来再看看你的亲人，我不晓得你就是这样去了哪，我的妈妈呀，晓得这样，我没早几天来，陪你多谈几天讲。你睡在这里，为么子不开口哪？……你不醒来，我何得了哪，我的妈妈呀！

《山乡巨变》中使用方言还是有节制的。首先更多的是在人物对话中使用方言，其次避免使用过于冷僻的字眼，他是将经过选择的方言置于普通话的语境中，这样读者既不会有阅读障碍，同时又能感受凝结在方言中的乡土文化气息。

因为周立波在方言土语使用上大胆的创新与尝试，《山乡巨变》出版后受到了学界和读者的好评。王西彦就曾指出："应该说，在《山乡巨变》里，立波同志在方言土语的运用上，是相当成功的。尤其像我这样的读者，虽然不是湖南人，却在湖南农村里生活过，工作过，听得懂湖南

---

① 胡光凡、李华盛：《周立波研究资料》，湖南人民出版社1983年版，第285页。

话，读起来就感到很亲切。有些段落，我一面轻声诵读，一面点头微笑，觉得立波同志写得实在好，有味道。"① 虽然他随后也指出了《山乡巨变》使用方言的一些瑕疵，但总体上是给予了充分的肯定。

在"十七年"虽然政治对文学管控严格，但语言是个比较特殊的领域，很多作家对官方语言政策是既遵奉又超越，在意识形态的缝隙中寻求创新与突破。以往人们只看到"十七年"作家在文学政策面前循规蹈矩的一面，忽略了他们的突破与超越，这样就很难对他们在语言方面的贡献有一个正确的评价。

---

① 胡光凡、李华盛：《周立波研究资料》，湖南人民出版社1983年版，第396页。

第三章 "文革"小说语言的特点

21世纪以来,"文革"文学研究一直是一个比较热的课题,也取得了较大成绩,然而其中的文学语言研究却相对薄弱。这个领域存在的问题主要有两个:首先,很多研究者是带着先入为主的看法涉足研究的,比较多地受到主观情绪的左右,这样就很难真实、客观地评价对象。其次,以往的研究也未能充分注意到语言自身的特点。与文学的其他要素相比,语言具有很强的惰性和保守性,它不像主题、题材、叙事方式等更容易随着时代改变而改变。文学语言的发展、演变有自己的特殊规律,事实上,在文学诸要素中,受时代政治影响比较大的依次是主题、题材、人物的选择与塑造,以及叙事方式等,语言受到影响相对比较小;时代政治对语言的影响很大程度上是通过主题、题材、叙事方式传递到语言上的。与20世纪其他时期相比较,"文革"语言的主要特点是政治语汇大量增加,文学文本中充斥了大量的政治词汇,文学语言也出现褒贬两极化,语言的褒贬被放大到最极端的程度,但是"文革"时期的出版物受到严格控制,语言粗制滥造的情况还是很少发生,这个时期语言的特点是刻板与规范并存。另外在少数作家作品中也偶有精彩语言的出现。本章以"文革"小说为对象,探讨这个时期文学语言的特点。

第一节 文学语言的政治化

20世纪20年代后期中国新文学左翼作家崛起就开启了一个政治化进程,到延安时期文学被作为政治动员和政治斗争工具,它就更直接被纳入政治的管控中。其后经历了"十七年"的发展,到"文革"达到了登峰造极的程度。然而,在"文革"时期,文学语言很少被作为一个问题被专门提出来讨论,其原因不是说文学语言问题不需要讨论,而是这个问题此前已经做了充分的讨论——在20世纪中国文学史上,30年代曾有过语言大众化的讨论,延安时期则有民族形式的讨论,当时的左翼批评曾高度关注语言问题,其后在"十七年"和"文革"时期语言问题似乎已经是一个无须讨论的问题,——像大众化、通俗化,避免欧化与学生腔已经成为创作的基本守则,不需要再作申明与阐释。其次,在文学创作中语言从来都不是孤立的,它与主题、题材、人物塑造与叙事方式等息息相关,在"文革"时期,官方更多的是通过文学中前列各项影响和控制语言。"文革"时期官方把文学当作阶级斗争、路线斗争的工具,当作防修、反修、批判走资派的工具,文学的任务是塑造无产阶级英雄、塑造工农兵的英雄形象("根本任务论"),要求在所有人物中"突出正面人物";"在正面人物中突出英雄人物";"在英雄人物中突出主要英雄人物"("三突出"),另外还有"样板戏"的示范。这些"原则"和"示范"为文学创作划定了一个极其狭窄的空间,对作品的主题、题材、人物塑造、叙事方式都做了严格规定,而这些原则确定了以后,文学语言的使用也随之受到严格的限制。

"文革"文学语言的政治化主要有两个方面。首先是文学文本中政治词汇大量增加。在以往对语言与语体的分类中,政治话语应当是社会科学语言中的一种,在文学语言中它仅仅是非常小的一部分,而"文革"期间,文学政治化,也导致了语言的政治化,其主要表现就是文本中政治词汇的爆炸性增加。

"文革"小说的主题是歌颂工农兵在毛泽东思想指导下获得的胜利,题材是历史上的"社会主义改造"和现实中的"无产阶级文化大革命",人物主要在两条路线斗争中涌现出来的无产阶级英雄;这样的主题和题材必然大量涉及各类政治词汇。在"文革"小说中日常生活基本没有容身之地,所有生活事件都被变成政治事件,作者如果写到日常生活也是作为政治生活的隐喻。"文革"小说通常都有一个"三段论"模式:叙述一个事件之前首先有一个从政治角度的提示、铺垫;在事件进程中则有大量的评论、议论,包括对人物思想、心理的分析,力求将一个事件引导到两种思想、两条路线的斗争上来,在结尾处还有一个政治性的归纳与总结。例如《虹南作战史》中的很多故事就是按照这种三段论模式展开的。小说第三章中的"转折点"一节,所述内容是1955年上半年上海郊区虹南村的农民在安克明、洪雷生的领导下战胜了刘少奇的右倾机会主义路线,大办合作社的过程,在这个过程中,虹南村农民冲破种种阻挠终于成立了合作社,同时上级组织破获了以龚品梅为首所谓披着天主教外衣的特务集团。这一节首先介绍了当时全国合作化的整体形势,为将要展开的事件提供了一个背景。作者指出,从一九五四年开始"大叛徒刘少奇,日夜想的就是在中国复辟资本主义""他叫喊什么'反冒进';他的妄图扼杀农业合作化运动的阴谋,到一九五五年上半年也达到了顶点。"然而"就在这个关键时刻,我们最敬爱的伟大领袖毛主席,为贫下中农和广大革命干部撑腰了。一九五五年七月三十一日,毛主席召开的省委、市委和区党委书记会议上,做了著名的《关于农业合作化问题》的报告;……从理论和实践上彻底粉碎了刘少奇一伙妄想在我国复辟资本主义的罪恶阴谋。"随后小说用了5000字的篇幅叙述洪雷生学习毛泽东《关于农业合作化问题》的报告,他把虹南村的现实情况与文件逐条对照,将自己的认识逐渐统一到文件的精神上来,认识提高以后,他配合上级组织推动了王家浜合作社的建立,并参与逮捕暗藏的反革命分子。这一节最后作者还有一个总结,他指出:"在王家浜,农业合作化运动的发展经过了曲折的斗争,党内的右倾机会主义路线同社会上的反革命分子、富农分子,在实际上配合起来,想方设法扼杀农业合作社这个社会主义的新生事物。但是,有毛主席为首的党中央给坚决走社会主义道路的贫下中农撑腰,社会主义新生事物是压不垮的。……"

总体来说,"文革"小说中的日常叙事常常被政治叙事所挤占,而政治叙事只能用政治词汇予以表述。就像上例所示,一部小说的故事如果都使用这种开篇点题,中间议论,最后总结的方式,它一定不能容纳很多日常的、生活的词汇,必然像上引的例子一样,充斥了太多政治术语和词汇。在"文革"小说中,经常见到这种情况,一部明明是描写农村生活的小说,但是,看上去更像基层干部对农村工作的总结,文本中对政治问题的议论与分析基本遮蔽了生活的内容。

在语言的各要素中,词汇对时代变革最敏感,一个时代发生重大变化时总是首先在词汇上反映出来。20世纪以来,词汇随时代发生改变并非仅仅"文革"一例,"五四"时期就有大量新词语出现,例如科学、民主、自由、博爱、民权、民治、妇女解放、婚姻自主等,这些词语也大量出现在文学作品中;而在20世纪80年代的改革开放时期,同样出现了新词语"大爆炸"情况,例如个体户、万元户、走穴、下海、倒爷、大款、下岗、的士、打的、大哥大、BB机、酒吧、夜总会、迪厅、桑拿浴、保龄球、三陪等，这些词在当时文学中也有反映。当然与"文革"有所不同的是，"五四"新文化运动和80年代的改革开放都是中华民族自强自立、实现民族复兴的大变革，而"文革"则是一场大浩劫，它们的性质当然不可同日而语，但是就语言随时代而改变这一点来说，它们又并没有太大的不同。

"文革"小说语言还有一个非常重要特点是词语褒贬两极化。"文革"中作家的政治态度是一个很敏感的问题，这个时期有一个很特殊情况，作家不仅要在作品的主题上表达爱憎分明的政治态度，同时在语言上也要表现出来，一旦涉及"敌""我"两类人物，作者就不能用态度暧昧的中性词，必须很夸张地使用褒贬两极化的词汇。在那个时代，作家每一次对人物的描写，特别是对"敌""我"人物的描写就都变成了非常敏感的政治测试，作家必须像走钢丝一样的谨慎，稍有不慎就可能被剥夺创作的权利，甚至招致严厉批判。在这种情况下，很多作家为求保险，就刻意放大人物的褒贬尺度，对正面人物总是极尽美言，对反面人物则用最刻薄、恶毒的话予以诅咒，从而导致了词汇使用的漫画化。

"文革"语言词语褒贬两极化首先表现在一些带有极端色彩褒贬义词的高频使用，表达褒义的，像伟大、英明、正确、光荣、大义凛然、临危不惧、光明磊落、不屈不挠、顶天立地、坚忍不拔、艰苦卓绝、宁死不屈等；表达贬义的，如肮脏、卑鄙、猖狂、丑恶、篡夺、恶毒、狡猾、阴险、下流、虚伪、愚蠢、十恶不赦、大放厥词、大言不惭、口是心非、变本加厉、不打自招、陈词滥调、俯首帖耳、无耻之尤、五体投地、不择手段、处心积虑、居心叵测、自欺欺人、色厉内荏等。其次，"文革"语言还通过使用一些表示程度和范围的副词，像"最""顶""极""极端""极其"等放大词语褒贬的效果，让词语的褒贬最大限度地表现出来，有的文本甚至叠用这类副词，效果就更加夸张。例如："我们必须最最坚决地击退资产阶级反动路线的这种反扑。""毛主席是我们心中最红最红的红太阳，解放军是我们最好最好的好榜样。"

"文革"小说语言的褒贬两极化最集中地在描写人物的语言中表现出来。《牛田洋》这样描述一号人物、解放军师政委赵志海指挥填海造田的过程："赵志海纹丝不动，像波澜中屹立的礁石，像狂风里兀立的山峰。他手一挥，作了个强有力手势，任维民便对扩音器喊道：'大红山连，上!'"而"大红山连的指战员们,个个象放开了栏栅的猛虎,腾空一跃,扑到了拢口。"写反面人物基本是漫画化的,例如小说这样写国民党特务陶才:"陶才躺在竹躺椅上,瘦筋巴骨的秃脑袋上,汗珠像泉水似的往外流。"这样写投机分子杜亚民:"他大概又偷卖石头赚了一笔钱,躺在一张酸枝太师椅上,摇晃着胖得像猪一样的脑袋,伸着大胡瓜似的手指,在一五一十地数着一摞钞票。""文革"小说凡是涉及人物描写使用的大都是这种褒贬两极化词语。

第二节 文学语言的模式化

文学语言政治化是"文革"语言最触目的特点,某种意义上也是比较表层的特点,然而政治化并非"文革"文学语言唯一的问题,除此之外,它还有一个很重要的问题,即它缺少创新性,具有模式化特点。

中国地域广大、人口众多,具有文化的多样性和语言的多样性,在一个开放的时代,如果众多作家努力创新自己的语言风格,那么一个时代的文学语言也一定具有丰富性和多样性。例如现代文学三十年,中国作家的语言就有着多种多样的风格,既有茅盾、巴金、丁玲这样洋味十足的欧化语言,也有老舍、赵树理具有民族特点的大众化语言,同时也有以废名、沈从文等为代表的、继承中国文人文学传统的诗性语言。而"文革"文学虽然不能说千人一面,但是写作者彼此语言风格差异并不明显。

"文革"文学语言有一个较明显的特点是其总体上的整齐划一,包括在语言规范上都显示出高度的一致和整齐。一位语言学者指出:"我们通过对现代汉语整个发展过程的考察,发现了一个相当普遍的规律,这就是有很多词汇、语法现象,在新中国成立前、新中国成立后(特别是"文革"中)、"文革"后这三个阶段,都经历了'有—无—有'或'多—少—多'的变化,在这些有无、多少的变化中,往往都是以'文革'时期为谷底。"这里所谓的"有—无—有""多—少—多",是指新中国成立前的现代30年和"文革"后的新时期词汇和语法都非常丰富,而在"十七年",特别是"文革"中,很多词汇和语法现象要么是"无",要么是"少"。这个统计说明了"十七年"特别是"文革"在词汇和语法方面的单调。另外，这个时期的语言"与已有的语法的'吻合度'比较高"。①一个时代的文学语言与语言规范高度吻合或许并非坏事，事实上，新中国成立以后，官方一直大力推行语言规范化运动。但是，文学语言毕竟不同于科学语言、日常语言，它除了遵守一定的语言规范之外，还承担着创新的任务，它要用陌生化刷新人们对生活的认识，作家要用创新给语言增加生命与活力，一个时代的语言如果缺少创新，它就永远是一潭死水。事实上，"文革"语言整体符合语法规范是从一个侧面说明这个时期作家语言创新的乏力，中规中矩背后是语言的呆板和千篇一律。

一位论者在谈到"样板戏"语言时指出："解读'样板戏'话语，我们发现，剧中的正面人物无论是老是少，是男是女，不论是军人、老百姓，还是工人、农民，只要处在同一种大的话语背景中，他们就会异口同声地说着相同内容或表达方式同一的阶级话语。按说他们生活在不同时代，又有着各自截然不同的教养、经历、身份以及相异的个性，但在这些'样板戏'中，他们却被模式化了。"②"文革"小说与"样板戏"有着相同的背景，二者稍有不同的是前者不仅人物语言模式化，叙事人的语言更具有模式化的特点。

"文革"小说语言模式化原因主要有：首先，在一个扭曲的时代，其文学也是扭曲的。"文革"时期文学沦为极"左"路线斗争的工具，官方剥夺了文学创新的权利，文学写作被限制在一个极其狭小的空间。作者与其说是"创作"，不如说是按照指定的方式"填充"，他们只能在极左政治的淫威下亦步亦趋，稍有不慎就可能招来灭顶之灾。按照这种方式创作的作品，主题是赞美毛泽东思想在"社会主义改造"和"文革"中的胜利，人物是"高大全"式的英雄，创作方法是革命现实主义加上革命浪漫主义，在文学的所有这些方面都被严格限定以后，语言变化的空间非常有限。语言从来都不单纯是语言问题，它与作家整个思想与情感活动息息相关，作家只有拥有自由思想、自由表达感情的权利，让艺术个性充分发挥的时候，其语言才有活的源泉。而"文革"时期作家恰恰缺少自由思想、表达的权利。这个时期即便像浩然这样受到官方青睐的作家仍然只能按照规定的方式"写作"。曾任《金光大道》第二卷责任编辑的韦君宜说

---

① 刁晏斌：《试论"文革"语言语法的特点》，《山西师范大学学报》（社会科学版）2008年第2期。

② 祝克懿：《语言学视野中的"样板戏"》，河南大学出版社2004年版，第287页。

过:"我记得当时的大作家浩然,他那个《金光大道》的构架实际上是由编辑帮他搭的,先卖公粮,后合作化。"[1] "文革"小说作者除了写景状物时施展一下文才,其余无论是叙述语言还是人物语言都如出一辙,给人似曾相识的感觉。

其次,文学语言的创新从来都不是凭空产生的,作家的创新总要依赖某种传统和资源。20世纪中国作家在建构现代白话文时,能借鉴的资源主要有三个方面:中国古代文学的语言资源(其中又包括文言和旧白话)和西方文学的语言资源(主要是翻译语体),另外,它也是现代口语中的有益成分。中国现代白话自"五四"时期诞生,历史比较短暂,它必须汲取另外的资源才能实现自身的丰富与壮大。然而"文革"时期,中国传统文学和西方文学都被认为是封资修的黑货,被认为与无产阶级文学格格不入,当时的作家唯恐避之不及,更谈不上学习、借鉴,因而即便作家有意创新,也缺少必要的基础和条件。

第三节 刻板与规范并存

整体评价"文革"小说语言还应当注意这个时期语言的两面性,即一方面,由于时代限制,"文革"小说语言缺少个性、缺少创新,汉语的诗性潜能未能得到挖掘和利用,因而这个时期几乎没有高质量的文学语言。另一方面,当时的小说创作被当作重大政治事件受到高度重视,发表和出版的数量都很有限,虽然很多作品出自业余作者之手,但是,这类作品总是有多人把关,从创作到发表、出版往往要反复修改,因而,那种低级的文字错误、粗制滥造的情况还是很少出现。以往很多人说到"文革"语言的"低劣"往往把它说成是20世纪中国文学最糟糕的语言,但是"文学"的糟糕与"语言"的糟糕并不完全是一回事。语言的糟糕在缺少诗性、文学性之下,它还有语言自身低劣的方式,例如语言粗制滥造、语句不通、文理混乱等。而"文革"语言的主要缺陷是有过多的政治词汇、缺少创新,它停留在平庸、板正不奇这个层次上,但是很少有粗制滥造、

---

[1] 转引自王尧《"文革"主流意识形态话语与浩然创作的演变》,《苏州大学学报》(哲学社会科学版)1999年第3期。

表意不清的情况。如果将语言的质量从高到低排成一个谱系，那么"文革"小说语言整体可以定位在"平庸"这个档次上。

　　文学语言是文学各要素中最复杂的一项，变幻莫测，对其优劣好坏很难有确定标准，然而，评价文学语言也非完全没有标准。从新文学史的角度看，最优秀的文学语言是那种能够充分调动汉语的诗性潜能，具有形象性、抒情性、创新性，风格多样的语言。在20世纪中国文学史上，鲁迅的语言凝练、犀利，语有深意；沈从文的语言具有汉语的感性特质，他能如画一样地使用语言；张爱玲的语言流畅、唯美，古色古香、优雅富丽。在新时期，莫言、苏童等的语言则神奇灵动、色彩斑斓，把汉语的形象性、具象性发挥到极致。这些作家的作品除了主题内涵丰富、情节生动，其语言本身就可以单独作为审美对象；这是文学语言的第一个层次。文学语言的第二个层次，是能够做到既准确又形象，将作品的主题内涵比较充分地表现出来，在新文学史上有一大批作家能够达到这个标准。文学语言的第三个层次，是能够做到通顺、准确，其形象性虽然差一些，给人的感觉是质木无文，但是，基本的表情达意没有问题。当然，文学史上还有更差一些的语言，这类语言或者文字粗糙，经常出现用词和语法方面的错误，甚至词不达意；或者多重复、啰唆，语言苍白、抽象，不具备文学语言的表达功能。

　　从这个角度说，文学大开放、大发展时期的语言往往良莠并存，既有极优秀的文学语言，但也有比较差的语言。例如，"五四"时期，汉语书面语刚刚实现了从文言到白话的转型，很多作家对使用现代白话相当生疏，当时的小说中，经常出现语言上的毛病包括语言过分欧化、文白混杂，重复、啰唆、词不达意等，在包括庐隐、丁玲这样的名作家作品中，也经常能够见到不合语法规范的句子。而在新时期，因为作家与作品数量暴增，同时受到市场经济的影响，在那些急功近利、粗制滥造的作品中，各种低级的语言毛病也经常能够见到。而在"文革"期间，文学作品缺少高层次的文学语言，但低层次的语言问题倒是不常见到。这个时期的语言少数能做到既形象又准确，多数作品的语言则是处在一个基本层次，即形象性较差，苍白贫血，质木无文，但基本上能做到表意清楚。语言学家于根元曾从语言规范化的角度评价过"文革"文学语言，他指出："语言的变化有个惯性的原则，社会的作用到语言的变化还有个时间差，所以十年动乱时期语言规范还算好。"①

　　我们说"文革"语言缺少个性、创新性，具有模式化特点，并不意味着"文革"小说的语言完全没有差异，实际上如果不简单地把"文革"小说作为一个整体，而是从单个作品出发探讨这个时期的小说能够看到，不同作品的语言还是有很大差异的。文学语言的质量主要取决于作家个人的天赋、才情、审美习惯等，一些有语言天赋的作者即便受到政治的框范和束缚，其语言能力仍能在行文中显示出来，像在《金光大道》中，就能见到一些比较好的文学描写。例如这样的写景文字："半圆的月亮升在那枝繁密的老榆树梢上端，院子里一片银白色的光，除了墙角和草垛背后，一切都看得很清楚。""农家小院里的菜花开了，一片金黄，春风吹着，把梨树上的花瓣抖落了一地。"还有这样的场面描写："那车上套着的一匹高头大红马，不知怎么惊了，发疯似的跑着，跳着。大车辊辘一会儿腾起，一会儿落下，剧烈地颠簸摇动，料笡箩被抖掉了，一片草节儿摊到地下。小水桶被甩下来，叮叮当当滚出老远。车上边坐着一个穿着花衣服的七八岁的女孩子，两手紧抓着车帮，嘶哑地哭叫着。"像这类描写都还是生动、形象的，同时也是有创新的。即便是像《虹南作战史》这样的小说，作者将现代白话与吴语方言土语融合起来，其语言也变得比较有趣味。例如富裕中农牛虎生这样跟他哥哥牛贵发说话："阿哥，雷生弟弟是做大事体的人。受得起，放得开。他做的事体，我们不要议论，也管勿着。不过，青年队把人都拉到渠上，是伤了元气了。唉！各人自扫门前雪，休管他人瓦上霜。"这段话，方言词汇并不多，但语调语气都有很强的江南风味。这种人物对话在小说中还是比较常见的。"文革"中有一批小说，像《金光大道》《春潮急》《沸腾的群山》《山川呼啸》《江畔朝阳》《征途》等，其语言能够基本做到准确、形象，较好地实现了表情达意的功能。

　　因为时代环境的影响，"文革"语言受到了严重的压制和摧残，说它是一种畸形语言也不为过，但文学语言研究也是一种科学研究，对"文革"语言也不是把它说得越坏越好。"文革"文学语言是20世纪中国文学语言的一个环节，它与前后的文学语言有相似的基础，也体现了一些共同规律，深入研究"文革"语言的特点，对整体了解中国现代文学语言有着较大价值。

---

① 于根元：《语言应用论集》，北京广播学院出版社1999年版，第53页。

第四章 "十七年"小说的方言问题

在中国新文学史上,方言从来都不单纯是语言问题;现代文学30年,文学大众化和战时环境曾推动了方言文学的兴盛,而新中国成立以后语言规范化的倡导和普通话的推广又挤压了方言的发展空间,很多"十七年"作家不得不在政策夹缝中拓展方言使用空间。与现代30年相比,"十七年"作家使用方言最大特点是普遍变得慎重和节制,常常是反复拣选、提炼。现代作家使用方言的特点是丰富但略显芜杂,"十七年"作家则较节制和规范,但整体上也显出单调。

新中国成立后,中国作家在语言使用上一直面临选择上的困境:一方面,因为对大众化的强调,洋腔洋调和"文白混杂"受到诟病,当时似乎只有大众口语是可以学习借鉴的资源。但是,新文学史上"口语"一直就是个很含糊的概念,口语照字面解释是人民大众的口头语言,而大众"口语"某种意义上就是方言。茅盾曾经明确指出:"中国之大,各地人民口说的话,也就有多种多样,甚至于不能互相通晓;这些各地的互不相通的口语,通称为'方言'"。[①] 从这个意义上说,方言应当是"十七年"作家倚重的重要资源。但在使用方言问题上这个时期的作家面对的依然是一个悖论:虽然方言最能够表现人物的神理和显示地域特点,但是中国方言众多,且彼此差异巨大,放任作家使用方言,势必导致交流障碍。现代文学30年很多作家一直都在这一对矛盾的夹缝中奔突,很难找到妥善的解决办法。新中国成立以后,建构现代民族国家首先需要建构一个全民族统一的语言,这种需要又进一步挤压了方言存在的空间,使问题变得更加复杂。在这样背景下,"十七年"作家如何使用方言就变得非常微妙,也表现出了不同于现代文学的特点。

---

① 茅盾:《茅盾文艺杂论集》下集,上海文艺出版社1981年版,第1211页。

第一节　新的语境与新的策略

"十七年"文学的方言策略明显受左翼文学和延安文学影响，同时综合了新的时代要求，是在几种因素共同影响下形成的。30 年代瞿秋白、茅盾等曾专门讨论过方言问题。瞿秋白从建设无产阶级大众语出发，相当看重方言的价值，并寄希望于"在'五方杂处'的大城市和工厂里，正在天天创造的普通话。"① 然而这个观点很快受到茅盾的反驳。茅盾通过在上海的调查证明，像上海这样各地工人云集的大城市根本就没有瞿秋白所说的"普通话"，各地工人所说的或者是上海"土白"，或者还是他们自己的方言。随后，茅盾特别指出了使用方言存在的问题："最大的困难是没有记录土话的符号——正确而又简便的符号。原来文学作品当动笔写下来的时候，文思汹涌，简直是一句一句滚出来，每遇到有写不出的字便会停滞，如果一个字的写法拼法都得有意识地想一想，那就糟了。"而这种困难又"非一时可以克服"。② 经过这场论争后，很多左翼作家都意识到方言问题的复杂性，再也不会轻易谈到方言问题。

延安时期倡导大众语本来应当高度依赖方言，但经过 30 年代的讨论，延安作家在这个问题上变得非常谨慎。这个时期很多作家都提到要克服欧化，但在如何建构无产阶级文学语言时，他们大都小心翼翼地用"大众语"或"民间语言"代替方言，避免直接涉及方言问题。这个时期能够显示官方立场的一次讨论出现在对赵树理的评价中。1946 年延安文学界有过一次对赵树理文学成就的集中评价，郭沫若、茅盾、周扬、冯牧等很多人参与了这次讨论，非常有意思的是，他们都高度肯定赵树理语言大众化的成就，但是，或者避开方言问题，或者很谨慎地撇清了大众语与方言关系，对方言的评价基本是负面的。其中最有代表性的是周扬。周扬高度评价赵树理的语言，说他的作品"写农民就像农民，动作是农民的动作，语言是农民的语言。"周扬指出："在他的作品中，他几乎很少用方言、土语、歇后语这些；他决不为了炫耀自己语言的知识，或为了装饰自己的作品来滥用它

---

① 文振庭编：《文艺大众化问题讨论资料》，上海文艺出版社 1987 年版，第 40 页。
② 同上书，第 117 页。

们。他尽量用普通的,平常的话语,但求每句都能适合每个人物的特殊身份、状态和心理。"随后,周扬特别以赵树理为例批评了过多使用方言的作家,他说:"但有些作者却往往只在方言、土话、歇后语的采用与旧形式的表面的模仿上下功夫。赵树理同志却不这样。他执行了他自己作品的创造的任务。"① 在这个讨论中,使用方言显然被认为是错误的选择。

如果说延安时期,左翼批评家对方言就持谨慎态度,新中国成立后在新的时代环境中就出现了一些更不利于方言存在的因素。首先,抗日战争和解放战争的结束使那种战时的宣传体制趋于结束,官方不再需要急功近利地用方言实现与底层民众的沟通;同时中国共产党从过去的偏于一隅(延安和各解放区)到成为除台湾之外全中国的领导者,其任务也从夺取全国政权转向全面建设现代民族国家。而对于像中国这样地域广大、人口众多的多民族国家来说,语言统一是当政者需要考虑的重要问题之一。当推行民族共同语上升为国家战略时,方言在文学中无论多么重要,都必须为重大政治任务让路。

其次,除时代形势的转变外,斯大林的语言理论对新中国成立后的方言政策也产生了较大影响。新中国成立前,中国左翼作家较多地受到苏联语言学家马尔的影响。马尔在他的所谓"语言新学说"中,除了认为语言是上层建筑、具有阶级性之外,在民族语言形成问题上,则认为共同语的形成是在不同方言的共同发展相互渗透的多元竞争中融合而成,在马尔的理论中方言具有相当重要的位置。而斯大林在晚年发表的近两万字的长文《论马克思主义在语言学中的问题》中则认为,马尔的理论是非马克思主义的,因而否定了他的观点。在方言问题上,斯大林把方言和民族共同语作了等级区分,他说:"马克思承认必须有统一的民族语言作为最高形式,而把低级形式的方言、习惯语服从于自己。"按照斯大林的理论,共同语与方言之间并不是一个对等关系,而是有一个高级语言与低级语言区分,而在他看来,"低级形式的方言必须服从高级形式的共同语。"②1950年7月《人民日报》发表了斯大林这篇论文,其后,他的这个观点对中国语言学界产生了很大的影响。

另外一个重要因素是,新中国成立后文学有一个从多元向一元的转

---

① 黄修己编:《赵树理研究资料》,知识产权出版社2010年版,第161—163页。
② 斯大林:《论马克思主义在语言学中的问题》,《人民日报》1950年7月11日。

变，文学的门槛提高，作家某种意义上成了国家意志的表述者，语言也受到严格规范。如果说现代文学 30 年文学是开放的、多样的，作家语言的使用受市场调节，他们也对自己语言的选择负责。而在新中国成立后，一旦文学创作变成了国家行为，语言的使用，包括方言的使用就不再是作家个人的问题，而成为一个必须慎重对待的问题，作家语言的选择必须在国家的文学与语言政策指导下完成。

时代语境的变化再加上斯大林语言理论的影响，使当时的形势出现了明显不利于方言的情况，而这种变化在学术界也很快就反映出来了。1951 年前后，《文艺报》围绕邢公畹的《谈"方言文学"》展开过一场争鸣和讨论，历时近一年。邢公畹在文章中旗帜鲜明地指出："方言文学这个口号不是引导着我们向前看，而是引导着我们向后看的东西；不是引导着我们走向统一，而是引导着我们走向分裂的东西。"[①] 其后很多人虽然不完全同意邢公畹的观点，但限制方言还是成为主流意见。1955 年"现代汉语规范问题学术会议"在北京召开，同年 10 月，《人民日报》发表社论指出："目前最迫切的一项工作，就是推广汉民族共同语，同时力求汉语的进一步规范化。"发展共同语更明确地成为发展方向，而文学也被要求起到引领和示范作用。社论指出："语言的规范必须寄托在有形的东西上"，"这首先是一切作品，特别重要的是文学作品，因为语言的规范主要是通过作品传播开来的。"因此，必须纠正"在出版物中特别是文学作品中滥用方言的现象"。[②] 这次会议召开以后，推行共同语就成了基本国策。

一直作为左翼文坛重要领导人的茅盾，对待方言的态度在解放前后就有很大转变。30 年代他在与瞿秋白的论争中否定了瞿秋白所谓在大城市的工人中正在出现一种普通话的说法，但是，他并没有否定方言的价值。茅盾作为一个来自吴语区的作家对将北方话定格为新文学唯一正宗文学语言有很多不满。他在 1940 年关于"华南方言文学"的讨论中指出："广东、福建以及其他和北方话差异甚大的方言区的人们先得学习北方语或蓝青官话，然后能从事于新文艺的写作；甚或仅从书本子上'学习'新文学的'文学语言'，结果是，蓝青官话能'写'而不能口说，写的和说的

---

① 邢公畹：《谈"方言文学"》，《文艺报》1950 年第 2 卷第 1 期。
② 现代汉语规范问题学术会议秘书处编：《为促进文字改革、推广普通话、实现汉语规范化而努力》，《现代汉语规范问题学术会议文件汇编》，科学出版社 1956 年版，第 259—262 页。

依然分离，和从前流行文言的时代，一样情形。在他们手里，北方语（白话）竟成了新文言。""北方语，甚至蓝青官话，确有资格作为'文学语言'，谁也不能否认。但是，其他地区的言语，亦何尝就不具备作为'文学语言'的资格？"① 新中国成立以后，语言规范化成为压倒一切的任务，这个时候茅盾认识问题的角度变了，他对方言的看法也发生了很大改变。50年代中期，在"全国青年文学创作者会议"上，他曾专门谈到方言问题，他指出："有些作者为了某种理由而有意地多用方言、俗语。理由之一是使得作品富有地方色彩。我们不反对作品有地方色彩，尤其不反对特殊题材的作品不可避免地需要浓厚的地方色彩；但是地方色彩的获得不能简单地依靠方言、俗语，而要通过典型的风土人情的描写，来制造特殊的气氛。……另一个理由是想把方言、俗语来丰富文学语言。这是个值得讨论的问题。文学语言并不排斥部分的方言乃至俗语，但这并不等于说，一切方言、俗语都可成为文学语言。……我就看不出要把同一植物叫做'包谷'、'苞米'、'玉米'、'棒子'等等名儿对于丰富文学语言有什么好处。"② 在第三次文代会上，他又对周立波的多用方言提出批评，他说："作者好用方言，意在加浓地方色彩，但从《山乡巨变》正续篇看来，风土人情、自然环境的描写已经形成了足够的地方色彩，太多的方言反而成了累赘。"③

当然，新中国成立以后，政治形势的变化虽然挤压了方言的空间，但是并未彻底堵塞作家使用方言之路，以往许多支撑方言的因素并未消失。首先在政治、意识形态的层面，新中国成立后，大众的文化水平虽然有所提高，但是这种情况并未有根本改观；新中国成立以后，官方虽然不需要像在战争时期中用急功近利的方式动员大众，但文艺仍然是被作为对大众进行思想教育的重要手段，而要让人民大众喜闻乐见，方言仍然是很重要的资源。其次在文学层面上，方言的使用虽然与共同语相悖，在交流上也存在障碍，但方言在表现地域风情和人物心理方面又的确有不可替代的作用。另外，在实践层面，"十七年"作家使用方言还可以找到一个非常有效的、以退为进的策略：他们可以摒弃以往那种整体肯定"方言文学"的主张，而倾向于有限地、有分寸地使用方言，更多地强调提炼与改造。

---

① 茅盾：《茅盾文艺杂论集》下集，上海文艺出版社1981年版，第1213—1214页。
② 茅盾：《关于艺术的技巧》，《文艺学习》1956年第4期。
③ 茅盾：《反映社会主义跃进的时代，推动社会主义时代的跃进》，《人民文学》1960年第8期。

事实上，在新中国成立后官方最极端地强调推行共同语的文件中，也只是要求改造方言、一定程度上吸收方言，而并非将方言赶尽杀绝。这样当作家退守文学一隅，并将"改造"和"有限"使用方言作为"盾牌"时，他们就在新的语言体制下为方言找到了最后的生存与发展的空间。

周立波是一个在方言问题上思考最多，也在实践上一直坚持探索的作家。他在为方言辩护时采取的策略就是一方面在既有的理论架构中寻求合法生存的缝隙，另一方面就是在文学层面上说事，强调方言对文学的重要性，并且以退为进，通过强调"限制"和"提炼"，为方言寻求一块最后的保留地。1951年，周立波在为回应邢公畹而写的《方言问题》一文中就通过引述斯大林的话证明使用方言有限的合法性。他指出："斯大林说得对：方言习惯语和通行语是全民语言的支脉，并且服从于全民语言。采用方言，不但不会和'民族的统一的语言'相冲突，而且可以使它语汇丰富，语法生动，使它更适宜于表现广大人民的实际的生活。"另外他还指出："没有人提出'方言文学'的口号，但我们过去曾用方言来创作，来写农民，将来也会用方言创作，也还是要写农民的。"[①] 周立波同时也主张，使用方言要有所删除、有所提炼，防止方言的滥用。在《关于民族化和群众化》一文中，他进一步指出：方言"既不应尽弃，又不能全用。唯一可行的道路就是来一个批判的摄取"。"采用方言的作者，要尽可能地避免一些外地人们不懂的口语，但有一些富有表现力的辞儿，弃之可惜，应重复使用。用得次数多，不懂的人们也会懂得了。"[②]

在新文学史上方言问题十分复杂，支持和否定意见交织在一起，盘根错节，因此，即便新中国成立后出现了一些不利于发展方言的因素，但在政策夹缝中，方言仍有一定的生存空间。"十七年"作家也是在这样一个缝隙中借鉴方言资源，谋求文学语言的丰富与发展。

第二节 方言使用的新特点

因为时代环境改变，"十七年"作家使用方言变得更加谨慎，现代文学中常见的那种放任方言使用的情况已经很少见到。现代文学30年，创

[①] 《周立波文集》第5卷，上海文艺出版社1985年版，第543—544页。
[②] 同上书，第617页。

作环境相对宽松，作家语言的使用很少受到限制，即便在30年代大众语讨论中，方言文学受到否定，但是作家使用方言仍然有很大的自由度。其次那个时代普通话普及率很低，很多作家的口语都是南腔北调，他们即便想使用标准的普通话也不具备这个能力。再加上很多作家希望通过方言表现浓郁的地方色彩和生活气息，因而方言的使用还是比较普遍的，也缺少一个基本的底线。这种情况在现代乡土小说中可能更严重一些。一位研究者曾以湖南作家彭家煌为例说明现代文学中方言土语泛滥的情况，他指出："尽管彭家煌创作《怂恿》等方言乡土小说时，非常用心；但总起来看，彭家煌缺乏清醒的自觉的语言意识，尤其对方言土语进入文学文本问题缺乏理性的思考和从容的实践"，这导致其作品"方言土语的使用没有节制，过于泛滥，造成读者接受的困难。比如文本中'碌'（混），'乱幺'（乱搞），'颈根'（脖子），'咸服'（服气），'耳巴子'（耳光），'强梁'（称霸），'粪涨'（混账），'雅'（也）……词语，如果不是笔者加上注释，我相信大多数湘语区域外的读者是猜不出它们的语义的。"①

"十七年"因为时代语境的变化，绝大多数作家使用方言都非常慎重，许多人使用方言都是反复斟酌、拣选，将那些可能造成阅读障碍的词汇剔除在外。在"十七年"倡导方言用力最多、在实践中也是使用方言最多的周立波，按照想象他的有关文章应当大谈方言的价值，而实际上他谈得最多的是使用方言的慎重与节制，以及提炼方言的经验。他强调："在创作上，使用任何地方的方言土语，我们都得有所删除，有所增益，换句话说，都得要经过洗练。就是对待比较完美的北京的方言，也要这样。"②他在谈到《山乡巨变》的创作经验时，提到了三种方法："一是节约使用过于冷僻的字眼；二是必须使用估计读者不懂的字眼时，就加注解；三是反复运用，使得读者一回生，二回熟，见面几次，就理解了。"③周立波《山乡巨变》较多使用了方言，但是这部小说中没有出现放任使用的情况，作家使用方言是慎重和有节制的。

就"十七年"文学自身来说，方言的使用有这样几个明显特点。首先，来自不同方言区的作家使用方言有明显差异。一般来说，来自与北方官话区的作家和与官话相近方言区的作家使用方言明显偏多；而来自与北

---

① 董正宇：《方言视域中的文学湘军》，中国社会科学出版社2008年版，第230页。
② 《周立波文集》第5卷，上海文艺出版社1985年版，第545页。
③ 同上书，第662页。

方官话差异较大的南方方言区的作家，例如来自粤、闽和吴方言区的作家，使用方言则偏少。当代学者郜元宝在谈到现代文学中南北方言差异时提到过一个有趣的现象，即一个作家原有的方言与普通话差异越大，其在作品中使用方言就越少，而那些来自与普通话相近方言区的作家，使用方言反而越多。他指出："方言与官话、国语悬殊越大，来自该方言区的作者越不能依靠自己的方言，而不得不竭力创造或迁就当时的共同语或共同书面语。"他指出，现代文学史上一批来自吴语区的作家，像鲁迅、茅盾、钱钟书等都更倾向于使用共同语，来自闽、粤地区的作家也有相似的情况："康有为、梁启超说粤语、官话连光绪皇帝都听不懂，但他们的论文风靡天下，完全依赖文言文或白话文书写传统。"他认为："创造和维持与南北方言均保持距离的相对纯粹的现代文学书面语的作家，则主要是来自南方方言区，特别是江浙一带吴方言区。"在新文学史上较多地使用方言的主要是北方作家，原因是："其方言接近普通话，和普通话之间更有一条巨大的差异模糊的中间地带，这就使得他们在大致不违背普通话规范的前提下，适当引入对大多数普通话读者来说不太难懂的方言土语，而这是身处与普通话发音差别悬殊的南方方言地区作家所没有的便利。"[①]

作家生活地域不同影响其方言的使用在现代文学中普遍存在，这种情况在"十七年"文学中也得到了延续；然而现代30年，因为战乱频繁，作家流动性比较大，特别是抗战爆发后，又有国统区、解放区和沦陷区的区分，作家的地域性还不是非常明显，而新中国成立后，各省作家相对固定，作家生活地域与使用方言多少的联系就更加明显。

当然，方言在文学中的使用非常复杂，也不是说作家的方言区与普通话越接近，他们就一定更多地使用方言，因为方言与共同语之间有一个模糊地带，有的北方作家即便较多使用方言，在文本中也未必能很明显地显现出来。总起来说，应当是那些在语言上与普通话既有相似又有一定距离地区的作家，其作品给人的印象是更多地使用了方言。例如，20世纪70年代末好多省份都出版了新中国成立30年（1949—1979）本省作家的短篇小说选，辽宁、山西、河北、河南、江苏、四川、湖南等省份都有这类作品选出版。在这些选本中使用方言较多、给读者印象比较深的就是那些

[①] 郜元宝：《方言、普通话及中国文学南北语言不同论——从上海作家说起》，《文艺争鸣》2010年第19期。

来自四川、湖南和山西等省份的作家,其作品中明显较多使用了方言,作品的语言也显示了较鲜明的地域特点。①

其次,不同题材作品使用方言有明显差异。"十七年"革命历史题材、知识分子和工业题材作品使用方言偏少,农村题材的作品使用方言明显较多。在前面几种题材中,可能因为人物的地域特点不明显,作品使用方言就比较少。杨沫的《青春之歌》、杜鹏程的《保卫延安》、吴强的《红日》、欧阳山的《一代风流》、周立波的《铁水奔流》等都比较靠近标准语,而周立波的《山乡巨变》、赵树理的《三里湾》、柳青的《创业史》,包括一批农村题材的短篇小说都较多地使用了方言。这种差异在周立波身上表现最明显。周立波反映农村生活题材的《暴风骤雨》《山乡巨变》都较多地使用了方言,而写于两个作品之间的《铁水奔流》则较少使用方言。一位研究者在评价《铁水奔流》时还把这一条作为优点,指出周立波"扬弃了他过去创作中的某些缺点,如语言中夹杂着过多的生僻的方言土语等。"②

最后,文学作品中人物语言使用方言多,叙述语言使用方言则比较少。在文学作品中人物的地域特点主要是通过语言显示出来的。一个作品中如果所有的人物都讲普通话,其地域特点就很难体现出来。新文学史上很多作家都强调用方言在表现人物的地域特点。周立波就指出:"写对话时,书中人物是哪里人,就用哪里的话,这样才能够传神。要是你所写的是北京人,说上海话固然不行,说东北话也不大好。"他认为叙事语言倒不一定很多地使用方言,一些词语如果"普通话里有,而且也生动,在叙事里就不必采用土话。"③

拿"现代"和"十七年"文学做比较,现代作家使用方言虽然较粗放,但同时也收获了丰富和繁茂,现代30年涌现了像老舍、沈从文这样有效使用方言的大家。"十七年"作家使用方言虽然普遍比较节制和谨慎,但也略显单调,这个时期除了周立波、赵树理、柳青等使用方言有一定成绩外,多数作家对方言还是重视不够,这或许也是"十七年"文学语言整体显得比较单调的原因之一。

---

① 湖南话虽然属于南方方言,但是其中"新湘语"一直受到西南官话的影响,与西南官话很相近,而比较重要的湖南作家,像周立波等其方言就在"新湘语"的范畴。
② 林嫩:《读〈铁水奔流〉》,《读书月报》1955年第4期。
③ 《周立波文集》第5卷,上海文艺出版社1985年版,第545页。

第三编
新时期文学语言的流变

第一章　新时期中国小说语言流变论

在20世纪中国文学语言建设史上，新时期是一个比较特殊的阶段，它的特点可以在这样一个背景中看出来："五四"前后，汉语书面语经历了一次近乎脱胎换骨的变化，由于语言变化之大，"五四"以后许多深层问题并没有马上得到解决。例如，汉语书面语过分欧化和杂糅了许多文言和方言等，这些问题既是文学语言面临的问题，也是整个书面语共同面临的问题。在"五四"以后的很长时间里，中国作家主要是致力于解决语言建设的这些基本问题，他们只能将较少的精力用于对文学语言自身特点的探讨。而到了新时期，这个情况有了较大变化。这个时期与此前最大的不同是：汉语书面语的基本问题已经得到解决，各种杂糅的语言资源已经得到了有机的融合，这个时期作家可以安下心来解决文学语言自身的问题。例如，发掘和凸显现代白话文的诗性与文学性，拉开文学语言与日常语言的距离。如果说20世纪中国文学语言的建设整体上实施的是"分两步走"的战略，那么，20世纪前半叶，中国作家主要是致力于语言转型后的基本建设，解决自然科学、社会科学和文学语言共同面对的问题，而在新时期，作家才真正致力于文学语言自身的建设，解决"五四"语言转型以后诗性和文学性不足的问题。

新时期作家的探索在转向文学语言自身以后，一个重要的变化是语言的变革不再如"五四"时期那样由重大社会变革引发，其变革更多地源自文学内部，是在语言与文学的互动中产生的。也就是说，语言的变化与文学观念、形式技巧的变化往往具有同步性。从这个角度说，新时期小说语言的流变可以小说的发展变化为参照大致分成这样三个阶段："文革"结束至20世纪80年代中期（1976—1985）；20世纪80年代中期至20世纪80年代后期（1985—1989）；20世纪90年代和新世纪。本章拟对这三个阶段小说语言的特点分别做一个探索。

第一节　艰难的起步

新时期小说创作的第一个阶段，即从"文革"结束至80年代中期是旧时代的结束也是新时代的开始，文学承担了承上启下的任务，在文学语言史上它是一个转换期和过渡期。这个时期中国作家的首要任务是解除政治对文学的束缚和禁锢，清除"文革"文学的影响。

"文革"十年是中国历史上一个颇为特殊的时期，也是20世纪中国文学史中的一块"洼地"，这个时期的文学丧失了基本的独立性，成为政治的附庸。同时政治语言大量进入文学，文学的表述变成了政治表述，政治词汇泛滥，因为在语言层面政治词汇对文学词汇的置换，这个时期文学整体变得抽象、苍白，缺少基本的文学意味。"文学语言的极端主流化所导致的明显后果，是现代汉语失去了固有的想象、传神能力，变得似乎只能机械地复述主流语言，或从审美上证明主流语言的权威，而无法表现事物的丰富多样性和深层意蕴。"[1]

文学语言的发展具有很强连贯性和继承性，新时期之初从事创作的作家大都长期浸淫在"文革"的语境中，他们的思维方式和语言不能不深受"文革"文学的影响；同时，新时期之初出现的几个小说潮流：伤痕、反思和改革小说都还是沿袭了"文革"文学以政治为主题的传统——像伤痕小说仅仅是把以往的批"走资派"转换成批"四人帮"——这些作品的语言也必然带有浓重的"文革"色彩。卢新华的《伤痕》、刘心武的《班主任》、王蒙的《最宝贵的》、张洁的《从森林里来的孩子》等，"不仅都穿插着不少在今天读来索然无味的政治议论，而且还不约而同地在结尾处用了诸如'华主席为首的党中央'之类主流政治套语"。[2] 其后，在思想解放大背景下，中国小说的主题和题材首先经历了一个转变，例如，80年代中期崛起的寻根小说就将文学的话题由政治转向文化，在当代文学史上第一次实现了话题的转变，同时随着"文革"的远去，到了80年代初中期，中国文学开始逐渐摆脱"文革"语言的影响。

---

[1]　王一川:《中国形象诗学》，上海三联书店1998年版，第44页。
[2]　同上书，第45页。

当然文学的发展具有连贯性，新时期文学在摆脱了"文革"文学以后，也不是马上与世界接轨，走一条跨越式发展的道路，它更多的是续接"五四"文学的传统，包括"十七年"文学的传统。这个时期的作家大都从反映论角度认识文学与生活的关系，将文学视为生活的反映；生活被认为是第一位的，艺术技巧和语言自然就成了工具与手段。与"十七年"相似，这个时期很多作家也都认为文学语言最重要功能是真实、准确地表现生活，他们并非不重视语言，但一直把语言的意义限制在"工具"与"手段"层面，提高语言的途径则主要是向生活学习。从维熙曾指出："假如把生活比作为土壤，文学不过是它躯体上的花草和庄稼。一个辛勤的农民，一个培育花草的园丁，如果离开了土壤，无论他有多高的耕耘技艺，也将无所作为。"[1] 其后他说："由此可见，生活不但决定着作者所表现的题材，也决定着作者小说中的人物，甚至影响到语言、情节、风格。"[2] 与"十七年"相似，这个时期很多作家更强调向生活学习，重视语言的口语化，而把过多使用书面语视为弊端。陈建功指出："语言这玩意儿，其实完全是个人在生活中形成的某种表达方式。在我们的小说中，书面语言大量出现，……我觉得这样有损于艺术形象的塑造。应该提倡一种口语化的倾向，更明了一些，更朴素一些，更通俗一些。不见得用口语写小说就不深刻。"[3] 鲍昌也说过："从总的方面来看，文学作品的语言，应当是以人民群众的口头语言为基础，经过作家的提炼，加工，具有准确、鲜明、生动、富于形象性和艺术感染力特点的艺术语言。"[4]

当然，新时期是一个大开放、大解放时代，即便在70年代末80年代初，一些作家就已经感觉到时代潮流的脉动，不满足于恪守传统现实主义，力求在文学与语言两方面都有所超越，他们在探索中也取得了一定的成绩。这个时期作家在语言上的探索主要有两个路向，其一是在向西方现代派文学的借鉴中，努力实现语言的超越，力求摆脱"十七年"与"文革"小说语言的烦琐与僵硬，创造一种自由、洒脱的现代文学语言。在这个方面，王蒙具有代表性。在70年代末80年代初，王蒙艺术上一个大

---

[1] 彭华生、钱光培编：《新时期作家谈创作》，人民文学出版社1983年版，第276页。
[2] 同上书，第283页。
[3] 彭华生、钱光培编：《新时期作家创作艺术新探》，人民文学出版社1991年版，第269页。
[4] 同上书，第360页。

胆举措就是他较多借鉴了西方意识流小说的形式和技巧,他用人的意识活动结构小说,摆脱了线性叙事的僵硬,为了表现人物的瞬间印象,他甚至把语言碎片化,将一个词或词组作为独立的语言单位。李国涛在谈到新时期小说文体与语言的变化时就举了王蒙的例子,他指出:"王蒙在一九八〇年发表的《春之声》可以说是我们小说文体变化的'春之声'。'咣的一声,黑夜就到来了。一个昏黄的,方方的大月亮出现在对面墙上。'这种文体对八十年代第一年的读者来说,是非常新鲜而且奇怪的。这是我们很久以来在小说里没有见到的叙述了。一时,这成为王蒙式的文体。"在语言方面,李国涛注意到:王蒙小说中"短句,句号用得和逗号一样多。小说里的语言节奏表现出变动的生活,旋转的念头,跳荡的情绪,不连贯的感觉。"[1] 除王蒙外,茹志娟、谌容、宗璞等在语言上也都做了类似尝试。其次是在向古典文学的借鉴中,融合文言的语感与语气,努力实现语言的诗化和意象化。汪曾祺在80年代初创作的《受戒》《大淖记事》等小说的语言都充满了诗情画意,这是将文言的语感、语气融合进白话以后达到的极高境界。如何立伟所说:"他的文学语言,我以为是时下发表文字的作家中,艺术纯度最高的,完全是行云流水,完全是俯仰自如,看似极白,其实极雅,锤炼得不见任何的斧迹。"[2] 这个时期贾平凹、何立伟等也在这方面做了很多相似的探索。

第二节 在借鉴中创新

20世纪80年代中后期是新时期文坛最活跃的一个时期,这个时期中国作家开始大量学习借鉴西方现代派后现代派文学,马原、余华、格非、苏童、孙甘露等都进行了多方面探索与实验。与新时期初相比,他们最大的变化就是拒绝把文学视为生活的附庸和仆从,强调文学的自主性。就语言观念来说,先锋作家认同了西方作家语言主体性、本体性的观念,他们认识到,语言是人与世界之间唯一的媒介,人创造了语言,也生活在语言中,人的存在就是语言的存在。同时语言是一个独立的符号系统,语言与

---

[1] 中国社会科学出版社文学编辑室编:《小说文体研究》,中国社会科学出版社1988年版,第40页。

[2] 同上书,第50页。

世界的关系是任意的，语言的意义不是来自现实，而是在自身的差异中产生的；语言并非依附与现实；相反，现实倒是不确定的，人对现实的认识很大程度上受制于特殊的语言形式。受到这种观念的影响，很多先锋作家颠倒了语言与生活的关系，不再视语言为生活的附庸，不再将亦步亦趋地反映生活当作文学目标，在拒绝了对生活的依附以后，他们在本体论意义上将文学变成了真正的语言艺术，他们把语言颠倒、割裂、重置，用最极端的方式敲打语言，试探语言能够承受的可能与限度，在创作中，他们尝试了各种最极端的语言游戏。

苏童说："意识到语言在小说中的价值，大概是一九八六年左右或者更早一些，那时有一种非常强烈的意识，就是感觉到小说的叙述，一个故事，一种想法，找到了一种语言方式后可以使它更加酣畅淋漓，出奇制胜。"① 余华引用了李陀的一句话："首先出现的是叙述语言，然后引出思维方式。"其后他指出："我的个人写作经历证实了李陀的话。当我写完《十八岁出门远行》后，我从叙述语言里开始感到自己从未有过的思维方式。"② 当然，在如何突破传统语言观念的樊篱，让语言在创作中发挥关键的、能动的作用，每个作家认识并不相同。在这个问题上，余华更反感日常语言对作家思维的束缚。他认为，人的心灵中涌现的思绪、感情往往十分复杂，酸甜苦辣、五味杂陈，但变成语言以后，往往干巴巴的就那么几句话、几个词，他认为，这种概括"并非是内心情感的真实表达，它们只是一种简单的归纳"。从这种认识出发，他希望通过语言的创新与陌生化，将复杂的思绪和感情更真实、具体地表现出来。他说："要是使用不确定的叙述语言来表达这样的情感状态，显然要比大众化的确定的语言来得客观真实。"③ 整体来说，受西方现代文学的影响，新时期先锋作家大都开始高度重视语言，希望通过语言的创新实现文学的创新，将语言创新视作艺术创新的突破口。

当然，在创作中每个作家语言创新的方式都有所不同。余华喜欢制造一种表述方式的陌生化，对常见的场景他用怪异的方式予以表述。例如："现在出现了这样的事实，两辆自行车在我要进去的街口相撞。两个人显示了两种迥然不同的脱离自行车的姿态，结果却以同样的方式摔倒在

---

① 苏童：《纸上的美女——苏童随笔选》，人民日报出版社1998年版，第196页。
② 余华：《我能否相信自己——余华随笔选》，人民日报出版社1998年版，第163页。
③ 同上书，第168页。

地。"(《此文献给少女杨柳》)"新娘将脸盆放到桌子上时,两只红色的袖管美妙地撤退了。"(《世事如烟》)"门被打开后又被关上了,然后他们已经不再存在于屋内,他们已经属于守候在屋外的夜晚。"(《难逃劫数》)苏童喜欢通过违反语言日常逻辑创造诗意的效果。例如:"黄泥大路也从此伸入我的家史中。我的家族中人和枫杨树乡亲密集蚁行,无数双赤脚踩踏着先祖之地,向陌生的城市方向匆匆流离。"(《1934年的逃亡》)"许多年以后沉草身穿黑呢制服手提一口麂皮箱子从县立中学的台阶上向我们走来。"(《罂粟之家》)第一个句子中的"黄泥大路"是现实之物,而"家史"则是一个时间线索,说"黄泥大路"伸入"家史"中显然是一种诗意的表述。第二句中的"我们"是现在的读者,说一个历史人物沉草在许多年前向"我们"走来,其中显然有一个历史的"穿越"。孙甘露则更是抽空了语言的所指,他的叙述就是一种诗意的徜徉,在《信使之函》中他使用了很多这样的句子:"信是淳朴情怀的伤感的流亡。""信是私下里对典籍的公开模仿。""信是一种状态。""信是焦虑时钟的一根针。""信是耳语城低垂的眼帘。"这些句子都很难追问其确定的所指。

在80年代中后期,新时期先锋作家的激进、偏激的语言实验当然也有它的弊端,事实上,语言是一种公共符号体系,对语言的理解是建立在约定俗成的基础上,作家如果过分追求语言的新奇与陌生化会造成阅读的障碍。另外,小说是叙事的艺术,作家的主要职责还是在于叙事和讲故事,他不可能让每一个句子都变得新奇和陌生,特别是在长篇小说中,作家更不可能把主要精力都放在语言的创新上。但是,如果把先锋作家的语言实验放在中国当代文学的大背景上看,他们的探索和实验还是具有相当重要的意义。首先,先锋作家的语言探索提示了语言形式在文学创作中的价值和意义,对推动中国文学由单纯注重生活内容,向内容与形式并重发挥了重要作用。"五四"以后,中国作家受西方现实主义文学的影响,都过多地强调了生活内容在创作中的重要性,在"十七年"这种理论则被推到了极致,很多作家认为文学创作就是记录生活,因而作家的生活积累和善于在生活中发现问题就是作家要做的最重要功课,艺术形式完全被看作是一种附庸。"十七年"文坛上一直流行的那个口号:"有什么样的内容就有什么样的形式",就是这种观念最好的诠释。苏童曾经指出:"形式感的苍白曾经使中国文学呈现出呆傻僵硬的面目,这几乎是一种无知的悲剧,实际上一名好作家一部好作品的诞生在很大程度上有赖于形式感的成立。"他认为新时期先锋作家艺术实验的最大贡献就在于他们把一种形式感和形式意识植入了中国文学中。他说,经过80年代中期先锋作家的探索和实验,"现在形式感已经在一代作家头脑中觉醒",他认为:"马原和莫言是两个比较突出的例证。"① 其次,先锋作家的语言实验对矫正当代文学的语言观念发挥了重要作用。语言是文学的唯一媒介,在阅读中生活是不在场的,读者唯一能看到的就是语言,对一个语言拙劣的作家,语言会像一堵墙阻挡读者对生活的感受和认识,而在一个语言大师笔下,文学描写甚至能比生活本身显得更鲜活,给人留下更真实、明晰的印象。从文学史角度说,当代文学已经太长时间忽视语言的存在,在"十七年"官方一直倡导作家走进生活,熟悉生活,作家语言上的探究常常会被视为形式主义,当时很多人都希望语言最好是透明的,这样他们就可以把生活原封不动地放到作品中。正是因为文坛对语言的小觑,80年代以前当代文学的语言整体显得僵硬、老化和陈旧,缺少创新与活力。因为中国文学重内容轻语言形式的传统根深蒂固,新时期先锋作家的语言实验即便有些激进、偏执也是十分必要的,当时的文学正是需要用这种矫枉过正纠正人们对语言的忽视。语言的创新有不同层次,80年代中后期先锋作家那种让每一个句子都怪异、陌生化的探索固然过于偏执,但是,在常规的范围内注重语言的新异和陌生化,避免语言的烦琐与俗滥,注重某种风格的培养非常必要。

第三节 转型与提高

新时期先锋小说一个重要不足是,很多作家过多地模仿西方现代派后现代派作家的思维方式,以西方文学的标准取舍材料,这样就使文学创作和本土经验之间有一个脱节,本土经验不能在作品中直接得到表现,它在某种意义上只能充当填充物,这种创作方式生硬而做作,不可能有长久的生命力,因而80年代末先锋作家出现了一个集体转型。但是,先锋的转型并不意味着西方现代派后现代派精神从新时期文学中的淡出,它否定的

---

① 苏童:《纸上的美女——苏童随笔选》,人民日报出版社1998年版,第145—146页。

只是那种僵硬而做作的姿态,而不是这种探索精神本身。进入90年代,先锋作家秉持的那种形式主义信念与其说是消亡,不如说是扩散,它从原来仅仅影响一个很小的先锋团体扩散到影响新时期大部分作家。

经过80年代中后期先锋作家狂飙突进式的引领,进入90年代,作家在文学观念、叙事方式等方面有了很大变化。在90年代和新世纪虽然现实主义仍然是大多数作家使用的创作方法,但是,这种现实主义与新时期之初的那种"现实主义"已经有了很大不同,它已经受过现代主义、后现代主义的洗礼和染色。有的研究者把这种现实主义与现代主义的融合称为小说创作的"混沌化",其特点是:"现实主义的边界在扩大,显得更加包容和开放,现代主义技法对传统现实主义作家已并不陌生,很少有作品不混杂用上几种表达方式的,能用的都会用上,因此,大部分作品都不同程度具有混沌化特征。"[1]

在90年代和新世纪文学语言也发生了较大变化,其重要特点不仅是品质的提高,也出现了一个多元化倾向。这个时期作家不再恪守一种特点或风格,而是各尽所能,每个作家都根据自己的天赋、才情、审美趣味和各自的语言背景进行多方面的探索。因为文学的市场化,这个时期的语言当然也是优劣并存,品质优秀与粗制滥造的语言并存于当下的文学中,然而多数作家语言态度还是严肃的,而经过认真探索和研磨,他们的语言整体显示了较高品位。这个时期作家的探索主要有:

一　语言诗化的探索

语言的诗化是指作家像诗人创作诗歌一样使用语言,使语言具有诗的特点。这种语言不像日常语言那样直白、简单地叙事或诉说,只是干巴巴地传达信息,而是充分调动语言的各种潜能,通过隐喻、暗示和象征,力求创造"言有尽而意无穷"的效果。同时充分利用汉语的能指优势,让文字的形式、声音都充分发挥表意作用,因而这种语言就不仅仅是理性的、逻辑的,它同时也是形象的、抒情的,它五彩缤纷、众声喧哗,使用这种语言可以让生活的诗性更充分地体现出来,创造比生活更美的世界。新时期以来作家其实一直都在致力于诗性语言的创造,但还是在90年代和新世纪取得了更大成绩。

90年代以来,新时期作家对诗化语言的探索也有两个方向,首先是

---

[1] 晏杰雄:《新世纪长篇小说文体的混沌化》,《小说评论》2013年第4期。

学习、借鉴文言的资源，化用文言的句式、语气与语调，创造语意精练、言简意赅的修辞效果。新时期以来，学习文言一直是作家获取诗性的重要来源，汪曾祺、孙犁、贾平凹、何立伟等在这方面都做了很多探索。90年代以来，格非、苏童、蒋韵、阿袁等很多作家继承这个传统，也做了很多的探索。格非作为《江南三部曲》之一的《人面桃花》很典型地体现了这个特点。这部小说以陆秀米的生活为主线书写了晚清民初一些革命党人的生活。小说中的主要人物陆秀米、陆秀米的父亲陆侃、革命党人张济元、秀米的老师丁树则等都是旧时代的文人雅士，具有良好的文化素养；为了与人物身份相匹配，作者使用了一种精致、典雅、书卷气浓郁的语言，其主体虽然还是现代白话，但是融入了文言和旧白话的某些元素，语言风格更凝练、浑厚，显得古色古香。例如小说第一部分的最后，张济元即将离开陆家，陆秀米与他感情暧昧，两人都有意思又不便表达，同时秀米也知道张济元与母亲和翠莲都有感情纠缠，因而心情灰冷，这时她轻扣桌子上的瓦缶，其后有一段心理活动，作者是这样写的：

  她用手指轻轻地叩击着釜壁，那声音让她觉得伤心。那声音令她仿佛置身于一处寂寞的禅寺之中。禅寺人迹罕至，寺外流水潺潺，陌上纤纤柳丝，山坳中的桃树都开了花，像映入落日的雪窗。游蜂野蝶，嘤嘤嗡嗡，花开似欲语，花落有所思。有什么东西正在一寸一寸地消逝，像水退沙岸，又像香尽成灰。再想想人世喧嚣嘈杂，竟全然无趣。

  这一段话作为心理描写非常巧妙，它将人物的听觉、想象和感情活动融为一体，看上去是人物依凭听觉产生的想象，其实是将灰冷、失望的心情融入其中。就语言来说，它使用了一些文言的句式和词汇，也使用了一些在现代白话中比较少见的对偶句，并通过句子的"整""散"结合努力创造一种跌宕起伏的节奏。给人的感觉是古色古香，隽永含蓄，余味深长。

  90年代以来，中国作家追求语言诗化还有一个方向是立足现代汉语，创造语言的诗化效果。文言与白话是汉语两种不同的书面语，以往很多人认为只有文言具有诗性特点，而白话直白、寡淡，缺少必要的诗性内涵；然而事实上，现代白话经过近百年的建设，已经吸收了欧化语言、文言和方言之所长，已经是一种相当成熟的语言，现代白话已经包含了丰富的诗性内涵。同时文言距离现代渐行渐远，很多作家对文言已经相当生疏，因而新时期以来有很多作家在探讨语言诗化的过程中都不再依赖文言，而是立足现代汉语，寻找再建汉语诗性的可能。当然因为语体的差异，立足现代汉语创造的诗性语言已经不是那种句式短小、灵动，语意紧缩、言简意赅的语言，它更多的是通过具象的、感性的描写，充分利用现代汉语声、韵特点创造的一种形象的、隐喻的、抒情的语言。在90年代和21世纪，很多作家都在从事这个方面的探索，力求在现代汉语基础上重建汉语的诗性传统。在这个方面，林白的《致一九七五》就是很好的例子。

林白的《致一九七五》很大程度是一部实验性小说，它大胆突破了传统小说的观念，把传统小说一些最基本的元素都省略了。这部小说没有连贯的情节，基本线索仅仅是主人公李飘扬在返乡过程中的所见、所感和所想；除李飘扬外，没有贯穿始终的人物；同时小说具有很强的纪实性，主人公的回忆基本按时间展开，上部是她的童年和少年时代的经历，下部则是她青年时代下放农村的经历。作者抓住每一件事都有很多发挥，而推动叙事最重要的因素就是情感。小说的文字，除叙事外，议论、抒情也占了很大一部分。这部小说在叙事上很重要特点是借题发挥，作者总是抓住每一个话题做一番畅想，但语言很少是概括的、空洞的，而总是具象的、感性的，灵气十足，是那种形象的、隐喻的、抒情的语言。例如，谈到她童年的好友雷朵与文良波的爱情时，作者的表述是：

  恋人的神情永远藏不住。树叶不断地生长，花不断地开，没有什么能挡得住。他们的笑容跟别人不一样，迷迷蒙蒙，把睫毛都打湿了，却不知道水珠是从哪里来的，他们带着笑意，却与旁人无关，嘴唇是红的，额头是亮的，眼睛更亮，声音柔软，接近音乐。

作者写的是恋爱中的少女，但又不是实写，其中"树叶不断地生长，花不断地开"是暗喻爱情的发展，而"笑容"打湿了睫毛，更是无来由的畅想，接着作者还追问"水珠是从哪里来的"，其后的"嘴唇是红的，额头是亮的，眼睛更亮，声音柔软，接近音乐"则带有明显的夸张。

其后作者写道雷朵与另一个同学喻良的爱情，写到他们辞去工作靠种植为生时，作者想象了他们可能的生存方式，随后她有一个假设：

那就让他们种一片玉米吧，纯粹的、美的、有益的植物。宽大的叶子，头顶着红缨，饱满而结实，甚至也是多情的，诗意的。整个山坡种满了玉米，不需要太多的劳作，却绿叶红缨，蔚为壮观。我的朋友雷朵，她头戴大草帽，站在玉米中。

这段话写玉米也是暗喻她的朋友雷朵，然而这个描写是具象的、形象的，写出了玉米形状、色彩，使其如在目前。这个段落前半部分是动态的，然后突然停下来，写"我的朋友雷朵，她头戴大草帽，站在玉米中"，它由一个动态的讲述突然定格成一个画面；这种语言非常富有诗意。

二 语言民间化的探索

读者对文学的要求是多方面的，文学除了需要具有美的特点，还需要具有真实性、多样性等。换言之，文学被认为是生活的反映，除了美感它还被要求能够更形象、真实地反映生活。从这个意义上说，文学对语言的要求也是多样的，除了美感、诗性外，它还要求语言能够创造特定的乡土文化氛围。在90年代和新世纪，文坛上有很多作家在致力于书写乡土民间的生活，为了创造真实的乡土民间，他们也一直追求语言的民间化，很多人将民间化作为创造个人风格的主要途径。莫言在《檀香刑》中探讨了使用民间戏曲猫腔的唱腔结构小说的可能，其小说中语言中也融入猫腔词汇与语调；贾平凹的《秦腔》使用了很多商州地区方言土语，方言土语的使用构成了这部小说的显著特色；林白的《妇女闲聊录》则让来自湖北浠水的妇女木珍成为叙述者，小说的思维方式和语言都体现了民间化特点。而这个时期在语言民间化方面着力最多，也最有成绩的作家是刘震云。刘震云在2007年创作《我叫刘跃进》时就在探讨语言民间化的可能，而2009年在《一句顶一万句》中则把这种探讨引向深入。

刘震云创作一直有一个追求，就是说出与别人"不同的话"[1]，而在90年代和新世纪，凸显语言的民间性应当是他这个追求的重要方向。在《一句顶一万句》中，刘震云语言民间化的探索主要有两个方面。

首先是继承中国民间文学的传统，让作品的叙事与语言都更符合民间文学的思维方式与言说方式。《一句顶一万句》在结构上使用的是散点透视，小说的上下部"出延津记"和"回延津记"虽然各有自己的主要人

---

[1] 《杭州日报》2009年4月18日。

物，上部是吴摩西，下部是牛爱国，但是小说的叙事是开放的，在广阔时空中讲述了众多人物的故事。作者讲述人物的根据，与其说是人物是否重要、与主题的关联度，不如说是看他们是否有"故事"。小说的原则分明是有"故事"则长，无"故事"则短，这是一个由许多小故事连缀起来的小说。让"故事"成为主角这其实也是中国古代白话小说常用的原则。在语言方面，《一句顶一万句》走的也是传统小说的路子，它的笔墨主要都是用来交代故事的线索、记述人物的行为和话语。这个小说像很多古代小说一样，是对生活做了某种抽象，它写人物主要注重一个动态过程，着眼于人物的说话、做事，而人物的心理活动、环境背景都很少涉及。小说的语言是粗线条的，它大量使用名词和动词，较少使用形容词，句子成分方面则较少使用附加成分，句子通常短小、干练，符合口语的要求。另外，小说提供的画面是黑白两色，作者较少使用色彩词。然而作者正是通过这种省略，可以集中笔墨写故事，三言两语点出故事最精彩的部分，也可以集中笔墨写人物性格最突出的地方，在较短的篇幅中给读者留下深刻印象。

例如小说上部第三节写到老汪的媳妇银瓶，作者这样写她的性格："老汪嘴笨，银瓶却能说。……见到人，嘴像刮风似的，想起什么说什么。来镇上两个月，镇上的人被她说了个遍；来镇上三个月，镇上一多半人被她得罪了。""银瓶除了嘴能说，与人共事，还爱占人便宜。占了便宜正好，不占便宜就觉得吃亏。逛一趟集市，买人几棵葱，非拿人两头蒜；买人二尺布，非搭两绺线。夏秋两季，还爱到地里拾庄稼。拾庄稼应到收过庄稼的地亩，但她碰到谁家还没收的庄稼，也顺手牵羊捋上两把，塞到裤裆里。"这一段主要都是概述，但作者用了很短的篇幅，就生动写出了银瓶的性格特点。

刘震云的这种叙事方式明显具有中国旧白话小说特点，作者经过现代性改造让一种传统叙事方式重获新生。正如有的论者所说：刘震云在这部小说中重拾旧白话小说的传统，"并在借鉴传统的基础上进行了现代性的改写。在人物的肖像描写中，极尽白描之功。小说涉及人物众多，几乎每个人的出场，作家都用三言两语，便能突出人物的整体特点。"[①] 也有论者指出："大概从《我叫刘跃进》开始，刘震云已经隐约找到了小说讲述

---

① 贺彩虹：《试论刘震云小说〈一句顶一万句〉的"闲话体"语言》，《中国现代文学研究丛刊》2013年第6期。

的新路径，这个路径不是西方的，当然也不完全是传统的，它应该是本土的和现代的。他从传统小说那里找到了叙事的'外壳'，在市井百姓、引车卖浆者流那里，在寻常人家的日常生活中，找到了小说叙事的另一个源泉。"这位论者认为"《我叫刘跃进》的人物、场景和流淌在小说中的气息和它的'民间性'一目了然。但因过于戏剧化，更多关注外部世界或表面生活的情节而淹没了人的内心活动，好看有余而韵味不足。这部《一句顶一万句》就完全不同了……它确实更接近《水浒传》的风范或气韵。"[1] 在现代作家中，还有人看到刘震云与赵树理小说的相似。有人指出："试将赵树理的叙事话语和刘震云的叙事话语搁在一起，其总体风格的一致性不就昭然若揭么。一样的平实，一样的日常，一样的及物。"[2]

其次，刘震云还尽量融会了北方农村的方言土语。中国作家在方言问题上一直面临两难选择：大量使用方言会给不同方言区的读者造成障碍，导致部分读者阅读的困难；完全拒绝方言则无法表现人物、事态的"神理"，也无法显示地域特色、文化风情。当然方言问题对不同方言区的作家还有所不同，中国的北方方言与普通话相近，词汇基本相同，只是读音有一定差异，因而北方作家使用方言有更大优势。在新文学史上很多北方作家的作品看上去与普通话无异，但文字的背后还是能感觉方言的众声喧哗。事实上北方方言与普通话在句子、词汇使用方面还是有细微差异的，而这种差异反映的正好是语音的差异，同样的文字能读出不同的声音。在《一句顶一万句》中，刘震云较少使用豫北地区特殊的方言词汇，他的策略是在句式和词汇的措置中，尽量保存方言的语音与语气。

例如，同是上部第三节，小说写到老汪和银瓶有个女儿叫灯盏，是家中的老小，从小"调皮过人"，六岁的时候就敢骑骡子骑马，还满口脏话。其后不久灯盏因为调皮掉到一口大水缸里淹死了。灯盏刚刚死去时，老汪还没有太过伤心，但后来看到灯盏死前吃剩的一块月饼，看到月饼上小小的牙印，他悲从心来，甚至于不能再在老范家教书，于是找东家老范要辞去教席，其后他和东家老范有一番对话。小说这样写道："老范正在屋里洗脚，看老汪进来，神色有些不对，忙问：'老汪，咋了？'老汪：

---

[1] 孟繁华：《"说话"是生活的政治——评刘震云的长篇小说〈一句顶一万句〉》，《文艺争鸣》2009年第8期。

[2] 王春林：《围绕"语言"展开的中国乡村叙事——评刘震云长篇小说〈一句顶一万句〉》，《南京师范大学文学院学报》2011年第2期。

'东家,想走。'老范吃了一惊,忙将洗了一半的脚从盆里拔出来:'要走?啥不合适?'老汪:'啥都合适,就是我不合适,想灯盏。'老范明白了,劝他:'算了,都过去小半年了。'老汪:'东家,我也想算了,可心不由人呀。娃在时我也烦她,打她,现在她不在了,天天想她,光想见她。白天见不着,夜里天天梦她。梦里娃不淘了,站在床前,老说:'爹,天冷了,我给你披披被窝'。老范明白了,又劝:'老汪,再忍忍'。老汪:'我也想忍,可不行啊东家,心里像火燎一样,再忍就疯了。'"当老范再劝他时,老汪说:"东家,我也拿这当家。可三个月了,我老想死。"

在这个段落中,作者使用的方言词汇并不多,仅仅是"娃"(孩子)"淘"(调皮)"被窝"(被子),但是,有些句子与普通话还是有差异的,像疑问句"咋了?"在普通话应当是"怎么了?""啥不合适?"在普通话应当是"有什么不合适?"或"哪里不合适?"而"啥都合适"应当是"什么都合适",或"没有什么不合适"。这些句子、用词表面上差异并不大,但细读还是能感觉到声音的不同。

将方言土语用之于小说能够显示出浓郁的地域特色,特别是人物语言中使用方言首先就能将该小说的人物与其他地方的人物区别开来;同时方言土语主要是流行于社会底层,使用方言还可以给作品添加一层民间色彩。

三 对具有简洁、快捷特点的现代语言风格的探索

19世纪末20世纪初,随着现代派文学的崛起,西方作家的语言观念、文学观念也发生了很大变化。在语言方面很多作家意识到文学是语言的艺术,作家不必亦步亦趋地模仿生活,作家最重要的任务是表现自己对世界的感觉和感受,他们甚至可以根据自己的认识扭曲生活。在叙事方式上现代小说也由"讲述"转向"展示",要求作家退出小说,更多地让人物自己出来表演。而在第二次世界大战后登场的西方后现代派更将文学创作看作语言的游戏,很多作家认为文学是不及物的,他们割裂能指与所指的联系,在创作中醉心于编造语言的迷宫与叙事的迷宫。另外随着后工业时代的到来,生活节奏的加快,现代人已经没有耐心阅读古典时代那种包揽万象、百科全书式的作品。由于以上多种原因,西方很多小说有一个明显走向简化的趋势。这种变化包括:在结构上不再像传统小说那样非常笨重地照应起承转合,而是具有快节奏和跳跃性特点,有的作家借鉴电影的

蒙太奇手法，把许多碎片拼接起来。在叙事上这些作家或者仅仅表现对生活的印象，拒绝像现实主义小说那样给出生活的全景；或者纯粹采取"外视角"叙事，仅仅给出一些生活的片段，坚持"以行为说明一切"的原则。① 法国新小说派与美国"极简主义小说"就明显具有这种特点。而这些作家在结构和叙事上的这个变化也让小说的语言明显趋于简化，当作家摆脱了对因果、过渡的交代，摆脱了对事理缘由的解释评说，同时也摆脱了对事无巨细反映生活的承诺以后，其语言也变得轻盈、快捷，具备了简洁与灵动的特点。

进入90年代和新世纪有相当一批中国作家受西方现代文学影响，开始尝试使用充满现代特点的结构方式与语言策略。这些作家特别多地学习借鉴了法国作家杜拉斯的文体策略，在文坛上形成了一个"杜拉斯式"的传统，林白、陈染、海男、赵玫、赵凝、卫慧、棉棉、安妮宝贝、张悦然等都属于这个行列。

杜拉斯与传统作家一个很大不同是，她的小说不仅仅叙述一个故事或塑造几个人物，更重在思考人在生存中遇到的问题，例如生存的意义、生命的价值、身体与精神、灵与肉的关系等。杜拉斯小说的叙事很少按照时间顺序展开，她的小说放弃了传统小说的那种叙事的逻辑性和连贯性，常常是根据说明问题的需要，在广阔的时空中自由地选择材料。例如《情人》就是一篇讨论生命价值的小说，它最基本的框架是从一个生命即将逝去的老人的角度回望自己的青春年华，小说最重要主题是对青春的艳羡和赞美，也是对生命的艳羡和赞美；小说中那个恋爱中的少女经历的是一个女人一生中最美好的时光，也是一个生命闪耀发光的时刻。小说中那个少女的恋爱经历之所以那般美好和值得回味，是因为在一个老人看来，它已经永远地逝去，青春对所有的人都只有一次，不可能再一次经历；而小说所写的那种青春的美好又正好衬托了叙事人老年的感伤和悲凉。因而《情人》整体上是一曲青春与生命的挽歌，它既表达了对青春与生命的赞美，也表达了在生命之火即将熄灭时的惆怅与哀伤。

因为立足点的不同，杜拉斯的小说在结构与语言方面也与传统小说有很大差异，其小说的结构是立体的，也是对话式的。例如，《情人》前半部有一个中心就是"我"十五岁半在湄公河渡船上与中国情人相遇，然

---

① 虞建华：《极简主义》，《外国文学》2012年第4期。

而作者不断写到这个场面，又不断岔开，作者在"岔开"的叙事中补充了"我"的背景，"我"的母亲、两个哥哥，家庭遇到的各种不幸等。小说的叙事自由进入各个时间界面，也自由出入各种地点、场合。作为特殊结构方式，作者用空行表示意思的转换，有时一个长句子也可以独立成为一小节，小说的一节之内常常有很多小节。与这种结构方式相对应，小说的语言也是简略的、跳跃的，句与句之间有很多意思的省略。例如："15岁半。渡河。""她，我们，她的孩子们。她哭了。""我和她一起哭。我撒谎了。"

对很多中国女作家来说，杜拉斯既在张扬女权主义主题方面提供了示范，同时其小说在结构与语言方面也提供了一种新的可能。这种结构与语言是简洁的、快捷的、灵动的，充满了现代意味，它为新时期女作家书写个人经历，表达独特的经验与感受，从屈从男权的宏大叙事转向女性的私语化叙事提供了很好途径。因而在90年代和新世纪，杜拉斯在中国受到很多女作家的追捧。

安妮宝贝就非常喜欢杜拉斯的小说，在创作上也深受她的影响。在《重读杜拉斯》一文中她说自己"基本上是不喜欢看外国文学的人，因为不喜欢中文译者的某些风格"。但是，她"无法拒绝杜拉斯"，她说："她的两本《情人》是我喜欢的。比较偏爱的是纪应夫译的那本《来自中国北方的情人》。"她在文章中还写道："文字在杜拉斯的笔下，自由飘忽，她可以随意地变换人称，变换叙述的时间顺序，相同的是一种绝望的张力始终紧紧地绷在那里。"①

安妮宝贝的小说无论是主题、结构和语言都明显受杜拉斯的影响。安妮宝贝小说的"节"通常也比较短小，"节"与"节"之间用"空行"转换，段落也非常随意，有时一句话、一个字也可以独立成段。她大量使用句号，一个词组、一个字独立成句的情况很常见，这也增加了语言的张力。她的小说不是按照自然时序展开，而是在开阔的时空中自由转换，对一件事或一个人物她很少一次写完，而是不断地离开，又不断地回来。这样她就可以选取那些最"出彩"的场面与细节，用最"出彩"的语言予以描述，这样就可以更充分考虑语言的需要。安妮宝贝有明显的语言主体

---

① 安妮宝贝：《重读杜拉斯》，参见百度百科：http://baike.baidu.com/view/11821034.htm? fr = aladdin。

意识,她的作品也一直保持了一种风格,就是语言的明净、洗练同时又富于张力。她从来不会琐碎、绵长地讨论一个事情,而是在有了充分准备以后,用几句话,甚至一句话直击生活,让一个形象或场面呼之欲出。她甚至能用这种语言写出一个烦琐的过程。例如"1月30日。下午1点25分。从北京飞往昆明的4172航班。身份,苏良生。女性。居住地北京。身份证丢失。护照上的照片是25岁时拍的。越南髻。眼神坚定。穿一件藏蓝粗棉布上衣。"(《二三事》)安妮宝贝的创作明显不是被动接受生活,而是有很大的选择性,选择的标准就是可以创造特立独行的语言风格。

安妮宝贝的小说中就经常有种类似空间画面一样的场景:

  南生的黑眼睛,看着男人慢慢地穿过车流和拥挤的行人。他的蓝咔叽布像一片叶子轻微地颤抖着。背影沉默无言。马路对面的馒头蒸笼还在弥漫着腾腾热气,寒风把店的布幔吹得哗哗直响。隐约的吆喝声传过来:热馒头,刚出笼的热馒头……(《彼岸花》)

安妮宝贝的小说很多都是这种场景、场面描写的连缀,而其文字也大都是这种单纯、简洁的描写性文字。

  在20世纪中国文学语言建设史上,新时期是一个重要的阶段,如果说文学语言建设实施的是分两步走的战略,那么新时期承担的任务就是走好关键的第二步,即着重于文学语言自身的建设:拉开文学语言与日常语言的距离,通过探索与创新,在现代汉语基础上重建汉语的诗性传统。新时期文学已有近40年的历史,在这段时间里,中国作家做出了很大努力,也取得了相当丰厚的成绩。

第二章　新时期作家的代际差异与语言差异

新时期文坛上作家众多，他们因年龄、生活背景和教育背景差异在语言上也显示了诸多不同；探讨新时期文学语言的特点仅仅有宏观的描述是不够的，还应当深入到作家群的研究中，通过探讨不同作家群语言的差异，更深入地了解新时期文学语言的特点。在新时期作家的众多差异中，年龄差异是一个相当重要的因素，20世纪中后期中国社会仍然在剧烈变化中，年龄的差异会让他们的创作出现很大不同，因而他们的语言也显示了明显的代际差异。

新时期作家的代际差异近来已成为一个热门话题，人们比较多地谈论了各"代"作家的作品在主题、叙事上的差异。然而文学是语言的艺术，一个作品在主题、叙事上的任何差异都应当在语言中反映出来。换言之，如果新时期各"代"作家作品在主题、叙事方面的确存在差异，他们在语言上也一定存在明显的差异。

在以往新时期作家的代际差异研究中，研究者分出了"50后""60后""70后"等几代作家，但是文学语言与文学的主题、叙事还有所不同：语言具有更多的惰性和保守性，文学的主题和叙事的变动可以大起大落，但落实到语言上，它往往就是一小步。因而从语言角度研究新时期作家的代际差异，或许不能像主题、叙事研究那样把新时期几代作家分得那样细，应该更粗略和概括。新时期不同年龄作家语言的差异与他们的文化背景、文学观点和文学传承有非常密切的关系，从这个角度来看，新时期"50后"作家和其后的"60后""70后"作家之间的差别比较大，"60后""70后"作家之间的差异相对比较小，本章将重点讨论"50后"作家与其后作家在语言上的差异。

新时期作家语言代际差异的原因主要在于："50后"作家受传统影响比较大，有较强的历史意识，更习惯于从生活出发展开叙事，在写作中追求的是宏大、广博和真实性，因而语言整体上还是更多地继承了现实主义的传统，显示出厚重、丰富和多样的特点。而"60后""70后"作家价值观形成多在"文革"以后,同时又较多受西方现代派、后现代派的影响,他们的文学观和语言观都发生了很大变化:在文学观方面,他们的历史意识趋于淡漠,放弃了以文学表现历史的使命感,他们更多的是关注个人的内心世界,也更多地从个人的感受出发观照和表现外在的世界。在创作上他们不是"以重击重",而是"以轻击重",在放弃了对生活真实的承诺以后,他们的语言显示出轻盈、快捷的特点,显示了较强的形式意味,在表达效果上也更追求现代感与时尚感。

本章探讨三个问题:不同作家群体文学观的差异与语言的差异;语言资源的选择与语言的差异;语言代际差异产生的背景。

第一节 文学观的差异与语言差异

"50后"作家与"60后"作家年龄差异虽然只有10年,但这批作家在成长期遭遇"文革","文革"结束后,他们的思想观念已经趋于成型,因而在文学观念上与稍后的作家还是有很大不同。"50后"作家更多继承了由"五四"启蒙文学沿袭下来的现实主义传统,他们总是在历史框架中观照生活,也在其中搭建自己的文学空间。他们认为,人的命运受制于历史,人是历史环境的产物。很多"50后"作家都有明显的"大历史情结",他们承袭了传统现实主义作家的使命感、责任感和忧患意识,很多作家书写人物历史时总是习惯于联系当时的政治、文化背景,探讨生存的意义与个体生命的价值,对人物的行为做出道德的、伦理的评判。"60后"作家的情况就与"50后"作家有很大不同:"文革"时他们年龄尚小,"文革"结束后,他们中多数人获得了接受高等教育的机会,同时这些作家在80年代初又受到西方现代派、后现代派深刻的影响,价值观和文学观发生了很大变化。① 事实上,"60后"作家最早就是以"先锋"名

---

① 西方现代派、后现代派文学都在对传统价值观的反叛中崛起,现代派作家认为,人的内心世界比现实世界更真实,其创作最大的变化是从反映论转向表现论。后现代主义作家受到福柯、德里达、雅克·拉康等的影响,认为历史的连续性、因果性都是传统哲学以人为中心编造出来的谎言,历史是荒诞的,它本来就是一堆碎片,不仅历史是不可靠的,语言也没有最终所指,因而他们不仅拒绝了主题、深度这类文学的要素,甚至拒绝意义本身,很多人将创作变成一种语言游戏。

义现身文坛,余华、苏童、格非都是先锋文学最重要的作家。这些作家80年代中后期的创作大都是先在西方作家的作品中找到主题、思路与灵感,而他们自己的经历、经验不过是作品的"填充物"。与"60后"作家相比,"70后"作家甚至缺少观照和涉足历史的兴趣,这个年龄的作家缺少"文革"记忆,甚至缺少丰富的童年记忆。他们拥有的只有对当下生活的感触,因此他们的写作一开始就立足于当下生活,更多探讨都市人在凡庸生活中体验的各种人生况味。

新时期不同年龄段作家对待历史与生活态度的不同也使其叙事与语言出现了很大的不同。"50后"作家继承现实主义的传统,追求反映生活的深度与广度,在叙事方法上要求"按照生活的本来面目反映生活",因而他们大都推崇那种"以重击重"的叙事策略。用大量的细节表现生活场景、人物的行为与心理,通过对生活精雕细刻的描写反映生活深度与广度。这样,很多"50后"作家的作品,特别是长篇小说一般都是场景广阔、人物繁多、人物关系复杂。他们往往通过多种手法描写人物成长史,人物性格发展史,考辨历史环境对人物性格心理的影响,同时在人物与历史的关系中表现对重大历史事件和社会体制的评判。

当然,"50后"作家也曾受过西方现代派、后现代派的影响,他们的创作与传统现实主义作家相比还是有一定差别。例如莫言80年代的小说中就使用了魔幻现实主义和意识流手法,在新世纪的《生死疲劳》等作品中则使用了魔幻手法;史铁生使用了象征主义、意识流、荒诞手法等,他甚至还学习、借鉴了博尔赫斯的迷宫理论和技巧,在《毒药》《我之舞》《一个谜语的几种简单猜法》中尝试使用了迷宫的叙事手法。韩少功的《爸爸爸》《女女女》中则明显受拉美魔幻现实主义的影响,较多使用了寓言、象征和魔幻的手法。另外,贾平凹、王安忆、阎连科等作家也都使用了一些现代派手法。但是整体上说,"50后"作家还是受传统的影响比较大,如洪治纲所说:"大多数50年代出生的作家虽不乏一些现代主义叙事手法的尝试,但这种尝试基本上只局限在一些细节处理或视角选择上,如莫言的超验性感觉化描写,贾平凹的怪诞性细节处理,王安忆《长恨歌》中某些性本能的展示,方方《风景》中的死亡视角等,它并没有明确地介入人物的现代精神内部,特别是非理性的精神特质之中。因此，他们的叙事很少体现出某种鲜明的现代主义品格。"①

当"50后"作家从"大历史意识"出发追求反映生活的深度与广度，同时强调反映生活的真实性时，他们必然要涉足生活各个方面，用精确与细腻的叙事描绘场景、刻画人物、介绍情节的因果关系，因而其语言会更多地体现出厚重、丰富和多样的特点。所谓"厚重与丰富"是因为"50后"作家要完成预设的任务必须使用语言多角度、多层次，反复、全面地展开描述，需要语言具有一定的数量与密度。所谓"多样"则是因为他们的作品向现实敞开，而现实是多种多样的：在时间上有时代的不同，在空间上有地域的不同，人物则有阶级与阶层的不同；而时代不同会使语言有风格上的差异，地域不同会有方言的差异，人物的阶级、阶层的不同会有精英语言与大众语言的不同。在"50后"作家作品中，生活的丰富与语言的丰富和多样体现了一种对应关系，他们的文学策略很大程度也影响了其语言策略。

因对待历史与生活的态度不同，"60后"作家的叙事和语言与"50后"作家显示了很大的不同。"60后"作家受西方现代派、后现代派更深刻的影响，他们在放弃了"大历史情结"后，也放弃了面面俱到表现生活的要求。他们认为，叙事的巧妙可以收到事半功倍的效果，那种新奇的、陌生的、带有艺术趣味的语言形式比那种仅仅追求"真实""全面"的语言形式具有更好的效果，是语言中更高级的范畴。从这个角度出发，他们认为，80年代以前，中国文学一直有一个对形式感的忽略，而这个忽略是文学创作的一个重要缺陷。苏童曾指出："形式感的苍白曾经使中国文学呈现出呆傻僵硬的面目，这几乎是一种无知的悲剧，实际上一名好作家一部好作品的诞生在很大程度上有赖于形式感的成立。现在形式感已经在一代作家头脑中觉醒，马原和莫言是两个比较突出的例证。"② 因为形式感的觉醒，"60后"作家普遍重视艺术技巧的使用，他们也从西方现代派、后现代派那里借鉴了很多艺术技巧，其创作总是尽量避免对生活的"实写"，而是"以虚写实""以轻击重"。如毕飞宇所说："轻盈与凝重，是我对小说的理解，是我的小说理想。在根子上，我偏爱重，偏爱那种内心深处的扯扯拽拽。但一进入操作，我希望这种'重'只是一块地盘，

---

① 洪治纲：《新时期作家的代际差别与审美选择》，《中国社会科学》2008年第4期。
② 苏童：《纸上的美女——苏童随笔选》，人民日报出版社1998年版，第145页。

一种背景颜色。同时，我又希望我的叙述层面上能像花朵的绽放一样一瓣一瓣地自我开放。一瓣一瓣地，就那样，舒缓，带有点疼痛。"①

"60后"作家在语言上同样有不同认识，他们对传统的反叛就是从语言开始的。很多"60后"作家认识到，语言有自己特殊的规律，它是本体而非仅仅只是工具和媒介，生活并不在语言背后，而是就在语言之中，文学是真正的语言艺术，那种经过精心提炼、具有新奇、陌生和艺术趣味的语言往往能够收到以一当十的效果，而平庸的、大众化的语言不仅不能唤起读者对生活的感觉，倒是可能遮蔽生活的。余华曾指出："日常语言是消解了个性的大众化语言，一个句式可以唤起所有不同人的相同理解，那是一种确定了的语言，这种语言向我们提供了一个无数次被重复的世界，它强行规定了事物的轮廓和形态。因此当一个作家感到世界像一把椅子那样明白易懂时，他提倡语言应该大众化也就理直气壮了，这种语言的句式像一个紧接一个的路标，总是具有明确的指向。"② 从这种观念出发很多人认识到，真正具有现代意识的作家不应当笨拙地跟在生活后面，仅仅以语言的数量取胜，而应当更多地在语言上下功夫，通过语言的创新谋求事半功倍的效果。因为观念的转换，很多"60后"作家在实践中也较多地用轻盈、快捷、更具有形式意味的语言代替那种原生的、素朴的语言，这种转换并非艺术上的"取巧"，而是实现了语言观念转变后一种新的艺术选择。

从创作实践看，"50后"与"60后"作家的差异可能更明显一些。以阎连科的《日光流年》和余华的《许三观卖血记》为例，这两部长篇小说或者出卖皮肤或者卖血，都有舍弃身体中珍贵部分济困的内容，但是，文学观的差异使它们的语言显示较大不同。《日光流年》是通过丰富的生活凸显主题，小说从一条主线放开去，包揽了丰富多样的生活，而作者对每一个细节都予以充分的刻画，让生活化的语言涨满所有空间。小说第二十三章，作者在写到司马蓝卖皮时，仅割皮的一个细节就用了很长的篇幅：趴在手术台上的司马蓝甚至注意到："地上擦得洁洁净净的水泥地板上的一条黑色裂缝，弯弯曲曲从精廋护士的椅下伸到手术台下了，细微处如法丝一样舒展着。"对切皮的过程，作者主要写司马蓝听到的声音，

---

① 张钧：《小说的立场——新时代作家访谈录》，广西师范大学出版社2002年版，第120页。
② 余华：《我能否相信自己——余华随笔选》，人民日报出版社1998年版，第167页。

他打了两个比方说明这种声音,其一是这个声音与司马蓝熟悉的剥兔子皮、羊皮的声音不同。"剥兔皮、羊皮那声音是红得血淋淋、热辣辣,有一股生腥的气息在房前房后丁丁啮啮流动着走。而这切皮的声音却薄得如纸,呈出青白的颜色,有一股寒瑟瑟的凉,如是一块透明的薄冰。"另外,这个声音又使司马蓝想起割韭菜的声音:"吱啦吱啦——吱啦的响声中,都有一些青颜色。他很奇怪,他一个活生生的人趴着,那刀子却把他的腿皮割下了,生楞硬硬没有流出一点血。"

《许三观卖血记》则使用了明显不同的语言策略。《许三观卖血记》写到许三观从青年到老年的经历,时间跨度并不少于《日光流年》,人物虽然没有《日光流年》那样多,然而围绕着许三观还是有不少人物。但是,余华没有复述生活的兴趣;相对于生活的"精彩",他更喜欢语言的"精彩"。在小说中,作者没有把生活铺展开、面面俱到涉及生活各个方面,小说中所有的情结、场面都是精选的。而在叙事中,作者对每一段文字都精心推敲、打造,力求让每一段文字都体现出独特的审美特点,或反讽、调侃,或幽默、风趣。作者总是力求让语言成为独立的审美对象,而不仅仅是表现生活的工具和手段。例如,作者写许三观向许玉兰求婚的过程,就仅仅写一个他们在饭店吃饭的场面,而作者想突出的也是某种反讽和逗乐的效果:许玉兰在不认识许三观的情况下接受了吃饭的邀请,在吃饭的过程中,许玉兰吃了一客小笼包子以后,接着要一碗馄饨,吃完馄饨以后要话梅,吃完话梅又要糖果,吃完糖果再要了半个西瓜。许玉兰所有食物吃完,结账以后,许三观马上就提出要许玉兰嫁给他,整个过程充满了喜剧色彩。余华选取语言的标准明显不是真与不真、与生活的像与不像,而是新奇、陌生、有趣味。小说第九章,许玉兰到何小勇家讨要医药费,她不仅没有要到钱,还遭到辱骂、殴打,回家后大哭不已,她的三个儿子轮流过来劝慰。这一段小说是这样写的:"一乐、二乐、三乐听到母亲的哭诉,就跑回来站在母亲面前。一乐说:'妈,你别哭了,你回到屋里去。'二乐说:'妈,你别哭了,你为什么哭?'三乐说:'妈,你别哭了,何小勇是谁?"然后是邻居过来劝慰:"邻居们说:'许玉兰,你别哭了,你会伤身体的……许玉兰,你为什么哭?你哭什么?'"这一段中人物的语言与生活语言明显有出入,在生活中人物不会这样整齐地说话。在这儿,作者用的是审美标准,而非真实性标准,考虑更多的是语言的修辞效果,而非语言是否符合生活,他要用语言的美置换语言的真。作者的目的是用艺术上的"重复"创造新奇、幽默、调侃的效果，同时也创造一种语言的节奏感。

在叙事与语言策略上，"70 后"与"60 后"作家有很多相似之处，也更强调叙事的技巧性和语言的形式感，差别仅仅在于，"70 后"作家更注重表达个人感受，迷恋都市经验的传达，着眼于平凡生活与日常小事，注重细节刻画。在语言上仍然强调轻盈、快捷，同时追求语言的现代感和时尚感。鲁敏的长篇小说《六人晚餐》就充分体现了视角的个人化、叙事的技术化和语言的轻盈、快捷，善于刻画细节等特点。小说以 20 世纪八九十年代一个城市的工厂区为背景，描写了一个"组合"家庭两代人、六个成员的生活。在小说中，国有企业改制以及随之带来的变化只是背景，作者集中表现的是在社会巨大压力之下，六个家庭成员扭曲了的"情"和"欲"。为了集中表现"情"与"欲"的主题，作者选取了很有现代感的结构方式：小说分为六章，每章集中写一个人物，这样作者就是从六个人的角度复述了同一段生活。小说虽然使用的是第三人称叙事，但是每一章都主要是从人物的视角观照生活，这样作者就可以把人物的"看"和"想"更集中地表现出来。使用了这种结构和叙事方式以后，作者无须过多考虑小说起承转合以及生活背后的因果缘由，小说可以集中刻画生活的事与人物心理。在《六人晚餐》中，鲁敏充分发挥了她长于细节描写的才能，她能用非常简略的描写唤起读者的记忆与想象。张清华在评价这部小说的语言时指出："在如此简省而敏感的笔墨中，鲁敏把她的人物与环境融于一体，并且使之各得其所、栩栩如生。某些情形下，她的笔墨简直达到了内外互现、形神兼备的'语言的点彩'程度。"①

第二节 语言传统的传承与语言差异

一个作家语言习惯的形成与其继承的传统和选择的语言资源有很大关系。"50 后"作家继承的是中外文学史上的现实主义传统，语言资源则主要是本土的、民间的，包括口语方言和各种民间艺术；而"60 后""70

---

① 张清华：《浮世绘、六棱体或玻璃屋——关于鲁敏〈六人晚餐〉的几个关键词》，《当代文坛》2013 年第 2 期。

后"作家更多地继承了西方现代派和后现代派传统,他们也主要把西方现当代文学当作主要语言资源。

读书对一个作家的价值观、文学观和语言习惯的培养都有重要作用,某种文学传统往往在读书中得到承传。"50后"作家求知的旺盛期在"文革"中,这个时期现代派作品还很难见到,他们的阅读视野主要是中外现实主义作品。莫言认为,影响他语言风格建构的主要有四个因素,即红色经典、民间文学、外国文学和中国古典文学。① 其中,他特别强调红色经典对他的影响。他说:"我们都是读着红色经典长大的","我首先应该承认,我读了很多的红色经典,红色经典的语言肯定对我有影响"。他说:"我在解放军艺术学院学习时,接触到山东作家冯德英的小说《苦菜花》,它对我创作《红高粱》有很大影响。"② 莫言读过的红色经典除了《苦菜花》,还有《林海雪原》《青春之歌》《平原烈火》等,外国文学则有《战争与和平》《安娜卡列尼娜》《约翰克里斯朵夫》等。阎连科说在中学读书"只是痴迷于阅读那时能够找到的革命小说,如《金光大道》《艳阳天》《野火春风斗古城》《青春之歌》,还有《烈火金刚》和《林海雪原》等"。③ 范小青说:"在我小的时候,书很少,早年的《红旗谱》《青春之歌》《欧阳海之歌》《艳阳天》等作品都给了我很大的影响。他们对我的写作的影响是潜移默化的,渗入到骨子里。"④ 王安忆提到托尔斯泰、屠格涅夫、高尔基对她的影响。⑤ 铁凝提到的作家,除托尔斯泰、屠格涅夫、高尔基外,还有罗曼·罗兰、陀思妥耶夫斯基、普希金、普宁、契诃夫、福楼拜、雨果、歌德、莎士比亚、狄更斯、奥斯汀、梅里美、司汤达等。⑥

改革开放后,现代派、后现代派作品大量翻译出版,"50后"作家本来有机会补上这一课,但是,人的大脑并不是一个仓库,可以随进随出,事实上,一个人早年的经历和阅读会构成一种特有的趣味,这种趣味一旦

---

① 王尧:《在汉语中出生入死——关于汉语写作的高端访谈》,春风文艺出版社2005年版,第51—52页。
② 莫言:《我的文学经验:历史与语言》,《名作欣赏》2011年第10期。
③ 阎连科:《我与父辈》,江苏人民出版社2012年版,第14—16页。
④ 范小青:《关于成长和写作》,《小说评论》2010年第5期。
⑤ 王安忆、张新颖:《王安忆、张新颖谈话录》,广西师范大学出版社2008年版,第27页。
⑥ 铁凝:《对我影响最深的两本书》,《秘书工作》2009年第6期。

形成就会产生特有的阅读取向。王安忆在一次采访中,被问到"文革"时期是否阅读了西方现代派作品时,她的回答是否定的;她说自己非常喜欢读西方的作品,但读的只是现实主义,因为当时现代派作品缺少翻译,基本未能读到。当被问到"文革"后是否读到这类作品时,她的回答是"不多"。关于原因,她的解释非常有趣,她说:"我好像在那个少年时代形成了一个阅读的基础,像一个堡垒一样的,我对后来的东西有一点排斥,好像有种抵抗力了,挺奇怪的。"然后她明确地说:"其实读书就是教养的培养,教养还是从小培养起,你大了以后水都泼不进了。"[①] 当然,不能说所有"50后"作家都排斥西方现代派,但是现实主义在他们心中根深蒂固,他们早年接受了现实主义,成年以后就很难再实现从现实主义到现代派的整体移位,他们也很难像"60后""70后"作家敞开胸怀接受现代派、后现代派。阅读的拒斥或许正是"50后"作家的创作较少接受现代派、后现代派的主要原因。

  作家对文学的印象主要是在读书中建构的,大量阅读中外现实主义经典对"50后"作家的影响是巨大的,这些作品提示了文学与历史的关系、作家应有的政治与道德立场、他们应有的责任感和使命感,以及文学反映生活的方式,包括叙事人称、视角、结构和语言等。其中特别需要提到的是红色经典对这些作家的影响,因为,除现实主义的一般原则外,红色经典还把中国传统文学特有的忧患意识,强烈的政治、道德意识,以及带有民族特点的写作方式传承给作家。莫言在谈到《红高粱》等带有新历史主义特点小说的创作时就提到《苦菜花》等作品的影响。他说:"我写《红高粱》一类的所谓'新历史主义'小说,应该被看作'文革'前红色经典的自然发展延伸,我也曾非常坦然地说过,与其说写《红高粱》是受了西方的、拉美的或者法国新小说派的影响,不如说是受到了我们红色经典的影响。"[②] 他说:"我从《苦菜花》中得益很多。如果我没有读过《苦菜花》,不知道写出来的《红高粱》是什么样子。所以说'红色经典'对我的影响是很具体的。"[③] 从莫言这个例子来说,"50后"作家虽

---

  ① 王安忆、张新颖:《王安忆、张新颖谈话录》,广西师范大学出版社2008年版,第30—31页。
  ② 莫言:《我的文学经验:历史与语言》,《名作欣赏》2011年第10期。
  ③ 王尧:《在汉语中出生入死——关于汉语写作的高端访谈》,春风文艺出版社2005年版,第29页。

然拒绝了红色经典中狭隘的政治意识,但是,继承了它的大历史情结,强烈的政治和历史责任感,文学切入历史与生活的角度,以及全景式展示生活的视角与方式。

在语言方面,这种传承关系也是很明显的。传统现实主义从再现论出发,一向主张精雕细刻地描写生活,以创造某种"似真性"效果,而这种语言必然具有厚重、丰富和多样的特点。别林斯基曾高度评价果戈里的语言艺术,认为:"果戈里不是写,而是画;他的描绘呈现出现实世界的奇颜丽色,你能看到和听到它们,每个字、每个句子都清晰地、明确地、浮雕般地表现着他的思维。"① 高尔基认为:"短篇小说,一切必须写得像浮现在读者眼前一般,"要像画家那样,"生动地、浮雕似的描写人物和故事,要画得像现在就要从画面里跳出来一般。"② "五四"以后,中国作家继承了西方现实主义文学的这个要求,把真实、细腻的细节描写当作现实主义文学的主要原则。茅盾曾指出:"文学的作用,一方面要表现全体人生的真的普遍性,另一方面也要表现各个人生的真的特殊性,他们以为宇宙间森罗万象都受一个原则的支配,然而宇宙万物却又莫有二物绝对相同。世上没有绝对相同的两匹蝇……"③ 在新时期,"50 后"作家也继承了现实主义传统,他们是"以重击重",用对生活"实体"性的描绘建构多样的文学世界。关于这个问题,他们也有很强的自觉意识。在一篇访谈中,一位对话者提到张炜文学语言的特点时,认为他虽然"崇尚简单、朴素的写作",但其小说"无论是语言,还是结构,包括故事的设计,都会读出一种繁复之美"。在他的散文中,"为了加强辨析,有时也会有一些缠绕和往复。"对这个问题,张炜的回答是:"极简主义不是一种朴素,而是一种风格和方法。朴素是追求真实(真理)的需要,而表达和接近真实,有许多时候是不能'极简'的,这时候'繁复'就成了一种朴素,也是走向最大的'简单'了。为了追求一种风格而丧失了真实,这就不是朴素也不是简单,而是人为的复杂化了。"④

---

① 别林斯基:《在书店里偷听到的谈话》,人民文学出版社 1982 年版,第 322 页。
② 转引自李润新《文学语言概论》,北京语言学院出版社 1994 年版,第 16 页。
③ 严家炎:《二十世纪中国小说理论资料》第二卷,北京大学出版社 1997 年版,第 234 页。
④ 张炜、傅小平:《是需要谈论 19 世纪批判现实主义的时候了》,《南方文坛》2014 年第 2 期。

除学习、借鉴中外现实主义语言传统外,"50后"作家还比较多受到民间语言的影响。莫言谈到语言资源选择时说:"我想,对我影响最大的实际上还是民间的语言。""民间的语言,它实际上是非常丰富的,而我们现在规范的书面语言,其最早源头肯定也都是来自民间。我想,在作家写作的过程中,如果排除掉了民间的生动、活泼、不断变化的语言,那么,就好像是一个湖泊断掉了它外边活水的源头,我们只有不断地深入到民间去,注意学习和聆听活在老百姓的口头上的这种生动语言,才能使自己的语言保持一种新鲜的活力。"① 莫言说自己小学五年级辍学回家,曾痛苦不堪,但后来感觉倒是一种幸运:"正是因为这样,我才能在很小的时候,就跟村里的人们混到了一起,无意当中了解到了这种民间语言的丰富,也跟身边的叔叔、大爷、乡亲们学会用民间的语言来表现自己的乐趣,并获得叙述事物的这种能力。"② 阎连科认为,自己的语言受到民间戏曲的影响,他说:"说到民间,我想先谈一下戏曲和我的文学创作的关系。有人也提出这个问题,说我的语言节奏变化很有一种戏剧的感觉,有一种唱词的感觉。实事求是地讲,我对戏曲是非常感兴趣的,胜过对流行歌曲的喜欢。"他说:"河南的豫剧对我的影响还是非常大的,我一句豫剧都不会唱,但每个星期天的晚上我都会坐在那里看豫剧。"③

民间语言对"50后"作家的影响主要有两个方面:

首先,他们的作品中比较多地吸收了来自民间的方言土语。很多"50后"作家把吸收方言土语作为语言个性化、生活化的重要途径,在莫言、张炜、王朔、铁凝、李锐、阎连科、刘庆邦、贾平凹、杨争光、王安忆、范小青、韩少功、何顿的小说中都可以看到方言土语的活跃。贾平凹的语言一向都是在白话中杂有文言和方言成分,特别在《秦腔》中,作者为了表现"鸡零狗碎的泼烦日子"更是较多使用了方言。作者明确意识到要表现陕南农村的原生态,最重要的手段就是使用原生态语言,而这个语言的原生态其成分中就包括方言,他也明确指出,《秦腔》的语言基础是"陕西的民间语言,关中地区和陕南的"。④ 《秦腔》

---

① 莫言:《我的文学经验:历史与语言》,《名作欣赏》2011年第10期。
② 同上书。
③ 阎连科:《感谢祈祷》,人民日报出版社2007年版,第376页。
④ 贾平凹、王彪:《一次寻根,一曲挽歌》,《南方都市报》2005年1月17日。

中使用了很多方言词汇，像厦房、辣子、浆水、醋水、尿水、尿下、娃娃、过事、嚓口、啬皮、牺惶、日弄人、日娘捣老子、一勾子烂账、变脸失色。特别是作者大量使用了方言的句式和语气词，生动还原了方言的语调。像"该去西街接客人呀。""婶子，恁热的天还不下机子。""刘叔，刘叔，到打麦场去呀不？"

其次，有些作家还在语言中吸收了民间戏曲成分。莫言的《檀香刑》就整体借鉴了山东高密地方戏"猫腔"的唱腔，小说"凤头部"、"豹尾部"都用了与猫腔对应的强调，例如"眉娘浪语"的"大悲调"，"赵甲狂言"的"走马调"等。小说多处使用了类似戏文的语言。小说第一章赵眉娘在她爹赵丙闹义和团下狱以后有一段自白抱怨她爹做事的荒唐，小说是这样写的：

> 爹，你这个老不正经的，你扔了四十数五十的人了，不好好地带着你的猫腔班子，走街串巷，唱那些帝王将相，扮那些才子佳人，骗那些痴男怨女，赚那些大钱小钱，吃那些死猫烂狗，喝那些白酒黄酒，吃饱了喝足了，去找你那些狐朋狗友，爬冷墙头，睡热炕头，享你的大福小福，度你的神仙岁月，你偏要逞能，胡言乱语，响马不敢说的话你敢说，强盗不敢做的事你敢做，得罪了衙役，惹恼了知县，板子打烂了屁股，还不低头认输，与人家斗强，被薅了胡须，如同公鸡被拔了翎子，如同骏马被剪了尾巴。

这段话格式整齐、音韵抑扬起伏，明显是模仿旧戏文的语言，整个《檀香刑》的语言都或多或少地受到了民间戏曲语言的改造。《檀香刑》在语言上具有明显的实验性，这种语言与莫言一贯的语言风格有明显不同。

在阎连科的《日光流年》中则能看到豫剧影响。例如《日光流年》开头有一句话："嘭的一声，司马蓝要死了。"阎连科在解释他为什么这样措辞时说："在河南的豫剧里，形容一个人倒地死掉就是突然的一声锣声，的确是'嘭'的一声，一个演员就倒在地上了。"他说："我会不自觉地运用到小说中去。"

"50后"作家向民间语言学习的策略使他们能够超越知识分子的小圈

子，走向历史、走向民间、走向社会的各个阶层，使语言更具有丰富性和多样性。

因时代的快速变化，"60后"作家对传统的承传就与"50后"有很大不同。"60后"作家中年龄较长的在"文革"中也读过一些传统小说，余华自述70年代初曾读过一些"文革"小说：《金光大道》《牛田洋》《虹南作战史》《新桥》《飞雪迎春》《闪闪的红星》等。① 但是这些阅读没有对他产生很深影响，后来他明确说过："像我这一代人是在没有文学的环境里成长起来的。当我成年以后，我开始喜爱文学的时候，正是中国对文学解禁的时代。"② 这明显是要说明，他在"文革"时期有过阅读，但那个阅读对他没有影响。毕飞宇说："我生于1964年……在我最早阅读文学作品的岁月里，我所读的就是后来被称为'伤痕文学'的那一类。"③ 李洱也说："我真正开始系统阅读小说，是在上大学以后。八十年代的华东师大，有一大批文学信徒。……我曾说过，大学才是我真正的文化童年。"④

"60后"作家"文革"中年龄尚小，虽然读过一些红色经典和西方现实主义文学，但影响不是很大，他们对文学的认识主要是"文革"后，特别是80年代在阅读中逐渐建构起来的。余华说，他1982年迷上川端康成，随后4年，他"阅读了译为汉语的所有川端的作品。"1986年，阅读卡夫卡对他产生了更深刻的影响，他说，"在我即将沦为文学迷信的殉葬品时，卡夫卡在川端康成的屠刀下拯救了我"，"使我在三年多时间里建立起来的一套写作法则在一夜之间成了一堆破烂。"⑤ 苏童对文学的沉迷是从大学时代开始的，这个时代很多西方作家的作品都给他留下了深刻印象。苏童曾这样描述他读博尔赫斯的感受："大概是一九八四年，我在北师大图书馆的新书卡片盒里翻到这部书名，我借到了博尔赫斯的小说集，从而深深陷入博尔赫斯的迷宫和陷阱里。一种特殊的立体几何般的小说思维，一种简单而优雅的叙述语言，一种黑洞式的深邃无际的艺术魅力。"⑥

---

① 余华：《我能否相信自己——余华随笔选》，人民日报出版社1998年版，第210页。
② 同上书，第192页。
③ 毕飞宇、汪政：《语言的宿命》，《南方文坛》2002年第4期。
④ 魏天真、李洱：《"倾听到世界的心跳"——李洱访谈录》，《小说评论》2006年第4期。
⑤ 余华：《我能否相信自己——余华随笔选》，人民日报出版社1998年版，第92页。
⑥ 苏童：《纸上的美女——苏童随笔选》，人民日报出版社1998年版，第157页。

当然，还有塞林格、纳博科夫等，这些作家都对他的创作产生了深刻影响。"60后"作家更多受西方文学影响，特别是现代派后现代派文学。韩东说过："我们这代作家，最直接的影响来自翻译小说。大量的阅读刺激了我们的神经、激动了我们的血液，使我们产生了写作的冲动。"① 李冯说："我知道我们吃的都是欧美人的奶，在小说这种形式上都没有那种所谓的根。"② 他甚至表示："关于受外国作家的影响，其实可以反过来说，我几乎没有受过中国作家的影响。"③

受西方现代派、后现代派的影响，"60后"作家颠倒了生活与艺术的关系，很多人沉迷于叙事的精巧与语言的新奇，力求用轻巧、快捷的现代叙事代替简朴但略嫌笨拙的传统叙事。汪晖在谈到余华小说叙事特点时指出："在当代中国作家中，我还很少见到有作家像余华这样以一个职业小说家的态度精心研究小说的技巧、激情和它们创造的现实。……他对语言、想象、比喻的迷恋成为一种独特的标记，只要读上一两小节，你就知道某篇文章出自他的手笔。他对句子的穿透力达到了惊人的程度，以至于现实仅仅存在于句子的力量抵达的空间，含混却又精确，模糊却又透明，余华为此沉醉不已。"④ 艾伟曾表示："我们这一代写作者，恐怕绝大部分是喝二十世纪现代主义小说的奶长大的。……作为一种全新的小说，现代主义小说解放了古典小说的笨拙，具有迅速的直指本质的力量，可以说现代小说使小说显得自由，呈现出新的可能性。"⑤

"70后"作家开始读书时已经有了一个更开放的环境，他们也更广泛地继承了中外文学的优秀传统，其中既有现代派、后现代派，也有优秀的现实主义文学，他们的继承有更开放的视野，也有更大的选择空间。在90年代和新世纪，"70后"作家除了继承中外优秀文学传统外，还特别受到杜拉斯、村上春树等作家的影响，表现了对时尚文学的兴趣。所谓"时尚"是指"在一定社会与历史时期，人们在物质与文化生产及消费中表现出来的对某一事物普遍的共同兴趣，是人们在这一兴趣中体现的共同

---

① 林舟：《生命的摆渡》，海天出版社1998年版，第62页。
② 李敬泽等：《集体作业——实验文学的理论与实践》，中国广播电视出版社1999年版，第43页。
③ 同上书，第86页。
④ 余华：《我能否相信自己——余华随笔选》，人民日报出版社1998年版，第15页。
⑤ 艾伟：《无限之路》，《当代作家评论》2003年第3期。

价值追求、审美趣味与行为方式的总和。"① 而文学时尚则是一个时期文坛上出现的体现人们共同价值追求和审美趣味的某种潮流。90 年代很多"70 后"作家的作品都有明显时尚化特点。在这类作品中作家追求的是感官刺激和一次性消费，在叙事上有一个从时间化向空间化的转换：时间的连续性、因果性被淡化，深度模式被取消，叙事在很多场景之间跳跃，作品的结构常常是碎片化的。很多"70 后"女作家小说都有一个"杜拉斯式"的结构，即作品一节之中通常有很多段落，而段落之间通过空行自由转换。作品的语言拒绝了对生活的承诺以后变得自由洒脱，作家可以不在乎语言是否与生活的相似，是否周延地反映了生活，她们可以致力于突出语言的特殊风格与美感，句子的繁复、长短，语气的变化都从风格和美感出发。安妮宝贝受杜拉斯影响，她的每个句子都经过精心锤炼，有一种类似警句的风格。卫慧小说整体追求一种洒脱不羁的风格，她的语言也体现了这个特点。如她所说："我的故事人物喜欢复杂的生活，男男女女之间存在着暧昧不明、神秘浪漫的关系，他们一次次地堕入陌生、绝望的情境中。最近我越来越喜欢一种'COOL'味写作。你可以说我在扮酷，没关系，因为我努力要成为真正通晓城市现代浪漫和冷酷的作家。"② 卫慧的语言也的确有一种"扮酷"风格。

第三节 文化背景与语言差异

按照现代心理学说法，人的价值观、人生观童年时期就打下一定基础，"少年期"（11 岁、12—14 岁、15 岁）开始萌发，到"青年初期"（14 岁、15—17 岁、18 岁）基本形成③，从这个角度说，"50 后"作家即便年龄最小的，到"文革"结束，他们的价值观、人生观也已经基本形成。而从 50 年代中后期到"文革"结束，曾是是中国的政治运动最集中的一个时期：从 1957 年的"反右"到 1958 年的"大跃进"、三年"自然灾害"、60 年代的大搞阶级斗争，随后就是十年"文革"，在一个全民参

---

① 管宁：《当前中国文学的时尚化倾向》，《中国社会科学》2006 年第 5 期。
② 卫慧：《我还想怎么样呢》，《作家》1998 年第 7 期。
③ 姚本先、何元庆：《国内外大学生人生观研究的现状、问题及趋向》，《辽宁师范大学学报》（哲学社会科学版）2007 年第 1 期。

与政治活动的环境中,"50后"作家的价值观、人生观都受到了很大影响。一个人的价值观、人生观包含的内容是十分多样的,个体的各种经历、记忆都会对其价值观、人生观产生影响。例如,很多出身农村的"50后"作家对饥饿都有深刻印象,莫言、阎连科等都谈过自己在食物匮乏年代的经历,在小说中也有很多关于饥饿的描述。莫言曾把饥饿体验作为认识社会人生的一个窗口,他在《饥饿与孤独是我创作的源泉》一文中说道:"饥饿的岁月使我体验和洞察了人性的复杂与单纯,使我认识到人性的最低标准,使我看透了人的本质的某些方面,许多年后,当我拿起笔来写作的时候,这些体验,就成了我的宝贵资源,我的小说里之所以有那么多严酷的现实描写和对人性的黑暗毫不留情的剖析,是与过去的生活密不可分的。"[①] 除饥饿记忆外,动乱年代由阶级斗争导致的恶劣人际关系、人性邪恶和丑陋都给这些作家留下了深刻印象。正是由于这样的经历,他们更企盼政治的清明、物质生活环境的改善,也愿意为这种改变做出贡献。作为作家,他们有更强的责任感和使命感,自觉承担对历史和民族的责任;同时动乱年代的经历也使他们意识到,个人命运与时代息息相关,人是集体中的一个分子,人的价值也只有在集体中能够得到充分的体现。在创作中他们也更多地从历史大局中认识个人的价值与意义,把人看作集体和民族中的一个分子,表现出更强的群体意识。

"文革"结束后中国进入了一个转型期,随着改革开放的展开,中国开始了一次新的思想启蒙,政治环境相对宽松自由,文学也迎来了思想大解放的时期。但是,这个时期"50后"作家在年龄上都已经过了"青年初期",他们的价值观、人生观已经基本形成,调整的空间已经不是很大。一个人的价值观基本形成以后,它就不会再敞开接受所有新的东西,而是更倾向于站在已有的立场上对新事物做出判断和选择。进入新时期,中国经历了改革开放,90年代经历了从计划经济向市场经济的转型。如果说"60后"作家特别是"70后"作家如鱼得水,那么"50后"作家的态度则是复杂的,他们虽然欣慰于社会精神生活的丰富、物质生活的提高,然而对社会道德水准的下降,追名逐利成风还是有一份不满与谴责,他们在享受现代生活的同时也还有一些保留与不习惯。

王德威在对张炜《你在高原》的讨论中曾提到一个"五十年代经验"

---

① 莫言:《饥饿与孤独是我创作的源泉》,《创作与评论》2012年第11期。

的概念，他认为，"50后"作家是曾亲历"革命盛世"的一代人，这个经历让他们形成了特殊的价值观、人生观。他说："张炜小说主要的部分还是一批五十年代出生的人的故事……这一代的经历是一段极为特殊的生命历程，在相当长的一个历史时期内，这些人都将是具有非凡意义的枢纽式的人物。……而要说到这一代人，就不能不提到革命。"① 贺绍俊在谈到《你在高原》的创作时也指出："这样一部历经二十年的精神之旅，并不是任何一位作家都愿意去跋涉的，这分明打上了五十年代生人的历史印记。五十年代生人在新中国的成长史上有着太多的特殊性。这一代人'生在新中国，长在红旗下'，他们的精神成长烙上了革命时代的印记，而他们的成长履历则见证了新中国的风风雨雨。"②

"60后"作家也经历了"文革"年代，但是当时他们大部分还是处在童年阶段，如果说"50后"作家多少还是那个时代生活的参与者：作为红卫兵、作为"知青"他们一定程度被卷入时代大潮中，作为亲历者他们还是较深刻地感知了那个时代；而对"60后"作家来说，他们只是充当了旁观者。"文革"给这一代人也留下了深刻的印象，但是其中很难说有多少政治内容。"文革"结束后，他们中大部分人又都得到了接受高等教育的机会，而这个经历使他们更多地接受了新的思想与价值观念。李洱曾说："八十年代中期的文学教育、阅读和交流，使我受益匪浅。……那个时代，文学气候也很复杂，冷热空气频繁对流，形成了各种各样的小气候。它使得人们对于启蒙、政治和文学，以及彼此之间的关系都非常敏感。那样一种特殊的语境，我想对于在八十年代完成大学教育的一批人，是有深刻影响的。"③ "60后"作家一方面经历过"文革"，另一方面又见证了对它的批判，这一代作家与其说是确立了某种信仰，不如说陷入了深深的迷惘与困惑，因而在80年代文坛上，他们扮演了最彻底的反叛者，他们借鉴、模仿西方的现代派后现代派，对传统现实主义进行了最彻底的反叛。进入90年代，"60后"作家虽然从激进的探索中后退，一定程度上转向本土化和现实主义。但是，这批作家又不是彻底地回归传统，他们

---

① 汤拥华：《当代作家与中外文艺资源——张炜创作学术研讨会综述》，《浙江工商大学学报》2012年第2期。

② 贺绍俊：《五十年的生人的精神之旅——读张炜的〈你在高原〉》，《当代作家评论》2011年第1期。

③ 魏天真、李洱：《"倾听到世界的心跳"——李洱访谈录》，《小说评论》2006年第4期。

对时尚的现代生活有接受也有排斥,这使他们会更多地拒绝对历史与生活的承诺,远离政治意识形态,更关注内心的真实,更强调叙事的技术化和语言的形式感,用文学的"轻"置换生活的"重"。

"70后"作家中有少数生在70年代初,但多数人的童年是从新时期开始的,他们没有经历那个荒诞的年代,对思想解放运动也没有多少印象,对他们影响比较深的,倒是改革开放和90年代中国市场经济的建立。这代人没有经历物质的匮乏和精神的囚禁与抑压,相反伴随着他们的是中国社会经济的快速发展,物质生活的丰富和社会环境的改善;在中国社会快速转型的同时,西方文化也更深入地影响中国,西方人的生活方式、价值观点对"70后"作家都有相当深入的影响。在新的历史条件下,"70后"作家远离了前代人建构的乌托邦理想,更多地接受了现代社会普遍流行的消费主义和享乐主义,在生活中奉行的是实利原则。在创作上他们理所当然地拒绝了宏大叙事,他们既没有书写宏大历史的兴趣,同时也没有相关的积累,他们的兴趣从历史记忆回归到现实,回归到当下的日常生活中,他们更多注重立足于"小事"建构生活的诗学。正如魏微所说:"我们每个人、每时每刻都处在'日常'中,就是说,处在这些琐碎的、微小的事物中,吃饭、穿衣、睡觉都是日常小事,引申不出什么意义来,但同时它又是大事儿,是天大的事儿,是我们的本能。"[①] 同时受到市场经济的影响,他们的创作也较多地显示了时尚化特征。

新时期"50后"作家与"60后""70后"作家出生时间虽然只有10年之差,但因为20世纪中期中国社会快速变化,他们的遭遇、经历就有很大不同,而这个不同很大程度上影响了他们价值观、文学观的建构,也影响了他们对传统的继承与选择,而这个影响又决定了他们在主题选择、叙事方式与语言方面的选择,让其语言呈现出不同的特点。

[①] 魏微:《日常经验:我们这代人写作的意义》,《文艺争鸣》2010年第12期。

第三章　新时期小说"新诗性"语言的建构

汉语有着悠久的诗性传统，但20世纪初发生的语言转型一定程度阻断了这个传统。"五四"以来新文学作家一直试图修复这个传统，采取的方略是"一步三回头"，更多尝试借鉴文言补救现代语文诗性的不足。新时期以来，文言渐行渐远，很多作家开始立足现代汉语，建构真正属于现代汉语的诗性传统。这种初具雏形的语言，可以称为"新诗性"语言。

"诗性语言"这个概念最早由鲁枢元提出，现在已在学界得到越来越多的认同和使用。诗性语言是一个比喻性概念，是指具有与诗歌相类似特点的语言，使用这个概念就是暗示其"语言体系及其言语（书面的和口头的）具有某些与诗歌相同的特性"。[①] 也就是更具有形象性、隐喻性和抒情性等特点。诗性语言与文学语言概念上有交叉，但前者应当是更优秀的文学语言。

汉语因其独特的结构方式与组合方式，一直被认为是世界上最具诗性的语言之一，中国古典诗人曾以文言为基础创造了世界上最辉煌的诗词作品。近现代以来，为了适应自然科学、社会科学和现代教育的需要，汉语有了一个现代性转型，包括汉语的欧化和书面语从文言到白话的转换。经过这个转型，汉语的科学性、抽象性和逻辑性大幅度提高，诗性内涵却被稀释，变成了一种直白、琐屑的散文性、分析性语言。"五四"以后，自觉在这场语言转型中受到冷落的中国作家一直试图恢复汉语的诗性传统，而在再造诗性汉语的过程中，他们经常采用的是一种"向后看"策略。很多人先入为主地在文言和现代白话之间做出区分，将文言视为诗性语言，现代白话则是非诗性语言；他们更习惯于从文言中获得借鉴，以文言为诗性的源泉，补现代白话诗性的不足。在新文学史上，很多人一提到诗

[①] 张卫东：《论汉语的诗性》，商务印书馆2013年版，第24页。

化,首先想到的就是融文言于白话,借文言补救白话文诗性的欠缺。从学理上说,这种策略当然也无可非议,因为现代白话和文言是汉语书面语的两个支脉,它们同根同源,互相之间的学习、借鉴是理所当然的。

但是,新时期以来,经过近一个世纪探索与实践,越来越多的作家意识到:现代白话和文言毕竟是两种不同的语体,它们在结构和组合方式上都有很大不同,特别是经过欧化以后,现代汉语书面语与文言之间有了更大的距离;现代汉语有现代汉语的诗性,文言有文言的诗性,两者并不是一个东西。由于两者在词法和句法上存在巨大的差异,它们并非随意就能融合。因此在新时期有相当一部分作家放弃了那种"一步三回头"的姿态,真正立足现代汉语,发掘属于现代汉语自己的诗性内涵。而新时期作家用这种方式创造的诗性语言,与文言的诗性有明显区别,这种语言可以称为"新诗性"语言。

第一节 语言转型与诗性功能的重建

文言与现代白话是汉语书面语的两种形态,它们都源出于汉语,在语法、句法形式具有相似性,许多词汇也是共用的;但是,它们又有不同的历史背景,其词汇、句法和语法也有相当大的不同,而语言的词汇和结构形态又决定了两种书面语会呈现出不同的诗性形态。

文言作为汉语早期书面语,在两千多年的流传中一直没有太大变化,其语言主要特点是,词汇多单音词,句子成分组合以意合为主,句子没有明确的形态标志,句子之间的逻辑关系不是非常严密,也很难像西文那样叠床架屋地把众多句子组合在一起。文言的这种结构和组织形态很大程度上决定了其表意的功能和特点:它很难像西文那样提供一种精密、复杂的言说,很难在确定的逻辑框架中对对象做精密描述。但是它的简约、模糊却成就了某种含蓄、蕴藉、隐约、灵动的特点;在拒绝了那种沉重的语法、逻辑以后,文言成为一种充满灵气的诗性语言。钱基博在比较中西语文特点时曾指出:"我国文章尤有不同于欧美者,盖欧美重形式而我国文章重精神也。维欧美之尚形式也,故为文皆有定法……皆缕析条分,日趋精密。后世无不本此以为著述。是以文少隐约模棱之弊,此其利也。然其失过于泥形式，文章不能活用，少生气。"①

　　文言被称为诗性语言是因为它的词汇和组合方式上的特点天然有助于诗性语言的形成。这个特点主要有三个方面。

　　第一，文言词汇的单音节性，句式短小、组合灵活等特点有助于文言形成语意凝练、蕴藉的效果，创造语言的"含蓄美"。诗性语言最重要特点是它的具象性、形象性和抒情性，它能用少量文字有效唤起读者对生活场景、画面的想象与记忆，创造情景交融的意境。西文逻辑严谨、句法复杂，可以精雕、细刻地描写某个对象，但是这种语言常常将主体和客体分得清清楚楚，很难创造那种含蓄蕴藉、情景交融的效果。而文言句式短小，句子成分之间没有硬性的语法关系，只要有语意相通，使用者可以较宽泛地选择语言成分。因而中国古代文人就可以极大地发挥语言的能动性，通过语言的巧妙搭配，创造悠远、深邃的意境。这是文学语言能够达到的最高境界，它也是中国人一直向往的审美理想。在中国古代美学史上，老子的"大象无形、大音希声"，庄子的"得鱼而忘筌"、"得意而忘言"，司空图的"味外之旨""象外之象"，严羽的"空中之音、相中之色、水中之月、镜中之像"以及"羚羊挂角、无迹可求"等都是对这种审美理想的表述。

　　第二，文言的词汇丰富、句式短小，组合方式灵活有助于语言节奏和韵律的建构，构成语言的"音乐美"。诗性语言不仅要求语意的含蓄、蕴藉，它同时也有声音、节奏方面的要求；铿锵的声调和起伏的音韵能够唤起和调动读者的情感，实现与作品思想的共鸣。文言的结构和组织方式灵活，作者对词语的搭配有比较大的调配的余地，因而文言也比较容易让语言具有节奏和韵律等声音美的特点。在中国古典文学中，不光韵文，像诗、词、曲是押韵的并讲究节奏，许多散体的文章也都非常讲究声韵特点。

　　第三，文言的句式短小、结构灵活还有助于让语言形成较整齐的结构，构成语言的"建筑美"。西文结构复杂，多叠床架屋式的长句，要形成整齐结构比较难，而文言句式较短，同时组合灵活，较容易做到句式的整齐。张中行在讨论文言特点时认为，句式的整齐是它的一个重要特点。

---

① 转引自申小龙《汉语语法学——一种文化的结构分析》，江苏教育出版社2001年版，第3页。

在古代"句式求整齐不只少数人，可见不是出于某些人的癖好。"他说："由语句的积累和对称，意思可以更明朗，声音可以更悦耳。因为有这样的好处，所以到汉魏以后，它的势力就越来越大。"①

当然，语言是人与世界之间的唯一媒介，是人须臾不能离手的工具，同时语言也是社会各领域共用的符号体系，社会各领域对语言的要求都有所不同：自然科学、社会科学要求语言具有科学性、精密性和逻辑性，而文学，特别是诗歌却要求语言更简约、灵动、朦胧，具有直观、形象、隐喻的特点。这两种要求很大程度是矛盾的，任何一个民族的语言都不可能既精密、复杂同时又隐约、朦胧，最合适的状态是在这两者之间取得某种平衡。而作为中国古代主要书面语的文言最大的特点就是它过分偏向了文学和诗歌一边，冷落了自然科学、社会科学。文言一直被认为是一种诗性语言，它的词汇和语法、句法形式让其使用者更容易创造美轮美奂的诗性文本。而同样的词汇、语法和句法形式用于精确、严密的描述就有比较大的困难，文言的这些特点使它无法完成复杂、精密的判断、推理和陈述。正如有的研究者所说："当诗性思维变成一种普泛的思维之时，其后果也将是灾难性的，丝毫不亚于抽象思维一统天下的后果。"② 正是这个原因，"五四"时期胡适、陈独秀发起了白话文运动，在汉语书面语中实现了从文言到白话的更替。③ "五四"白话文运动很大程度上就是一个"纠偏"运动，"五四"时期汉语的欧化和变文言为白话就是要纠正汉语传统书面语过分诗化、文学化，缺少实用性的缺点。

---

① 张中行：《张中行文集》第一卷，中国社会科学出版社1995年版，第73页。
② 张卫东：《论汉语的诗性》，商务印书馆2013年版，第46页。
③ 胡适是"五四"白话文运动的发起者、倡导者，也是最积极的实践者，对推动汉语书面语的转型做出了巨大贡献，然而或许是"当局者迷"，胡适可能对20世纪初汉语为什么需要一个从文言到白话的转型，到最后也没有一个清楚的认识。胡适一直认为，变文言为白话是为了文学的需要，谈到发动白话文运动的原因，胡适始终坚持的一个理由就是，文言有言文分离之弊，因而文言是死的，白话是活的，使用白话是提升文学的需要。而事实上，"五四"白话文运动的任务并非像胡适所想的是要创造比古典诗歌更优秀的诗歌，比古典文学更优秀的文学，恰恰相反，因为文言是一种过分诗化的语言，而这种语言的诗化妨碍了自然科学、社会科学和现代教育的发展，因而"五四"时期汉语书面语的变革恰恰是要纠正汉语过分诗化之弊，提升书面语的抽象性、逻辑性，使其能够胜任建构现代自然科学、社会科学，以及普及现代教育的需要。而要实现书面语的转型就必须让文学做出某种牺牲，因此胡适以"改良"文学为目的发动的语言变革并不是要提升文学；相反，在文言过多地拥有诗性、过多地向文学倾斜，因而阻挡了自然科学、社会科学发展时，更需要纠正它过分诗化的倾向。换言之，在社会的实用学科与文学发生冲突时，后者必须让路。因而胡适等以文学名义发动的语言变革很大程度上牺牲了文学的利益。

"五四"白话文运动中,中国人并非仅仅在文言与白话之间做了一个选择,除此之外,还有一个更大变化是对白话的改造,主要通过欧化对旧白话实现了一场深刻的现代性改造。20世纪初汉语书面语从文言到白话的变革和欧化的过程都是汉语现代性转型的组成部分,但是相比较来说,欧化对汉语产生了更深刻的影响,这个变革对汉语的诗性构成也产生了深刻影响。

这个时期汉语的欧化主要包括词汇和语法两个部分,在词汇方面,主要有一个复音化的过程;在语法方面,受到西文的影响,汉语的句子变长,附加成分增加,句子逻辑关系变得更严密。关于词汇的复音化,王力指出:"中国本来是有复音词的,近代更多,但是不像现代欧化文章里的复音词那样多。打个很粗的比例,古代近代和现代复音词数目大约是一、三和九之比。现代文章里这种长句子,如果不多用复音词,倒反觉得文气不畅。这是复音词大量创造的原因。"① 关于词汇复音化的影响,王力指出:"复音词还有一种好处,就是可以有更明显的意义。例如'行'字本来有许多意义,若分为'旅行'和'行为'之类,就各只有一个意义了。此外,如'义'字变为'意义',就不至于再令人误会为'仁义'的'义';'完'字变为'完善',就不至于再令人误会为'完成'的'完';'受'字变为'接受',就不至于再令人误会为'遭受',都是能使词义一目了然的。"②

关于语法的欧化,王力指出:"最近二三十年来,中国受西洋文化的影响太深了,于是语法也发生了不少的变化。这种受西洋语法影响而产生的中国新语法,我们叫它做欧化的语法。"③ "从民国初年到现在,短短二十余年之间,文法的变迁,比之从汉至清,有过之无不及。文法的欧化,是语法史上一桩大事。"④ "'五四'以后,汉语的句子结构,在严密化这一点上起了很大的变化。基本的要求是:主谓分明,脉络清楚,每一个词、每一个词组、每一个谓语形式、每一个句子形式在句中的职务和作用,都经得起分析。这样,也就要求主语尽可能不要省略,连接词(以及类似连接词的动词和副词)不要省略,等等。古代汉语不是没有逻辑

---

① 王力:《王力文集》第一卷,山东教育出版社1985年版,第461页。
② 同上书,第465页。
③ 同上书,第460页。
④ 同上书,第434页。

性，而是有些地方的逻辑关系可以意会而不可以言传。现在我们写文章不能像古人那样，我们要求在语句的结构形式上严格地表现语言的逻辑性。"①

汉语书面语从文言到白话，特别是经过欧化以后，词汇由单音词变成复音词，句子附加成分增加，逻辑关系由隐而显，对句子组合有更强的约束力。汉语的结构与组合方式发生变化以后，其功能也发生了很大变化，游戏规则被重新洗牌，游戏自然也不能再依循旧的玩法。美国语言学家萨丕尔指出："每一种语言都有它鲜明的特点，所以，一种文学的内在形式限制——和可能性从来不会和另一种文学完全一样。用一种语言的形式和质料形成的文学，总带着模子的色彩和线条。"②

"五四"以后，中国作家转移到一个全新的语言平台，而这个平台再也不可能像文言那样让作家较容易地创造"含蓄美"、"音乐美"和"建筑美"。与文言不同，现代白话词汇由隐约、含糊趋向清晰、精确，其句子由短趋长，由自由、随意趋于严密，经过欧化以后，汉语戴上了逻辑的重枷，再也不是以往那种轻盈、洒脱的语言。

当然，"五四"时期汉语书面语转型与汉语欧化并非阻断了汉语再建诗性的道路，事实上，现代白话只是与文言比较，它显示出更多的抽象性与逻辑性，而与西文相比，它仍然是一种诗性很强的语言，它仍然保留了汉语的轻盈、灵动的特点。新文学作家通过深入挖掘现代白话的诗性潜能，仍然可以创造形象的、隐喻的和抒情的表达效果。

第二节 新时期文学现代汉语诗性的自觉

文言作为一种诗性语言曾创造了美轮美奂的作品，因而在"五四"以后很长时间中，中国作家还是采取"向后看"的策略，以文言作为再建诗性的主要资源。在中国现代文学史上，废名、沈从文、萧红、孙犁等在这方面都做了很多尝试与探索。废名就很欣赏中国古典诗歌隐约、含蓄的语言风格，他自己也使用了这样的语言策略。他说，"就表现的手法来

---

① 王力：《王力文集》第十一卷，山东教育出版社1990年版，第480—481页。
② 爱德华·萨丕尔：《语言论》，陆卓元译，商务印书馆1985年版，第199页。

说,我分明受了中国诗词的影响,我写小说同唐人写绝句一样,绝句二十个字或二十八个字成为一首诗。我的一篇小说,篇幅当然长得多,实是用绝句的方法写的,不肯浪费语言。"说到自己的《菱荡》,他说"真有唐人绝句的特点,虽然它是'五四'以后的小说"。① 为了创造类似文言的表达效果,废名使用语言总是尽可能地俭省,在叙事层面他常常省略动作与行为的主体,直接叙述事情的过程,小说中的过渡、说明性文字也常常被省略;在句子层面则尽量少用虚词,包括介词、连词等,像古典诗歌一样,他总是尽量用精选的实词,激发读者的想象。

如果说"五四"语言变革对现代小说产生了重要影响,它对诗歌当然影响更大。"五四"以后很多诗人都经历了一个长时间失落与徘徊的过程,质疑现代白话究竟是不是作诗的合适材料;在新诗确定了合法地位以后,他们更多地在艺术形式和语言上向古典诗歌寻求借鉴,"五四"以后出现的几个诗歌流派大都采取了这样的策略。新月诗派中的很多诗人都表现了对古典诗歌的倾慕,他们为了纠正早期新诗过分散文化的倾向,希望建构"新诗的音节与格律",让新诗具备"音乐的美""绘画的美"和"建筑的美"。而在这个过程中他们都将古典诗歌,包括文言作为重要资源。"无论是徐志摩还是朱湘乃至陈梦家、林徽因,这些新月诗人的现代新诗创作都竭力同传统汉语诗歌相系结,试图在现代白话的语境下尽可能地实现传统与现代的融合。"② 与新月派同时的初期象征派诗人虽然师从法国象征主义诗歌,表达的也是现代精神,但是语言形式仍不得不在传统中寻求借鉴。李金发对中国古典诗歌就有由衷的仰慕,他在诗歌中大量使用了文言词汇。而其后出现的现代派诗歌追求的是"用现代的词藻排列成的现代的诗形,"去表现"现代人在现代生活中所感受的现代的情绪"。然而他们所用的"现代的词藻"还是采用了很多古字或者文言的虚字,正如施蛰存所说,30 年代现代派诗歌中,"文言语词入诗"是一个很引人注目的情况。③ 总之,"五四"以后的一段时间,中国古典诗歌和文言的优势有目共睹,而新诗则刚刚起步,早期的诗人不可能不在传统中寻求借鉴。特别是在语言方面,早期的白话文词汇贫乏、句式简单,缺少文学的锤炼和陶冶,现代诗人要创造诗性语言必然采取"向后看"的方略。李

---

① 废名:《〈废名小说选〉序》,《冯文炳选集》,人民文学出版社 1985 年版,第 394 页。
② 陈爱中:《中国现代新诗语言研究》,中国社会科学出版社 2007 年版,第 158 页。
③ 施蛰存:《又关于本刊中的诗》,《现代》1933 年第 4 卷第 1 期。

健吾在谈到早期新诗的语言选择时指出:"扩大材料选择的范围,尽量从丑恶的人生提取美丽的诗意,然而缺乏自有的文字,不得不使用旧日的典故词藻,因之染有传统的色彩。一句话,人是半旧不新,自然也就诗如其人。他们要解放,寻不见形式,只好回到过去寻觅,于是曲,词,歌谣,甚至于白乐天的诗,都成为他们眼前的典式。"①

到新时期这种情况发生了较大变化,虽然仍有一些作家、诗人建造个人语言风格时,较多依赖文言,在观念上仍把文言当作汉语诗性重要源泉,但是,也有不少作家、诗人实现了一个观念的转变。他们意识到现代汉语书面语与文言的差异,开始逐渐摆脱文言的影响,专心在现代汉语中开掘诗性内涵。新时期作家能够在观念和实践上实现转变的原因主要有两个方面。首先,现代文学语言经过半个多世纪的建设,已经趋于成熟,从初期的简单、直白,变成了现在的相对成熟、丰满,现代文学语言在大量吸收了欧化语、文言与方言的成分以后,已经实现了有机融合,与早期白话的生硬、粗糙相比,已经有了相当大的进步。其次,从"五四"废文言、兴白话至今,已有近百年时间,文言距离普通人越来越远,当下的中国作家一般都是在中学读一些文言作品,对文言仅仅有一个粗浅的了解,要指望他们凭借这一点了解,就能汲取文言的精华,补救现代汉语的不足,显然是勉为其难了。而且随着时间的推移,文言与现代人的距离只能越来越大,寄希望将来的作家能够重新熟悉文言,显然也是不现实的。在这样一个背景下,有不少作家、诗人实现了现代汉语文学语言诗性的自觉,他们既认识到再造诗性汉语的重要,同时也意识到,再造诗性不能永远言必称文言,历史已经选择了现代汉语,当代作家没有必要再左顾右盼,唯一的选择就是打造属于现代汉语的诗性语言。

诗歌与语言有更密切的关系,因而在新时期有一批诗人和诗歌研究者最早实现了现代汉语文学的诗性自觉。早在80年代中期,一些诗人就在"民刊"中提出"汉诗"概念,但当时只是很模糊的提法。其后在1997年,王光明在"现代汉诗国际学术研讨会"上正式提出了"现代汉语诗歌"口号。他在发言中明确提出要用"现代汉语诗歌"的概念对"新诗"进行重新命名。他指出:"重要的工作是从现代汉语出发又不断回到现代

---

① 李健吾:《〈鱼目集〉——卞之琳先生作》,《咀华集·咀华二集》,复旦大学出版社2005年版,第58页。

汉语和解构与建构双重互动的诗歌实践中去，顾及外在形式与内在形式的共同要求，寻找最接近现代汉语特质的形式和表现策略，让诗歌的创作规则及手段在诗歌文类（它可能是多种的）意义上稳定下来，建立起诗人与读者的共同的桥梁。"①

其后有很多诗人和研究者参与了这个讨论，达成的基本共识是，文学特别是诗歌对语言有着高度的依赖性，一种文学样式的特点几乎完全建立在特定的语言之上，有什么样的语言就有什么样的文学；真正严肃地讨论一种文学的特点，从来就不能离开其所依赖的语言。从这个意义上说，语言划定了不同文学之间的界限，只有充分关注语言，才能真正了解一种文学的特点。诗歌研究者周晓风指出："没有哪一种有意义的诗歌样式或诗学理论不依存于一种具体的语言。"他认为："最关键的是，我们一定要意识到，语言之于诗，并不是一种可以随意替换的外套，或者如过去人们常说的一种形式。实际上，每一种具体语言都从根本上成就了一种具体的诗歌和一种具体的诗学，包括它的世界观、审美视域和诗体样式，而且只能成就这样一种而不是多种甚至是普遍的诗和诗学。"②

从这种语言与诗歌的互动与依存关系出发，很多研究者也反思了自"五四"以来新诗发展的历程，特别是新诗在语言与形式建构方面遇到的问题。一些研究者认为，"五四"以来，新诗的发展主要都是在西方诗歌和中国古典诗歌中寻求借鉴，但是，未曾充分注意到现代汉语与西语、文言之间的较大差别，这种超语言的姿态也导致了探索的失误。经过历史反思，很多诗人和研究者认识到：首先，汉语与西语存在巨大差异，西方诗歌的经验与策略并不能平移到汉语诗歌中来，从这个角度说，"现代汉语诗歌"的提法划清了与西方诗歌的界限。其次，现代汉语与古代汉语也有非常大的差异，因而现代诗人不能总是沉浸在对文言的崇敬与缅怀中，他们必须清醒认识到汉语书面语在实现了从文言到白话的转变后，就再也没有回头路可走；即便从零开始，也必须立足现代汉语，一点一滴建构属于自己的诗性传统。诗歌研究者吴晓东指出："古代汉语被现代汉语所取代是一种整体性的替代，作为一种在本世纪丧失了社会语境以及文本语境（尽管仍有人从事旧体诗以及小品文的写作）的语言，古典汉语所能移植

---

① 荒林：《20世纪中国诗歌的反思——"现代汉诗学术研讨会"述要》，《文艺争鸣》1998年第2期。

② 周晓风：《现代汉语诗歌与现代汉语诗学》，《西南大学学报》2009年第5期。

进现代汉语的结构—功能机制中的一部分是极其有限的。而现代汉语尽管有诸种缺憾,但迄今毕竟已被诗人们使用了近一个世纪,并且奠定了区别于古典汉语的'特殊构造',即一种独有的传递诗的经验与审美意识的方式。"①

90年代以来,很多诗人也表示了相似看法。西川指出:"由于中国传统诗歌注重外在形式,所以其精神底蕴在使用口语的今天,已经基本上被掩蔽于一种坚固的语言外壳。人们已经很难从中体味到创造的活力。"②桑克说:"中国现代性一开始就将中国文化史上曾经拥有的古典性诗歌传统给彻底颠覆了。""从诗学角度来说,并不存在一个可以反对的诗歌传统,古典性诗歌已经成为文化遗产。""中国现代性诗歌一直致力于使自身成为传统。"③

或许因为小说对语言的关系不像诗歌密切,新时期作家在现代汉语诗性的自觉不像作家那样明晰,然而,还是有一些作家意识到现代汉语的自主性与独立性。与诗人稍有不同的是,不少作家更强调文学在古与今、现代与传统之间的差异,在语言上当下文学与古典文学的距离。新生代作家韩东自称他们这代作家是"喝狼奶长大的",他说,自己"所读的西方作家的作品皆是翻译成现代汉语文字的(无一例外)"。关于语言,他特别指出:"传统并非出自一个生理的子宫,它与生命的本质截然有别。"他说:"对我而言,它不是那类属于'体'的东西,它不过是我遭遇的现实之一。"他特别强调:"我不是汉语传统天然的传承者。汉语传统对于我也不是一部天然的法律。"④ 从这个角度说,有的新生代作家认为自己与外国作家有更多亲缘关系,与中国古代传统反而有更大距离,甚至认为"吴敬梓也是一个外国人","海明威被翻译成现代汉语,其语言方式更符合我们日常使用的口语"。⑤

新时期作家在现代汉语诗性自觉方面虽然稍逊于诗人,但并不妨碍他们在实践上的探索。理论自觉与实践探讨并不全是一回事,事实上,很多

---

① 吴晓东:《期待21世纪的现代汉语诗学》,《诗探索》1996年第1期。
② 西川:《答鲍兰夏、鲁索四问》,载西川《让蒙面人说话》,东方文化出版中心1997年版,第266页。
③ 桑克:《当代诗歌的先锋性——从肆无忌惮的破坏到惊心动魄的细致》,《江汉大学学报》2005年第4期。
④ 韩东:《韩东散文》,中国广播电视出版社1998年版,第217页。
⑤ 同上书,第218页。

新时期作家是出于建构个人语言风格的考虑投入对诗性汉语的探讨，即便理论自觉稍迟，他们在探索与实践中还是投入了大量精力，也取得了可观的成绩。

第三节　新时期作家对诗性语言的探讨

新时期作家立足现代汉语发掘其中的诗性内涵，其难度比古代作家要大得多。语言本身就是一套抽象的符号体系，语言的一个基本特点就是抽象性和概括性，而与文言不同，现代汉语经过欧化已经成为一种抽象程度较高、逻辑性较强的语言。新时期作家对语言诗性内涵的发掘就是要克服语言的抽象性与概括性，恢复语言的具象性、形象性，使其成为感性的、灵动的，能唤起读者形象记忆的语言。1976年至今，新时期文学已经经历了40年的发展，在这40年的时间，中国作家在以现代汉语为基础的语言诗性的建构中已经取得了明显的成绩。如果说，在现代文学30年和"十七年"中国作家已经在再建诗性传统方面做了一些工作，但是，那种尝试还是初步的，带有一些偶然性，而新时期与此前一个很大的不同是，新时期在现代汉语诗性的建构方面已经形成了一些稳定的传统。新时期作家经过40年的探索，已经积累了经验，形成了比较稳定的发展方向。新时期作家已经形成鲜明特点的探索主要有这样三个方向。

一　莫言、苏童、林白等在语言感觉化方面的探讨

在小说创作中，作家写什么和用什么语言写，会对语言的诗性构成产生重要影响。以往很多小说的叙事主要是写故事、写人物，往往从大处落笔，很少有微观的感觉描写；像视觉、听觉、嗅觉、味觉、触觉等，在传统小说中就较少受到关注。然而感觉描写在文学中是很重要的：人对世界的感觉首先就是从感觉开始，对人来说，感觉印象最具体、形象、亲切，也最容易唤起人对世界的感性印象，从感觉描写入手也是实现语言具象化最重要的途径。一位研究者在评价莫言等作家的创作时就指出，莫言等作家创作最大的特点就是大量使用了感觉描写，而这种"由光、色、味、触、音等感觉要素的叙述和描写所构成的艺术创造境界，表现出独特的感

觉化特征。"①

莫言等作家为了让感觉描写有充分的空间，他们做的第一件事就是打破传统小说较为保守的结构，赋予其更多的灵活性。以往很多作家过分关注历史事件，人物家族史、成长史的连贯与完整，大量笔墨用于对前因后果的照应和解释，当叙事更多地照顾事件的连贯与完整时，它就很难驻足于"小生活""小场景""小画面"，留心一山一水一草一木，这种作品就像用广角镜扫描出来的画面，只有远景，缺少近景；作品读完，读者对事件、历史的线索和人物的生活经历可以了然于胸，但得到的只是一个"故事"，而对"故事"发生的那个鲜活的背景，参与的人物却有很深的隔膜，即对生活没有一个具象化的感知。

莫言等作家为了打破这种由叙事方式导致的语言与感性生活的隔膜，采取了一种更灵活的叙事方式：在时间上他们不再过多考虑连贯性与统一性，更多在过去、现在和将来之间自由地穿梭、来往；在叙事视角上，不再拘泥于某一个视角，而是在几个视角之间不断地往返、跳跃。他们用"小生活""小场景""小画面"代替了那种广角度、大场面和概述式的叙述，这样作品常常是近景清晰、远景模糊，生活小处清晰而大处模糊。使用这种叙事方式，也为感觉描写提供了充分的空间。

莫言的《红高粱》在这方面就是很好的例子。《红高粱》中的"现在时"是发生在1939年的一个事件，但是小说除了涉及1939年余占鳌伏击日本人车队事件外，还涉及了事件发生之前"我"的家族史，包括"我"解放后的生活。在视角的选择上，小说一直在"我"和第三人称全知叙事之间不断地转换，有时是用"我"的口吻叙述自己的家族史，但是很多情况下，小说所叙之事又是"我"根本不可能看到或知道的事情。事实上，《红高粱》等小说很重要的特点就是其叙述视角的复合性和多元性，正是视角的跳跃与转换造就了莫言笔下异彩纷呈的艺术世界。

有了这样一个叙事结构，莫言在创作中就置入了较多的感觉描写，包括视觉、听觉、嗅觉、味觉等。莫言小说中写视觉形象不仅数量多，而且具有多样性，既有一般的视觉描写，也有微观放大的视觉描写。例如："拐进高粱地后，雾更显凝滞，质量加大，流动感少，在人的身体与人负载的物体碰撞高粱秸秆后，随着高粱嚓嚓啦啦的幽怨鸣声，一大滴一大滴

---

① 盛子潮、朱水涌：《感觉世界：新时期小说的一种形态》，《文学评论》1987年第4期。

的沉重水珠扑簌簌落下。水珠冰凉清爽，味道鲜美，我父亲仰脸时，一滴大水珠准确地打进他的嘴里。"这儿的描写很像一个特写镜头，平时人们视而不见的水珠，在这里如同被置于放大镜下，显得非常清楚，富有质感。莫言小说写到听觉也具有多样性和变异性。例如，《透明的红萝卜》中的小黑孩就有听觉上的异禀，他能"听到黄麻地里响着鸟叫般的音乐和音乐般的秋虫鸣唱。逃逸的雾气碰撞着黄麻叶子和深红或是淡绿的茎秆，发出震耳欲聋的声响。蚂蚱剪动翅羽的声音像火车过铁桥。"他能听到河里的鱼群唼喋的声音，听到空气振动的声音，拔出萝卜时，"萝卜的细根与土壤分别时发出水泡破裂一样的声响"。莫言小说也经常写到嗅觉，例如《红高粱》中"从路边高粱地里飘来的幽淡的薄荷气息和成熟高粱苦涩微甘的气味，我父亲早已闻惯，不新不奇"。"他看着奶奶高大的身躯，嗅着奶奶的夹袄里散出的热烘烘的香味。"

在这个方面，林白的选择也有异曲同工之妙。林白很多小说的结构都是片段化、散文化的。在《致一九七五》，她甚至用散文化的方式构造一部长篇小说，这部小说通篇都是由李飘扬的回忆构成，小说的线索不断地在各个时间点以及李飘扬童年、少年和青年时代生活过的各个场景中跳跃。小说不仅没有连贯的情节，人物也是不断变换，除了小说的叙事人，这部小说甚至找不到可以贯穿前后的因素。小说完全是散点透视，叙事人的视点不断地跳跃、转移，让人眼花缭乱、目不暇接。林白对这种结构方式的使用有强烈的自觉意识，她曾明确表示："在写作中，我最喜欢做的就是让局部的光彩从整体中浮现出来，把整体淹没，最好有无数珍珠错落地升上海面，把大海照亮。"① 她说："我热爱片段，片段使我兴奋，也使我感到安全。"在她看来，"片段离生活更近，生活已是碎片，人更加是。"②

林白小说中也有大量的感觉描写。写视觉形象时，林白常常能寥寥几句话创造一个类似电影画面的形象，例如："二〇〇五年的夏天，我站在南流中学的水塔边，在八月的太阳下，与自己的少女时代迎面相撞。我看见十五岁的自己，在水塔边冲脚，她的脚沾满了沙子，水塔旁的木棉树正开花，肥厚浓红的花朵在蓝天下。"写听觉她也是常常把听觉放大："那

---

① 林白：《艺术与中介》，参见《死亡的遐想》，上海书店出版社1998年版，第195页。
② 同上书，第188页。

是最灿烂的日子。空气中满是蜜蜂的声音，甜丝丝的，纯金般的音色终日缭绕。"小说中的味觉描写总是非常细腻而又时常带有夸张。小说写到李飘扬对家乡酸萝卜的记忆时这样写道：家乡的酸萝卜"又酸又辣又脆，有点甜，还有点甘，舌头一舔，舌头就笑起来了。多美妙的口感啊，此时此刻，那块带缨的酸萝卜从遥远的南流镇，穿过二十年，停留在我的口腔里，味蕾绽放，涎水奔涌，热泪盈眶"。

一个作家写什么的选择一般都会在语言上反映出来，当作家选择做大量的视觉、听觉描写时，文本中的色彩词、摹声词一定会有相应的增加，而事实上，大量使用色彩词、摹声词一直都是莫言、苏童和林白小说的重要特点。作家克服语言的抽象性、概括性有各种方法，而恰当使用色彩词和摹声词，是其中非常重要的一种。因为视觉在人类诸感官中的重要性，色彩词的使用往往具有更重要的意义。文学史上的作品在表现色彩方面一直都有很大差异，很多作品都是黑白两色的，一个作家如果只关注故事和情节，小说的描写不涉及人的感觉印象就根本不会进入色彩层次，这样的作品也很难唤起读者对生活感性的想象与记忆。莫言、苏童、林白等作家都大量使用了色彩词，他们的许多作品大都有西方后期印象派绘画的效果，作品的五彩缤纷、色彩斑斓常常能给读者留下很深的印象，例如：

八月深秋，无边无际的高粱红成洸洋的血海。高粱高密辉煌，高粱凄婉可人，高粱爱情激荡。秋风苍凉，阳光很旺，瓦蓝的天上游荡着一朵朵丰满的白云，高粱上滑动着一朵朵丰满的白云的紫红色的影子。一队队暗红色的人在高粱棵子里穿梭拉网，几十年如一日。（莫言《红高粱》）

时值四季的轮回和飞越，枫杨树四百亩早稻田由绿转黄。到秋天枫杨树乡村的背景一片金黄，旋转着一九三四年的植物熏风，气味复杂，耐人咀嚼。（苏童《一九三四年的逃亡》）

我的四周是一片浅紫色的雾气，星星有的发红，有的发白，但大多数都是黄色的，因为有雾气，它们就像是浮在天上一样，颤动而摇摆。路边和远处是形状不同的深灰、浅灰、深黑和浅黑的乌云，它们分别是水稻、树木、远处的房屋和更远处的山，它们在夜晚是颜色深浅不一的乌云，我在乌云里穿行，觉得自己也到了天上。（林白《致一九七五》）

作家使用色彩词并不是把这类词汇生硬地堆砌在文本中，它的根据是作家的生活记忆与想象，作家大脑中的图景如果仅仅是黑白两色，仅靠添加几个色彩词并不能写出色彩缤纷的画面。以上三例色彩词使用的主要特点是准确，作者不是泛泛写出颜色类别，而是进一步对颜色做出区分，例如，第一例中"瓦蓝色"如果变成"蓝色"，这个颜色词的表意效果立刻就大打折扣。第二、第三例也都对颜色有一个准确定位，因而少量颜色词的使用就能激发读者的色彩想象，在大脑中浮现五彩缤纷的图景。

二　余华、格非、孙甘露等在语言陌生化方面的探索

俄国形式主义认为，艺术最重要的功能就是用陌生的形式召回人对生活的认识。在生活中，人和各种事物每天打交道，于是对它们的存在熟视无睹，即便有点兴趣，关注的也是它们的使用价值，而非审美价值。艺术的作用就在于使用新颖形式刷新人的认识，使人们能够从审美角度观照事物，对事物有一个新的感受与认识。如什克洛夫斯基所说："那种被称为艺术的东西的存在，正是为了唤回人对生活的感受，使人感受到事物，使石头更成其石头。艺术的目的是使你对事物的感觉如同你所见的视像那样，而不是如你所认知的那样。"[①] 文学是语言的艺术，从这个角度讲，文学的功能就是用陌生化语言刷新人对生活的认识。文学语言的陌生化有两个层次：首先，文学语言整体上有一个陌生化的要求，文学语言区别于日常语言、科学语言的一个重要特点就在于它要具备新奇、变形的特点，通过这种新奇、变形实现陌生化效果。其次，在文学语言内部，它还有一个自身不断陌生化的要求，一种语言曾经具有陌生化特点，但不断重复、沿袭就会老化，因而文学语言需要不断创新、发展，这样才能一直具有陌生化特点。

语言的陌生化是文学语言的重要特点，它也是诗性语言必备的条件。事实上，中国古典文学特别是古典诗歌就一直非常注重语言的创新与陌生化。古典诗人一方面通过颠倒语序、词语的错位搭配，拉开与日常语言的距离；另一方面不同时代的诗人又通过在语言中添加新的成分，实现与前人的差异。张中行在谈到文言发展时认为，导致"文言分离"的重要原

[①]　[俄] 维克托·什克洛夫斯基：《作为手法的艺术》，参见朱立元、李均主编《二十世纪西方文论选》上卷，高等教育出版社2002年版，第187—188页。

因是古代文人为了求雅,有意拉开文言与口语的距离,而实际上这个"求雅"就是一个不断寻求语言陌生化的过程。他说为了求雅,很多人"都是义求古,言也求古。为交流情意着想,此风本来不可长,可是偏偏越来越厉害,笔下趋旧避新,几乎无孔不入"。例如,称公婆为"舅姑",死了妻子称"鼓盆"等。在文字上则求古奥,"多用古字、古词语,句式避常而用变"。① 总之,语言陌生化是诗性语言的共同特点,在这一点上古今中外的文学语言没有例外。

新时期较集中探讨语言陌生化问题的主要是先锋作家,余华、格非、孙甘露在这个方面都做了较大努力。在 80 年代中期,余华受到西方现代派后现代派文学的启发,开始对传统现实主义提出质疑,他认为,这种创作方法的那种就事论事的态度严重束缚了作家的想象力:"当我们就事论事地描述某一事件时,我们往往只能获得事件的外貌,而其内在的广阔含义则昏睡不醒。"② 从这一点入手,他进一步提出了对常识的怀疑和对日常语言的怀疑。余华认为:"日常语言是消解了个性的大众化语言,一个句式可以唤起所有不同人的相同理解。那是一种确定了的语言,这种语言向我们提供了一个无数次被重复的世界,它强行规定了事物的轮廓和形态。因此当一个作家感到世界像一把椅子那样明白易懂时,他提倡语言应该大众化也就理直气壮了。这种语言的句式像一个紧接一个的路标,总是具有明确的指向。"从现代主义立场出发,余华倡导一种不确定的语言,他说:"所谓不确定的语言,并不是面对世界的无可奈何,也不是不知所措之后的含糊其词。事实上它是为了寻求最为真实可信的表达。因为世界并非一目了然,面对事物的纷繁复杂,语言感到无力时做出终极判断。为了表达的真实,语言只能冲破常识,寻求一种能够同时呈现多种可能,同时呈现几个层面,并且在语法上能够并置、错位、颠倒、不受语法固有序列束缚的表达方式。"余华认为,现代作家使用不确定语言最重要的理由是,人的情感体验纷纭万状,而呈现在日常语言中,只是简单的几条,从这个意义上日常语言实际上是遮蔽了人的情感。余华说:"当内心涌上一股情感,如果能够正确理解这股情感,也许就会发现那些痛苦、害怕、喜悦等确定字眼,并非是内心情感的真实表达,它们只是一种简单的归纳。

---

① 张中行:《张中行文集》第一卷,中国社会科学出版社 1995 年版,第 28 页。
② 余华:《我能否相信自己——余华随笔选》,人民日报出版社 1998 年版,第 159 页。

要是使用不确定的叙述语言来表达这样的情感状态,显然要比大众化的确定语言来得客观真实。"①

从这个认识出发,余华对传统文学的反叛也正是从语言开始的,他的创作中不仅情节、人物是扭曲变形的,其语言也是变形的。他总是尽量避免使用那些惯用的、具有确定所指的语言。余华有时是通过词语的错位搭配创造陌生化效果,像"将会看到一九六〇年八月七日傍晚来临的一条山中小路,那时候晚霞就躺在山路上,温暖地期待着你"(《往事如烟》)。这个句子中的"躺在"应当是"照在"或"洒在",然而作者偏偏拟人化地用了一个"躺在"。在多数情况下,余华小说的句子词语搭配并无异常,但是他经常改变正常的言说习惯,把一个正常意思用不正常方式说出来。例如:"新娘将洗脸盆放到桌子上时,两个红色的袖管美妙地撤退了。"(《往事如烟》)"门被打开后又被关上了,然后他们已经不再存在于屋内,他们已经属于守候在屋外的夜晚。"(《难逃劫数》)"现在出现了这样的事实,两辆自行车在我要进的街口相撞。两个人显示了两种迥然不同脱离自行车的姿态,结果却以同样的方式摔倒在地。"(《此文献给少女杨柳》)上述第一个例子的意思,仅仅是新娘把袖子卷起来。第二个例子是"他们"被关在了门外。第三个例子是自行车相撞后,两个人倒地的方式。一个简单的意思却被赋予了新奇的说法。

余华语言实验中还有一种情况,他抽空一个句群的所指,让许多句子在文本中"漂浮"起来,变成语言的空壳;读者看到的也是能指的蠕动,不知道所指所在。例如:

> 早晨八点钟的时候,他正站在窗口。……然后,他将手伸进了口袋,手上竟产生了冷漠的金属感觉。他心里微微一怔,手指开始有些颤抖,他很惊讶自己的激动。然而当手指沿着那金属慢慢挺进时,那种奇特的感觉却没有发展,它被固定下来了。于是他的手也立刻凝住不动。渐渐地它开始温暖起来,温暖如嘴唇。可是不久后这温暖突然消失。他想此刻它已与手指融为一体了,因此也便如同无有。它那动人的炫耀,已经成为过去的形式。

---

① 余华:《我能否相信自己——余华随笔选》,人民日报出版社1998年版,第167—168页。

(《西北风呼啸的中午》)

《西北风呼啸的中午》写的是一个一直在幻想、臆测与现实之间游走的少年，整个作品都比较怪异。这里所引是小说的第一段。小说中的"他"、那个心智似有问题的少年站在窗口的一段活动。这一段的意思其实很简单：少年在自己的裤兜里摸到了钥匙。但是，作者没有像现实主义小说直接指出这是一把钥匙，而是在有意略去了钥匙这个核心所指以后，空洞地描写"摸"的过程和人物的心理过程，于是这段文字整个都被悬置了。因为缺少所指的统领，文字似乎"漂浮"起来，读者看到的仅仅是文本中堆积的文字，但对意思一头雾水。在以往的作品中，人们看到的文字总是能指与所指的结合，作者总是先告诉读者一个事情的所指是什么，然后开始描述，有了所指的统领，随后的描述才有"意义"，而余华小说的这段描写，在没有指出事物是什么的情况下，一开始就进入具体描写，结果是读者只看到词语的累积，而看不到词语的意义。事实上，在文本中，词语的意义并不是自足的，读者需要在一定的语境中、在上下文中确定其意义，而如果缺少这样的语境，或者作者有意抽掉了这种语境，词语就被悬置了，这个时候的词语就变成了空洞的能指；作者可以用这种手法抽掉词语的意义。在余华之前能看到的类似的写法大概只有罗伯·格里耶的《窥视者》等小说。

如果说余华的小说仅仅是某些段落出现这种能指与所指的分离，孙甘露 80 年代中后期的几部主要实验小说，像《访问梦境》《信使之函》和《请女人猜谜》等则整体都使用了这种方法：作者通过剔除作品的主题和意指，掏空作品的所指，因而整个小说都变成了能指的空壳；作者与其说是叙事，不如说是在梦呓。小说的话题不断转换，话题之间缺少基本的逻辑联系，小说的唯一意义似乎就在于语言的诗意体验。如有的论者所说："他的故事既没有起源，也没有发展，当然也没有结果，叙事不过是一次语词放任自流的自律反应系列而已。作为语言暴力的同谋，孙甘露的叙事话语彻底能指化了。"[①] 例如：

---

① 陈晓明：《暴力与游戏：无主体的话语——孙甘露与后现代的话语特征》，《当代作家评论》1991 年第 1 期。

在某些必要的省略之后，我们在不死鸟的栖息之地摸索着向对方伸出手去。诗意的描述在史记之初就被细心的默想者分行编入蝉翼般的宣纸，在洪峰到来之前的片刻宁静中，生命媾和的幻象历历在目。冲动的沉沦由西向东演化成沉沦的冲动，意念在世代相传的风俗的深处造爱，世袭的婢女在参天古树的枝叉上悬挂她们愤怒的心愿，思辨的华盖上结满了仅供鼓眼蜘蛛爬行的甜腻的网络。风格的小腹上站满了披荆斩棘的探险者，他们纤弱的骨架在互相抚摸之中格格作响。

这个段落中的许多句子因搭配错位颇显怪诞，而句与句之间又缺少逻辑联系，因而整体上更看不出意思来。小说在意义被阉割以后，留下的只有空洞的文字，读者要在这样的文本中寻找意义注定是徒劳的，阅读的收获或许只能是感受作者的奇思妙想和体验汉语在放逐的所指以后其能指的诗性和韵味。

三　陈染、海男、卫慧、安妮宝贝等在语言的现代感、时尚性方面的探索

90年代以来，一批被称为新生代的女作家出现在文坛，由于创作背景的相似，她们在艺术和语言上也表现出了某些相似的特点。这些作家在文学上的特点有这样几个方面。首先是女性主义立场。这批女作家大都受20世纪中期西方兴起的女权主义思潮的影响，在实现了性别角色认同以后，大都有鲜明的女性意识。在创作中，她们放弃了以往带有男性色彩的启蒙与革命这样的宏大叙事，专注于女性的生活与命运，她们多用回望的方式书写女性的生活史和成长史，书写女性性别意识的萌生、青春期的骚动，以及女性在恋爱、婚姻中独特的经历和体验。在拒绝了男性的一套话语以后，身体成了她们叙事的中心话题。其次是内聚焦的叙述方式。这批女作家大都使用第一人称叙事，叙事人就是小说的主人公，作品带有鲜明的自传体特点。作者往往专注于个人成长的经历和体验，悉心聆听源自心灵的声音，小说往往体现出很强的主体立场，她们很少纯客观地描写生活，所写更多的是主人公对生活的印象，以及人物在与他人和社会交集中的感受与反应。小说即便使用第三人称，也常常是从一个女主人公的视角出发，使用的还是一种限制叙事。另外同时受到消费文化和杜拉斯、春上村树等作家的影响，这些作家，特别是其中更年轻的作家还显示出现代

的、时尚的特点。

文学师承方面她们更明显受法国作家杜拉斯的影响,她们的小说在文体和语言上都带有鲜明"杜拉斯式"特点。杜拉斯是一个对新时期中国文学产生了广泛影响的作家,她的创作兼有西方女权主义和后现代派文学的背景。杜拉斯特别重要之处在于,她开创了一种带有女性性别特点的叙事传统,这种叙事是以女性心理与身体为中心,大胆袒露属于女性独特的心理体验。杜拉斯之前,中外文学史上出自女作家之手、以女性为主人公的作品很多,但是以往的很多女作家不能超越男权中心主义的囿限,女性独特的心理体验和性体验往往被遮蔽了。而杜拉斯最大的超越就在于,她是真正从女性出发书写女性的性意识、性经验、性感受等。在《情人》中,她颠倒了女性在性交往中被动的地位,把男人变成了"被看""被规训"的对象,杜拉斯使以往羞羞答答、犹抱琵琶半遮面女性意识得到直白的表现。小说所写不仅有"情",也有"欲",作者为女性意识、女性性经验的袒露争得了合法地位。与这种女性意识的表达相匹配,杜拉斯创造了一种自白体的叙事方式,这种叙事从以往小说对宏大历史事件的关注,退回到书写女性个人的命运史、心灵史,从宏大叙事转向日常生活叙事、私语化叙事。杜拉斯创造了一种回忆式、倾诉式、对话式的话语方式,她很少连贯地叙述一个故事或事件,也不会完整地描绘一个场景,她的话题总是跳来跳去,她用这种与读者对话的方式获得了叙事的灵活性,也拉近了与读者的距离。杜拉斯小说叙事的动力似不是来自客观、完整反映生活这种被动的要求,而是情感表达的需要,因此其叙事总是饱含情感,是一种情绪化的叙事。有研究者认为杜拉斯小说的叙事和语言整体都是诗化的。认为"杜拉斯采用的将故事寓于情绪之中的如泣如诉的写法,其实就是一种诗歌的写法"。[1] 与这种特殊的叙事方式相匹配,杜拉斯的语言大致有两个特点,首先具有片段化、跳跃性的特点。杜拉斯小说很少像传统现实主义那样连贯地、密集地描写一个对象,她的语言是富有跳跃性的。对生活事件她总是倾向于通过场景和画面予以描述,而对场景和画面,她又不是做那种实体性的描绘,她常常用寥寥几个句子写出对象最有特点之处,整个场景和画面需要读者自己在想象中予以补充。杜拉斯不愿

---

[1] 李佩菊:《诗意的言说——论杜拉斯小说语言的诗化风格》,《常州工学院学报》(人文社科版)2007年第5期。

意受到语言连贯性和逻辑性的束缚，她的语言似乎都是突兀的、跳跃的，句与句之间缺少过渡与连接，却充满了张力。其次，杜拉斯的语言简约、洗练，从不拖泥带水，其小说中很多句子都具有警句的特点，充分体现了现代小说的艺术风格。

杜拉斯《情人》的出版正值中国文学复苏之时，特别是一批女作家正在寻找一种适合女性表达个体体验的方式，于是她们一拍即合，很多新锐女作家都深受杜拉斯影响。陈晓明在自己的博客中谈道："也许当代女作家都有一个共同母亲，那就是玛格丽特·杜拉斯。正如男性作家有几个共同父亲一样，那是由卡夫卡、海明威、博尔赫斯构成的混乱的男性氏族。玛格丽特·杜拉斯的《情人》令中国女性作家突然感悟到她们的写作位置和方向，那是一个以第一人称的心理叙述为特征的话语，如此清晰而坦率地表达情欲和身体。"[1]

受以上几种因素的影响，新时期这批女作家的语言也显示了与其他作家不同的特点。首先，女性的立场与视角让她们更多地关注内心感受的表达，因而她们的叙事通常不是线性的，而是立体的，常常是在现在与过去、心理与现实之间自由穿梭；同时这种叙事也是片段化的，它不注重叙事的完整性，作者描写一个场景或画面时，更强调通过直觉寻求一种感受，然后用寥寥几个形象化、情绪化的句子唤起读者的体验和想象。其次，受到西方现代小说的影响，这批女作家在叙事时总是力求单纯、简练，她们不像采用第三人称全知叙事的作家要承担太多说明事件因果、人物活动动机之类的任务，她们的工作就是在有限视角中表现女性对世界的感知和认识。受到西方现代小说特别是杜拉斯的影响，她们的语言总是非常简练，绝不拖泥带水。与杜拉斯相似，这批女作家大都具有很好的语感，能够准确把握情感和事态演变的脉络，她们的语言也是行云流水，流畅之外还有着简洁与练达。陈染等作家的语言或许没有莫言、苏童语言的那种色彩斑斓、五彩缤纷，也不像余华、格非和孙甘露语言的新奇、怪异，但是她们凭借着一种干练、简洁和抒情的风格在新时期独树一帜，更鲜明地体现了现代小说的语言风格，也显示了新时期小说诗性语言的另一种品格。

---

[1] 陈晓明：《杜拉斯：女作家的身体之母》，参见陈晓明博客：http://blog.sina.com.cn/s/blog_ 473fffb4010000i8.html。

新时期这批女作家的语言虽然有着整体相似，但是每个人之间还是有比较大的差异。陈染小说的语言洗练、简洁、灵动、富有张力，同时带有浓重的抒情意味，然而其小说欧化成分比较重，小说中有许多绵长的、逻辑关系复杂的大句子，陈染显然更习惯用长句子表现复杂的文思。当然长句子并不意味着啰唆和呆板，事实上，陈染小说中很多长句子都是语意凝缩的结果，她是把本来需要用 N 个短句子才能表达的意思压缩在一个长句子中，因而这里的长句比短句更显得瘦硬、凝练和富有张力。同时陈染充分利用了长句子在阅读中声调的起伏，她能将很多长句子都打造得韵味十足。

我的小哥哥从此就挑起了为我梳小辫的重任。光秃秃的门牙、张着惊恐的大眼睛、亮着童音把李玉和杨子荣戏里最细微的唱段都学得惟妙惟肖的我的哥哥，烧饭、洗衣、打水、为我洗头发，已充当起家里顶天立地的男子汉。我的长长的发辫在那样一双小手里梳呀梳，梳过去了早晨八九点钟的太阳，梳过去了我那无端的愁绪……

英俊、挺拔的我那从小就充满了对深入虎穴、浑身是胆的杨子荣和李玉和的崇拜的哥哥，平生第一次坐上了如梦似画的火车，终于逃离开这个压抑、窒息、随时都可能爆发战争的家，一路唱着样板戏高高兴兴地走了，走了。

上引第一个例子既写实又写意，它把"小哥哥"整个童年压缩在几个句子中，包括童稚的面容与声音，一个少年的责任感和美德，写得有声有色。第二个例子中"哥哥"之前的长长的定语读起来虽然有点别扭，有太明显的欧化特点，但是，也只有这样，作者才能将叙事人对"哥哥"的印象和他要做的事情整合在一起，构成一个完整的图景。这两个例子都带有明显的抒情性和写意性，也带有明显的诗性特征。

安妮宝贝在新时期也许算不上最出色的作家，但是她的叙事特别是语言在新时期非常有特点，有的读者用"安妮体"概括其特点。安妮宝贝继承了杜拉斯的语言策略，并把她的尚简推向了极端。安妮宝贝对传统现实主义小说那种密不透风的叙事做了大幅度砍削，她既不要空间上的全面，也不要时间上的连贯；就句子本身她也是斩头去尾，各种成分能省则省，安妮宝贝不无夸张地使用了大量句号，一个短句、一个词组，甚至一个字都独立成句，她似乎存心要用句号把意思孤立起来。当然，句子的短小不意味着意思的贫乏，她的很多句子意思都是饱满的，而且过分饱满。安妮宝贝似乎有意要在句子的内容与形式上制造某种失衡：丰富的语意和短小的句式，就像一个大汉穿上了紧身衣，作者有意用这种失衡创造语言的张力。安妮宝贝的句子是瘦削的、骨感的，作者对语言的使用吝啬到夸张的程度。例如，"饿。非常饿。皮肤，胃，连同她的感情。"（《二三事》）"知道。他说。我只是想念你。见我一面。薇安。我不注重外表。你对我如此重要。"（《告别薇安》）"浪费完，就可以说再见。走了。再不来找。再换一个。仅仅。只是寻找一种进入的方式。（《清醒记·玩具》）

　　安妮宝贝敢于这样使用语言，背后的原因是她具有良好的语感，即她在描写一个过程、场景或画面时能通过直觉把握其中最关键的细节，这个东西可能是人物的一个动作、人物面部的一个表情：一个愁容或笑靥，或者场景、画面中的一个景致。总之，是一个有特色的东西，抓住这个特色则能唤起读者对整个场景、画面的想象。例如：

　　　　第一个夜晚，住在卡拉麦里自然保护区。公路旁边的小镇旅馆里。很简陋的房间，放着四张硬床。黄昏的时候，我们先去洗温泉。泡在天然的盐水温泉里，看广阔的草原上的天空，一点一点地变成暮色的清凉。一轮血红的夕阳以绝望的姿势绚丽着。云朵似乎烂醉。本地的维族妇女穿着内衣坐在石阶上，用光裸的小腿撩动着热水。纱巾垂在肩上，神情羞涩。孩子高兴地尖叫。天空有鸟振动着翅膀飞远。（《彼岸花》）

　　这是《彼岸花》第三部分记述主人公乔去新疆旅行的一段文字，这段文字包含了乔在一个晚上的经历和她对卡拉麦里自然保护区的印象，内容很多，但是作家写来只有一百多个字。这里特别需要指出的是，安妮宝贝语言的简略和古代小说有非常大的不同，古代小说写人写事也以简略著称，但是古人的"简"来自那种概述式的描述，它提示的往往是事件的梗概，是粗线条的，而安妮宝贝的"简"则是来自她对内容的删削和提炼，换言之，其小说中从来都不缺少细节和画面式的描写，她的小说很多都用细节和画面拼接起来，她更多的是用精选的细节激发读者的想象，这与古代小说对事件的概述有非常大的区别。

"五四"以后经过欧化的现代汉语书面语与文言和旧白话都有了相当大的不同，词汇与结构方式的变化使语言的规则重新洗牌，中国作家也不得不在新的语言平台上谋求汉语诗性的重新建构。新时期以来，作家对诗性的发掘虽然还不够深入，但是，已经形成了比较稳定的方向和传统，莫言等在语言形象化方面的探索，余华等在陌生化方面的实践，陈染等在现代、时尚风格方面的尝试都已经积累了一定的经验，也提示了建构"新诗性"语言的多种可能，他们的探索为现代文学语言的发展开辟了新的空间，因而也具有非常重要的价值。

第四章　新世纪中国小说语言论

"新世纪"作为一个文学分期概念已经得到了学界越来越多的认同，很多人认识到，"新世纪文学"不是一个空洞的时间概念，它其实概括了中国文学在发展中形成的很多新特点。然而在新世纪小说研究中，人们比较多地关注了中国小说关于主题、题材、叙事方式的变化，而多少忽略了新世纪小说在语言方面的创新与变异，相关研究明显不足。事实上，文学是语言的艺术，新世纪小说在主题、艺术上的每一点变化都必须在语言上表现出来，文学的变化首先就是语言的变化。

新世纪小说语言变化的一个整体趋势是从外向借鉴转向本土化。新时期伊始中国文学曾出现过向西方学习的强烈冲动，这个冲动在80年代中后期达到高潮，90年代出现回落，而在新世纪，中国文学无论是主题、题材和语言都有明显本土化趋势。在新世纪，中国作家语言策略上有一个明显转身，更多地在本土的各种资源中寻求学习与借鉴，包括学习中国的传统文学，以及在当下的民间语言包括方言中寻求借鉴；同时很多作家立足于现代汉语书面语，挖掘其中的诗性内涵。中国早期现代文的建设重口语和欧化，恰恰忽视了文学语言自身的特点。在新世纪有些作家致力于在现代汉语中挖掘汉语的诗性潜能，创造了一种"新诗性"语言，这个探索代表了汉语文学语言发展的一个新方向，具有相当重要的意义与价值。新世纪作家在语言方面的探索是多方面的，但是最主要的有两个方向，即民间语言的使用和语言的诗化实验。

第一节　民间语言的使用

"民间"作为一种文化形态，主要与精英文化相对，它包含精英文化之外一个广阔的世界。按照陈思和的说法，民间文学"是在国家权力控制相对薄弱的领域产生","保持了相对自由活泼的形式";"自由自在是它最基本的审美风格";它"拥有民间宗教、哲学、文学艺术的传统背景","民主性的精华与封建性的糟粕交杂在一起"。① 而所谓"民间语言"则是普通民众使用的语言。人类进入文明社会以后,因为分工的出现,精英阶层有充裕的时间研究历史与文化,从而也创造了比较"高级"的语言形态。下层民众终生劳作,他们的语言很少得到修饰与锤炼,通常保留了最朴素和原始的形态。民间语言在精英文化之外生息发展,因而较为简陋、粗糙,但是它也保留了民间文化的野性与生命力,它色彩斑斓、五色杂陈,具有粗粝、丰富、野性十足的特点。

新世纪作家使用民间语言的路径主要有两个方面:

首先是借鉴、吸收大众的口语,这是多数作家的追求。新世纪以来,很多作家都在谋求通过学习借鉴民间语言获得语言的活力,像莫言、贾平凹、阎连科、林白、刘庆邦、陈应松等,都在致力于这方面的实验与探讨。这种语言实验最常见的情况是作家大量使用民间口语,也在一定程度上有选择地使用方言土语,力求通过语言显示某种地域文化特点,也通过语言使底层生活真正得到显现。例如陈应松小说中就较多地使用了湖北民间的方言土语和各种习惯说法,例如"讨米"(乞讨)"袄子"(毛巾)"地茧皮"(地衣)"屋山头"(房屋外侧)"讲古"(讲故事)"老子"(自称)"骚来"(胡乱作为)等。这类语言的使用一定程度冲淡了小说的十足的"文人腔",显示出粗粝、野性十足的风格,使底层叙事真正具有了底层的色调。

新世纪小说中真正用民间语言讲述民间,最典型也是比较极端的例子是林白的《妇女闲聊录》,这部小说叙事人是来自湖北浠水在北京打工的农村妇女木珍,小说基本是实录木珍的回忆与自述。林白在创作这部小说时对选择何种语言曾经有过深入思考。她很清楚意识到,语言与其说是工具和手段,不如说是本体,语言很大程度上就是生活本身,同样的生活用不同叙述语言,会得到不同的结果。用知识分子的话语表述民间与底层,写出来的一定是经过修改的底层,用莫言的话来说,那是一种"伪底层"。林白曾明确表示:"下笔之前曾经犹豫,是否写成传统的笔记体小说,如《世说新语》那样的。但总觉得,文人笔记体小说对词语的提炼,

---

① 《陈思和自选集》,广西师范大学出版社1997年版,第207—208页。

对生活的筛选，对人物的玩味和修整，跟我所要表达的东西有很大不同。总而言之，从笔墨趣味到世界观，文人的笔记小说会不同程度地伤害到真的人生，伤害到丰满的感性。"她说自己在创作中"听到和写下的，都是真人的声音，是口语，她们粗糙、拖沓、重复、单调，同时也生动朴素，眉飞色舞，是人的声音和神的声音交织在一起，没有受到文人更多的伤害。我喜欢的，我愿意多向民间语言学习。更愿意多向生活学习。"①

《妇女闲聊录》中木珍的生活是真正底层生活，这部小说将"说"的权利交给底层人物，让其直接发声，用底层的语言说底层，因此小说讨论的话题和价值观都与一般的底层小说有很大不同。新世纪流行的底层小说一般都是从中产阶级的角度打量底层，作家无形中就以自己的生活作为参照，于是在底层生活中看到的都是苦难。而木珍一类的人物就生活在底层，他们虽然也拿自己的生活与城市中产者做横向比较，有许多不满和牢骚，但是他们更多的是与自己改革开放前的生活做纵向比较，在这种比较中倒是看到了更多好的变化，因此并未感到很多痛苦。小说中的木珍关注最多的都是生活中不平常的事：她所在王榨村人们各种不正常的死亡，留守妇女的婚外情、婚外恋、有悖伦理的通奸，村与村之间农民的群殴，另外还有偷鱼、药狗、偷西瓜、看戏等各种有趣的事。小说是苦乐杂糅，很多生活场景还洋溢着欢乐气氛，很有喜剧色彩，并无很多底层小说常见的那种阴森、灰暗、肮脏的氛围与格调。

小说中的木珍是农村中能说会道的人，她读小学时就在宣传队唱歌，曾在大庭广众之下表演节目，也是王榨村少数几个爱读书的人。她的语言是完全口语化的，多短句、多跳跃，还使用了相当多的方言土语，像"梗是"（全是）"笔直"（一直）"么事"（什么事）"落不了"（丢不了）"伢"（孩子）"果冷"（这么冷）螺（鸡巴）"苗"（女儿）"润"（高兴）"做俏"（脑别扭）"撒牙撩齿"（嬉皮笑脸）"打站"（撒尿）"吃烟"（抽烟）等。木珍的语言作为书面语写出来虽然有时逻辑线索不很清楚，但是整个叙事却简明、有力、灵动，富有生活气息。如林白所说，这种语言虽然"粗糙、拖沓、重复、单调，同时也生动朴素，眉飞色舞"。②因为真正用民间语言表述民间，这部小说提供了一幅中国当下农村真实的

---

① 林白：《低于大地——关于〈妇女闲聊录〉》，《当代作家评论》2005年第1期。
② 同上。

生活画卷。

其次,新世纪作家较多地从民间艺术中获得语言的滋养,莫言《檀香刑》就是很好的例子。民间艺术是大众口语加工、提纯的结果,其中除了具有民间特点的乐曲、散曲外,还有很多俗语、俚语、民谣、谚语等,与底层民众的口语相比,民间艺术更能体现民间语言的特点。莫言在新世纪一直在寻求艺术的创新,在《檀香刑》的写作中他就是在谋求一种从知识分子写作向民间写作的"大踏步撤退",从庙堂撤退到民间。莫言说:"《檀香刑》在结构上下了很大的功夫。在语言方面也做了一些努力,具体地说就是借助了我故乡那种猫腔的小戏,试图锻炼出一种比较民间、比较陌生的语言。"①

莫言在《檀香刑》中有一个重要的追求,就是发出与别人不一样的声音,这个声音在《檀香刑》中就是"猫腔"的声音。"猫腔"是山东高密地区的一种小戏,莫言从小听着这种小戏长大,"文革"后期他还参与了猫腔的编写,在小说中,他也把很多戏文中的段子直接引入《檀香刑》中。莫言在作品中使用猫腔并非虚晃一枪,小说"凤头部""豹尾部"每章都用了猫腔相应的腔调,例如:"眉娘浪语"的"大悲调"、"赵甲狂言"的"走马调"、"小甲傻话"的"娃娃调"、"赵甲道白"的"道白与鬼调"、"钱丁恨声"的"醉调"、"知县绝唱"的"雅调"等。小说中有很多韵文,整个语言也是按某种音调组织起来的,与莫言此前的风格有很大不同。例如"俺第一口吃了那颗金丝枣,蜜甜的滋味满喉咙。一颗红枣下了肚,勾出了胃里的小馋虫。俺第二口咬开了包子褶,露出了胡萝卜羊肉馅儿红。羊肉鲜,胡萝卜甜,葱姜料物味道全。为人不吃贾四包,枉来世上混一遭。"《檀香刑》很大程度上是一个实验性的作品,而其中最重要的探索就是用民间音乐改造现代小说的叙事,以及用民间语言表现民间的世界。

第二节 语言的诗化实验

叙事文学中语言的诗化明显是一种比喻的说法,它是指叙事文学的语

---

① 莫言:《文学创作的民间资源——在苏州大学"小说家讲坛"上的讲演》,《当代作家评论》2002年第1期。

言具有诗歌语言的特点。诗性语言最大的特点是它并非精雕细刻地描写对象，而是抒情的、写意的，它努力调动文字形、声、韵的特点，也充分利用文字在数千年流传中积累的文化意蕴，通过象征与暗喻创造诗性的表达效果。中国现代文学语言在"五四"时期经过了从文言到白话的转型，特别是经过欧化以后，变成了一种具有抽象性和逻辑性的"大白话"。"五四"以后，中国现代作家一直都在致力于恢复汉语的诗性内涵，力求使汉语重新成为一种感性的、抒情的诗性语言，而这个努力在新世纪有了明显效果。

新世纪中国作家在语言上的诗化实验主要有两个路径，首先是较多地在文言中获得借鉴，通过吸收、借鉴文言再建汉语诗性传统。中国作家通过吸收文言再建语言诗性传统自"五四"以后就开始起步，在新时期汪曾祺、林斤澜、贾平凹、阿城等更是积极予以探索，在新世纪也有一批作家继承和发扬了这个传统。格非、蒋韵、阿袁等都做了有益探索与实验，其中又以格非在这方面着力最多，其长篇小说《人面桃花》则代表了他在这方面的探索。

《人面桃花》是格非1994年出版长篇小说《欲望的旗帜》之后沉寂了近10年推出的又一部长篇小说，与此前的作品相比，这部小说语言的整体风格并没有很大变化，事实上，格非早期短篇小说语言就有典雅、洗练的特点，像《青黄》《迷舟》等短篇小说的语言都是反复锤炼、字斟句酌。只是那个时期格非作为先锋作家的一员，更醉心于叙事圈套的营造，对诗性语言的锤炼并非他的主要追求。在90年代，先锋作家有一个"集体逃亡"：离开现代派后现代派转向现实主义，从外向借鉴转向学习本土传统。这种转向在《欲望的旗帜》中有所显现，而2004年出版的《人面桃花》中，从叙事到语言，这部小说都更明显体现了向本土回归的倾向。

《人面桃花》的故事发生在清末民初，几个主要人物：秀米、秀米的父亲陆侃、革命党人张济元，包括秀米的老师私塾先生丁树则都受过良好的传统教育。陆侃是晚清进士、做过州官，张济元曾留学日本，写得一手好文章，作者刻画这些人物也必须以典雅的语言相匹配。《人面桃花》的语言明显融入了一些文言成分，其融合文言成分的路径主要有两个：首先是在现代白话文中融入文言的语气、语调和少量的句式与词汇，他的作品多选取精粹的短句，注重声调的跌宕起伏，很多句子读起来抑扬有致；格非还尽量使用一些古典诗词中的意象，力图创造典雅的意境。例如：

那些日子，秀米在花架下一蹲就是半天。痴痴骇骇，若有所思。白露这一日，秀米多喝了几杯酽茶，在床上辗转难眠。到了中夜，索性披衣下楼，取灯来看。夜风中，花枝微颤，寒露点点。

这段叙事中的"一日""中夜""取灯下楼"等都是文言的说法，而几个句子是长短结合，以短为主，读起来抑扬起伏，有一唱三叹之势。而像"夜风中，花枝微颤，寒露点点"，则创造了富有诗意的意境。

除了追求语言的典雅、凝练外，格非在小说的正文之外还置入了各种文献材料，包括人物的诗、词、日记、墓志铭和一些历史材料，这些材料要么全是文言（诗、词、墓志铭等），要么是文白兼杂（张济元的日记），这些材料与正文典雅的语言相呼应，增加了小说整体的书卷气，给人一种古色古香的感觉。

其次，新世纪还有一些作家不是在文言中寻求借鉴，而是更多立足于现代汉语书面语，在现代白话中挖掘汉语的诗性潜能。在这个问题上以往人们在认识上有一个误区，认为似乎只有文言具有诗性功能，现代语文要想获得诗性功能只能从吸收文言中获得。事实上，与西文相比，汉语整体上都具有诗性特点；汉语句式短小，不像西文在时态与语态、数与格方面都有严格规定，同时汉字是一种表意文字，它在词汇的概念之外含有丰富的历史与文化意蕴。新世纪以来，很多作家致力于在现代白话基础上挖掘汉语的诗性潜能，这种以现代白话为基础创造的诗性语言与文言的诗性有明显不同，可以称为"新诗性"语言。

与文言相比现代汉语书面语的特点是它的抽象性、逻辑性大大提升，而形象性和抒情性则明显降低。现代文学语言要克服语言的抽象性，很重要的途径就是要发掘汉语的感性和感情内涵，创造语言的色彩美、音乐美，让现代语文重新具有丰富的诗性内涵。事实上，早在80年代，一些新时期作家已经在做这方面的探索。莫言、苏童等作家在其实验小说中，不像传统小说将注意力集中在主题的深刻、情节的曲折，而将视点沉潜到更具象和感性的生活中，他们的小说有大量的感觉描写，更多地从视觉、听觉、嗅觉等角度表现生活，于是这类小说常常有着色彩的丰富、声音的喧哗，甚至嗅觉和味觉也都五味杂陈。与此相对应，他们的语言也变得更具体、形象，使用了大量的模色词和模声词，提供了一个色彩斑斓、众声喧哗的画卷。而余华、格非、孙甘露等作家则做了大量语言陌生化尝试。余华的小说不仅情节和人物是变形的，其语言也新奇、怪异，他通过对词语的割裂、错位组合，让语言偏离人们的认知习惯，或者抽空语言的所指，让文本堆满能指的碎片。语言陌生化的本质是通过变异刷新读者对生活的认识，让本来被熟视无睹的生活呈现出新的面目，重新引起人们的兴趣，这其实是文学语言区别于日常语言最重要的特点，中国古代很多诗人就是用这种方法创造语言的诗性内涵。在"春风又绿江南岸"中，王安石通过"绿"的活用，创造了非常新奇的意境。

在现代汉语基础中控掘语言的诗性内涵是中国文学语言发展的主要方向，也是一个长期的任务，新世纪很多作家在这方面都做了进一步开拓。很多作家进一步探讨现代语文的色彩美、音乐美，通过语言的陌生化创造新奇、警醒的审美效果。在这个方面，林白是一个很好的例子。林白尝试诗性语言的创造当然不是始自新世纪，她最早的创作就是从诗歌开始的，其早期小说的语言就带有明显的诗性特点。然而在新世纪随着探索的深入，她在诗性语言方面着力更多，也显示出更成熟的风范。这个特点在2007年完成的《致一九七五》中最鲜明体现出来。

据作者说，她从很早就打算写一个童年和青少年时代经历的小说，而2005年的一次回乡则直接触发了她的创作。这部小说的写作基本放弃了传统小说按照时间线索循序渐进的模式，写作的过程更像是情感与记忆的喷发，小说在结构上是散文化的，它没有连贯的情节，除了叙事人李飘扬，也没有贯穿全篇的人物。在《致一九七五》中，林白对现代语文的诗性化做了多方面的探索，但主要有两个方面：

首先是色彩美的创造。用语言摹写对象的色彩既能创造丰富的美感，同时又能唤起读者对生活的某种感性体验，它是克服语言的抽象性有效方法。丹纳曾指出："色彩之于形象犹如伴奏之于歌词，不但如此，有时色彩竟是歌词而形象只是伴奏，色彩从附属地位一变而成为本体。"[1]《致一九七五》中很少有那种空洞的说明、介绍和概括，林白的策略是贴近对象，写人物、动物、植物、天空、大地和田野，贴近每一个对象写出它们"多汁而蓬勃"的外表。在她笔下，这些对象常常五彩缤纷、色彩丰富。

---

[1] 丹纳：《艺术哲学》，傅雷译，安徽教育出版社1991年版，第509页。

小说中经常有这样的句子:"我看见十五岁的自己,在水塔边冲脚,她的脚沾满了沙子,水塔旁的木棉树正开花,肥厚浓红的花朵在蓝天下。""凤凰树正在开花,在校门口和操场里,那花瓣真像凤凰的羽毛啊,艳丽的红色,映红了半边天。""六感的麦子就是这样……它长着,绿着,开了花,灌着浆,坚硬着。它绿着就黄了,就金黄了,金黄金黄的,在阳光下,麦芒一根根,金光灿烂。"《致一九七五》中还有很多空间化、图像式的描写,作者在叙事中经常会有一个停顿,将叙事定格于某一个画面,于是叙述的文字变成了一幅画或者一张照片,而这种被定格的画面通常都是色彩鲜艳的。

> 那就让他们种一片玉米吧,纯粹的、美的、有益的植物。宽大的叶子,头顶着红缨,饱满而结实,甚至也是多情的,诗意的。整个山坡种满了玉米,不需要太多的劳作,却绿叶红缨,蔚为壮观。我的朋友雷朵,她头戴大草帽,站在玉米地中。

先是背景:一片玉米地,作者照例写到了玉米的"绿叶红缨",然后是一个女孩雷朵站在玉米地中。

其次是在语言抒情性方面的探索。抒情是诗性语言的重要内涵之一,语言抒情化可以让情感的逻辑置换日常逻辑,让叙事沿着情感的线索展开,这样的叙事逻辑可以给作者的想象提供更为广阔的空间,同时克服日常语言的抽象性、概括性。另外,抒情语言能够更好地感染、打动读者,实现文学的美育功能。《致一九七五》整个小说就是散文化的,驱动叙事的主要就是作者的回忆、内省和在精神返乡中产生的情感。小说中有很多抒情化的语言。

> 我再一次见到雷红的时候她已经变了,她脸上浮着一层红晕,眼睛因为水汪汪而显得有些濡湿,你却不知道这些水分是从哪里来的,它是从身体里来的吗?还是来自天上的雨水。《敖包相会》就是这样唱的:如果没有天上的雨水哟,海棠花儿不会自己开。

这个段落写的就是感情戏:雷红和宋大印的爱情,同时作者又是饱含感情回忆自己少女时代朋友的爱情,整个叙事都由情感在驱动,因而作者的想象非常奇特。她由人物眼睛的濡湿,追问其中的水分是从哪里来的,在排除了两个假设以后,作者的结论非常明确:它来自人物的爱情。

  林白的小说使用的是规范的现代汉语,没有文言成分,然而她创造了一种感性的、具象的、抒情性的语言,她的语言色彩绚丽、感情饱满,与优秀古典作品有异曲同工之妙,这足以说明现代汉语书面语也有丰富的诗性内涵,立足现代汉语照样可以创造精美的诗性语言。

结　　语

　　"五四"语言变革在中国现代史上具有相当重要的意义，它不仅影响了中国文学的变革与建设，同时它也惠及了中国社会的各个领域。如果没有这场变革、没有后来主要由作家在文学这块"试验田"中"创造"与"建设"的白话文，中国的书面语可能至今仍然沿用文言；而文言的简略、模糊不能满足自然科学、社会科学和现代教育的需要。胡适当年倡导白话文时已经意识到这场变革的多面性，他在《建设的文学革命论》一文中认为，"五四"白话文运动的"唯一宗旨"就是"国语的文学"和"文学的国语"，其中就包含了文学语言建设为全社会服务的意识。所谓"国语的文学"是说，中国文学必须使用已经成为国语的白话，而"文学的国语"则是指出一种合格的国语必须具有文学性。或者说，每一种合格的国语都必须由文学语言作为示范，文学语言应成为国语的核心成分；文学是语言的活水，它是语言中最有生命活力的部分，合格的国语必须不断地从文学中汲取养分，在文学中得到补充，这样它才能成为一种有"生命"的语言、"活"的语言。

　　在中国现代史上，文学语言变革和建设对社会的贡献主要有两个方面：首先，从文言到白话的变革最早在文学中发生，这场变革也主要是由文人、作家所主导，其后随着语言变革的深入与扩展，现代白话才普及到各个领域；从这个意义上说，是文学给中国社会的现代化提供了一种新的语言形式。语言是人须臾不能离手的工具，如果没有现代白话，中国自然科学、社会科学与现代教育都会受很多影响，它们也不可能取得今天这样的成绩。历史学者耿云志在评价胡适的历史贡献时曾指出："通常，人们提起胡适，都承认他提倡白话文运动。其实这种说法不很准确。……如果说'五四'以后成长起来的一代年轻人，只要读过书，大都没有困难地提笔作文，开口讲演，这是文学革命之赐，是胡适大力倡导之功；那么，今天，不论天涯海角，城市乡村，凡受过正规教育的中国人，都能没有困难的互相交谈，彼此沟通，这同样是文学革命之赐，同样是胡适大力倡导之功。早就有人说过，白话国语的通行，对于我们国家的发展，社会的进步，人民的觉醒，它所发挥的作用，无论怎样估计都不会过分。"[①] 其次，"五四"以后，也主要是在文学领域现代白话不断完善，克服了早期白话的过分欧化、文白混杂以及杂用方言等，使现代白话既具有西文的复杂、精密和逻辑性的特点，同时又比较灵动、形象，具有一定的诗性与文学性。而中国社会各领域的语言也一直都在文学中得到借鉴。"五四"以后中小学教材中多数篇目都是新文学作品，也就是说，社会各类人才都在文学中得到训练和陶冶，社会科学各领域使用的语言虽然与文学有不同要求，但它们也都潜在地受到了文学语言的影响；现代汉语中一些最新的用法、一些新的语言组合总是最早出现在文学中，其后利用文学的影响在社会上扩展开来。

"五四"文学语言变革和后来持续近百年的建设是一场惠及全社会的综合工程，但这个过程中充满了各种困难，在其中每一个阶段，作家都有不同的任务。这里对各阶段文学语言建设的任务与成绩做一个简单回顾与评价。

一 现代文学30年

现代文学30年是中国现代文学语言发生与初步建构的阶段，在文学语言发展史上具有重要意义。这30年又可以分为三段。

（一）"五四"时期

这段时间作家面临的任务主要有两个，首先是争取白话文的合法性。19世纪末20世纪初，中国社会在经受了西方殖民者入侵以后，不得不启动了一个现代性转型的过程，在这个过程中，很多人意识到，中国社会的转型首先需要一个语言的转型。当时作为主要书面语的文言，简单、模糊，缺少复杂性、精密性和逻辑性，同时难以学习，很难适应现代教育的需要，因而晚清时期裘廷梁等就先行发起了一个白话文运动。另外，文言在中国已经有数千年历史，它的影响根深蒂固，特别对中国这样一个地域广大、文化教育落后的国家来说，要废文言兴白话会遭遇很多困难。其中还有一个特别重要的问题是，中国曾经是一个诗的国度，中国人对诗的艺术有着特别的喜好与关注，在中国一种合适的书面语必须是一种优秀的诗

[①] 季羡林编：《胡适全集》第1卷，安徽教育出版社2003年版，第39页。

歌语言、文学语言。从这个角度说，文言比白话具有更多的优势。文言虽然简略、模糊，缺少逻辑性，然而这正是诗歌需要的特点，在数千年中国文学史上，中国文人正是使用文言创造了唐诗宋词元曲这样的艺术珍品，而白话文一直是民间的、边缘的，未得到反复修饰与磨炼。如周作人所说："我们决不看轻民间的言语，以为粗俗，但是言词贫弱，组织单纯，不能叙复杂的事实，抒微妙的情思，这是无可讳言的。"他认为，白话文作为"久被蔑视的俗语，未经文艺上的运用，便缺乏细腻的表现力，以致变成了那种幼稚的文体，而且将意思也连累了。"① 俞平伯更直截了当地说："中国现行白话，不是作诗的绝对适宜的材料。"② 另外，"五四"白话文运动还有一个特殊之处在于：白话文的长项是实用，弱项是文学特别是诗歌，而胡适在变文言为白话时恰恰选择了诗歌作为突破口。在语言变革上他一开始提出的理由就是白话较文言是一种更优秀的诗歌语言，而这明显是一个有悖于常识的观点。他在康奈尔时期就遭到一批人的反对，白话文运动展开后，他在诗歌领域也遭到很多质疑与诘难。20世纪初，语言变革已经是大势所趋，因而白话文运动最终还是取得了胜利，但这个过程还是曲折的，倡导者在其中遭遇了很多困难。

其次是现代白话文的初步建构。"五四"白话文运动主要内容是废文言，兴白话。这里有一个关键问题是，当时的作家并非简单沿用旧白话，而是在各种语言资源的基础上另起炉灶，建构了一种带有现代性特点的新式白话。"五四"之初，胡适根据自己个人学习白话文的经验，大力倡导时人从明清小说中学习白话，认为旧白话小说是学习白话最好的老师。他说："我的经验告诉我：《水浒传》、《红楼梦》、《西游记》、《儒林外史》一类的小说早已给了我们许多的白话教本，我们可以从这些小说里学到写白话文的技能。所以我大胆地劝大家不必迟疑，尽量采用那些小说的白话来写白话文。……那些小说是我们的白话老师，是我们的国语模范文，是我们的国语'无师自通'的速成学校。"③ 其实，恰恰是胡适的这类教诲造成了误导，让人以为"五四"白话文运动就是简单地从文言到白话的转变，现代作家只要学会使用白话文就可以完成这种转变。事实上，现代

---

① 周作人：《国语改造的意见》，《艺术与生活》，上海中华书局1936年版，第108—109页。
② 俞平伯：《社会上对于新诗的各种心理观》，《新潮》1919年第2卷第1号。
③ 姜义华编：《胡适学术文集·新文学运动》，中华书局1993年版，第250—251页。

白话与旧白话有着相当大的差异，旧白话是古代汉语的一部分，反映的是古代人的思维方式、言说方式，而现代白话大量吸收西文的思维方式、言说方式，在语法、句法、词法上都有一系列变革，这其实正是"五四"以后，很多本来熟悉旧小说的人读不懂新文学作品的重要原因。周作人曾指出："明清小说里原有好的文学作品，而且又是国语运动以前的国语著作，特别觉得有价值，然而它们毕竟只是我们所需要的国语的材料，不能作为标准。区区二三百年的时日，未必便是通行的障碍，其最大的缺点却在于文体的单调。"① 郑振铎也指出："中国的旧文体太陈旧而且成滥调了。有许多好的思想与情绪都为旧文体的成式所拘，不能尽量精微的达出。不惟文言文如此，就是语体文也是如此。所以为求文学艺术的精进起见，我极力赞成语体的欧化。"② 白话文运动开始以后就不断地有人在丰富和补充胡适的白话文理论，其中比较重要的就是指出新旧白话的区别，并提出改造旧白话的办法。傅斯年就提出要把欧化与学习口语作为改造旧白话的途径，后来胡适也认同这个观点，他说："旧小说的白话实在太简单了，在实际应用上，大家早已感觉有改变的必要了。……近年白话文学的倾向是一面大胆的欧化，一面又大胆的方言化，就使白话文更丰富了。傅先生指出的两个方向，可以说是都开始实现了。"③

"五四"以来，很多人未曾注意新旧白话之间的本质差异，看轻了这个时期作家在现代文学语言上的首创之功。事实上，鲁迅最早推出的《狂人日记》《祝福》《孔乙己》等小说的语言，严格地说，是中国历史上从来没有过的语言。这是一种新型的、带有现代性特点的语言，它比旧白话更严密、精准，更富有逻辑性，更适宜精密、准确地描述生活，而不是像旧白话那样简约含糊、粗陈梗概。这种新式白话的写作并无先例可循，"五四"作家只能摸索前行，他们是在尝试中建构了这种语言惯例与规则。鲁迅"五四"前一直主要使用文言从事翻译和写作，而他1918年改用白话，也一下子就拿出了比较成熟的白话文，有人因此可能会把这个转变看得非常简单，而实际上，鲁迅也是经过了漫长的探索，才实现了这个转型。对鲁迅语言转型产生较大影响的因素主要有这样几个方面：首先，早年从事翻译活动时他就尝试过白话文，1903年他翻译的《月界旅行》

---

① 周作人：《国语改造的意见》，《艺术与生活》，上海中华书局1936年，第108页。
② 《小说月报》1921年第12卷第6号。
③ 姜义华编：《胡适学术文集·新文学运动》，中华书局1993年版，第251页。

和《地底旅行》就比较多地使用了白话文。其次，鲁迅早年学习过德文，也使用德文做过翻译工作，这种学习和训练使他较好地掌握了西文的思维方式和言说方式，更习惯于将文思逻辑地、条分缕析地表现出来，而这正是现代白话不同于旧白话的主要特点。再次，他有着深厚的文言基础，这让他能够从文言中汲取足够的营养。鲁迅正是拥有这样良好的条件，同时经过认真的探索，使他在"五四"后率先实现了语言转型，而且一出手就拿出了质量很高的现代白话文。另外，郭沫若、郁达夫、叶圣陶、冰心等经历虽然与鲁迅不尽相同，但他们也是做了多年的准备，其后才比较顺利地实现了语言的转型。在20世纪中国文学语言建设史上，这一代作家从事的是开拓与创造之功，他们在新式白话建构方面走出了最关键的一步，他们在实现了艰难的蜕变以后，后辈作家就可以以他们的作品为范本，学习与模拟，并在这个基础上加以改造与提高，从而将现代白话推向成熟。

（二）20世纪30年代

在现代文学语言发展史上，30年代也是非常重要的阶段，这个时期的作家在学习使用白话文方面比前辈作家有了更多便利条件，但是他们在现代白话草创后仍有大量工作要做，承担的任务并不比"五四"作家轻。他们要做的工作主要有三个方面。

首先，"五四"作家因年龄、生活经历、教育背景和文学师承的不同，他们在语言转型之前大都已经形成了较为固定的语言习惯，转型后他们自然要把这种习惯带入白话中：或倾向于文言，或倾向于欧化语，或杂以方言，这样就导致了早期白话文的杂色化。然而语言有自己规律，任何一种成熟的语言都有自己特殊的言说方式，它在吸收异质语言时一定要对其加以改造，这样才能使语言融汇成一个有机整体。30年代作家接受传统教育相对比较少，在一个更开放的环境中长大，他们与现代白话具有更强的亲和力，他们走上文坛后，也更多地对初期白话文进行了改造，在创作实践中，能不断剔除现代白话中的异质成分，逐渐克服了早期白话文杂语化的弊端。正如吴福辉在总结30年代文学语言发展的成绩时所指出的："白话小说发展到三十年代，初期新小说如外国直译文，构造曲折，使中国文字拖长、句法繁复的毛病得到了克服。叙述话语以简为美，短而含义丰厚的风格，已成为正统的'话术'。周作人的意见与林徽因所说的'五四'早期作品'生涩幼稚和冗长散漫'，现在已是'连贯'、'经济'，基本上相通。"① 当然，白话文改造是一项长期任务，30年代作家也只是初步克服了"杂语化"倾向，语言混杂的情况在这个时期其实依然存在，他们只是与前辈作家相比有了一定进步，白话文真正的有机融合还要靠更多人的努力。

其次，现代白话面临一个在文学上扩大使用范围的问题。"五四"时期文学的题材主要限于反对封建礼教、宣扬婚姻恋爱自由、个性解放等，在体裁方面则存在样式单调的问题，例如"五四"时期小说以短篇居多，中长篇小说就不多见。30年代以后文学的题材和体裁都有很大的拓展，小说、诗歌、散文、戏剧开始反映生活的各个方面，每一个文体的体裁也更多样化，例如小说就有了长篇小说的繁荣。而现代白话对中国作家是一种全新的语体，如果说，"五四"作家在短篇小说等方面给他们做出了示范，那么在新拓展的领域则要他们自己去探索和发展，他们要解决的问题是，如何将现代白话用于描写更广阔的生活，以及如何在文体上更多样性地描写生活。而事实上，文学题材和体裁的扩大也确实给现代白话提出了很严峻的挑战。例如在"五四"时期的短篇小说中，心理描写大都比较简单，而在30年代当文学需要广泛反映现实生活，特别是在中长篇小说中需要细致刻画人物形象时，就需要大量生动细腻的心理描写，在语言上则要组织更复杂的文句，表现现代人纷纭变化的心理活动，包括人的下意识活动。拿丁玲与鲁迅小说中的心理描写相比，鲁迅小说的心理描写虽然更简练、准确，但是他很少展开，还是更多地用人的行为、动作暗示人物心理的活动过程。而丁玲小说的心理描写虽然比较铺张，也有太多的欧化成分，但它是丰富的、多样的，作者往往是正面描写人物的心理活动，捕捉人物最细微的心理变化。这种描写在古代小说中是没有的，用汉语正面表现人物心理活动是一个全新的尝试，这种尝试是实验性的，也带有很强的创新性。另外，在30年代，巴金尝试了一种倾诉性的表达方式与相应的语言表现策略；茅盾探索使用了一种复杂、精密、丰富的语言如油画般地刻画生活；老舍大量使用地道的北京话探索了大众化新的途径；沈从文则拓展了一条语言诗性化的道路。

最后，30年代作家还面临一个普及现代白话的任务。现代白话是经

---

① 吴福辉编：《二十世纪中国小说理论资料》第三卷，北京大学出版社1997年版，第13页。

过欧化的语言，在思维方式、言说方式上都与传统汉语有较大差异，"五四"时期这种语言主要为少数新派知识分子使用，与大众却有很大的隔膜。在30年代初展开的文学大众化讨论中，左翼作家对"五四"白话文运动批评最多的就是它导致了一种新的"言文分离"，认为现代白话比文言更难懂，是大众很难理解的"新文言"。现代白话是比旧白话更高级的语言，它为了提高表意的复杂性、精确性和逻辑性，大量吸收西文中有益成分，因而导致与大众的隔膜，这一点无可非议，解决这个问题的根本出路是发展教育，提高大众的文化与语言水平。但是另一方面，当时的作家也担负着一份推广和普及的责任，因为同样是现代文也存在一个程度深浅的问题、一个欧化程度多少的问题，特别是在抗战爆发后，新文学迫切需要承担调动群众、宣传群众的任务，这个时候的作家只能通过口语化、大众化实现与大众的沟通，担负一个普及现代文的任务。

（三）20世纪40年代的解放区文学

在20世纪中国文学语言建设史上，40年代的解放区文学也是值得提到的一个阶段。

首先，这个时期解放区文学与此前最大的不同是，文学的审美和娱乐功能被淡化，宣传教育功能得到突出强调，文艺确立了一个工农兵方向，作家在语言上必须有一个强制性地向大众化、民族化和口语化方面的转向。这种转向在现代文学语言建设史上有正负两个方面的意义。就其正面意义来说，解放区文学突出强调语言大众化、口语化，对纠正"五四"以来文学语言过分欧化倾向还是有积极意义的。在30年代左翼作家就已经注意到这个问题，也反复讨论了这个问题，但是，因为左翼作家只有松散的联盟，理论上的主张并非强制性的，很多作家是"只说不练"，语言大众化仅仅停留在口头上。而在解放区，当文学被纳入体制以后，语言大众化就不仅仅是个建议，而变成了作家必须执行的政策。在这样的背景下，许多作家认真检讨自己的语言策略，并开始认真实行大众化和口语化策略。

其次，"五四"以后现代文学语言还存在如何向民间语言敞开的问题，从"五四"开始刘半农等作家就一直有这方面的努力，但是因为这些作家生活在知识分子的圈子里，仅仅依靠"采风"不可能真正学习、吸纳民间语言。而在解放区文学中，出现了一些真正出身工农的作家，像赵树理、马烽、西戎等，他们是在农民的"话海"中长大的，又长期置身于工农大众之中，他们在作品中真正做到了将现代白话与民间语言的结合，中国现代文学语言到了赵树理这些作家手里才真正接了"地气"，实现了与民间语言的相通，赵树理等作家的这个贡献，在20世纪中国文学语言发展史上是很有意义的。而来自国统区的作家，像丁玲、周立波、欧阳山等也真正深入工农兵，他们的语言后来也发生了很大变化。

解放区文学在语言发展史上的负面意义也非常明显，即在当时的语境中语言大众化不是多样选择中的一种，而是被作为唯一的方向。事实上，文学语言既要追求大众化，它同时也要有精密化、复杂化和诗化的要求，40年代的解放区文学因为政治的需要，仅仅选择了一条走向低端的道路，这种选择对现代文学语言的发展产生了明显的负面影响。

二 新中国30年

1949年以后，新中国文学较多地继承了延安文学的语言政策，大方向仍然是大众化和民族化，但是也有一些变化，主要有两个方面：首先，新中国成立后，时代环境发生了较大变化，时代的任务由战争转向和平建设，战争环境下急功近利的文艺政策得到了某些调整，文艺的任务不再仅仅是宣传、动员，而更多的是要对大众进行思想教育。文艺服务的对象也不再仅仅限于工农兵，而要面向包括各色市民、小资产阶级在内的各种读者，于是官方政策就不仅仅是普及，同时也有了提高的要求。50年代初，赵树理的创作受到"不大不深"的批评，就是这个转向最明显的标志。因为文艺政策的调整，新中国文坛不再一味强调语言的大众化、民族化，给语言的欧化和诗化留下了一定的空间。其次，延安时期主要任务是夺取全国政权，对文艺的管控还不算严格。解放以后，文艺成了进行意识形态教育的主要手段，政府对文艺的管控越来越严格。作家被纳入体制，文学的主题、题材、人物等都受到了很多限制，到了后来作家只能按照指定的方式写作，作家创作个性发挥的空间越来越小，因而作家的语言个性也很难得到发挥。

在中国现代文学语言发展史上，新中国文学的影响也有正负两个方面，就积极意义来说，在"十七年"，特别是新中国成立之初的一段时间，作家的语言探索还是有一定的成绩。语言的发展有自己的特殊规律，它不会因为压制就停止发展。新中国成立后，在新的时代背景下，有些作家继承了"五四"文学的传统，在语言的欧化与诗化方面还是做了比较多的探索。柳青、杨沫的小说就有很多欧化成分，孙犁的小说中有较多的诗化成分。另外，一些作家像赵树理、马烽、西戎等作家依然在做大众化、口语化的尝试，但是，更多的作家，像梁斌、吴强、陈登科、李准、王汶石、浩然等作家则致力于综合吸收各种语言成分，打造自己的语言风格。在"十七年"，文学创作在主题、题材、人物塑造、叙事方式等方面都有较严格的限制，作家能够显示艺术个性的大概也只有语言，因而这个时期的作家对语言还是重视的，在修炼、打磨上也做了很多努力。除了作家的语言探索外，新中国成立后展开的语言规范化和普通话的推广对语言建设也有比较大的意义。当时倡导的语言规范化虽然是对整个书面语而言，但文学语言也是书面语的一部分。事实上，"五四"以后，中国作家努力克服过分的欧化、文白混杂和杂用方言就是在做语言规范化的工作，而新中国成立后由政府倡导、推动这个过程，显然会有事半功倍的效果。普通话的普及也是现代作家的多年梦想，普通话能够为中国文学搭建一个统一的平台，让作家的创作和读者的接受都不再受到方言的困扰。虽然普通话的推广不是一朝一夕能够完成的，但这个活动本身对统一民族语言还是做出了较大贡献。

当然，"十七年"的消极影响也是明显的，这个时期最大的问题是，政治对文学的限制也影响了语言。现代文学史上文学的多元能导致语言的多元，而"十七年"只剩下一种工农兵文学，虽然作家语言的探索仍然有一定空间，但是这个空间非常狭小。从某种意义上说，这个时期政治上过多的限制导致了现代文学语言探索的减速甚至停滞，延缓了现代文学走向成熟的时间。

三　新时期

中国现代文学语言发展史上，新时期是"五四"以后第二个成就最大的时期，在这个时期文学语言的发展具有很多有利的条件。首先，经过半个多世纪的建设，到了新时期现代文学语言已经基本融合成一个有机整体，作家不必再为那些更基本的问题分心，可以致力于文学语言的高层次建设。其次，改革开放促进了文学的繁荣，特别是80年代对西方现代派后现代派的引进，使中国文学的水平得到了大幅提升，文学不仅质量提高，也更多地走向多元化。而文学的发展首先就需要语言的发展，文学的每一点提高都需要语言有相应提升，因而这个时期作家语言探索的积极性大大提高，很多作家都把语言的创新当作文学创新主要的突破口。再次，受到西方现代语言学影响，很多作家实现了一个语言的自觉，即不仅仅把语言当作工具和手段，更视为一种本体。很多作家认识到，在文学阅读中，生活是不在场的，读者唯一能够看到的就是语言，因而决定一部作品艺术水平的很大程度上不是生活而是语言。语言的自觉让很多新时期作家对语言有了一个高度的重视，在实践中也倾注了更多的精力予以开掘与探索。

新时期作家与此前最大的不同在于，他们可以将文学语言的自身建设作为实验与探索的主要任务，即在现代汉语基础上发掘形象性、隐喻性、抒情性等诗性内涵。在"五四"以后很长一段时间里，作家需要解决的是汉语书面语面对的共同的问题，即语言转型后过分欧化、文白混杂和杂用文言，以及现代白话与大众的分离等问题。在现代文学史上也有作家关注现代白话的诗性和文学性，但20世纪前期他们主要要解决的还是现代书面语面临的基本问题。

新时期作家对语言的探索是多方面的，但是着力最多、成绩最大的还是在现代汉语诗性与文学性的建构上。"五四"时期汉语书面语经历了从文言到白话的转变，因为在古代白话文一直是一种民间语言，未有经过长期的修饰和提炼，与文言相比，它的诗性内涵明显是薄弱的。而在"五四"以后的现代文建设中，又特别强调了欧化语口语化，这样现代白话的抽象性、概括性和逻辑性大大提高了，而诗性和文学性更多地被稀释了，现代白话变成了一种直白、枯燥的大白话。而到了新时期，在现代汉语书面语的基本问题得到解决后，更多的作家意识到现代书面语的不足，也开始致力于解决这个问题。在新时期有一些作家更多的还是通过借鉴和改造文言增加语言的诗性和文学性。汪曾祺、孙犁、贾平凹等都做了很多有益尝试。然而，白话和文言毕竟是两种语体，两者相融的空间有限，大量使用文言很容易造成文白混杂。而且，文言距离现代人越来越远，让现代作家读几首古诗，就寻求从文言中得到借鉴，也是不现实的。因此，新时期很多作家开始立足现代汉语，挖掘语言的诗性内涵。例如莫言、苏童、林白等更多地通过写感觉，让语言直接呈现现实的具象形态，克服语言的抽象性与概括性。余华、格非、孙甘露等则有意打破语言的惯例，通过变换"说"的方式，创造一种陌生化效果。而陈染、海男、卫慧、安妮宝贝等作家则借鉴杜拉斯的话语方式，通过片段化的叙事，颠覆语言的逻辑性，让语言同时具有形象、抒情和隐喻的特点。这种语言能够把女性的心理、情感最真实、贴切地表现出来，同时也更具有现代的、时尚的特点。

中国现代文学语言的发展是一个综合、系统的过程，其建设也具有整体性,"五四"以来中国文坛上每一位作家的探索都对这个建设做出了贡献,而正是这种合力,让现代文学语言在20世纪前半期解决了书面语面临的基本问题,而在后半期则发掘了其蕴含的诗性和文学性内涵,使现代文学语言实现了初步的成熟。当然语言是一种约定俗成,具有很强的惰性,百年时间对语言来说还是很短暂的,现代文学语言可能还要许多代人的探索,才能真正走向成熟,成为既复杂、精密同时又具有诗性和文学性的优秀文学语言。

附录　关于赵树理语言研究的审美反思

20世纪中国社会激烈动荡，政治对文学产生了很大影响，因此文学史上经常会出现一些被时代潮流托举出来的作家；与那些成名之前经过审美批评严格审查、甄别的作家不同，这类作家往往是迎合了某种时代潮流、政治倾向，因而成就大名。赵树理就是这类作家中比较典型的一个。

20世纪40年代中期，赵树理在解放区的崛起明显是一种时代的选择，即解放区文艺界领导是把他作为实践《在延安文艺座谈会上的讲话》（以下简称《讲话》）的范例予以推荐，而且确定为中国文学的方向。然而对赵树理来说，这种"轻易"的成名其实利弊兼有，其"利"在于，他多年的摸索得到了承认，借助于政治力量，他为自己也为大众文学争得了一席之地，没有这种时代的机遇他也许终生不会有扬名文坛的机缘。而其"弊"则在于，他从一开始就被打上了大众化的印记，且一直戴着这顶帽子，其真正的艺术个性很大程度被遮蔽了。在以后的研究中，很多人不再理会赵树理与"大众化"和"工农兵文学"之间的差异，而把一个本来需要论证的问题直接当作前提，讨论他在文学史上的价值与意义，这自然会造成很多误读。

在对赵树理的这种解读"模式"中，被误读最深的是他的语言。自40年代中期赵树理的语言被确定为大众化与通俗化以后，对其语言的认识就一直没有超越这个范畴。事实上，一个作家的语言可以有多种解读，像赵树理的语言有很高的艺术成就，单一地将其纳入政治的范畴，就会忽略其对艺术特点的理解。赵树理的语言不是说不具有大众化、通俗化的特点，特别是从文学史的角度说，大众化、通俗化更符合"归类"的要求，但前提首先是对其独特艺术特点的全面认识，简单的"归类"往往导致对作家艺术个性的忽视。

一　大众化语境中的误读

赵树理是在战争环境下被发现并被推出的，当时解放区批评家的任务是要找一种真正能够走进大众的文学，让文学起到动员群众、组织群众的作用；具体目标，则要为毛泽东的《讲话》找到实践的样板。在这样的背景下，他们与其说是通过"细读"发现了赵树理，不如说是削足适履式地将赵树理纳入了某种规范中。

一个作家艺术和语言的特点本来可以从多种角度做出解读，例如海明威的作品就大量使用口语，其语言具有简洁、平实、自然、明朗的特点，人物使用"电报式"的对话。有人说他是"一个手拿板斧的人"，"他斩伐了整座森林的冗言赘词，还原了基本枝干的清爽面目，……砍掉了一切花花绿绿的比喻，清除了古老神圣、毫无生气的文章俗套"。[①] 而人们认为，海明威创造了一种风格，很少有人将其语言与通俗化、大众化联系起来。

对赵树理就有很大不同，赵树理的语言也具有简单、明了、朴实、灵动的特点，与海明威有很多相似之处，然而因为历史语境的不同，对其语言的解读却大相径庭。40年代，在赵树理崛起之时，解放区文坛上流行的主要就是一套大众化的话语，文艺有一个为工农兵服务的要求，许多左翼知识分子也都在为文艺大众化而努力，特别是毛泽东的《讲话》发表以后，大众化更成了文艺创作的某种"戒律"。在这个背景下，当时的批评家和文艺界的领导评估赵树理自然只能从已有的话语模式出发，即在大众化的"取景框"中观照赵树理，大众化成了某种思维定式，很难再超出这个范畴。赵树理被按照大众化的范式加以取舍，于是被解读成一个大众化文学的样板。

从1943年《小二黑结婚》的发表，到1947年"赵树理方向"的提出，对赵树理语言特点的讨论明显都是围绕大众化已有的几个话题展开。主要有以下三个方面。

（一）从政治出发判断赵树理语言的价值

赵树理最早受到关注的就是其语言的口语化与通俗化，但是人们并非在一般意义上讨论这个问题，而是一开始就将其与能否有利于服务大众联系起来。当时的评论者谈论赵树理的语言大都有一个相似的三段论模式，即口语化、通俗化的语言是大众能接受的语言；能为大众接受的语言是有价值的；而赵树理语言具有口语化、通俗化的特点，所以赵树理的语言是

---

① 董衡巽编：《海明威研究》，中国社会科学出版社1985年版，第132页。

有价值的。当时的评论者一再褒扬赵树理语言的口语化、通俗化其实就是肯定它在政治上的价值。

1943年《李有才板话》刚刚发表，李大章就撰文介绍、推荐这部小说。在谈到值得借鉴之处时，他提到《李有才板话》"语言的浅白，口语化，或接近口语"，随后他批评了以欧化语为荣的人："少数人口里喊大众化，实际不肯大众化；或者自己不会通俗化，不但不以自己是脱离群众、脱离现实，反而以多数人愈看不懂，听不懂为荣。"① 这里李大章明显是把口语化与能否服务工农大众联系起来，在他看来，能否口语化本质上就是一个政治问题。其后，很多评论者都沿袭了这个思路。冯牧在讨论《李有才板话》语言特点时首先关注的就是其"群众化的表现形式"，他说"在我们所曾看到的企图使尽量广大的群众（尤其是农民）能够接受的一些作品中，《李有才板话》是比较完美，比较成功的。"而其语言的完美就在于它"保有了一种平易、口语化、适于朗诵的特色。"② 周扬、陈荒煤等也都表达了类似的观点。

（二）通过与"小资"作家的比较，肯定赵树理在语言通俗化上的选择

周扬在与"小资"知识分子比较中提到了赵树理文学语言的三个特点。第一，"他写的人物没有'衣服是工农兵，面貌却是小资产阶级'；他写农民就像农民。动作是农民的动作，语言是农民的语言。"第二，赵树理的语言不像有的"小资"作家装饰性地使用方言、土语等，"在他的作品中，他几乎很少用方言、土语、歇后语等这些；他决不为了炫耀自己语言的知识，或为了装饰自己的作品来滥用它们。"第三，不像有的"小资"作家仅仅在人物对话中使用口语和大众语，而是"在作叙事描写时也同样是用群众的语言。"③

（三）探讨了赵树理实现语言大众化的路径

这个路径主要有两个，首先认为赵树理批判性继承了中国古代小说的语言传统。李大章最早提到这个问题，他说，《李有才板话》形式上接近"民族化"，"它从旧形式中蜕化出来，而又加上了新的创造。"④ 冯牧指

---

① 黄修己：《赵树理研究资料》，知识产权出版社2010年版，第148—149页。
② 同上书，第153页。
③ 同上书，第161—164页。
④ 同上书，第148页。

出,《李有才板话》"是尽量接受了一部分中国旧小说的特点的,但是,它也摒弃了旧小说的一切陈腐滥套,而保留了它的简洁和朴素。"① 周扬则更强调他的创造性继承,周扬说:"他在表现方法上,特别是语言形式上吸取了中国旧小说的许多长处。但是他所创造出来的决不是旧形式,而是真正的新形式,民族新形式。……他在文学创作上,不是墨守成规者,而是革新家,创造家。"② 其次是学习人民群众语言。向人民大众学习语言一向被认为是赵树理实现语言大众化最重要的路径,也是赵树理区别于其他作家最重要的特点。周扬最早提到这个问题,他在分析《小二黑结婚》的语言时,赞扬这些语言充满了魅力,然后指出:"这种魅力是只有从生活中,从群众中才能取得的。"他指出,赵树理能够做到语言大众化最重要的原因是"他对于群众的生活是熟悉的"。③ 茅盾也谈到,赵树理在语言上的成绩源自他"虚心向人民学习,找寻生动朴素的大众化的表现方式"。④

40年代解放区批评家急于树立赵树理这个典型其实还有一个隐秘动机,即用赵树理的"大众化"纠正一些作家的"非大众化"。在赵树理被树为典型的前后,解放区文学最大的问题就是一些来自国统区的作家明显有脱离大众的倾向,这其实也是左翼文学兴起以后,革命文学遇到的最大的问题。因此将赵树理解读成大众化作家,就可以提供一个标识与范例,这比空洞地号召作家大众化有着更好的效果。

40年代中期是评论界集中探讨赵树理文学语言特点的一个时期,也是成绩最大的时期,对赵树理文学语言特点的认识在这个时期基本上形成定论,一直到新中国成立以后都没有很大的变化。

进入新时期,特别是90年代以后,文学批评经历了思想解放过程,关于赵树理的研究上了一个新的台阶,研究者能够在一个更开阔的视野中研究赵树理创作的各种特点。赵树理与"五四"启蒙文学的关系、与现代性的关系、与大众化的关系都得到了较深入的阐释。但是在文学语言这个领域,相关研究却显得乏力,其原因可能在于,由早期解放区批评家开创的将赵树理文学语言与大众化的捆绑研究已经形成思维定式,束缚了研

---

① 黄修己:《赵树理研究资料》,知识产权出版社2010年版,第153页。
② 同上书,第163页。
③ 同上书,第165—166页。
④ 同上书,第171页。

究者的思想，后人很难打破这个定式，鲜有人能够摆脱大众化的缠绕，真正把赵树理的文学语言当作一种"风格"，重新审视其特点。

二 赵树理文学语言的特点

在以往研究中，人们将赵树理的语言特点定义为"大众化"面临的最大的问题是它无法解释这样一个悖论：如果赵树理的文学语言仅仅是一种以照顾农民阅读能力与习惯为特点的语言，那么第一，它不可能在解放区之外获得很多读者，也不可能得到高素质读者的欣赏；第二，它的价值会随着时代语境变化而迅速褪色，不可能被不同时代的读者理解、认同并予以肯定与赞赏。然而在这个问题上文学史提供的材料基本上都是一些反证，即赵树理小说包括它的语言在解放区之外曾赢得了读者很大的兴趣，其次在工农兵文学退潮以后，赵树理的文学语言仍然得到很多读者包括作家、专业研究者的高度肯定，认为它在新文学史上独树一帜，有不可抹杀的价值与意义。

1946年《李有才板话》由华北新华书店出版，当时远在上海的郭沫若看了这个小说以后给予高度肯定，他说："我是完全被陶醉了，被那新颖、健康、朴素的内容与手法。这儿有新的天地，新的人物，新的感情，新的作风，新的文化，谁读了，我相信都会感兴趣的。"[1] 他说这个小说"最成功的是语言"，小说中"不仅每一个人物的口白恰如其分，便是全体的叙述文都是平明简洁的口头话，脱尽了五四以来欧化体的新文言臭味。然而文法却是严谨的，不像旧式的通俗文学，不成章节，而且容易断句。"[2] 除了著名作家的赞扬，赵树理小说也在国统区普通读者中产生了反响。有研究者指出当时"在全国各地的大学中，出现了阅读赵树理作品的读书小组，开展了讨论活动。这种现象，对全国各地的作家、评论家和读者，甚至对现代文学来说，都是史无前例的"。"他的《李家庄的变迁》等作品，在城市和农村都受到广泛欢迎。"[3] 到了新时期，赵树理的作品包括语言仍然受到许多读者包括作家的喜爱与赞赏。按照常理，主要是继承中国文人文学传统的汪曾祺在文学趣味上应当与赵树理完全相反，但是他一直非常关注赵树理的创作，有人统计，在《汪曾祺全集》中有

---

[1] 黄修己：《赵树理研究资料》，知识产权出版社2010年版，第154页。
[2] 同上书，第167页。
[3] 转引自宋绍香《世界汉学家论赵树理文学的民族形式》，《文艺理论与批评》2010年第4期。

六处提到了赵树理。① 汪曾祺明确地说:"赵树理的语言并不过多地用农民字眼,但是他很能掌握农民的叙述方式,所以他的基本上是用普通话的语言中有特殊的韵味。"② 一些国外学者对赵树理文学语言也给予很高的评价。日本学者竹内好指出:"粗略地翻阅一下赵树理的作品,似乎觉得有些粗糙。然而,如果仔细咀嚼,就会感到的确是作家艺术成功之所在,稍加夸张的话,可以说其结构的严谨甚至到了增一字嫌多、删一字嫌少的程度!"③

在赵树理文学作品传播史上有一个现象非常奇特,即他的作品既受到文化程度不高的普通大众的喜爱,也得到了高层次读者的欣赏,甚至更多地受到高层次读者欣赏。对这种现象细加剖析不难发现,其实前者喜欢赵树理小说是因为它的通俗易懂,与那些欧化的作品相比,他的作品在文字上没有障碍、易于理解;而后者喜欢赵树理小说则是因为这些小说特别是其语言,在新文学史上独树一帜,这是一种有着特殊风格、特殊韵味的语言。王彬彬曾指出:"真正喜爱赵树理的读者,其实从一开始,就并非文化程度不高的大众读者和不识字的农民。从一开始,对赵树理给予高等评价者,就是那些文化程度很高、文学的审美经验很丰富的人,就是那类职业的文学评论家。"④

以上这种现象说明一个道理,即通俗其实只是赵树理文学语言的一个方面,或者只是一种表层特点,而其最大的特点则在于他的语言创造了一种特殊的风格与韵味,这是一种在新文学史上独树一帜的语言。以往因为受到大众化的遮蔽,人们只看到了其语言"俗"的一面,并把它作为赵树理整个语言的特点,而在今天看来,赵树理文学语言真正的特点恰恰是在这个"俗"的背后、被"俗"掩盖了的"卓异"与"不俗"。因此,要真正认识赵树理文学语言的特点,就应当暂时搁置以往那个大众化的思路,而在整个现代文学语言的层面上,从审美的角度反思与考辨其语言真正的特点。

如果跳出以往近乎偏执的大众化视角,将赵树理放到20世纪中国作

---

① 赵勇:《汪曾祺喜不喜欢赵树理》,《当代作家评论》2004年第4期。
② 汪曾祺:《〈到黑夜我想你没办法〉读后》,《汪曾祺全集》第4卷,北京师范大学出版社1998年版,第245页。
③ 黄修己:《赵树理研究资料》,知识产权出版社2010年版,第431页。
④ 王彬彬:《赵树理语言追求之得失》,《文学评论》2011年第4期。

家中比较，能够看到其语言最突出特点是他放弃了对圆满、丰富表达效果的追求，而致力于凸显语言的简略、灵动和干练，用语言的"简"与"粗"谋求传神与动感的效果。而他正是在这种对"常态"的偏离中，创造了简略、质朴、浑厚、粗线条和极富张力的艺术语言。

赵树理文学语言最直观的特点是简略，而他的简略可以从两个方面看出来。

首先是在叙事方面。赵树理的小说只沿故事展开，以交代人物的行动、行为为主，对场面、背景只做最简单的描述。现代小说常见的心理描写、景物描写等在他的小说中很少能够看到。杰克·贝尔登因此说赵树理的小说"所描写的都是事件的梗概，而不是实在的感受"①，这可能也是有些读者不喜欢赵树理小说的原因。

其次可以从语言层面来看。将赵树理的文学语言放到语言学层面来看，能够看到一个很奇特的情况，就是他在语言使用上有明显的偏重，即大量使用某种语言手段，而另外的表达手段则很少使用，甚至基本省略。在一般作家作品中常见的语言手段在赵树理作品中或者很少使用或者付诸阙如。其中比较明显的有三种。

第一，形容词的省俭。赵树理的小说大量使用的是名词和动词，特别是比较多地使用动词；形容词不是不用，但用得非常省俭。冯健男早在60年代就指出了他的这个特点，认为："赵树理的语言大多是'白描'，是极为直白的说话。"他引出《登记》中的这样一段话："有个农村叫张家庄。张家庄有个张木匠。张木匠有个好老婆，外号叫个'小飞蛾'。"然后指出在赵树理小说中"几乎没有什么'形容词'。"在上例中，形容词"只是一个'好'字而已，'张木匠有个好老婆'"。②

第二，较少使用各种修辞手法。王彬彬在谈到赵树理简略、明了的语言风格时指出："赵树理最大限度地避免修辞手法的运用。比喻、比拟、对偶、衬托、双关、反语、婉曲、通感等种种修辞手法，不能说在赵树理小说中完全没有，但可以说运用得很少。偶尔一用，也是那种很简单、易懂的方式。"③

第三，色彩词的简省。中外作家在色彩词使用上有非常大差异，有的

---

① 黄修己：《赵树理研究资料》，知识产权出版社2010年版，第35页。
② 同上书，第235页。
③ 王彬彬：《赵树理语言追求之得失》，《文学评论》2011年第4期。

作家大量使用色彩词，其笔下的世界往往色彩斑斓，五彩缤纷；而有的作家则较少使用色彩词，其作品往往是单色的，一般就是黑白两色，显得简朴而素淡。例如莫言在《红高粱》中是这样描写田野中的景色："八月深秋，无边无际的红高粱红成汪洋的血海，高粱高密辉煌，高粱凄婉动人，高粱爱情激荡，秋风苍凉，阳光很旺，瓦蓝色的天上游荡着一朵朵丰满的白云，高粱上滑动着一朵朵丰满白云的紫红色的影子。"在这段描写中，几乎每一个提到的对象都被赋予颜色，而且非常准确，作者甚至区别了不同颜色的色差，像"红色""紫红色""瓦蓝色"等。而赵树理小说在色彩词的使用上基本上是另一个极端，他的作品是黑白两色的。黄修己指出："赵树理小说中形容词的使用是较少的，尤其是赤橙黄绿青蓝紫之类的色彩的形容词更少。相对来说，动词的使用量比较大。所以，赵树理的作品色彩感不强。"[①]

另外，如以往学界已经注意到的，赵树理还大量使用短句，即便比较复杂的语义，他也宁愿把它截成短句，用几个小句表达一个长句的意思。

赵树理小说在叙事策略和语言策略上的这种选择使他的语言明显偏离了常态，这是一种概括的、简略的，省俭到极致的语言。赵树理的这种选择当然是利弊兼有，其弊在于：一个鲜活的生活图景被抽象成某种筋络，抽象为几个活动的人物和最为简单的背景；而其利则是作者在省略了描写的铺张、刻画的精细以后，能够集中精力表现人物的行为与动态，在简单的背景上将人物动态地表现出来。中国古典小说中，像《水浒传》这类作品其实也是通过类似的"抽象"，给读者留下极深刻印象。

赵树理小说给人印象最深的首先是对人物行为、动作的描写，他往往几句话就能把人物极生动地刻画出来，而要做到这一点需要作家拥有非凡的记忆与想象能力。例如，在《孟祥英翻身》中，叙事人通过婆婆的口这样写孟祥英当了干部以后的做派："头上盘了个圆盘子，两只脚一天比一天大，到外边爬山过岭一天不落地，一个岐口村不够飞，还要飞到十里外……"说到孟祥英的婆婆的生气是："她这几天虽是憋了一肚子气，"找牛差差老婆商量碰了一鼻子灰，最后，"还不是母子两个坐到一块各人吸各人的嘴唇"。这种语言省略了各种背景、细节，作者能够集中表现人

[①] 陈荒煤、黄修己等编：《赵树理研究文集——近二十年赵树理研究选萃》（上），中国文联出版公司1998年版，第169页。

物的行为、动作。另外,叙事中还包含着明显的夸张、变形。例如,孟祥英"两只脚一天比一天大","到外边爬山过岭一天不落地",在现实中都是不可能的。事实上,文学语言并不一定要毕肖生活,相反作家如果能够适当地背离生活,倒更能激发读者的想象,让语言有"味",更耐咀嚼与回味。

其次,赵树理小说中人物的语言声口毕肖,异常精彩、传神,给其作品增加很多魅力。例如《李家庄的变迁》中李如珍、小喜一伙人颠倒黑白,在说理会上硬把铁锁的桑树说成是春喜的,结果铁锁被判定输了官司,不仅要出吃烙饼的钱,还要包赔春喜二百块钱。铁锁妻子二妞出来讲理,被小喜用棍子一顿乱打。回家以后二妞知道会上判的结果后,她把孩子往铁锁面前一扔,说"给你孩子,这事你不用管!钱给他出不成!茅厕也给他不成!事情是我闯的,就是他,就是我!滚到哪里算哪里,反正是不得好活!"仅仅几句话就把一个性情刚烈农村妇女的性格特点极生动地表现了出来。赵树理还非常善于用简洁的语言把复杂的事情交代清楚。铁锁吃了这场官司以后背上了一身债,作者这样写他事过之后巨大的压力:"一月之后,蚕也老了,麦也熟了,铁锁包春喜的二百块钱也到期了,欠福顺昌的三十元也该还了,使六太爷的二百五十块,铁锁也觉着后怕了。"这个句子中最妙的是用"蚕老"、"麦熟"两个事项准确地呈现了在农村时间流逝给人留下的印象。

在讨论赵树理语言风格时,有一个问题需要加以界定,即他的"简略"并非一般的"简单",它与那种因语言水平稚拙而导致的简单有本质区别。这更多的是一种风格、一种特殊的追求和效果,它是作者对语言文字特殊处理的结果。而这种语言对作家的语言能力往往有非常高的要求,其中最基本的方面是要求作家必须具有非凡的语言记忆力。

所谓语言记忆,是指作家通过语言对生活的记忆,它是作家必备的基本素质之一。文学创作是作家对不在场生活的描写,其实是对记忆或想象中某种心中影像的描绘,一个作家如果不能在心中逼真地再现某种"影像"他也就很难在作品中清晰地描绘这种"影像",如孙犁所说:"在你心里并没有这些东西的影子,你胡乱安排一下,哪里能准确,哪里会适当呢?"[1]

---

[1] 孙犁:《孙犁全集》第3卷,人民文学出版社2004年版,第124页。

孙犁曾经根据自己的创作经验深入地阐释过这个问题。他指出，在生活中每一个对象都有自己具体的状态："春天，院里一朵花开了，花是大朵小朵？是红色还是粉色？一群鸟叫了，里面有粗声的，也有细声的。冬天一摸石块是冰冷的，一摸棉被是温软的。"① 他认为，文学最基本的要求就是写出人物、景色的具体形态。但是，这种工作并非每一个人都能做到，其基本要求是写作者必须具有良好的语言记忆。以绘画为例，在生活中人们对一个对象，例如，一匹马、一只狗，或一辆汽车都会有一个大致的印象，但是，要让他们执笔画出特别是逼真地画出，就不是一件容易的事；只有那些拥有良好形象记忆，并受过一定训练的画家才能胜任这个工作。这种情况对文学创作是同样的。大致说出一个人的相貌、行为、活动，或一个事物的形态，也许每个人都能胜任，但要用文字精确描摹一个对象，却并非每一个人都能做到，这需要从事这项工作的人具有良好的语言记忆（不同于画家的形象记忆）。

孙犁在讨论这个问题时曾举了鲁迅散文《兔和猫》中的一个细节："……小狗名叫S的也跑来，闯过去一嗅，打了一个喷嚏，退了几步。"孙犁认为这种描写做到了高度的准确。普通人也许都见过这种场景，但是可能早已忘却，只有语言记忆极其出色的人，才能在记忆中精确捕捉到这样精彩的细节。孙犁说："形象要求单纯，能几个字、几句话把一件事物活托出来是很大的功夫。"② 事实上，作家与非作家、语言大师与普通作家区别很大程度上就是语言记忆力的区别，一个作家语言记忆力的优劣很大程度上决定了其语言的优劣。

赵树理是一个明显具有极好语言记忆能力的作家，他具备孙犁所说的"能几个字、几句话把一件事物活托出来"的能力。这也是他后来创造出独树一帜的语言，被称为语言大师的主要原因。

在文学作品中越是简略的语言，越需要更准确的语言记忆，如果说，在一段繁复的叙述描写中作家尚能藏拙，可以用很多的语言敷衍一下，而在极简略、干练的叙述中，作家必须准确把握人物的心理、行为与语言，一点偏颇就会导致叙述的失真，使人物性格、心理变得游离和模糊。作家说什么，不说什么，以及一句话怎样说都变得非常关键，甚至每一个词的

---

① 孙犁：《孙犁全集》第3卷，人民文学出版社2004年版，第119页。
② 同上书，第124页。

使用都构成了对作家语言记忆的一个挑战。

　　文学史上所有作家的语言都会与"常态"有着某种偏离，赵树理的语言则是偏离比较多的一种。他放弃了面面俱到、放弃了诗性与细腻、放弃了对色彩的渲染，但是或许正因为他有所取有所不取，才在作品中凸显出人物行为刻画与对话的精彩。赵树理的文学语言可以理解为对语言的某种抽象，它抽取了生活的"筋络"，而放弃了工笔细描。以绘画相喻，赵树理小说不是浓墨重彩的油画，也不是玲珑剔透的水彩画，而更像用寥寥几根线条勾勒的中国山水人物画，作家的笔力都用在线条上，线条之外留下的空白则由读者通过想象补充。

　　总之，赵树理的语言特点可以从两个层面中看出来，首先，他以出色的语言记忆显示了与普通作家不同，也因此可以跻身于中国现代文学语言大师的行列；其次在语言大师的行列中，他又有以"简略""灵动"，以线条式、富有张力的语言显示了与其他大师的不同。

　　三　赵树理在现代文学语言建设史上的意义

　　在中国新文学史上赵树理最大价值就在于他的口语化实践纠正了新文学语言过分欧化与言文分离之弊。

　　中国古代一向有一个言文分离传统，20 世纪初，胡适、陈独秀等就是因为这个原因发起了白话文运动，推倒文言确立了白话文的合法地位。但是"五四"以后白话文的确立也并没有解决言文分离问题。其原因是，在近现代中国文化大规模西化过程中，很多人认为传统汉语缺乏现代性特点，不管是文言还是旧白话都不可能成为现代中国人使用的语言工具，因此在语言上也开始了一个西化的过程，汉语开始大规模吸收西语、日语的词汇，学习、借鉴西文语法和语言策略，从而造就了欧化的现代白话。这种语言主要不是从口语中提炼出来，而更多的是从一种异质语言中横向引入，而且汉语与印欧语在表意策略上有非常大差异，有人甚至认为在表意策略上两种语言正好处在对立的两极，因此新式白话文与口语有非常大的距离。

　　当然，世界各民族语言中口语与书面语都有一定的差异，但是在一般情况下，书面语都是从口语中提炼出来的，只是比较精练的口语而已，例如在西方的拼音文字中，文字与口语就有天然的亲缘关系，书面语与口语的关系就更贴近一些。而"五四"以后的欧化的白话文主要不是来自口语，而是来自对异质语言的模仿，因此就出现了这样一种情况，即书面欧化了，而口语仍然基本保持民族的、民间的特点，于是二者之间就出现了很大的裂痕。以至于欧化的知识分子说一套从外国学来的语言，而普通民众说的仍然是民族的、民间的语言，在一段时间，中国出现了知识分子与大众语言的明显脱节，两个阶层各说各的话，俨然出现了一个民族说两种语言的奇特情况。

"五四"新文化运动开始不久很多人就意识到这种新的言文分离问题，30年代初，中国左翼作家在文坛崛起以后更强烈地意识到这个问题。左翼作家对言文一致的诉求更多的是出自一种意识形态考虑，即动员无产者大众首先要有一个与他们在语言上的沟通，因此在30年代发起了三次关于大众化问题的讨论，40年代又开始了一个关于"民族形式"的讨论。抗战爆发后许多作家也真正投入到语言大众化尝试之中。

但是，总体来说，在很长一段时间，中国作家大众化实验的成效并不显著，原因在于，很多知识分子作家对言文分离问题严重性的认识并不是非常深刻，也没有把它当作非解决不可的问题。在实践上则是"光说不练"，嘴上说的是大众化，在创作中还是保持旧的语言习惯。

事实上，中国现代作家真正克服书面语与口语的距离，实现现代文学语言口语化、民族化是从延安时期开始的，其标志就是赵树理。在新文学作家中，赵树理由于早期教育、文学师承、身份认同的特殊，从30年代就开始了将现代文学语言口语化的实验。他的创作不是拿一些方言、土语做一个装饰，也不是仅仅在人物对话中使用口头语言，而是认认真真地将整个作品口语化，毅然决然地摒弃生硬的欧化语法，代之以真正口语化、民族化的语言。

"五四"以后的现代白话文到赵树理才真正解决了口语化的问题；换言之，赵树理在中国现代文学语言建设史的价值在于他创造了一种真正成熟的口语化的书面语，也为后人学习成熟的现代文提供了范本。40年代以后，赵树理成为现代文口语化的一个标杆，他以作品为示范，影响了几代作家，对中国现代语言产生了相当大影响。

20世纪90年代，中国台湾学者吕正惠曾以大陆文学语言的发展为参照讨论台湾文学语言存在的问题。他认为，两岸文学语言发展的一个重要不同是：大陆文学语言继承了延安文学的传统，有一个向口语化、民族化的转向，台湾文学语言则基本继承了"五四"文学语言的传统，较多保持了书面语的特点；而1949年以后台湾文学存在的一个严重问题就是书面语与口语的脱节。他认为，那种脱离口语的书面语只是"'规规矩矩'的语言，把这种语言应用到最好的时候，可以写成一种既文雅又简洁的白话文。但是，用这种语言来写小说或戏剧（这里面有许多对话），肯定不会是太好的作品"。他认为，一种书面语一旦脱离口语就会变成"干干净净、'无菌状态'的'死'语言"。① 从这个角度出发，吕正惠高度评价左翼文学对现代文学语言建设的贡献，而在左翼作家中他又特别肯定了赵树理的意义。他指出："五四"以后虽然很多人都认为"最活泼的语言就是人民的语言。人民的语言是作家的源泉，也是作家的准则，不过在创作实践上，真正能够达到这一理想的，实在是凤毛麟角。"而"在这方面做出突破性的贡献的是赵树理"。他认为，当下台湾作家要改变语言过分书面化倾向就应当多读大陆作家作品，而其中"最佳入门书是四十年代以后，大陆那些优秀的、非常口语化的白话小说"。即"深受赵树理影响的那个小说传统"。② 吕正惠认为，赵树理对现代文学语言最大贡献是他把"活"的北方话灌注到现代白话文中，同时也起到示范作用。即："当赵树理的语言风格的影响扩大开来以后，就产生了一种意想不到的贡献：让各地的方言'腔调'和普通话结合起来，在不同地区的小说家作品里，产生了各具特质的普通话。"③

需要特别指出的是，这里谈到赵树理通过口语化扭转了新文学史上言文分离之弊，并不是回到此前从大众化理解赵树理的思路，其中最重要的区别是，此前的赵树理研究，做的是"减法"，用一顶大众化的帽子遮蔽了他的特点。实际上，赵树理并非一般化使用口语化的语言，他其实是以卓越才能"创造"了真正成熟的、带有民族特点的语言。问题的关键是，赵树理首先创造了一种风格独特的语言，必须首先考虑其独创性，其次才能考虑到其语言口语化、大众化的特点，以及其在现代文学语言建设史上的意义，没有独创性赵树理也不可能在文学史上产生重要影响。一种独创的语言放在文学史上可以有多种理解，赵树理语言的意义可以放在口语化、大众化的视域理解，但是又不为其囿限，这里有一个出发点的不同。

从中国现代文学语言建设史的角度讲，赵树理最大贡献是他成功地进

---

① 吕正惠：《战后台湾文学经验》，生活·读书·新知三联书店 2010 年版，第 151 页。
② 同上书，第 152—162 页。
③ 同上书，第 153 页。

行了现代书面语口语化实验,成功地将现代口语和带有民族特点的民间语言嫁接到欧化的书面语中,扭转了"五四"以后长期存在的书面语和口语"两张皮"的情况。在 20 世纪文学史上赵树理是一个标杆,他的创作为汉语书面语的口语化划出了一个广阔的领域,他身后的几代作家正是在他的影响下,将中国文学打造成真正成熟的"国语"文学。

参考文献

著作类：

［德］海德格尔：《在通向语言的途中》，商务印书馆2008年版。

［德］恩斯特·卡西尔：《人论》，上海译文出版社1985年版。

［德］威廉·冯·洪堡特：《论人类语言结构的差异及其对人类精神发展的影响》，商务印书馆1999年版。

［美］爱德华·萨丕尔：《语言论》，商务印书馆1985年版。

［美］罗杰瑞：《汉语概说》，语文出版社1995年版。

［美］韦勒克、沃伦：《文学理论》，生活·读书·新知三联书店1984年版。

［英］伊格尔顿：《二十世纪西方文学理论》，陕西师范大学出版社1986年版。

［英］特伦斯·霍克斯：《结构主义和符号学》，上海译文出版社1987年版。

［英］安·杰斐逊、戴维·罗比：《现代文学理论概述与比较》，上海外语教育出版社1991年版。

［苏］弗·伊·谢曼诺夫：《鲁迅和他的前驱》，湖南文艺出版社1987年版。

［日］柄谷行人：《日本现代文学的起源》，生活·读书·新知三联书店2003年版。

［瑞士］沃尔夫冈·凯塞尔：《语言的艺术作品——文艺学引论》，上海译文出版社1984年版。

［美］韦恩·布斯：《小说修辞学》，广西人民出版社1987年版。

［美］保罗·德曼：《解构之图》，中国社会科学出版社1998年版。

［法］利奥塔尔：《后现代状况——关于知识的报告》，生活·读书·新知三联书店1997年版。

［法］德里达：《文学行动》，中国社会科学出版社1998年版。
［法］德里达：《声音与现象》，商务印书馆1999年版。
［法］德里达：《论文字学》，上海译文出版社1999年版。
［德］卡西尔：《语言与神话》，生活·读书·新知三联书店1988年版。
［苏］巴赫金：《巴赫金全集》，河北教育出版社1998年版。
［德］哈贝马斯：《现代性的哲学话语》，译林出版社2004年版。
［英］维特根斯坦：《逻辑哲学论》，商务印书馆1962年版。
［法］福柯：《词与物——人文科学考古学》，上海三联书店2001年版。
［法］福柯：《知识考古学》，生活·读书·新知三联书店1998年版。
［德］伽达默尔：《哲学解释学》，上海译文出版社1964年版。
［德］伽达默尔：《真理与方法——哲学诠释学的基本特征》（上、下卷），中国社会科学院文学研究所、国外中国学（文学）研究组编：《国外中国文学研究论丛》，中国文联出版公司1985年版。

涂纪亮主编：《现代欧洲大陆语言哲学》，中国社会科学出版社1994年版。

杨大春：《文本的世界》，中国社会科学出版社1998年版。

王泰来等编译：《叙事美学》，重庆出版社1978年版。

陈嘉映：《海德格尔哲学概论》，生活·读书·新知三联书店1995年版。

洪汉鼎：《诠释学——它的历史和当代发展》，人民出版社2001年版。

刘禾：《跨语际实践——文学，民族文化与被译介的现代性（中国，1900—1937）》，生活·读书·新知三联书店2002年版。

莫伟民：《主体的命运——福柯哲学思想研究》，上海三联书店1996年版。

汪民安：《福柯的面孔》，文化艺术出版社2001年版。

《吕叔湘语文论集》，商务印书馆1983年版。

《王力文集》，山东教育出版社1985年版。

王力：《汉语语法史》，商务印书馆1989年版。

郭绍虞：《照隅室语言文字论集》，上海古籍出版社1985年版。

史有为：《外来词——异文化的使者》，上海辞书出版社2004年版。

申小龙：《汉语与中国文化》，复旦大学出版社2003年版。

王一川：《语言乌托邦——20世纪西方语言论美学探究》，云南人民出版社1994年版。

王一川：《中国形象诗学》，三联书店1998年版。

周宪：《20世纪西方美学》，南京大学出版社2000年版。

申丹、韩加明、王丽亚：《英美小说叙事理论研究》，北京大学出版社2005年版。

中国社会科学出版社文学编辑室编：《小说文体研究》，中国社会科学出版社1988年版。

赵家璧主编：《中国新文学大系·建设理论集》，上海良友图书印刷公司1935年版。

赵家璧主编：《中国新文学大系·文学论争集》，上海良友图书印刷公司1935年版。

赵家璧主编：《中国新文学大系·史料索引》，上海良友图书印刷公司1935年版。

陈子展：《中国近代文学之变迁·最近三十年中国文学史》，上海古籍出版社2000年版。

王哲甫：《中国新文学运动史》，杰成印书局1933年版。

伍启元：《中国新文化运动概观》，现代书局1934年版。

王丰园：《中国新文学运动述评》，新新学社1935年版。

吴文祺：《新文学概要》，亚细亚书局1936年版。

王瑶：《中国新文学史稿》（上），开明书店1951年版。

王瑶：《中国新文学史稿》（下），新文艺出版社1953年版。

倪海曙：《中国拼音文字运动史简编》，上海时代书报出版社1948年版。

黎锦熙：《国语运动史纲》，参见《民国丛书》第二编52卷，上海书店1949年影印版。

《陈望道语文论集》，上海教育出版社1980年版。

《胡适全集》，安徽教育出版社2003年版。

《鲁迅全集》，人民文学出版社2005年版。

《钱玄同文集》，中国人民大学出版社2000年版。

《傅斯年全集》，湖南教育出版社2003年版。

《瞿秋白文集》，人民文学出版社1953年版。

《闻一多全集》，湖北人民出版社1994年版。
《老舍全集》，人民文学出版社1999年版。
《欧阳山文集》，花城出版社1988年版。
《朱光潜全集》，安徽教育出版社1987年版。
《赵树理全集》，北岳文艺出版社2000年版。
《周立波文集》，上海文艺出版社1985年版。
《马烽文集》，大众文艺出版社2000年版。
《汪曾祺全集》，北京师范大学出版社1998年版。
《王力文集》，山东教育出版社1990年版。
《赵树理论创作》，上海文艺出版社1985年版。
周作人：《谈龙集》，河北教育出版社2002年版。
钟叔河编：《周作人文选》，广州出版社1995年版。
梁宗岱：《诗与真·诗与真二集》，外国文学出版社1984年版。
卞之琳：《人与诗：忆旧说新》，安徽教育出版社2007年版。
陈平原等编：《二十世纪中国小说理论资料》（共五卷），北京大学出版社1997年版。
张中行：《张中行作品集》，中国社会科学出版社1995年版。
姜义华主编：《胡适学术文集·新文学运动》，中华书局1993年版。
文振庭编：《文艺大众化问题讨论资料》，上海文艺出版社1987年版。
王自立、陈子善编：《郁达夫研究资料》，知识产权出版社2010年版。
张恩和：《郁达夫研究综论》，天津教育出版社1989年版。
商金林：《叶圣陶传论》，安徽教育出版社1995年版。
杨义：《中国现代小说史》，人民出版社1998年版。
《孙犁文集》，百花文艺出版社1982年版。
汪晖：《反抗绝望——鲁迅及其文学世界》，河北教育出版社2001年版。
汪晖：《地方形式、方言土语与抗日战争时期"民族形式"的论争》，生活·读书·新知三联书店2004年版。
梁启超：《饮冰室诗话》，人民文学出版社1998年版。
周光庆：《汉语与中国早期现代化思潮》，黑龙江教育出版社2001

年版。

余光中：《谈诗歌》，江西高校出版社2003年版。

李润新：《文学语言概论》，北京语言学院出版社1994年版。

王金柱：《语言艺术大师巴金》，天津社会科学出版社1994年版。

周作人、周建人：《年少沧桑——兄弟忆鲁迅》，河北教育出版社2001年版。

乐黛云编：《茅盾论中国现代作家作品》，北京大学出版社1980年版。

吴怀斌、曾广灿编：《老舍研究资料》，北京十月文艺出版社1985年版。

曾华鹏、范伯群：《郁达夫评传》，百花文艺出版社1983年版。

刘增人：《王统照论》，山东教育出版社2001年版。

冯光廉、刘增人编：《王统照研究资料》，知识产权出版社2010年版。

刘增人：《王统照传》，北京十月文艺出版社2000年版。

周俟松、杜汝淼编：《许地山研究集》，南京大学出版社1989年版。

袁良骏编：《丁玲研究资料》，天津人民出版社1982年版。

陈明编：《丁玲论创作》，上海文艺出版社1985年版。

李辉主编：《丁玲自述》，大象出版社2006年版。

孙瑞珍、王中忱：《丁玲研究在国外》，湖南人民出版社1985年版。

黄修己：《赵树理评传》，江苏人民出版社1981年版。

复旦大学中文系《赵树理研究资料》编写组：《中国当代文学研究资料·赵树理专集》，复旦大学出版社1981年版。

孔范今、徐文斗：《柳青创作论》，陕西人民出版社1983年版。

李华盛、胡光凡编：《周立波研究资料》，湖南人民出版社1983年版。

《中国当代文学研究资料·李准专集》，江苏人民出版社1982年版。

高捷等编：《马烽、西戎研究资料》，山西人民出版社1985年版。

孙露茜、王凤伯编：《茹志鹃研究专集》，浙江人民出版社1982年版。

朱泳燚：《叶圣陶的语言修改艺术》，宁夏人民出版社1882年版。

丁东、孙珉选编：《世纪之交的冲撞——王蒙现象争鸣录》，光明日报出版社 1996 年版。

铁马：《论文学语言》，文化工作社 1951 年版。

申小龙：《中国语言的结构与人文精神》，光明日报出版社 1988 年版。

申小龙：《汉语与中国文化》，复旦大学出版社 2003 年版。

崔荣昌：《四川方言与巴蜀文化》，四川大学出版社 1996 年版。

郑敏：《结构—解构视角：语言·文化·评论》，清华大学出版社 1998 年版。

彭聃玲主编：《语言心理学》，北京师范大学出版社 1991 年版。

曹念明：《文字哲学——关于一般文字学基本原理的思考》，四川出版集团巴蜀书社 2006 年版。

郑登云编著：《中国近代教育史》，华东师范大学出版社 1994 年版。

李宗刚：《新式教育与五四文学的发生》，齐鲁出版社 2006 年版。

戴昭铭：《文化语言学导论》，语文出版社 1996 年版。

袁家骅等：《汉语方言概要》，文字改革出版社 1989 年版。

王晓明主编：《二十世纪中国文学史论》，东方出版中心 2003 年版。

王光明：《现代汉诗的百年演变》，河北人民出版社 2003 年版。

王家新、孙文波编：《中国诗歌九十年代备忘录》，人民文学出版社 2000 年版。

李继凯：《秦地小说与三秦文化》，湖南教育出版社 1997 年版。

夏晓虹、王风著：《文学语言与文章体式——从晚清到"五四"》，安徽教育出版社 2006 年版。

杨联芬：《晚晴至五四：中国文学现代性的发生》，北京大学出版社 2003 年版。

高玉：《现代汉语与中国现代文学》，中国社会科学出版社 2003 年版。

高玉：《"话语"视角的文学问题研究》，中国社会科学出版社 2009 年版。

张卫东：《论汉语的诗性》，商务印书馆 2013 年版。

孙德喜：《20 世纪后 20 年的小说语言文化透视》，长江文艺出版社 2005 年版。

肖莉：《小说叙述语言变异研究》，中国社会科学出版社 2011 年版。

季广茂：《隐喻视野中的诗性传统》，高等教育出版社 1998 年版。

李标晶：《中国现代作家文体论》，黑龙江人民出版社 2005 年版。

李寄：《鲁迅传统汉语翻译文体论》，上海译文出版社 2008 年版。

吴钧：《鲁迅翻译文学研究》，齐鲁书社 2009 年版。

顾均：《鲁迅翻译研究》，福建教育出版社 2009 年版。

吕正惠：《战后台湾文学经验》，生活·读书·新知三联书店 2010 年版。

现代汉语规范问题学术会议秘书处编：《为促进文字改革、推广普通话、实现汉语规范化而努力》，《现代汉语规范问题学术会议文件汇编》，科学出版社 1956 年版。

唐跃、谭学纯：《小说语言美学》，安徽教育出版社 1995 年版。

旻乐：《母语与写作》，山西教育出版社 1999 年版。

季桂起：《中国小说体式的现代转型与流变》，山东大学出版社 2003 年版。

李荣启：《文学语言学》，人民出版社 2005 年版。

邓程：《论新诗的出路：新诗诗论对传统的态度论析》，中国社会科学出版社 2004 年版。

张桃洲：《现代汉语的诗性空间——新诗话语研究》，北京大学出版社 2006 年版。

曹而云：《白话文体与现代性——以胡适的白话文理论为个案》，上海三联书店 2006 年版。

祝克懿：《语言学视野中的"样板戏"》，河南大学出版社 2004 年版。

刘进才：《语言运动与中国现代文学》，中华书局 2007 年版。

赵黎明：《"汉字革命"：中国现代文化与文学的起源语境》，中国社会科学出版社 2010 年版。

张卫中：《汉语与汉语文学》，文化艺术出版社 2006 年版。

朱一凡：《翻译与现代汉语的变迁》，外语教学与研究出版社 2011 年版。

邓伟：《分裂与建构：清末民初文学语言新变研究（1898—1917）》，中国社会科学出版社 2009 年版。

张红军（泓峻）：《共生与互动——对中国 20 世纪前期文学观念变革

与语言变革关系的研究》，安徽文艺出版社 2010 年版。

刘琴：《言文互动：现代汉语与现代文学的关联性研究》，中国社会科学出版社 2010 年版。

刘泉：《1915—1949 文学语言论争史论》，中国社会科学出版社 2013 年版。

陈爱中：《中国现代新诗语言研究》，中国社会科学出版社 2007 年版。

吴晓峰：《国语运动与文学革命》，中央编译出版社 2008 年版。

张向东：《语言变革与现代文学的发生》，人民文学出版社 2010 年版。

董正宇：《方言视域中的文学湘军》，中国社会科学出版社 2008 年版。

彭华生、钱光培编：《新时期作家创作艺术新探》，人民文学出版社 1991 年版。

王永生等著：《贾平凹语言世界》，太白文艺出版社 1994 年版。

王亚蓉编：《沈从文晚年口述》，陕西师范大学出版社 2003 年版。

秦牧等：《当代作家谈创作》，中央广播电视大学出版社 1984 年版。

王蒙、王干：《王蒙、王干对话录》，漓江出版社 1992 年版。

莫言、王尧：《莫言、王尧对话录》，苏州大学出版社 2003 年版。

王安忆、张新颖：《王安忆、张新颖谈话录》，广西师范大学出版社 2008 年版。

余华：《我能否相信自己——余华随笔选》，人民日报出版社 1998 年版。

苏童：《纸上的美女——苏童随笔选》，人民日报出版社 1998 年版。

莫言：《会唱歌的墙——莫言散文选》，人民日报出版社 1998 年版。

贾平凹：《造一座房子住梦——贾平凹散文选》，人民日报出版社 1998 年版。

论文类：

［捷］雅罗斯拉夫·普鲁塞克：《鲁迅的〈怀旧〉：中国现代文学的先声》，《文学评论》1981 年第 5 期。

俞平伯：《社会上对于新诗的各种心理观》，《新潮》1919 年第 2 卷第 1 号。

　　王了一：《漫谈方言文学》，《观察》1948 年第 5 卷第 11 期。

　　梁实秋：《新诗的格调及其他》，《诗刊》1931 年 1 月创刊号。

　　郑敏：《语言观念必须革新——重新认识汉语的审美和诗意价值》，《文学评论》1996 年第 4 期。

　　谢冕：《论中国当代文学》，《文学评论》1996 年第 2 期。

　　王蒙：《汉字与中国文化》，《文明》2005 年第 4 期。

　　邓友梅：《也算创作谈》，《钟山》1984 年第 6 期。

　　曾华鹏：《重评叶圣陶的文言小说》，《扬州大学学报》（社会科学版）2002 年第 4 期。

　　曹惠民：《论叶圣陶文学风格的成因》，《中国现代文学研究丛刊》1984 年第 4 期。

　　黄海霞：《丁玲"左联"时期文学语言的"味道"》，《福建论坛》（社会教育版）2008 年第 12 期。

　　俞林：《〈三里湾〉读后》，《人民文学》1957 年 7 月号。

　　邵荣芬：《统一民族语的形成过程》，《中国语文》1952 年第 9 期。

　　濮之珍：《民族共同语与方言的关系》，《语文知识》1956 年总第 47 期。

　　罗常培、吕叔湘：《现代汉语规范问题》，《现代汉语规范问题学术会议文件汇编》，科学出版社 1956 年版。

　　《为促进汉字改革、推广普通话、实现汉语规范化而努力》，《人民日报》1956 年 10 月 26 日。

　　金志成、李广平：《在汉字视觉识别中字形和字音作用的实验研究》，《心理科学》1995 年第 3 期。

　　刘增杰：《一个具有完整形态的文学运动——中国工农兵文学运动史纲》，《中国现代文学研究丛刊》1987 年第 3 期。

　　刘再复：《论八十年代文学批评的文体革命》，《文学评论》1989 年第 1 期。

　　黄子平：《得意莫忘言》，《上海文学》1985 年第 1 期。

　　童庆炳：《文学语言论》，《学习与探索》1999 年第 3 期。

　　徐岱：《论文学符号的审美功能变体》，《文学评论》1987 年第 3 期。

　　李劼：《试论文学形式的本体意味》，《上海文学》1987 年第 3 期。

鲁枢元：《超越语言——"文学言语学"刍议》，《文艺研究》1989年第4期。

郜元宝：《方言、普通话及中国文学南北语言不同论——从上海作家说起》，《文艺争鸣》2010年第10期。

付丹、何锡章：《"五四"：文学与语言关系理论思考的重要开端》，《中国现代文学研究丛刊》2007年第3期。

高万云：《文学语言的可变性规律初探》，《文学评论》1990年第5期。

陈思和、王安忆等：《当前文学创作中的"轻"与"重"——文学对话录》，《当代作家评论》1993年第5期。

南帆：《〈马桥词典〉：敞开和囚禁》，《当代作家评论》1996年第5期。

袁先欣：《国语中的"言"与"文"》，《首都师范大学学报》（社会科学版）2010年第6期。

刁晏斌：《试论"文革"语言语法的特点》，《山西师范大学学报》（社会科学版）2008年第2期。

罗康宁、叶国泉：《论广东文学作品中"南腔北调"现象》，《学术研究》1994年第2期。

贺仲明：《从本土化角度看"十七年"乡村题材小说语言的意义》，《首都师范大学学报》（社会科学版）2008年第3期。

李洁非、杨劼：《直击语言——〈讲话〉前延安小说的语言风貌》，《西南民族大学学报》（社会科学版）2006年第3期。

莫言：《天马行空》，《解放军文艺》1985年第2期。

赵园：《京味小说与北京方言文化》，《北京社会科学》1989年第1期。

张树铮：《对"无方言族"的初步观察》，《语文建设》1998年第8期。

李陀、阎连科：《〈受活〉：超现实写作的重要尝试》，《南方文坛》2004年第2期。

晏杰雄：《新世纪长篇小说文体的混沌化》，《小说评论》2013年第4期。

洪治纲：《新时期作家的代际差别与审美选择》，《中国社会科学》2008年第4期。

袁进：《重新审视欧化白话文的起源——试论近代西方传教士对中国文学的影响》，《文学评论》2007年第1期。

吴福辉：《"五四"白话之前的多元准备》，《中国现代文学研究丛刊》2006年第1期。

严家炎：《"五四"新体白话的起源、特征及其评价》，《中国现代文学研究丛刊》2006年第1期。

旷新年：《胡适与白话文运动》，《中国现代文学研究丛刊》1999年第2期。

朱晓进：《语言变革对中国现代文学形式发展的深度影响》，《中国社会科学》2015年第1期。

朱晓进：《从语言的角度谈新诗的评价问题》，《文学评论》1992年第3期。

王本朝：《白话文运动中的文章观念》，《中国社会科学》2013年第7期。

徐德明：《中国现代叙事的语言传统》，《福建论坛》（人文社会科学版）2001年第4期。

张颐武：《二十世纪汉语文学的语言问题》，《文艺争鸣》1990年第4期。

郜元宝：《音本位与字本位——在汉语中理解汉语》，《当代作家评论》2002年第2期。

王本朝：《欧化白话文：在质疑与试验中成长》，《文学评论》2014年第6期。

夏晓虹：《五四白话文学的历史渊源》，《中国现代文学研究丛刊》1985年第3期。

袁进：《试论中国近代文学语言的变革》，《上海社会科学院学术季刊》1997年第7期。

仲立新：《试论五四文学革命中的语言现代性问题》，《文艺理论研究》2000年第4期。

郜元宝：《"胡适之体"与"鲁迅风"》，《文学评论》1998年第1期。